卒《そつ》業《ぎょう》

～開《あ》かずの教室《きょうしつ》を開《あ》けるとき～

――名探偵《めいたんてい》夢水清志郎《ゆめみずきよしろう》事件《じけん》ノート――

はやみね かおる／作　村田四郎／絵

講談社 青い鳥文庫

もくじ

いすの下

おもな登場人物《とうじょうじんぶつ》

夢水清志郎《ゆめみずきよしろう》　自分《じぶん》で名探偵《めいたんてい》といいきる、常識《じょうしき》ゼロの探偵《たんてい》。

岩崎亜衣《いわさきあい》　三《み》つ子《ご》の長女《ちょうじょ》。読《どく》書《しょ》がスキで文芸部《ぶんげいぶ》に所属《しょぞく》。

岩崎真衣《いわさきまい》　三《み》つ子《ご》の次女《じじょ》。スポーツ万能《ばんのう》で陸上部《りくじょうぶ》に所属《しょぞく》。

岩崎美衣《いわさきみい》　三《み》つ子《ご》の末《すえ》っ子《こ》。新聞《しんぶん》好《ず》き。星占《ほしうらな》い同好会所属《どうこうかいしょぞく》。

中井麗一《なかいれいいち》　通称《つうしょう》レーチ。亜衣《あい》の彼氏《かれし》でクラブもおなじ。

伊藤真里《いとうまり》　雑誌《ざっし》『セ・シーマ』の編集者《へんしゅうしゃ》。とてもタフな人《ひと》。

土屋《つちや》　正《ただし》　侍《さむらい》のような風格《ふうかく》のある、虹北学園《こうほくがくえん》の校長先生《こうちょうせんせい》。

伯爵《はくしゃく》　シリーズ第《だい》一作《さく》に登場《とうじょう》した怪人《かいじん》で、夢水《ゆめみず》の好敵手《こうてきしゅ》。

Ｏ《オー》・スージー・ノウエン　アメリカからきた女性《じょせい》マジシャン。

ユーリ・ローストン　虹北学《こうほくがく》園《えん》にきた季節《きせつ》はずれの転校生《てんこうせい》。

？

夢見《ゆめみ》　四十数年《すうねん》まえ、「開《あ》かずの教室《きょうしつ》」に「夢喰《ゆめく》い」を封《ふう》印《いん》した。

片桐弟《かたぎりおとうと》　影《かげ》の卒業生《そつぎょうせい》を送《おく》る会実行委員会委員長《かいじっこういいんかいいいんちょう》。

歌枕真一《かつらぎしんいち》　まくら投《な》げ協会会《きょうかいかい》長《ちょう》で、野球《やきゅう》やバスケも得意《とくい》。

川口敏弘《かわぐちとしひろ》　未確認動物《UMA》捕獲隊《ほかくたい》の隊長《たいちょう》で、将来《しょうらい》の夢《ゆめ》は冒険家《ぼうけんか》。

上越警部《じょうえつけいぶ》　夢水《ゆめみず》や三《み》つ子《ご》と親《した》しい、人情味《にんじょうみ》のある警部《けいぶ》。

岩清水刑事《いわしみずけいじ》　おしゃれなアブナイ刑事《デカ》。上越警部《じょうえつけいぶ》の部下《ぶか》。

岩崎羽衣《いわさきうい》　三《み》つ子《ご》の母《はは》。やさしくて世話好《せわず》きな日本《にっぽん》の母《はは》。

岩崎一太郎《いわさきいちたろう》　三《み》つ子《ご》の父《ちち》。商《しょう》社《しゃ》マンで、いつも家《いえ》にいない。

現実《げんじつ》じゃないから、夢《ゆめ》なんだよ。

OPENING《オープニング》　まずは元気《げんき》なごあいさつ

どうも。

おひさしぶり、岩崎亜衣《いわさきあい》です。

え？　サクセス塾《じゅく》の事件《じけん》から二か月《げつ》くらいしかたってないのに、『おひさしぶり』はおかしいって？

うーん……。わたしの中《なか》では、四年《ねん》くらい、時間《じかん》がたってるような気《き》がするけど。（気《き》のせいかな……。）

ほんとうに、おひさしぶりじゃないの？

じゃあ、自己紹介《じこしょうかい》しなくても、わたしのことを知《し》ってるはずよね。

それでは、問題《もんだい》。

つぎの文章《ぶんしょう》で、正解《せいかい》なのはどれでしょう？

①わたしの学年《がくねん》は中学《ちゅうがく》三年生《ねんせい》で、文芸部《ぶんげいぶ》に所属《しょぞく》していた。
②わたしは三《み》つ子《ご》の長女《ちょうじょ》で、そっくりな妹《いもうと》が二人《ふたり》いる。
③家《いえ》のとなりには洋館《ようかん》があり、そこには珍獣《ちんじゅう》がすんでいる。
答《こた》えは、ぜんぶ正解《せいかい》！
①番《ばん》から③番《ばん》まで、みんなほんとうのこと。
じゃあ、答《こた》えの解説《かいせつ》をしていくからね。


中学《ちゅうがく》三年生《ねんせい》ってことは、受験生《じゅけんせい》。昨年秋《さくねんあき》の学園祭《がくえんさい》がおわってからは、受験勉強《じゅけんべんきょう》に本腰《ほんごし》を入《い》れた毎日《まいにち》。

息《いき》がつまりそうな時間《じかん》を過《す》ごしている。

少子化《しょうしか》で、そう苦労《くろう》しなくても入《い》れてくれる高校《こうこう》はあるってニュースできいたけど、いったいどこの世界《せかい》のことを話《はな》してるんだろうって感《かん》じ。

でも救《すく》いなのは、あとすこしで、この生活《せいかつ》がおわるってこと。できることなら、『合格《ごうかく》おめでとう！』ってエンディングをむかえたい。

さて、つぎにわたしの姉妹《しまい》。

次女《じじょ》の真衣《まい》は、三人《にん》のなかでは運動神経《うんどうしんけい》がいちばんいい。陸上《りくじょう》をやっていた関係《かんけい》で、いくつかの高校《こうこう》からスカウトがきた。

でも、真衣《まい》はそれらすべてをことわり、陸上部《りくじょうぶ》があまり有名《ゆうめい》じゃない私立高校《しりつこうこう》をねらっている。

もったいない話《はなし》だというと、

「だって、スカウトされて高校《こうこう》へはいったら、期待《きたい》にこたえないといけないでしょ。そんなの重《おも》たいよ。わたしは気楽《きらく》に走《はし》るのが、いちばんむいてるの。」

数学《すうがく》の問題集《もんだいしゅう》から顔《かお》をあげずにこたえた。

真衣《まい》らしいといえば、真衣《まい》らしい。

「星野《ほしの》くんがいくからじゃないの？」

ボーイフレンドの名《な》まえをだすと、真衣《まい》はブルンブルンと首《くび》を横《よこ》にふった。

「そんなことで高校《こうこう》を決《き》めるわけないじゃん。」

ふーん、そうなのか。

「でも、星野《ほしの》くんも、おなじ高校《こうこう》をねらってるんでしょ？」

「ぐうぜんよ、ぐうぜん。」

ふーん、そうなのか。——まぁ、そういうことにしておきましょう。

末《すえ》っ子《こ》の美衣《みい》は、わたしたちのだれよりもはやく推薦《すいせん》で合格《ごうかく》を決《き》めた。わたしは知《し》らなかったんだけど、その高校《こうこう》は、新聞部《しんぶんぶ》の活動《かつどう》が全国的《ぜんこくてき》にも有名《ゆうめい》なのだそうだ。

「わたし、新聞記者《しんぶんきしゃ》になりたいから。」——美衣《みい》がいった。新聞《しんぶん》のスクラップが趣味《しゅみ》だってのは知《し》ってたけど、そんな夢《ゆめ》を持《も》ってるのは、はじめてきいた。

「合格《ごうかく》おめでとう。」っていうわたしと真衣《まい》に、美衣《みい》はいった。

「二人《ふたり》の合格発表《ごうかくはっぴょう》があってから、派手《はで》にお祝《いわ》いしようね。それまでは、わたしも受験生気分《じゅけんせいきぶん》だからね。」

でも、わたしは知《し》っている。美衣《みい》が、受験用問題集《じゅけんようもんだいしゅう》や参考書《さんこうしょ》を古本屋《ふるほんや》さんに持《も》っていったことを——。そして、そのお金《かね》で、新《あたら》しいスクラップブックを大量購入《たいりょうこうにゅう》していたのだ。

美衣《みい》らしいといえば、美衣《みい》らしい。(もっとも、あまったお金《かね》で、わたしと真衣《まい》に鯛焼《たいや》きを買《か》ってくれたけどね。)

こんなふうに、考《かんが》えてることも将来《しょうらい》の夢《ゆめ》もちがう三《み》つ子《ご》だけど、姿形《すがたかたち》だけは三面鏡《さんめんきょう》にうつしたみたいにそっくりだ。

実《じつ》の親《おや》の羽衣母《ういかあ》さんですら、まちがうときがある。

それなのに、正確《せいかく》に見《み》わけることができるのが、となりの洋館《ようかん》にすむ珍獣《ちんじゅう》――教授《きょうじゅ》こと夢水清《ゆめみずきよ》志郎《しろう》だ。

どうして〝教授《きょうじゅ》〟ってよんでるかというと、M大学《エムだいがく》で論理学《ろんりがく》の教授《きょうじゅ》をしていたからだ。

あと、珍獣《ちんじゅう》って書《か》いたけど、教授《きょうじゅ》はいちおう人間《にんげん》だ。冬眠《とうみん》したり、体《からだ》にカビをはやしたり、プラムを大量《たいりょう》にほおばったりするけど、人間《にんげん》だ。信《しん》じられないだろうけど、信《しん》じてほしい。

それから、教授《きょうじゅ》は名探偵《めいたんてい》でもある。これも、信《しん》じられないだろうけど、信《しん》じてほしい。

わたしたちのとなりに引《ひ》っ越《こ》してきてからも、たくさんの事件《じけん》を解決《かいけつ》している。(くわしくは、『夢水清志郎事件《ゆめみずきよしろうじけん》ノート』シリーズを読《よ》んでね。)

大学教授時代《だいがくきょうじゅじだい》にも、『午前零時《ごぜんれいじ》のシンデレラ事件《じけん》』や『神隠島事件《かみかくしまじけん》』を解決《かいけつ》している――そうだ。

〝そうだ〟とつけくわえたのは、わたしたちがくわしい話《はなし》を知《し》らないから。教《おし》えてほしいといっても、教授《きょうじゅ》はなにも話《はな》さない。話《はな》そうにも、きれいさっぱり忘《わす》れていて、話《はな》せない。

教授《きょうじゅ》は記憶力《きおくりょく》を持《も》ってない。自分《じぶん》の誕生日《たんじょうび》すら忘《わす》れてる。だから、年齢《ねんれい》もわからない。

いつも黒《くろ》の背広《せびろ》に黒《くろ》のサングラスというすがたなので、ますます歳《とし》がわからない。パッと見《み》、三十歳《さい》くらいにも見《み》えるし、六十代《だい》だといわれたら、なっとくしてしまう。

身長《しんちょう》は百九十センチ近《ちか》いのに、わたしたちとおなじくらいの体重《たいじゅう》しかない。ビジュアル的《てき》には、『足長《あしなが》おじさん』のイラストに似《に》ている。（あくまでも、ビジュアルだけだからね！）記憶力《きおくりょく》と体重《たいじゅう》のほかに、生活力《せいかつりょく》もない。あと、常識《じょうしき》と家具《かぐ》、パジャマも持《も》ってない。持《も》っているのは、お気《き》に入《い》りのソファー（『美湖《みこ》』と『美由《みゆ》』という名《な》まえがついている。）と大量《たいりょう》の本《ほん》、『名探偵《めいたんてい》　夢水清志郎《ゆめみずきよしろう》』と書《か》かれた名刺《めいし》。

そして、ゴキブリなみの生命力《せいめいりょく》——完全《かんぜん》な社会生活不適応者《しゃかいせいかつふてきおうしゃ》だ。

こんな教授《きょうじゅ》を尊敬《そんけい》している人間《にんげん》もいる。わたしの同級生《どうきゅうせい》——レーチこと中井麗一《なかいれいいち》だ。なにせ、『夢水清志郎探偵事務所《ゆめみずきよしろうたんていじむしょ》　第《だい》一助手《じょしゅ》　中井麗一《なかいれいいち》』という名刺《めいし》まで持《も》っている。

ちなみに、レーチというのは、〝知《チ》〟性《せい》が〝零《レー》〟という意味《いみ》だ。

長《なが》めの学生服《がくせいふく》をだらしなく着《き》くずし、校則《こうそく》を無視《むし》した長髪《ちょうはつ》を背中《せなか》でくくっている。これは、受験生《じゅけんせい》になった、いまでもかわってない。面接試験《めんせつしけん》を気《き》にしてない姿勢《しせい》は、いさぎよいといえばいさぎよいが、よい子《こ》のみんなはまねしないほうがいいよ。（そういや、レーチ、わたしとおなじ学校《がっこう》へいくつもりで勉強《べんきょう》してたけど、どうなったのかな？）

小柄《こがら》で長髪《ちょうはつ》の野蛮人《やばんじん》——これが、レーチに対《たい》するイメージだ。つまり、教授《きょうじゅ》とおなじ珍獣《ちんじゅう》といってよい。

あと、問題《もんだい》にはださなかったけど、わたしたちがかよってる虹北学園《こうほくがくえん》についても書《か》いておこう。

虹北学園《こうほくがくえん》は、歴史《れきし》の古《ふる》い学校《がっこう》だ。大《おお》きな時計塔《とけいとう》や、歴史的資料《れきしてきしりょう》をいれた旧校舎《きゅうこうしゃ》もある。古《ふる》いだけに、伝説《でんせつ》や怪談話《かいだんばなし》も多《おお》い。伝説《でんせつ》のなかでも、『幽霊坂《ゆうれいざか》に霧《きり》がかかると、亡霊《ぼうれい》がよみがえる。』『時計塔《とけいとう》の鐘《かね》が鳴《な》ると、人《ひと》が死《し》ぬ。』『校庭《こうてい》の魔法円《まほうえん》に人《ひと》がふる。』『夕暮《ゆうぐ》れどきの大《おお》イチョウは人《ひと》を喰《く》う。』の四つが有名《ゆうめい》だ。（これらは、文芸部《ぶんげいぶ》の先輩《せんぱい》がつくったものだけどね。）

旧校舎《きゅうこうしゃ》には開《あ》かずの教室《きょうしつ》があって、そこには妖《あやかし》が封印《ふういん》されてるって怪談話《かいだんばなし》もある。（こわいから、あまり知《し》らないようにしている。）

この旧校舎《きゅうこうしゃ》は、春休《はるやす》みにとりこわされるそうだ。最近《さいきん》、貴重《きちょう》な歴史的資料《れきしてきしりょう》がすこしずつはこびだされている。旧校舎《きゅうこうしゃ》のまわりにとめられた、作業《さぎょう》を待《ま》ってるクレーン車《しゃ》やパワーショベルなどの重機《じゅうき》を見《み》ると、なんだかさびしい気持《きも》ちになってしまう。

とりこわされる旧校舎《きゅうこうしゃ》と、卒業《そつぎょう》する自分《じぶん》たちが、かさなって思《おも》えてくる。

あと、虹北学園《こうほくがくえん》の校訓《こうくん》は『自主自立《じしゅじりつ》』……だったような気《き》がする。（『友情《ゆうじょう》、努力《どりょく》、勝利《しょうり》』だったかな？　ごめんなさい、よくおぼえてません。）

生徒会《せいとかい》や委員会《いいんかい》、各種行事《かくしゅぎょうじ》、クラブ活動《かつどう》など、生徒《せいと》の自主性《じしゅせい》を尊重《そんちょう》している。

……っていうか、ほとんど野放《のばな》し状態《じょうたい》。

やりたいことを思《おも》いっきりやりなさい！　——そうやって学校《がっこう》が背中《せなか》をおしてくれるため、わたしたち生徒《せいと》は、やりたいことを思《おも》いっきりやっている。

そのため、虹北学園《こうほくがくえん》のクラブや同好会《どうこうかい》は百を超《こ》えている。

正確《せいかく》な数《かず》は、先生《せんせい》たちも知《し》らないだろう。なにせ、こういうクラブをつくったと宣言《せんげん》したら、部活動《ぶかつどう》としてみとめられるんだから。

各種行事《かくしゅぎょうじ》も、生徒主導《せいとしゅどう》の実行委員会《じっこういいんかい》がつくられ、とっても盛《も》りあがる。わたしたちの修学旅行《しゅうがくりょこう》は、学校《がっこう》に提出《ていしゅつ》した企画書《きかくしょ》のほかに、〝うら〟の企画《きかく》があって、忘《わす》れられない思《おも》い出《で》となった。

卒業式《そつぎょうしき》が近《ちか》づいているが、これは、ほかの行事《ぎょうじ》とちがって先生主導《せんせいしゅどう》で企画《きかく》される。なんでも、儀式的行事《ぎしきてきぎょうじ》としての意味《いみ》があるとかで、生徒《せいと》ばかりにまかせっぱなしにはできないそうだ。

わたしたち卒業生《そつぎょうせい》が活躍《かつやく》するのは、謝恩会《しゃおんかい》。そういや、そろそろ謝恩会《しゃおんかい》の準備《じゅんび》をすすめていかないとね。（あれ？　まだ謝恩会《しゃおんかい》の実行委員長《じっこういいんちょう》を決《き》めてなかったんじゃないかな？）

在校生《ざいこうせい》は、卒業生《そつぎょうせい》を送《おく》る会《かい》を企画《きかく》する。今年《ことし》のスローガンは、『でていけ！　先輩《せんぱい》たち』だそうだ。

卒業生《そつぎょうせい》を送《おく》る会《かい》の実行委員長《じっこういいんちょう》は、二年生《ねんせい》の岡崎沙和《おかざきさわ》。春《はる》から、茶道部《さどうぶ》と実行委員会《じっこういいんかい》の仕事《しごと》をかけ持《も》ちしながら、準備《じゅんび》している。副実行委員長《ふくじっこういいんちょう》は、おなじく二年生《ねんせい》の豊川未来《とよかわみく》。女子《じょし》ソフトボール部《ぶ》のレギュラーと実行委員会《じっこういいんかい》の仕事《しごと》を、うまく両立《りょうりつ》している。

ほかに、広報担当《こうほうたんとう》と雑務担当《ざつむたんとう》の一年生《ねんせい》が二人《ふたり》、二学期《がっき》から参加《さんか》している。

この四人《にん》が、週《しゅう》に二回《かい》あつまり、わたしたちの卒業《そつぎょう》を盛《も》りあげようとがんばってくれている。放課後《ほうかご》、四人《にん》が図書室《としょしつ》や視聴覚室《しちょうかくしつ》で話《はな》しあってると、わたしたち三年生《ねんせい》は、あまり見《み》ないようにして遠《とお》ざかるようにしている。

それは、誕生日《たんじょうび》が近《ちか》づいたとき娘《むすめ》がないしょで贈《おく》ってくれるプレゼントを、ワクワクしながら待《ま》ってるお父《とう》さんの気持《きも》ちに似《に》ている。(贈《おく》ってくれなかったときのガッカリ感《かん》は、想像《そうぞう》すると冷《つめ》たい汗《あせ》が流《なが》れる。)

いったい、どんな企画《きかく》で、わたしたちの卒業《そつぎょう》に花《はな》をそえてくれるつもりなんだろう?

あっと、いけない。

ずいぶん、話《はなし》が脱線《だっせん》してしまった。

はやく物語《ものがたり》をすすめないとね。

三月《がつ》の卒業《そつぎょう》まで、あとすこしになったわたしたち。

立《た》ちどまってるわけにはいかない。のぞまなくても、変化《へんか》は確実《かくじつ》にやってくる。

いま、受験《じゅけん》のことで頭《あたま》がいっぱいなのは、しあわせなのかもしれない。見《み》えない未来《みらい》や変化《へんか》についていて、考《かんが》えなくていいから……。

いつまでも、子《こ》どものままではいられない。そんなことはわかっている。ただ、はっきりと意《い》識《しき》したくなかっただけ。

こんなわがままがゆるされるなら、もうすこしだけ、みんなとたわいない話《はなし》をしていたかった。

でもわたしたちは、この事件《じけん》で、いやでも将来《しょうらい》について考《かんが》えなくてはいけなくなった。

夢《ゆめ》……。

別《わか》れ……。

出会《であ》い……。

そう、もうわたしたちは立《た》ちどまってるわけにはいかない。

事件《じけん》のきっかけは、なんだったのだろう？
転校生《てんこうせい》がやってきたこと？
校長先生《こうちょうせんせい》が、あのことばを口《くち》にしたこと？
いや。四十数年《すうねん》まえ——、すでに、事件《じけん》の種《たね》はまかれていたのかもしれない。
事件《じけん》の舞台《ぶたい》は、虹北学園《こうほくがくえん》。
わたしたちは、開《あ》かずの教室《きょうしつ》を開《あ》けてしまった……。

あっと、そのまえに、教授《きょうじゅ》が風邪《かぜ》をひいた話《はなし》を書《か》かなきゃ……。

第《だい》一部《ぶ》　きざみネギと焼《や》きミカン、ほうれん草《そう》。――そして、強制労働《きょうせいろうどう》

教授《きょうじゅ》が、風邪《かぜ》をひいた。

ワニがうで立《た》てふせしたってくらい信《しん》じられない話《はなし》かもしれないけど、信《しん》じてほしい。

教授《きょうじゅ》も、人間《にんげん》だったんだ……。

「い～つも、すまないねぇ～。」

毎度《まいど》おなじみのセリフだけど、声《こえ》に力強《ちからづよ》さがない。

ソファーに寝《ね》ころんだ教授《きょうじゅ》。綿入《わたい》れはんてんを着《き》こんで、山《やま》のようにふとんをかけられている。ほとんどのふとんが、わが家《や》からはこびこまれたものだ。あと、ヤカンをのっけたダルマストーブも、わが家《や》のもの。

美衣《みい》が、教授《きょうじゅ》の口《くち》に体温計《たいおんけい》をおしこむ。

デジタルの体温計《たいおんけい》じゃなく、むかしながらの水銀《すいぎん》をつかった体温計《たいおんけい》だ。

「……四十度《ど》八分《ぶ》。」

まったく、なにをしたらこんなに大風邪《おおかぜ》をひくのか……。

わたしは、洋館《ようかん》の部屋《へや》を見《み》まわした。

壁一面《かべいちめん》を埋《う》めつくす本棚《ほんだな》。床《ゆか》には、はいりきらなかった本《ほん》が山《やま》になっている。

そして、窓《まど》ぎわの山《やま》の上《うえ》に雪《ゆき》がつもっている。

名探偵《めいたんてい》でなくても、推理《すいり》できる。教授《きょうじゅ》は、窓《まど》をしめるのも忘《わす》れてなにかに熱中《ねっちゅう》していたんだ。

その本《ほん》の山《やま》のわきに、試験管《しけんかん》やビーカー、お鍋《なべ》などが散乱《さんらん》している。台所《だいどころ》と研究室《けんきゅうしつ》をおなじ部《へ》屋《や》につくり、台風《たいふう》におそわせたら、こんな感《かん》じになるんじゃないだろうか。

わたしは、ビーカーのわきに落《お》ちてるお餅《もち》をひろいあげた。その横《よこ》には、シャーレに入《い》れられたパチンコ玉《だま》くらいのまるい物体《ぶったい》が数個《すうこ》――なに、これ？

いったい、教授《きょうじゅ》はなにをしようとしていたのか？

推理《すいり》しきれなくなったわたしは、教授《きょうじゅ》にきいた。

「お正月《しょうがつ》にのこったお餅《もち》をつかって、風船《ふうせん》ガムの新製品《しんせいひん》をつくろうとしたんだ。一週間《しゅうかん》、不眠不《ふみんふ》休《きゅう》でがんばった結果《けっか》、なんとか試作品《しさくひん》ができたよ。きみたち、よかったら食《た》べてみてよ。」

うれしそうにいう教授《きょうじゅ》。わたしたちは、つつしんで辞退《じたい》。

「計算《けいさん》では、市販《しはん》の風船《ふうせん》ガムの五倍《ばい》はふくらむはずなんだ。」

〝計算《けいさん》では〟ってことは、教授《きょうじゅ》も食《た》べてないんだろうか？

まったく、そんなバカな実験《じっけん》してるから、こんな大風邪《おおかぜ》をひくのよ！

教授《きょうじゅ》がふとんから手《て》をのばし、枕元《まくらもと》の『仮題《かだい》・中学殺人事件《ちゅうがくさつじんじけん》』をとろうとする。

わたしは、その手《て》をバシッとたたく。

「風邪《かぜ》のときくらい、本《ほん》を読《よ》まずにおとなしく寝《ね》てなさい！」

文句《もんく》をいう教授《きょうじゅ》。

「でもさ、この推理小説《すいりしょうせつ》、ものすごくおもしろいんだよ。だって、読者《どくしゃ》が――。」

わたしは、あわてて教授《きょうじゅ》の口《くち》を手《て》でおさえる。

推理小説《すいりしょうせつ》の犯人《はんにん》をバラすのって、万死《ばんし》に値《あたい》するのよ。

真衣《まい》は、さっきから教授《きょうじゅ》の本棚《ほんだな》をあさって、風邪《かぜ》の治《なお》し方《かた》の本《ほん》をさがしている。抜《ぬ》きだした本《ほん》に、『ジステンパーの症状《しょうじょう》と治療《ちりょう》』というタイトルが書《か》かれてたけど、気《き》にしないでおこう。

それにしても、教授《きょうじゅ》が寝《ね》こむとやっかいだ。ただでさえわがままなのに、病気《びょうき》になるとわがまま指数《しすう》のメーターがふりきれる。

とくに、食事《しょくじ》への注文《ちゅうもん》が多《おお》い。

「京風《きょうふう》の石狩鍋《いしかりなべ》は、塩《しお》をひかえめにしてね。なにせ、ぼくは病人《びょうにん》なんだから。あと、玉子《たまご》は、いつもの倍《ばい》の量《りょう》を入《い》れてね。なにせ、ぼくは病人《びょうにん》なんだから——。」

そういって、いつもの三倍《ばい》は食《た》べる。風邪《かぜ》がなおっても、食《た》べすぎで寝《ね》こむんじゃないかと心《しん》配《ぱい》になる。

「でも、なかなかなおらないね……。」

美衣《みい》の心配《しんぱい》そうな声《こえ》。

「これだけあたたかくして栄養《えいよう》とって、ゆっくり休《やす》んでるんだから、なおってもよさそうなのにね。」

真衣《まい》も、不思議《ふしぎ》そうだ。

しかし、つぎの瞬間《しゅんかん》、わたしたち三姉妹《しまい》は理解《りかい》した。

「教授《きょうじゅ》って、ふだんから、えさもらって、ゆっくり休《やす》んでゴロゴロしてるんだもん。これじゃあなおらないわよ。」

うなずきあう、わたしたち。

「じゃあ、どうすればなおるのかな？」

真衣《まい》と美衣《みい》が、長女《ちょうじょ》をたよる目《め》でわたしを見《み》る。

――えーっと……。

答《こた》えを持《も》ってないわたしは、大量《たいりょう》のきざみネギをつつんだバンダナを、教授《きょうじゅ》の首《くび》に巻《ま》く。

すごいネギのにおいに、教授《きょうじゅ》が顔《かお》をしかめる。

「……亜衣《あい》ちゃん、このネギは、いったいなんなのかな？」

「がまんしてね。田舎《いなか》のおばあちゃんがいってたんだけど、風邪《かぜ》ひいたときは、きざみネギをのどに巻《ま》くといいんだって。」

つづいて、真《ま》っ黒《くろ》に焼《や》いたミカンをだす。

「なに、その黒《くろ》い物体《ぶったい》？」

教授《きょうじゅ》の顔《かお》に、恐怖《きょうふ》の表情《ひょうじょう》がうかんだ。

「これも、おばあちゃんに教《おし》えてもらったの。焼《や》いたミカンは、風邪《かぜ》にきくんだって。」

わたしは、ミカンの黒《くろ》い皮《かわ》をむく。

「はい。あ～ん。」

ぱっかりあいた教授《きょうじゅ》の口《くち》は、わたしの持《も》った黒《くろ》い皮《かわ》を見《み》て、ぴったりとじた。

「どうしたの？」

不思議《ふしぎ》そうなわたしに、教授《きょうじゅ》はおそるおそるって感《かん》じできいた。

「亜衣《あい》ちゃん、ぼくにこげた皮《かわ》を食《た》べさせようとしてない？」

「だって、せっかく焼《や》いたのに、皮《かわ》も食《た》べなかったらもったいないじゃない。」

「…………」

元論理学教授《もとろんりがくきょうじゅ》は、わたしの理論《りろん》をひっくり返《かえ》そうと頭《あたま》をひねる。そしてなにかいおうと口《くち》をひらいた瞬間《しゅんかん》、わたしはこげた皮《かわ》をおしこんだ。とても悲《かな》しそうな顔《かお》になる教授《きょうじゅ》。

「できたら、民間療法《みんかんりょうほう》ではなく、最新《さいしん》の西洋医学《せいよういがく》で看病《かんびょう》してほしいんだけどな……。」

そういう教授《きょうじゅ》の舌《した》が、黒《くろ》い。

真衣《まい》がきく。

「そういや、洋館《ようかん》に風邪薬《かぜぐすり》っておいてないの？」

「ないよ。」

「買《か》ってこようか。」

真衣《まい》は、そういいながら、手《て》をだした。

教授《きょうじゅ》は、ふとんの下《した》から黒《くろ》いガマ口《ぐち》をとりだす。

「薬《くすり》はいいよ。それより、ほうれん草《そう》を買《か》ってきてくれないかな。」

ほうれん草《そう》？　風邪《かぜ》に、ほうれん草《そう》ってきくの？

すると教授《きょうじゅ》は、指《ゆび》をチッチッチとふった。

「認識不足《にんしきぶそく》だね。ポパイを知《し》らないのかい？」

ポパイ……？

わたしたち三姉妹《しまい》は、教授《きょうじゅ》の本棚《ほんだな》から百科事典《ひゃっかじてん》をとりだし、調《しら》べた。

「――ほうれん草《そう》を食《た》べると超人的《ちょうじんてき》パワーをだすポパイと、その恋人《こいびと》オリーブ、そしてブルートの三人《にん》をめぐるコメディ。」

そう書《か》いてあった。

「つまり、ほうれん草《そう》を食《た》べると超人的《ちょうじんてき》な力《ちから》がでるんだよ。風邪《かぜ》なんかすぐになおっちゃうよ。」

とくいげな教授《きょうじゅ》。そして、買《か》い物《もの》にいこうとしたわたしたちを、よびとめた。その手《て》に、新聞《しんぶん》広告《こうこく》がにぎられている。

「あと、ほうれん草《そう》は、そのまま食《た》べるより、ステーキ肉《にく》といっしょに食《た》べたほうが効《き》き目《め》があるんだ。だから、忘《わす》れずにステーキ肉《にく》も買《か》ってきてくれないかな。今日《きょう》は、このスーパーで、肉《にく》の特売《とくばい》をやってるよ。」

わたしたちに、新聞広告《しんぶんこうこく》をわたす教授《きょうじゅ》。(ちなみに、新聞《しんぶん》をとってない教授《きょうじゅ》は、一週間《しゅうかん》に一《いち》度《ど》、わが家《や》から古新聞《ふるしんぶん》を持《も》っていく。)

一枚《まい》一枚《まい》、広告《こうこく》をチェックするなんて、教授《きょうじゅ》は主婦《しゅふ》の鑑《かがみ》だ。(ただ、ざんねんなことに、教授《きょうじゅ》は主婦《しゅふ》じゃないけど……。)

「ぜいたくいわないから、サーロインじゃなくてもいいよ。ただ、たてか横《よこ》かわからないくらいのボリュームはほしいな……。」

むちゃくちゃぜいたくいってる。

わたしは手《て》をだして、お肉《にく》を買《か》うためのお金《かね》を要求《ようきゅう》する。

「あー、熱《ねつ》が上《あ》がってきた。わるいけど、立《た》て替《か》えといてよ。まだ、お年玉《としだま》が三人《にん》あわせて四万《まん》七千三百二十五円《えん》、のこってるだろ。」

ふとんを頭《あたま》からかぶって、教授《きょうじゅ》がいった。

わたしは冷《つめ》たい声《こえ》できいた。

「とっても元気《げんき》に肉《にく》を要求《ようきゅう》してるけど、風邪《かぜ》、なおってるんじゃないの?」

「………。」

返事《へんじ》がない。

買《か》い物《もの》にいく途中《とちゅう》、わたしたちは、それぞれのお年玉《としだま》の残高《ざんだか》を報告《ほうこく》しあった。その合計金額《ごうけいきんがく》は、四万《まん》七千三百二十五円《えん》。

……教授《きょうじゅ》、どうして知《し》ってたんだろう？

ほうれん草《そう》と、さいころステーキの小《ちい》さなパックを買《か》って、洋館《ようかん》に帰《かえ》る。

「あれ？」

ちゃんとしめてあったはずの玄関《げんかん》ドアがあけっぱなし。中《なか》へはいると、冷《つめ》たい風《かぜ》が吹《ふ》いてくる。いたるところの窓《まど》が、全開《ぜんかい》だ。

「……どうして窓《まど》があいてるの？」

心配《しんぱい》になってきたわたしたちは、いそいで教授《きょうじゅ》が寝《ね》ている部屋《へや》へ。

「教授《きょうじゅ》、なにかあったの！」

部屋《へや》に飛《と》びこむと、ひどいありさまだった。

全開《ぜんかい》の窓《まど》から、冷《つめ》たい北風《きたかぜ》が吹《ふ》きこんでいる。ダルマストーブは消《け》され、シュンシュンと湯気《ゆげ》をだしていたヤカンは、しずまりかえっている。

床《ゆか》でキラリと光《ひか》ったのは、割《わ》れた体温計《たいおんけい》だ。

そのまわりに、たくさんの足跡《あしあと》。

はげしい乱闘《らんとう》があったみたい。

いままでもちらかっていた部屋《へや》が、ますますちらかっている。まるで、巨大《きょだい》な乾燥機《かんそうき》に部屋《へや》ごとほうりこんだような状態《じょうたい》だ。

そして、教授《きょうじゅ》が床《ゆか》にころがっている。ふとんと綿入《わたい》れはんてんをはぎとられた教授《きょうじゅ》を見《み》て、わたしは因幡《いなば》の白《しろ》ウサギをイメージした。

水《みず》をかけられたのか黒背広《くろせびろ》がグッショリぬれて、ガタガタふるえている。

「教授《きょうじゅ》、だいじょうぶ？　なにがあったの！」

わたしたちは、教授《きょうじゅ》を抱《だ》きおこす。

「……とつぜん……だれかがはいってきて……ぼくがつくったガムを……。」

教授《きょうじゅ》が、指《ゆび》さすほうには、空《から》っぽのシャーレがころがっている。

そこまでいって、教授《きょうじゅ》が意識《いしき》をなくした。

家《いえ》に帰《かえ》って、伊藤《いとう》さんに電話《でんわ》。

救急車《きゅうきゅうしゃ》よりも、伊藤《いとう》さんが運転《うんてん》するポチアマゾンのほうが速《はや》い。ポチアマゾンがくるまでのあいだに、上越警部《じょうえつけいぶ》に連絡《れんらく》。教授《きょうじゅ》が怪人《かいじん》におそわれたって話《はなし》をすると、警部《けいぶ》はおどろいて電話《でんわ》をきった。

伊藤《いとう》さんと協力《きょうりょく》して、教授《きょうじゅ》をポチアマゾンに乗《の》せ、近《ちか》くにできたばかりの病院《びょういん》へ。

肺炎《はいえん》をおこしかけてるということで、教授《きょうじゅ》はすぐに入院《にゅういん》することになった。

完全看護《かんぜんかんご》を売《う》りにしている病院《びょういん》なので、わたしたちはつきそいすることなく家《いえ》に帰《かえ》った。

「覆面《ふくめん》をした男《おとこ》でした。とつぜん、部屋《へや》にはいってくると、ぼくのふとんをはぎ、水《みず》をかけました。そして、ぼくが寒《さむ》さにふるえてるあいだに、新《あたら》しく開発《かいはつ》したガムを盗《ぬす》んでいったのです。」

入院《にゅういん》したつぎの日《ひ》、意識《いしき》を回復《かいふく》した教授《きょうじゅ》が、上越警部《じょうえつけいぶ》と部下《ぶか》の岩清水刑事《いわしみずけいじ》に、きのうのできごとを話《はな》している。

一人部屋《ひとりべや》の病室《びょうしつ》。暖色《だんしょく》でぬられた壁《かべ》に、風景画《ふうけいが》がかけられている。大《おお》きなベッドに教授《きょうじゅ》が寝《ね》てなかったら、ホテルの部屋《へや》とまちがいそうだ。

「この三日《みっか》ほど、見知《みし》らぬ男《おとこ》が洋館《ようかん》をのぞきこんでることがよくありました。ぼくがガムを完成《かんせい》させるのを待《ま》っていたのでしょう。おそらく、製菓会社《せいかがいしゃ》の人間《にんげん》です。」

教授《きょうじゅ》のことばを手帳《てちょう》に書《か》き留《と》める上越警部《じょうえつけいぶ》。手帳《てちょう》をしまうと、いった。

「災難《さいなん》だったな、夢水《ゆめみず》さん。しばらくは、警備《けいび》の人間《にんげん》をつけるから、安心《あんしん》して体《からだ》をなおしてくれ。」

そして、岩清水刑事《いわしみずけいじ》に合図《あいず》する。

ホルスターから拳銃《けんじゅう》を抜《ぬ》き、弾丸《だんがん》をチェックする岩清水刑事《いわしみずけいじ》。いったい、どんな警備《けいび》をするつもりなんだろう……。

そのとき、看護師《かんごし》さんがはいってきた。ピンク色《いろ》のナース服《ふく》を着《き》た、若《わか》い看護師《かんごし》さんだ。(つけくわえると、美人《びじん》)

「お食事《しょくじ》の時間《じかん》です。」

そして、わたしたちは病室《びょうしつ》を追《お》いだされた。ドアをしめるとき、とってもしあわせそうな教授《きょうじゅ》の顔《かお》を、わたしは見《み》のがさなかった。


家《いえ》に帰《かえ》ったわたしたちは、考《かんが》えた。

教授《きょうじゅ》が開発《かいはつ》した風船《ふうせん》ガム。そんなものをほしがる製菓会社《せいかがいしゃ》があるだろうか?

すると、すぐに答《こた》えがでた。

あるわけない！

つぎの日《ひ》、病室《びょうしつ》へむかうわたしたちは、廊下《ろうか》ですれちがった看護師《かんごし》さんたちの会話《かいわ》をきいた。

「おかしいのよ。きのうから、患者《かんじゃ》さんたちがご飯《はん》をのこしてないの。」

「わたしも気《き》づいてた。いつもは、のこった食事《しょくじ》で重《おも》いワゴンが、かんたんにおせるのよ。」

「巨大《きょだい》ネズミが、ワゴンにもどされた食器《しょっき》から、のこったご飯《はん》を食《た》べてるのかしら？」

「この病院《びょういん》、できてからまだ一週間《しゅうかん》もたってないのよ。そんな大《おお》きなネズミがでるわけないわ。」

そのとおり。でるのは、巨大《きょだい》ネズミではなく教授《きょうじゅ》だろう。

教授《きょうじゅ》の病室前《びょうしつまえ》。警備《けいび》についてるはずの岩清水刑事《いわしみずけいじ》は見《み》あたらない。

「岩清水刑事《いわしみずけいじ》、どこへいったの？」

中《なか》へはいって、教授《きょうじゅ》にきく。

「きのうの夜《よる》、上越警部《じょうえつけいぶ》から連絡《れんらく》があって帰《かえ》ったよ。まったくこまったもんだ。善良《ぜんりょう》な市民《しみん》をまもらずに帰《かえ》るんだからね。」

血色《けっしょく》のよい教授《きょうじゅ》がこたえる。

なるほど……。岩清水刑事《いわしみずけいじ》が帰《かえ》ったってことは、わたしたちが気《き》づいたことに警部《けいぶ》も気《き》づいたみたいね。

わたしたち三姉妹《しまい》は、教授《きょうじゅ》のベッドをとりかこむ。

ベッドサイドのテーブルには、フルーツのかご盛《も》り。『セ・シーマ』編集部《へんしゅうぶ》からというカードがついている。

「伊藤《いとう》さんが持《も》ってきてくれたんだ。マナーを知《し》ってる大人《おとな》はちがうね。ちゃんと、お見舞《みま》いの品《しな》を持《も》ってくる。」

手《て》ぶらできたわたしたちに対《たい》するあてこすりだ。

真衣《まい》が口《くち》をひらく。

「じゃあ、お見舞《みま》いのかわりに、おもしろい話《はなし》をきかせてあげる。」

「おもしろい話《はなし》?」

首《くび》をひねる教授《きょうじゅ》に、美衣《みい》がいう。

「そう。日本《にっぽん》につたわる伝統芸能《でんとうげいのう》――。」

教授《きょうじゅ》は、キョトンとしている。

わたしは、答《こた》えをいう。

「狂言《きょうげん》って知《し》ってるでしょ？」

「さて――。」

わたしは、教授《きょうじゅ》にいう。

「教授《きょうじゅ》は、上越警部《じょうえつけいぶ》に『犯人《はんにん》は製菓会社《せいかがいしゃ》の人間《にんげん》で、新《あたら》しく開発《かいはつ》した風船《ふうせん》ガムをうばうのが目的《もくてき》だった。』っていったわね。まちがいない？」

うなずく教授《きょうじゅ》。

「すると、おかしなことがでてくるの。犯人《はんにん》は、どうして洋館《ようかん》の窓《まど》をあけたの？」

真衣《まい》の疑問《ぎもん》に、教授《きょうじゅ》がこたえる。

「それは……窓《まど》からにげるためじゃないかな……。」

美衣《みい》が、首《くび》を横《よこ》にふる。

「だったら、一か所《しょ》あけるだけでいいじゃない。犯人《はんにん》は、洋館《ようかん》じゅうの窓《まど》をあけてたわ。一刻《いっこく》もはやくにげたい犯人《はんにん》が、どうして時間《じかん》をかけて窓《まど》をあけたのか？」

教授《きょうじゅ》は、こたえられない。

わたしは、答《こた》えをいう。

「犯人《はんにん》が窓《まど》をあけたのは、冷《つめ》たい風《かぜ》を入《い》れるため。教授《きょうじゅ》の風邪《かぜ》を悪化《あっか》させるために――。」

教授《きょうじゅ》のほほを汗《あせ》がツーッと流《なが》れる。

わたしは、教授《きょうじゅ》に指《ゆび》をビシッとつきつける。

「製菓会社《せいかがいしゃ》の人間《にんげん》が、教授《きょうじゅ》の風邪《かぜ》を悪化《あっか》させても、なんの得《とく》もない。」

いま、教授《きょうじゅ》の頭《あたま》はフル回転《かいてん》して、言《い》い逃《のが》れを考《かんが》えてるんだろう。

「じゃ……じゃあ、製菓会社《せいかがいしゃ》の人間《にんげん》が犯人《はんにん》という前提《ぜんてい》がまちがってたんだよ。」

教授《きょうじゅ》が、うわずった声《こえ》でいう。

「ほら、ぼくはいままでたくさんの事件《じけん》を解決《かいけつ》してきただろ。そのなかで、ぼくに恨《うら》みを持《も》った人間《にんげん》が犯人《はんにん》なんだよ。」

「……………」

「犯人《はんにん》の目的《もくてき》は、ガムをうばうことじゃなく、ぼくの風邪《かぜ》を悪化《あっか》させて殺《ころ》すことだったんだ。うん、きっとそうにきまってる！」

「……………」

「はやく上越警部《じょうえつけいぶ》に連絡《れんらく》してあげないといけないいな。きっと、製菓会社《せいかがいしゃ》を調《しら》べてるはずだから。」

わたしは、教授《きょうじゅ》のことばにチッチッチと指《ゆび》をふった。

「教授《きょうじゅ》は、みんなが幸《しあわ》せになるように事件《じけん》を解決《かいけつ》する名探偵《めいたんてい》でしょ。いままで、人《ひと》からうらまれるような解決《かいけつ》のしかたはしてないはずよ。」

恨《うら》みを買《か》うとしたら、さんざん迷惑《めいわく》をかけられてるわたしたちからだ。そのわたしたちが犯人《はんにん》ではないとしたら——。

「今回《こんかい》の事件《じけん》の犯人《はんにん》は、教授《きょうじゅ》でしょ！」

わたしたちは、ビシッと教授《きょうじゅ》を指《ゆび》さす。

フッと鼻《はな》で笑《わら》い、教授《きょうじゅ》が肩《かた》をすくめる。

「亜衣《あい》ちゃんたちは、ぼくが自分《じぶん》で水《みず》をかぶったり、窓《まど》をあけたりしたというのかい？ バカげてるよ。そのせいで、ぼくは肺炎寸前《はいえんすんぜん》になったんだよ。」

「そのバカげたことを、教授《きょうじゅ》はやったのよ。入院したいいいいいためにね。」

わたしたちには、あの日《ひ》の教授《きょうじゅ》の行動《こうどう》が、すべて想像《そうぞう》できている。

まず、スーパーマーケットの広告《こうこく》をさがしてるときに、教授《きょうじゅ》は、新《あたら》しくできた病院《びょういん》の案内広告《あんないこうこく》を見《み》つけたんだ。

「この病院《びょういん》ね。」

美衣《みい》が、ピンクのナース服《ふく》を着《き》た看護師《かんごし》さんがのった広告《こうこく》を見《み》せる。『完全看護《かんぜんかんご》』や『味《あじ》の保証《ほしょう》つき病院食《びょういんしょく》』という文字《もじ》が見《み》える。

「教授《きょうじゅ》は、わたしたちから看病《かんびょう》してもらうのが限界《げんかい》に近《ちか》づいてると感《かん》じていた。だから、この病院《びょういん》に入院《にゅういん》しようと考《かんが》えたのね？」

「…………」

教授《きょうじゅ》はこたえない。わたしは、かまわずつづける。

「しかし、まずいことに風邪《かぜ》がなおりかけている。これでは病院《びょういん》へいっても、すぐに帰《かえ》される。考《かんが》えた教授《きょうじゅ》は、自分《じぶん》の風邪《かぜ》を悪化《あっか》させることにした。」

「…………」

「ストーブを消《け》し、窓《まど》をあけ、部屋《へや》の温度《おんど》をさげる。熱《ねつ》をはかられたらマズイので、体温計《たいおんけい》も割《わ》る。床《ゆか》に足跡《あしあと》をつけ、乱闘《らんとう》の痕跡《こんせき》をつくってから、教授《きょうじゅ》は水《みず》をかぶった。」

「…………」

「計画《けいかく》は成功《せいこう》し、教授《きょうじゅ》はおいしい病院食《びょういんしょく》を食《た》べ、きれいな看護師《かんごし》さんに看病《かんびょう》してもらうことができた。」

「そこまでわかってるのなら、正直《しょうじき》にいおう。きみたちのいうとおりだよ。」

すっかり開《ひら》きなおってる教授《きょうじゅ》。

「楽《たの》しい思《おも》いはできたしね、もうバレてもいいよ。ベッドに寝《ね》てばかりいるのにもあきてきたし。」

完全犯罪《かんぜんはんざい》をなしとげたって感《かん》じの教授《きょうじゅ》。とても満足《まんぞく》そう。

そんな教授《きょうじゅ》に、わたしは天使《てんし》のほほえみをうかべていった。

「教授《きょうじゅ》がひとつ忘《わす》れてることを教《おし》えてあげる。入院《にゅういん》するのには、お金《かね》がいるのよ。」

「えっ？」

教授《きょうじゅ》が、ビックリした声《こえ》をだして、きいた。

「……病人《びょうにん》から、お金《かね》をとるの？」

うなずくわたしたち。

まえにも書《か》いたけど、教授《きょうじゅ》に常識《じょうしき》はない。

「わたしたちが無償《むしょう》で看病《かんびょう》してあげてたから、入院《にゅういん》しても無料《タダ》だってかんちがいしたのね。」

「………。」

「完全看護《かんぜんかんご》の病院《びょういん》は、ほかの病院《びょういん》よりもお金《かね》がかかるわよ。」

わたしのことばをしばらく考《かんが》える教授《きょうじゅ》。その顔《かお》が、だんだん青《あお》ざめていく。

「なんだか、気分《きぶん》がわるくなってきたよ……。わるいけど、看護師《かんごし》さんをよんでくれないかな。」

「よんであげてもいいけど、それより一刻《いっこく》もはやく退院《たいいん》することをおすすめするわ。入院《にゅういん》が長《なが》びくほど、お金《かね》がかかるってこと理解《りかい》できるよね？」

「………。」

「じゃあ、おだいじに。」

わたしたち三姉妹《しまい》は、病室《びょうしつ》のドアをしずかにしめた。

けっきょく、教授《きょうじゅ》が洋館《ようかん》にもどってきたのは二週間後《しゅうかんご》だった。すぐに帰《かえ》ろうとしたのだが、入《にゅう》院費《いんひ》をはらうことのできなかった教授《きょうじゅ》は、病院《びょういん》の下働《したばたら》きをさせられていたのだ。

第《だい》二部《ぶ》　開《あ》かずの教室《きょうしつ》を開《あ》けるとき

01　時間《じかん》の流《なが》れの小品《ア・ラ・カルト》——四十数年《すうねん》まえ

「ようこそ——。」

あいつは、そういって優雅《ゆうが》に礼《れい》をした。それは、舞台《ぶたい》に立《た》つ者《もの》が、たくさんの観客《かんきゃく》にむかってする礼《れい》だ。やろうと思《おも》って、かんたんにできるようなものじゃない。

顔《かお》をあげたあいつは、おれたち四人《にん》にむかっていった。

「夢見《ゆめみ》の招待《しょうたい》におうじてくれて、感謝《かんしゃ》します。」

おれたちより頭《あたま》ひとつ小《ち》さい体《からだ》が、とても大《おお》きく見《み》える。

おれのとなりにいた島井《しまい》がきいた。

「なんだよ、〝夢見《ゆめみ》〟って?」

あいつは、にっこりほほえむ。

「ぼくの名《な》まえだよ。ぼくは、今夜《こんや》から夢見《ゆめみ》だ。」

ゾクリとすることばだった。

――いままでの名《な》まえはすてた。

あいつは、そういってるんだ。

すると、とたんに、親友《しんゆう》だと思《おも》っていたあいつが、どこか遠《とお》い存在《そんざい》になってしまったような気《き》がした。

卒業式《そつぎょうしき》もおわって、もう春休《はるやす》みにはいっている。夜《よる》の校舎《こうしゃ》に、人気《ひとけ》はない。

おれたちは、先週《せんしゅう》までつかっていた教室《きょうしつ》にあつめられた。

――肝《きも》だめしでもするのかな？

うかれた頭《あたま》で、そんなことを考《かんが》えた。

卒業《そつぎょう》というのは、不思議《ふしぎ》なものだ。学校《がっこう》にかよっていたときの不安《ふあん》や悩《なや》みなどが、卒業《そつぎょう》したとたん風船《ふうせん》のようにかるくなってしまった。

そんなおれたちだったから、気楽《きらく》に夜《よる》の校舎《こうしゃ》にしのびこんだんだろう。四月《がつ》から、この校舎《こうしゃ》はつかわれなくなる。男子《だんし》トイレの窓《まど》の鍵《かぎ》がこわれたままなのを知《し》ってたから、楽《らく》なもんだった。

掲示物《けいじぶつ》もはがされ、机《つくえ》や椅子《いす》もはこびだされた教室《きょうしつ》は、みょうによそよそしくて広《ひろ》い。

「じゃあ、はじめようか――。」

あいつは、教室《きょうしつ》の入《い》り口近《ぐちちか》くにある電気《でんき》のスイッチを入《い》れた。

暗《くら》かった教室《きょうしつ》が、蛍光灯《けいこうとう》の光《ひかり》にてらしだされる。

そして、あたりを見《み》まわしたおれたちは、おどろきで声《こえ》をうしなった。

なんだ、これは……。

教室《きょうしつ》に、たくさんの御札《おふだ》がはられている。

壁《かべ》のいたるところ。染《し》みのように、はられた御札《おふだ》。

そして、天井《てんじょう》――。御札《おふだ》が、長《なが》い直線《ちょくせん》になるようにかさねてはられている。何本《なんぼん》も縦横無尽《じゅうおうむじん》に走《はし》る御札《おふだ》の線《せん》。それはまるで、闇雲《やみくも》に斬《き》りつけた刀傷《かたなきず》の跡《あと》みたいだ。(図《ず》①②参照《さんしょう》)

不気味《ぶきみ》な光景《こうけい》だった。だがそれ以上《いじょう》に、あいつがどうやって天井《てんじょう》に御札《おふだ》をはったのかが、おれには気《き》になった。

教室《きょうしつ》の中《なか》を見《み》わたしても、脚立《きゃたつ》も台《だい》もない。そうじ用具入《ようぐい》れをあけた。中《なか》には、柄《え》の長《なが》いモップがはいっていた。これをつかえば、御札《おふだ》をはがせるかもしれないが、はるのはむりだ。

「御札《おふだ》をはるのには、脚立《きゃたつ》をつかったんだ。もう片《かた》づけたけどね。苦労《くろう》したんだよ。」

図《ず》①　教室《きょうしつ》の前方《ぜんぽう》

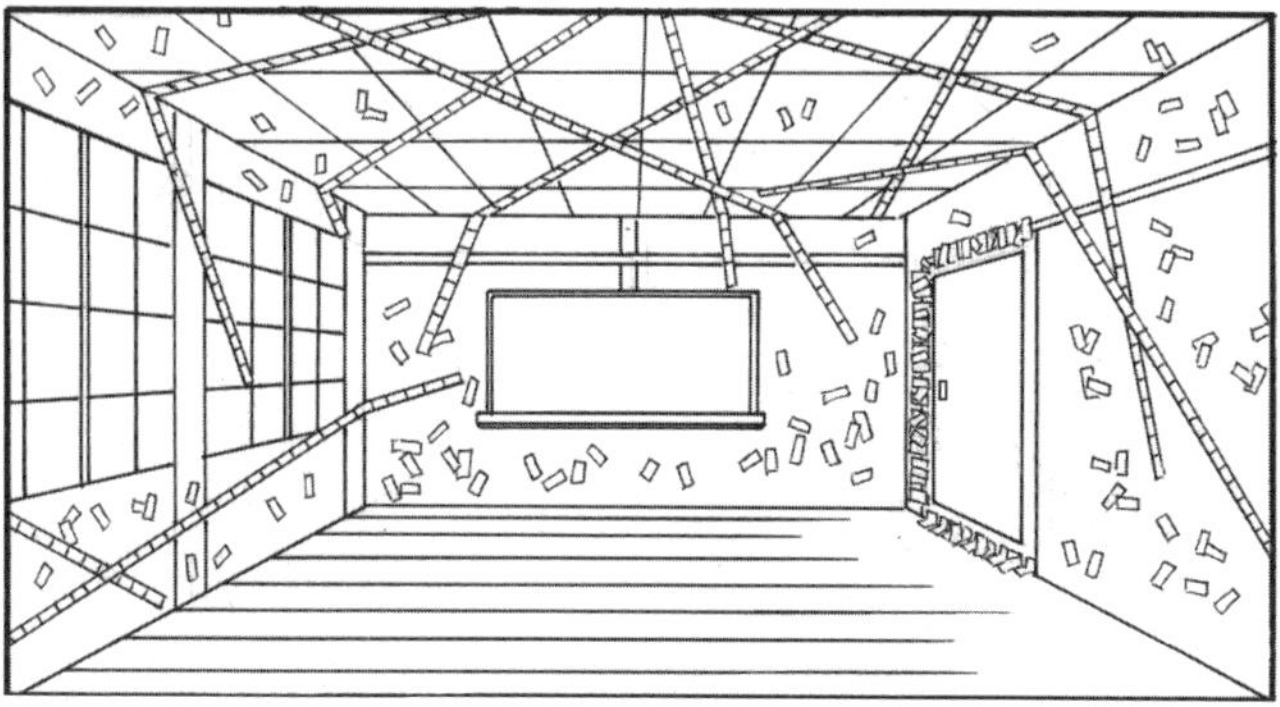

図《ず》②　教室《きょうしつ》の後方《こうほう》

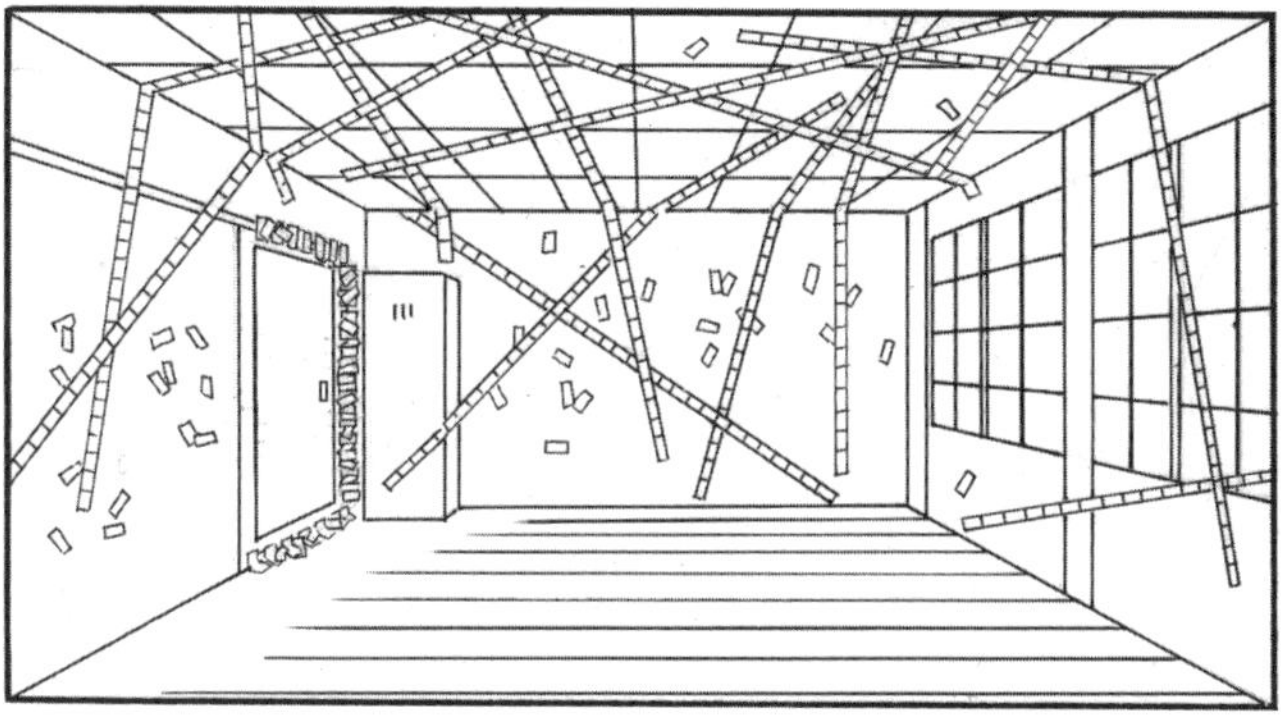

おれの行動《こうどう》を見《み》て、あいつがいった。

「………」

おれは、だまってそうじ用具入《ようぐい》れをしめた。

「なんなんだよ、この御札《おふだ》……？」

眼鏡《めがね》をハンカチでふいて、川津《かわつ》がいう。

「おまえ、こんなに字《じ》がうまかったか？」

「ぼくが書《か》いたんじゃない。おしょうに書《か》いてもらったんだ。紙《かみ》は、ぼくが用意《ようい》した物《もの》だけどね。」

そうこたえて、あいつは後《うし》ろの戸《と》にむかって歩《ある》く。

そして、トランプのカードをひろげるみたいに、御札《おふだ》の束《たば》をだした。戸口《とぐち》と戸《と》の間《あいだ》に速乾性《そっかんせい》の木工用《もっこうよう》ボンドをぬり、御札《おふだ》をはっていく。

これでは、戸《と》を開《あ》けることができない。むりに開《あ》けたら、御札《おふだ》がやぶれてしまうだろう。

「さて――。」

あいつの口《くち》がひらく。

「きみたちが教室《きょうしつ》の外《そと》へでたら、ぼくは、前《まえ》の戸《と》もおなじように御札《おふだ》で開《あ》かないようにする。そして、この教室に封印するんだ。」

「封印《ふういん》するって……なにを？」

すると、あいつの口《くち》が三日月形《みかづきがた》にひらいた。笑《わら》ってるとわかるのに、数秒《すうびょう》かかった。

黒板《こくばん》のところへいくと、あいつはチョークを持《も》った。

きれいに雑巾《ぞうきん》がけされた黒板《こくばん》のはしからはしまでをつかって、大《おお》きく字《じ》を書《か》く。

丸《まる》みのすくない、直線的《ちょくせんてき》な文字《もじ》だ。

「〝夢喰《ゆめく》い〟だよ。」

――ユメクイ……？

それが、なんだかわからなかった。

ただ、あいつの表情《ひょうじょう》から、とても哀《かな》しいイメージが伝《つた》わってくる。

にげることのできない哀《かな》しいイメージ。『不治《ふじ》の病《やまい》』とか『死《し》』とか『絶望《ぜつぼう》』というような……。

――いったい、夢喰《ゆめく》いってなんなんだ？

そう思《おも》ったが、おれはきけなかった。きくのがこわかった。

あいつが、おれたちをひとりずつ指《ゆび》さしていく。

「みんな、夢《ゆめ》があるっていってたよね。川津《かわつ》は科学者《かがくしゃ》。島井《しまい》は役者《やくしゃ》。横山《よこやま》は絵描《えか》き――。」

そして、最後《さいご》におれを指《ゆび》さす。

「土屋《つちや》は学校《がっこう》の先生《せんせい》。」

そのとおりだ。

おれたちをゆっくり見《み》まわしてから、あいつは、ひとりごとのようにいう。

「夢喰《ゆめく》いは、夢《ゆめ》を喰《く》う。きみたちの夢《ゆめ》だけじゃない。子《こ》どもの夢《ゆめ》を、みんな喰《く》ってしまうんだ。だから、ぼくが夢喰《ゆめく》いを封印《ふういん》する。」

「……その夢喰《ゆめく》いって……どこにいるんだ?」

だれかがきいた。

あいつが、黒板《こくばん》の文字《もじ》を見《み》てから、両手《りょうて》をひろげた。

「ここだよ。――いま、この教室《きょうしつ》に、夢喰《ゆめく》いはいるんだ。」

しぼりだすような、あいつの声《こえ》。

ぼくらは、なにもいえず、あいつの話《はなし》をきいていた。声《こえ》をだすということが、どういうことだったのか、忘《わす》れてしまったかのように。

夢喰《ゆめく》いの話《はなし》に、おれたちは圧倒《あっとう》されていた。明《あか》るい昼間《ひるま》にきいたら、子《こ》どもだましのオバケ話《ばなし》だと思《おも》えただろう。でも、夜《よる》の教室《きょうしつ》できく夢喰《ゆめく》いの話《はなし》は、とても子《こ》どもだましと思《おも》えない。

いま、夢喰《ゆめく》いは教室《ここ》にいる。――あいつのことばに、おれはブルッと体《からだ》をふるわせる。なにもない空間《くうかん》から舌《した》がのび、からめとられそうな恐怖《きょうふ》……。

するとあいつがほほえんだ。

さっきまでとちがって、ホッとするような笑顔《えがお》だ。

そう、おれたちといっしょにバカ騒《さわ》ぎしてたときに見《み》せていた、いつもの笑顔《えがお》。

「卒業《そつぎょう》したぼくたちは、春《はる》からバラバラだ。だから、最後《さいご》に、夢喰《ゆめく》いを封印《ふういん》するところを見《み》せたかったんだ。きみたちの夢《ゆめ》が喰《く》われないように――。きみたちの夢《ゆめ》がかなうように――。」

あいつがほほえんでるのを見《み》て、おれたちも体《からだ》の力《ちから》がぬけた。

そうさ、これは、いつもおれたちがやってきたイタズラ、バカ騒《さわ》ぎ、大騒動《おおそうどう》――そんななかのひとつなんだ。

夢喰《ゆめく》いなんてホラーな風味《ふうみ》をくわえたのは、あいつならではの茶目《ちゃめ》っ気《け》だろう。おわったらいつものとおりに肩《かた》を組《く》んで、大笑《おおわら》いするんだ。

なのに……。

なのに、この不安《ふあん》はなんなんだろう……？

あいつが、ぼくらの背中《せなか》をおして、教室《きょうしつ》からだす。

「さぁ、でてでて！　いつまでもここにいたら、夢喰《ゆめく》いに喰《く》われちゃうぞ。それから、あと三十分《ぷん》は戸《と》を開《あ》けちゃダメだよ。まだ、はった御札《おふだ》がかわいてないからね。」

おれたちは、暗《くら》い廊下《ろうか》にだされた。

そして、戸《と》がしまる。

戸《と》のすきまから教室《きょうしつ》の明《あ》かりがこぼれ、廊下《ろうか》に細長《ほそなが》い「コ」の字形《じがた》の線《せん》を描《えが》く。

その線《せん》がすこしずつ消《き》えていく。

あいつが、教室《きょうしつ》の内側《うちがわ》から御札《おふだ》をはっているのだ。

やがて線《せん》は消《き》えた。

真《ま》っ暗《くら》な廊下《ろうか》に、おれたちはバカみたいに立《た》っていた。

廊下《ろうか》の窓《まど》から、月《つき》の光《ひかり》がはいってくる。

おれたちは、青白《あおじろ》い光《ひかり》の中《なか》になにをするでもなく立《た》ちすくむ。

「なぁ、これって、どういうオチになるんだ？」

川津《かわつ》が、のんびりした声《こえ》できいた。

「おれの予想《よそう》だと、あいつは、さよならパーティを計画《けいかく》してるんじゃないかな。ほら、卒業《そつぎょう》まえにバタバタしてて、それらしいことができなかっただろ。」

横山《よこやま》が、のんびりした声《こえ》でこたえる。

「なるほど。こんど、あいつが戸《と》を開《あ》けたとき、教室《きょうしつ》の中《なか》には、食《く》い物《もの》がいっぱい用意《ようい》されてるってわけか。そして、おどろいてるおれたちを見《み》て、あいつは大笑《おおわら》いすると——。」

「酒《さけ》もあるかな?」

二日酔《ふつかよ》いで学校《がっこう》にきたこともある島井《しまい》がきいた。

「それはマズイだろ。高校入学《こうこうにゅうがく》まえに退学処分《たいがくしょぶん》なんて、笑《わら》い話《ばなし》にもなりゃしない。」

そういいながらも、笑《わら》い声《ごえ》がおきた。

おれは笑《わら》えなかった。口《くち》をかたくむすんだまま、みんなの話《はなし》をきいていた。

食《く》い物《もの》を用意《ようい》する? ——どうやって?

あいつはなんの荷物《にもつ》も持《も》ってなかったし、備品《びひん》をはこびだされた教室《きょうしつ》に、なにかをかくせる場《ば》所《しょ》はない。唯一《ゆいいつ》かくせそうなそうじ用具《ようぐ》入れには、モップやほうきなどのそうじ用具《ようぐ》しかはいってなかった。

いったい、あいつはなにをしたいのか?

おれは、考《かんが》える。

あいつは、夢喰《ゆめく》いを封印《ふういん》するっていった。

おれは、入《い》り口《ぐち》の戸《と》に手《て》をかけてみる。

……開《あ》かない。御札《おふだ》がかわいたのだろう。

これで、夢喰《ゆめく》いは封印《ふういん》された。夢喰《ゆめく》いは、夢《ゆめ》を喰《く》う。その夢喰《ゆめく》いといっしょに、あいつは教室《きょうしつ》の中《なか》にいる。

じゃあ――じゃあ、あいつの夢《ゆめ》はどうなるんだ？　自分《じぶん》の夢《ゆめ》は、喰《く》われてもいいっていうのか？

おれは、いつのまにか戸《と》にかけた手《て》に力《ちから》を入《い》れていた。必死《ひっし》で、戸《と》を開《あ》けようとする。

そんなおれを見《み》て、みんなもようすがおかしいことに気《き》づいたようだ。

「おい、どうしたんだ？」

おれは、戸《と》をたたきながらこたえる。

「開《あ》かないんだ！」

島井《しまい》も、戸《と》に手《て》をかけてガタガタさせる。

「あいつ、ほんとうに中《なか》から御札《おふだ》をはったのか？」

「だいじょうぶなのかな……。」

だれも、その質問《しつもん》にこたえない。こたえられない。

だいじょうぶなのか？　——いや、だいじょうぶなはずがない！

「おい、開《あ》けるぞ！」

おれは、戸《と》にけりを入《い》れた。

「いいのか？　まだ三十分《ぷん》たってないぞ。」

「そんなこといってる場合《ばあい》じゃない！」

おれの口調《くちょう》に、まわりのやつらも、ただごとじゃないと思《おも》ったのだろう。

戸《と》を開《あ》けるのに、手《て》をかしてくれる。

しかし、思《おも》いのほか接着剤《せっちゃくざい》の力《ちから》は強力《きょうりょく》で、戸《と》はビクともしなかった。

「おい！　戸《と》を開《あ》けろ！　だいじょうぶなのか！」

おれたちは、あいつの名《な》まえをさけびながら、戸《と》をたたいた。

そういや、あいつは名《な》まえをかえたといっていた。おれはさけんだ。

「夢見《ゆめみ》、夢見《ゆめみ》！　ここを開《あ》けろ！」

しかし、それでも反応《はんのう》はなかった。

おれたちは、戸《と》に体当《たいあ》たりした。三回目《かいめ》の体当《たいあ》たりで、紙《かみ》のやぶれる音《おと》がして、はずれた戸《と》が教室《きょうしつ》の中《なか》にたおれた。

ころがりこむように、おれたちは教室《きょうしつ》の中《なか》にはいる。

電気《でんき》が消《き》えた室内《しつない》。明《あ》かりをつけると、そこにはだれもいなかった。

おれたちは、ゆっくり室内《しつない》を見《み》まわす。なにか猛獣《もうじゅう》がいて、あいつは喰《く》われてしまったんじゃないか——そんな考《かんが》えがうかんだ。

窓《まど》を見《み》る。

ねじこみ式《しき》の錠《じょう》が、すべての窓《まど》にかけられている。

おれは、そうじ用具入《ようぐい》れをあけた。あいつがかくれられるのは、そこしかないと思《おも》ったからだ。しかし、中《なか》にはモップがはいっているだけだった。

あいつは、封印《ふういん》された教室《きょうしつ》の中《なか》で、消《き》えてしまった。

「どこへいったんだ？」

「まさか……夢喰《ゆめく》いに喰《く》われたのか？」

そのことばに、おれたちはあたりを見《み》まわす。闇《やみ》の中《なか》に夢喰《ゆめく》いがひそんで、おれたちをおそおうとしているような気《き》がした。

「おい……あれ、見《み》ろよ。」

だれかが黒板《こくばん》を指《ゆび》さした。

夢喰い

あいつが書《か》いた夢喰《ゆめく》いという文字《もじ》。それに、赤《あか》いチョークで、大《おお》きな×印《バツじるし》が書《か》きくわえられていた。

こうして夢喰《ゆめく》いは封印《ふういん》され、夢見《ゆめみ》は、おれたちの前《まえ》からすがたを消《け》した。

あれから四十数年《すうねん》が過《す》ぎた。

封印《ふういん》された教室《きょうしつ》から、どうやって夢見《ゆめみ》が消《き》えたか？　――その謎《なぞ》は、まだ解《と》けてない。

02　去《さ》っていく三学期《がっき》の始業式《しぎょうしき》

始業式《しぎょうしき》。校長先生《こうちょうせんせい》の話《はなし》は、決《き》まりきった内容《ないよう》。

とくに、土屋《つちや》校長《こうちょう》は〝質実剛健《しつじつごうけん》〟を絵《え》に描《か》いて額縁《がくぶち》に入《い》れて博物館《はくぶつかん》入《い》りさせたような先生《せんせい》だから、話《はな》す内容《ないよう》もおもしろみがなくきびしい。

「三学期《がっき》は、ほかの学期《がっき》にくらべて、とくにみじかいものです。気《き》をぬかず、勉学《べんがく》にはげんでください。」

そんなこと、いわれなくてもわかってる。受験生《じゅけんせい》は、一分《ぷん》一秒《びょう》がおしいのよ！　のほほんとした顔《かお》できいている一、二年生《ねんせい》。あんたたちも、三年生《ねんせい》になったらわかるからね。

わたしのキモチとはうらはらに、校長先生《こうちょうせんせい》は思《おも》い出話《でばなし》をはじめる。

「三学期《がっき》がおわったら、いよいよ旧校舎《きゅうこうしゃ》もとりこわしです。あそこで勉強《べんきょう》したわたしには、感慨《かんがい》深《ぶか》いものがあります。」

生徒《せいと》のヒソヒソ話《ばなし》がきこえてくる。

「校長先生《こうちょうせんせい》、ほんとうになごりおしいみたいよ。わたし、冬休《ふゆやす》みに旧校舎《きゅうこうしゃ》へはいってく校長先《こうちょうせん》生《せい》、見《み》たもん。」

「わたしも、見《み》た見《み》た。」

校長先生《こうちょうせんせい》が、せきばらい。ヒソヒソ話《ばなし》が、しずかになる。

そして、校長先生《こうちょうせんせい》のつぎのことばに、わたしたちはおどろかされた。

「きみたちは、〝夢喰《ゆめく》い〟という妖《あやかし》を知《し》ってますか？　夢《ゆめ》を喰《く》うと書《か》いて、夢喰《ゆめく》い――。」

一瞬《いっしゅん》、空気《くうき》がザワリとする。

さっきまで真剣《しんけん》にきいていなかった生徒《せいと》が、一斉《いっせい》に校長先生《こうちょうせんせい》を見《み》た。

「………。」

校長先生《こうちょうせんせい》は、口《くち》を真一文字《まいちもんじ》にむすんでいる。

まるで、いうつもりでなかったことばを口《くち》にしてしまって、後悔《こうかい》してるって顔《かお》。

わたしたちのあいだを、さざ波《なみ》のように囁《ささや》きが走《はし》る。

「なんだ、ユメクイって？」

みんなの疑問《ぎもん》。だれも、こたえられる者《もの》はいない。

校長先生《こうちょうせんせい》のせきばらいで、わたしたちはしずかになった。そして、夢喰《ゆめく》いについての説明《せつめい》を待《ま》つ。

でも――。

「きみたちは、若《わか》い。夢《ゆめ》をかなえるチャンスは、たくさんあります。」

それ以上《いじょう》は、なにもいわない。

きいていたわたしたちは、拍子抜《ひょうしぬ》け。夢喰《ゆめく》いの話《はなし》は、どうなったんだろう？

「そして、三年生《ねんせい》の諸君《しょくん》――。」

校長先生《こうちょうせんせい》が、わたしたち三年生《ねんせい》のほうを見《み》る。

その目《め》が、一瞬《いっしゅん》だけどやさしくなったように思《おも》えた。

「のこりすくない中学校生活《ちゅうがっこうせいかつ》。友《とも》だちとの思《おも》い出《で》を、ひとつでも多《おお》くつくってください。それは、きみたちの人生《じんせい》において、宝物《たからもの》になります。」

わたしたち三年生《ねんせい》は、すこしだけとまどった。

思《おも》い出《で》をつくりなさい――こんなセンチメンタルなことを、わざわざ話《はな》すような先生《せんせい》じゃないんだけどな……。

やっぱり、さっき口《くち》にした『夢喰《ゆめく》い』ってことばが関係《かんけい》してるんだろうか？

でも、つぎの瞬間《しゅんかん》には、いつものビシッとした声《こえ》で話《はなし》をしめた。

「去《さ》っていく三学期《がっき》をにがさないように、気《き》を抜《ぬ》かず毎日《まいにち》を過《す》ごしなさい。――以上《いじょう》！」

わたしたちは、なんともいえない気持《きも》ち。

近《ちか》くの生徒《せいと》と、夢喰《ゆめく》いについて話《はな》したいんだけど、口《くち》にできない雰囲気《ふんいき》。

夢喰《ゆめく》いの話《はなし》はしないほうがいい。――だれもが、そう感《かん》じていた。

しかし、そんなモヤモヤした空気《くうき》が、ふっとんでしまうできごとがおきた。

教頭先生《きょうとうせんせい》がマイクにむかう。

「つづいて、転校生《てんこうせい》の紹介《しょうかい》があります。」

転校生《てんこうせい》！　どよめきが、体育館《たいいくかん》の冷《つめ》たい空気《くうき》をふるわせた。

転校生《てんこうせい》なんて、学校生活《がっこうせいかつ》のなかで、トップ3《スリー》にはいるイベントじゃない！

わたしたちは、ワクワクした気持《きも》ちで舞台《ぶたい》を見《み》る。すでに、夢喰《ゆめく》いのことは頭《あたま》の中《なか》から消《き》えている。

そして、舞台《ぶたい》そでからあらわれた転校生《てんこうせい》を見《み》て、

「おぅー！」

男子《だんし》を中心《ちゅうしん》に歓声《かんせい》があがった。口笛《くちぶえ》を吹《ふ》く者《もの》までいる。

「しずかに！　しずかにしなさい！」

教頭先生《きょうとうせんせい》がマイクにむかっていうけど、むりだと思《おも》う。だって、あらわれた転校生《てんこうせい》が、ブロンドの髪《かみ》をした女《おんな》の子《こ》だもん。しかも、目《め》の大《おお》きい人形《にんぎょう》のような美少女《びしょうじょ》。わたしが男子《だんし》だったら、まちがいなく歓声《かんせい》をあげてるわ。

教頭先生《きょうとうせんせい》がつづける。

「三年生《ねんせい》に転校《てんこう》してきた、百合《ゆり》・ローストンさんです。」

そのとき、

「ノー！」

するどい声《こえ》に、体育館《たいいくかん》がしずかになる。

「ユーリ！　ユーリ・ローストン。」

声《こえ》の主《ぬし》は、転校生《てんこうせい》だった。

みんなは、おどろいてなにもいえない。

教頭先生《きょうとうせんせい》が、手《て》に持《も》っていた書類《しょるい》を何度《なんど》も見《み》なおしてから、

「失礼《しつれい》。ユーリ・ローストンさんです。」

訂正《ていせい》した。

おそらく、教頭先生《きょうとうせんせい》の書類《しょるい》には『百合《ゆり》・ローストン』と書《か》かれているのだろう。しかし、『百合《ゆり》』といったとたん、また転校生《てんこうせい》の大声《おおごえ》が体育館《たいいくかん》にひびくことになる。それよりは、『ユーリ』といったほうが、事態《じたい》はおさまる。——そう判断《はんだん》したにちがいない。

ユーリは、しずまりかえった体育館《たいいくかん》を興味《きょうみ》なさそうに見《み》まわしてから、舞台《ぶたい》そでにひっこんだ。

なかなか、おもしろそうな子《こ》だ。

彼女《かのじょ》が、三年《ねん》のどのクラスにはいるか？　——わたしは、男子《だんし》とはちがった意味《いみ》で興味《きょうみ》を持《も》った。

「それでは、始業式《しぎょうしき》をおわります。」

ハンカチで汗《あせ》をふきながら、教頭先生《きょうとうせんせい》がいった。

つぎにマイクをにぎったのは、生徒会幹部《せいとかいかんぶ》だ。

「学年集会《がくねんしゅうかい》をするので、三年生《ねんせい》は、そのまま体育館《たいいくかん》にのこってください。」

みんな、寒《さむ》い体育館《たいいくかん》にのこるのがいやで、ぶつぶついう。

「なんなんだよ、いったい。」

「はやく帰《かえ》って、勉強《べんきょう》したいのに……。」

「こんな寒《さむ》いとこにいたら、風邪《かぜ》ひくよ。」

先生《せんせい》たちと一、二年生《ねんせい》が去《さ》り、三年生《ねんせい》だけがのこった体育館《たいいくかん》。

冷気《れいき》といっしょに、不満《ふまん》が渦巻《うずま》く。

「たまには、息抜《いきぬ》きになっていいんじゃない？」

という少数意見《しょうすういけん》は、完全《かんぜん》に無視《むし》された。

「みなさん、しずかにしてください。」

壇上《だんじょう》で生徒会長《せいとかいちょう》──段田《だんだ》さんが、マイクをにぎった。

「この時期《じき》、三年生《ねんせい》には一分《ぷん》一秒《びょう》がおしいと思《おも》われます。そこで単刀直入《たんとうちょくにゅう》にいいますが、謝恩会《しゃおんかい》をどうするか意見《いけん》をください。」

謝恩会《しゃおんかい》ということばに、わたしたちのざわめきが大《おお》きくなる。

「そういや、謝恩会《しゃおんかい》ってあるよな……。」

「小学校《しょうがっこう》のときは、家庭科《かていか》でつくった料理《りょうり》を持《も》ちよってね。」

「いま思《おも》うと、たわいない謝恩会《しゃおんかい》だったけど、先生《せんせい》たち、よろこんでくれたな。」

みんなが、三年《ねん》まえの思《おも》い出話《でばなし》を口々《くちぐち》につぶやく。

タイミングを見《み》て、段田会長《だんだかいちょう》がきいた。

「では、謝恩会《しゃおんかい》をやるという方向《ほうこう》で、決定《けってい》してもいいのでしょうか？」

「おー！」

……なんていうノリのいい学年《がくねん》だろう。ほぼ全員《ぜんいん》が、賛成《さんせい》の手《て》をあげている。

段田会長《だんだかいちょう》が、ひとつせきばらいする。

「では、謝恩会《しゃおんかい》を企画運営《きかくうんえい》する実行委員長《じっこういいんちょう》を選出《せんしゅつ》します。」

とたんに、体育館《たいいくかん》がしずまりかえった。みんな、だれとも視線《しせん》をあわさないように、フロアを見《み》たり天井《てんじょう》を見《み》たり……。

謝恩会《しゃおんかい》はやりたいが、自分《じぶん》が中心《ちゅうしん》になってやるのは、おことわりだ。――そういう空気《くうき》が充満《じゅうまん》する。

わたしは、小《ちい》さいときに読《よ》んだ童話《どうわ》を思《おも》いだす。

「だれが粉《こな》をひきますか？」――みんな、いやだといいました。

「だれがパンを焼《や》きますか？」――みんな、いやだといいました。

「だれがパンを食《た》べますか？」――みんな、食《た》べるといいました。

そのとき、

「おまえら、勝手《かって》なことばっかいうなよな。」

レーチが立《た》ちあがった。

「謝恩会《しゃおんかい》っていえば、世話《せわ》になった先生《せんせい》に感謝《かんしゃ》するための会《かい》だぜ。それが、このやる気《き》のなさはなんだ！　先生《せんせい》への感謝《かんしゃ》の気持《きも》ちはないのか！　――いまのおまえらを見《み》たら、先生《せんせい》たち悲《かな》しむぜ！」

熱弁《ねつべん》をふるうレーチ。背中《せなか》でゆれる校則無視《こうそくむし》の長髪《ちょうはつ》。

しずまりかえる体育館《たいいくかん》。

その後《ご》、反省《はんせい》のつぶやきがきこえはじめた。

「たしかにレーチのいうとおりだ。」

「そうだよな。謝恩会《しゃおんかい》は、感謝《かんしゃ》をあらわす会《かい》だもんな……。」

「人《ひと》まかせにしてたら、ダメだよ。」

前向《まえむ》きな雰囲気《ふんいき》が感《かん》じられるようになったとき、段田会長《だんだかいちょう》がいった。

「謝恩会《しゃおんかい》の意義《いぎ》は、じゅうぶんわかったことと思《おも》います。中井麗一《なかいれいいち》くんのいうように、謝恩会《しゃおんかい》は感謝《かんしゃ》の気持《きも》ちをあらわすものです。いやいややったり、義務感《ぎむかん》でやったりするものではありません。」

みんな、だまって会長《かいちょう》のことばをきいている。

段田会長《だんだかいちょう》は、みんなを見《み》まわす。

「では、実行委員長《じっこういいんちょう》に立候補《りっこうほ》する人《ひと》はありませんか？」

みんなは、会長《かいちょう》と目《め》をあわさないようにする。

「いや、やりたいけどさ……。」

「まだ、入試《にゅうし》がおわってないし……。」

「わたし、もうすこしで合格圏内《ごうかくけんない》なのよ。勉強《べんきょう》しなきゃ……。」

「推薦《すいせん》で合格《ごうかく》してるやつがやったら、いいじゃん。」

だんだんトーンダウンしていく雰囲気《ふんいき》。

また、レーチが立《た》ちあがった。

「なんだよ！　どうして、できない理由《りゆう》ばっかり考《かんが》えるんだよ！　もっと前向《まえむ》きにいこうぜ！」

そのとき、だれかがいった。

「じゃあ、前向《まえむ》きにレーチがやれよ。」

「え？」

レーチの表情《ひょうじょう》がかたまった。

「そうだよな。」

「えらそうなことといえるんだから、できるよな。」

「レーチ、適任《てきにん》！」

というような囁《ささや》きが、サワサワとおこってきた。

「あっ、いや、ちょっと待《ま》った。」

自分《じぶん》を包囲《ほうい》しようとしている空気《くうき》を感《かん》じ、あわてるレーチに、

「前向《まえむ》きにいくんじゃなかったのか？」

という声《こえ》がかかり、つづいて拍手《はくしゅ》がおきた。

その拍手《はくしゅ》はだんだん大《おお》きくなり、レーチの、

「ちょっと待《ま》て！　冷静《れいせい》になれ！　みんな、もっと民主的《みんしゅてき》に考《かんが》えよう！」

という声《こえ》を、かき消《け》した。

段田会長《だんだかいちょう》が、大《おお》きくうなずいた。

「なるほど、中井《なかい》くんなら適任《てきにん》かもしれませんね。」

「どういう意味《いみ》だよ、会長《かいちょう》！」

レーチが段田会長《だんだかいちょう》にかみつく。

会長《かいちょう》は、おちついた声《こえ》でこたえる。

「この学年《がくねん》で、いちばん先生《せんせい》に感謝《かんしゃ》しなければいけないのは、だれだと思《おも》いますか？」

「えーっと……。」

考《かんが》えこむレーチ。

まわりの視線《しせん》が、「おまえだよ！」っていっている。

会長《かいちょう》がつづける。

「校則無視《こうそくむし》で、先生《せんせい》たちがいちばん手《て》を焼《や》いたのは、だれでしょう？」

「うーん……。」

さらに首《くび》をひねるレーチ。その背中《せなか》で、校則無視《こうそくむし》の長髪《ちょうはつ》がゆれる。虹北学園《こうほくがくえん》の問題児《もんだいじ》という自覚《じかく》が、まったく感《かん》じられない。

だれかがいった。

「おーい、だれか鏡持《かがみも》ってきて、レーチに見《み》せてやれ。」

段田会長《だんだかいちょう》が、断言《だんげん》する。

「というわけで、謝恩会実行委員長《しゃおんかいじっこういいんちょう》は中井麗一《なかいれいいち》くんに決定《けってい》しました。」

「どこが、〝というわけで〟なんだよ！」

レーチのさけびは、みんなの歓声《かんせい》に消《け》された。

「中井《なかい》くん、なにかいいたいことがあったら、マイクをつかってください。」

会長《かいちょう》にいわれ、レーチはステージに上《あ》がった。

そして、頭《あたま》をガシガシかいてから、マイクをつかんだ。

「あー……。やっぱり、先生《せんせい》たちにいちばん感謝《かんしゃ》しなければいけないのは、おれかもしんない。

それは、みとめる。」

なかなかかいさぎよいやつだ。

「でも、感謝《かんしゃ》しなければいけないのは、おれだけじゃないだろ。みんなも、この三年間《ねんかん》は、ことばにできないくらい世話《せわ》になってるんだし。」

そして、マイクにかみつくようないきおいでいった。

「おれに〝やれ！〟っていった以上《いじょう》、謝恩会《しゃおんかい》に関《かん》して、おれの好《す》きなようにさせてもらうからな！　文句《もんく》のあるやつは、いまのうちにいえ！　そして、手《て》のすいてるやつは手伝《てつだ》え！」

だれも、なにもいわない。

みんな、「うんうん、まかせたから好《す》きにやりなさい。」という目《め》でレーチを見《み》ている。

ため息《いき》をつくレーチ。

どうやら、あきらめがついたみたい。

それに、レーチだって知《し》っている。なんだかんだいって、いざとなったらみんな協力《きょうりょく》してくれるってこと。

レーチが、さびしそうにつぶやく。

「だけどなぁ……。おれも、受験《じゅけん》があるんだけどな……。」

あれ？

そういや、レーチの進路《しんろ》って、どうなってるんだろう？

二学期《がっき》のおわりごろ、わたしとおなじ高校《こうこう》へいくんだといって、猛勉強《もうべんきょう》をはじめた。

いままでつかってなかったぶん、レーチの脳《のう》は多《おお》くの知識《ちしき》を吸収《きゅうしゅう》し、なんとか合格圏内《ごうかくけんない》に到達《とうたつ》していた。でも、その後《ご》、レーチはきゅうに考《かんが》えこむようになった。

わたしとおなじ高校《こうこう》へ……いくんだよね？

レーチの進路《しんろ》は、いままでも気《き》にはなってた……と思《おも》う。

それを、勉強《べんきょう》のじゃまになるからって、むりに気《き》にしないようにしてただけ。

考《かんが》えてみたら、この三年間《ねんかん》、いつもレーチはそばにいた。

ずっとおなじクラス。

おなじ文芸部《ぶんげいぶ》にはいっていたから、放課後《ほうかご》もいっしょにいることが多《おお》かった。（もっとも、わたしはしめきりでいそがしく、レーチは雑誌《ざっし》の山《やま》の上《うえ》でお昼寝《ひるね》するのでいそがしかった。）

二学期《がっき》のおわりに、おなじ高校《こうこう》へいくっていうのをきいて、なんだかホッとしたのは事実《じじつ》だ。

なんとなく、卒業《そつぎょう》しても状況《じょうきょう》はかわらないようなことを思《おも》っていたから――。

おなじ高校《こうこう》へいって、わたしは文芸部《ぶんげいぶ》にはいる。レーチは、やっぱりお昼寝《ひるね》でいそがしい。

そんなことを勝手《かって》に想像《そうぞう》して、わたしは現実《げんじつ》を見《み》ないようにしていた。

レーチ、ほんとうにわたしとおなじ高校《こうこう》へいくんだろうか？

03 謎《なぞ》の転校生《てんこうせい》

〝謎《なぞ》の転校生《てんこうせい》〟ことユーリ・ローストンは、わたしたちのクラスにはいった。はじめの二日《ふつか》ほど、男子連中《だんしれんちゅう》は彼女《かのじょ》にとりいろうと、それはもう恥《は》ずかしい語学力《ごがくりょく》を披露《ひろう》してくれた。（英会話学校《えいかいわがっこう》へ願書《がんしょ》をだす者《もの》が十数名《すうめい》いたそうだ。）

しかし、ユーリは、まったく相手《あいて》にしていなかった。うっとうしいというようすもこまったようすもなく、彼女《かのじょ》はしぜんにふるまっていた。

まるで、男子連中《だんしれんちゅう》など目《め》にはいっていないかのような行動《こうどう》に、わたしたち女子《じょし》は拍手《はくしゅ》を送《おく》った。（もっとも、女子《じょし》も目《め》にはいってないようだったけどね。）

彼女《かのじょ》は、日本語《にほんご》がほとんどわからないようだ。かといって、英語《えいご》も話《はな》さない。朝《あさ》、登校《とうこう》してきてから帰《かえ》るまで、ほとんど口《くち》をひらかない状態《じょうたい》がつづいていた。

彼女《かのじょ》の席《せき》は窓《まど》ぎわ。いつも、ほおづえをついて窓《まど》から校庭《こうてい》を見《み》ている。

担任《たんにん》の木下先生《きのしたせんせい》も、ずいぶん気《き》をつかってる。木下先生《きのしたせんせい》は美術《びじゅつ》の先生《せんせい》で英語《えいご》はものすごく苦手《にがて》なんだそうだけど、三学期《がっき》にはいってからは、いつも辞書《じしょ》を片手《かたて》に持《も》っている。

「みんなも、ことばもつうじない異国《いこく》にきたら、心細《こころぼそ》いだろ。彼女《かのじょ》に気《き》をつかうのはとうぜんだ。」

先生《せんせい》のいうことはわかる。

「だからみんなも、できるだけ彼女《かのじょ》に話《はな》しかけて、一日《いちにち》もはやく日本《にっぽん》になれてもらおうじゃないか。」

これも、わかる。

現《げん》に、男子《だんし》の多《おお》くは、辞書片手《じしょかたて》に彼女《かのじょ》に話《はな》しかけた。

その結果《けっか》は、

「シャラップ！」

のひとことだったけど。

「異国《いこく》にきて緊張《きんちょう》してるんだろう。だいじょうぶ、そのうち、心《こころ》をひらいてくれるさ。一日《いちにち》でもはやく、彼女《かのじょ》と仲《なか》よくなれるように、がんばろうな。」

先生《せんせい》のいうことは、とてもよくわかります。

でも、彼女《かのじょ》の態度《たいど》を見《み》てたら、〝緊張《きんちょう》〟ということばで説明《せつめい》できないような気《き》がする。

ユーリは、わたしたちをきらってる。——なんとなく、そんな気《き》がした。


彼女《かのじょ》が転校《てんこう》してきてから数日《すうじつ》が過《す》ぎたころ、レーチがいった。

「かわったやつだな。」

わたしは、ユーリが日本語《にほんご》がわからないことに、ホッとする。変《か》わり者《もの》のレーチに〝かわってる〟といわれるのは、なかなかショックなものよ。

「どこがかわってるの？」

わたしは、レーチにきいた。

「まず、転校《てんこう》してきた時期《じき》だな。——中三《ちゅう》の三学期《がっき》に転校《てんこう》してくるなんて、おかしくないか？」

そういわれて、たしかにおかしいと思《おも》った。三学期《がっき》は、あっというまにおわる。すこしがまんすれば、卒業《そつぎょう》だ。それなら、卒業《そつぎょう》してから転校《てんこう》するのが、ふつうじゃないだろうか。

わたしは考《かんが》えてから、レーチにいった。

「よっぽど転校《てんこう》したかった理由《りゆう》があるんじゃない？　どうしても、虹北学園《こうほくがくえん》にかよいたかったっていう——。」

レーチが、やれやれという感《かん》じで首《くび》を横《よこ》にふった。

「あの態度《たいど》が、どうしても虹北学園《こうほくがくえん》にかよいたい者《もの》がとる態度《たいど》か？」

レーチの指《ゆび》さす先《さき》では、ほおづえついて窓《まど》の外《そと》を見《み》ているユーリ。

「虹北学園《こうほくがくえん》から見《み》える景色《けしき》に興味《きょうみ》があったとか……？」

わたしのあてずっぽうの意見《いけん》に、またレーチが首《くび》を横《よこ》にふる。

「あいつがいつも窓《まど》の外《そと》を見《み》てるのは、景色《けしき》が見《み》たいからじゃない。だれとも視線《しせん》をあわせたくないからさ。」

なるほど。たしかに、ああして外《そと》を見《み》ていたら、だれとも視線《しせん》をあわせずにすむ。

「つまり、彼女《かのじょ》は、ほんとうは虹北学園《こうほくがくえん》に転校《てんこう》してきたくなかったってこと？」

「たぶんな。」

レーチが、頭《あたま》の後《うし》ろで手《て》を組《く》む。

わたしは、首《くび》をひねる。

「じゃあ、どうして彼女《かのじょ》は転校《てんこう》してきたの？」

「わからん。――だけど、なにか理由《りゆう》があるはずだ。」

そういうレーチは、どこか教授《きょうじゅ》と似《に》たような雰囲気《ふんいき》。

わたしはきく。

「そういや、あんたは彼女《かのじょ》に興味《きょうみ》ないの？　あんなにかわいいのに。」

この質問《しつもん》に、あくびをするレーチ。

「いくらかわいくても、あんなに非社交的《ひしゃこうてき》な性格《せいかく》はごめんだ。それに、おれは、一度《いちど》に何人《なんにん》もの人間《にんげん》を好《す》きになれるほど器用《きよう》じゃない。」

レーチが、わたしを見《み》る。

わたしは、視線《しせん》をそらす。

ついでに、話題《わだい》もかえる。

「それで、謝恩会《しゃおんかい》のほうはどうなってるの？」

「うーん……。」

レーチの顔《かお》がくもる。

「優秀《ゆうしゅう》なスタッフはあつまってきてるんだけどな。」

ガサガサと書類《しょるい》をだすレーチ。A4《エー》の紙《かみ》に、当日《とうじつ》までの作業《さぎょう》スケジュールや企画原案《きかくげんあん》が、こまかい字《じ》と図《ず》で書《か》かれている。

これだけの緻密《ちみつ》な計画《けいかく》、レーチ一人《ひとり》じゃぜったいにむりだ。

「玉井《たまい》さんに、参加《さんか》してもらったの？」

わたしがきくと、レーチが恐怖《きょうふ》で体《からだ》をふるわせた。

「……思《おも》いださせるな。ほんとうにこわかったんだぞ。」

玉井《たまい》さんは、修学旅行実行委員会《しゅうがくりょこうじっこういいんかい》の副委員長《ふくいいんちょう》をつとめた女子《じょし》だ。小柄《こがら》で口調《くちょう》もやさしい人《ひと》なんだけど、レーチにはきびしいみたい。

「この作業《さぎょう》スケジュールをつくるのに、おれは地獄《じごく》を見《み》たぞ。玉井《たまい》のやつ、アドバイスの口出《くちだ》しするだけで、じっさいに書類《しょるい》をつくったのは、ぜんぶおれなんだぜ。」

へぇ〜、そうなんだ。

しかし、なまけ者《もの》のレーチをこれだけはたらかせるなんて、玉井《たまい》さんはたいしたものだ。

「彼女《かのじょ》、ぜんぜん手伝《てつだ》ってくれなかったの？」

「手伝《てつだ》ってはくれなかったが、手出《てだ》しはしてきた。——おまえ、ニコニコした笑顔《えがお》で首《くび》をしめられる恐怖《きょうふ》、わからないだろ？」

わかりたくもない。

レーチが、しみじみいう。

「おれは、仁《じん》を尊敬《そんけい》するよ。よく、あの彼女《かのじょ》とつきあってるって——。」

仁《じん》くんは、修学旅行《しゅうがくりょこう》の実行委員長《じっこういいんちょう》。仁《じん》くんと玉井《たまい》さんを中心《ちゅうしん》に、わたしたちの修学旅行《しゅうがくりょこう》は大成《だいせい》功《こう》をおさめた。

わたしは、レーチにいう。

「謝恩会《しゃおんかい》も、成功《せいこう》するといいね。」

「まぁ、スタッフしだいだな。」

そういって、レーチはニヤリと笑《わら》った。なんだか、悪《わる》だくみしてる悪代官《あくだいかん》みたいな笑顔《えがお》だった。

04 旧校舎《きゅうこうしゃ》

三学期《がっき》がはじまって一週間後《しゅうかんご》——。

放課後《ほうかご》、わたしはレーチに拉致《らち》された。行《い》き先《さき》も教《おし》えられず、裏庭《うらにわ》へ。

空《そら》は、どんよりした雪雲《ゆきぐも》でおおわれている。灰色《はいいろ》の空《そら》から、ちらちらと白《しろ》い雪《ゆき》が落《お》ちてくる。

傘《かさ》をさすほどじゃないけど、寒《さむ》い。

「質問《しつもん》があるんだけど——。」

わたしは、前《まえ》をいくレーチの背中《せなか》に問《と》いかける。黄色《きいろ》のヘアゴムでむすんだ長髪《ちょうはつ》が右《みぎ》に左《ひだり》にゆれている。

耳《みみ》には、MP3《エムピースリー》プレイヤーからのびた白《しろ》いイヤホン。（書《か》くまでもないかもしれないが、MP《エムピー》3《スリー》プレイヤーを持《も》ってくることは、校則違反《こうそくいはん》だ。）

シャラシャラした音《おと》が、イヤホンからもれている。（洋楽《ようがく》かな？）

わたしは、すこし声《こえ》を大《おお》きくしてきいた。

「どこへつれていかれるの？」

「それなんだよな……。」

長髪《ちょうはつ》をガシガシかいて、こまった顔《かお》をするレーチ。

話《はなし》をきくと、謝恩会《しゃおんかい》の会場《かいじょう》をさがしてるところなんだそうだ。

「この一週間《しゅうかん》、さがしまくってるんだぜ。だけど、つかえそうな教室《きょうしつ》がひとつもないんだ。」

なんだかんだいっても、レーチは謝恩会実行委員長《しゃおんかいじっこういいんちょう》。ちゃんと仕事《しごと》してるんだ。

でも——。

「もうひとつ教《おし》えてほしいんだけど、どうしてわたしがあんたといっしょに、謝恩会《しゃおんかい》の会場《かいじょう》をさがさなきゃいけないの？」

「謝恩会副実行委員長《しゃおんかいじっこういいんちょう》なんだから、とうぜんだろ。」

わたしはレーチの長髪《ちょうはつ》をつかむと、立《た》ちどまった。

急制動《きゅうせいどう》をかけられたレーチの首《くび》のところで、ゴギュッという音《おと》がする。

「なにすんだよ！　首《くび》の骨《ほね》が折《お》れるじゃねぇか！」

文句《もんく》をいうレーチに、それ以上《いじょう》の大声《おおごえ》で、わたしはさけぶ。

「いつ、わたしが副実行委員長《ふくじっこういいんちょう》になったのよ！」

「実行委員長《じっこういいんちょう》として、おれが任命《にんめい》した。」

「あんたに、そんな権限《けんげん》あるの？」

「ある！」

レーチは、腰《こし》に手《て》をあてて胸《むね》をはる。

「おれは、学年集会《がくねんしゅうかい》で実行委員長《じっこういいんちょう》に任命《にんめい》された。ということは、謝恩会《しゃおんかい》に関《かん》して、おれはなにをやってもいいのだ！」

そうなのか？　ほんとうに、なにをやってもいいのか？

わたしは、レーチの実行委員長就任《じっこういいんちょうしゅうにん》に反対《はんたい》しなかったことを、心《こころ》の底《そこ》から後悔《こうかい》した。

そんなわたしの気持《きも》ちに気《き》づかないレーチは、お気楽《きらく》な口調《くちょう》でいう。

「安心《あんしん》しろ。一年《ねん》のときだって、文化祭《ぶんかさい》の実行委員《じっこういいん》を、二人《ふたり》で完璧《かんぺき》にやりとげたじゃないか。」

……思《おも》い出《で》は、美《うつく》しく書《か》きかえられるものだ。じっさいのところ、口《くち》ばっかりで動《うご》かないレーチ実行委員長《じっこういいんちょう》を、アシスタントのわたしが助《たす》けていたんだけどな……。

わたしは、あの奴隷《どれい》のような日々《ひび》を思《おも》いだす。

また、苦労《くろう》しなきゃいけないのかな。

「わたし、入試《にゅうし》の勉強《べんきょう》しなきゃいけないのに……。」

「それも、安心《あんしん》しろ。おれだって、入試《にゅうし》がある。」

レーチがいった。

どう安心《あんしん》すればいいかわからないけど、レーチの入試《にゅうし》については、気《き》になる。

「レーチ、高校《こうこう》いくんだよね？」

「――ああ。」

返事《へんじ》が、いつもより〇・二秒《びょう》ほどおそかった。

「わたしとおなじ高校《こうこう》へいくっていってたけど、あれってほんき？」

すこしためらってから、きいた。

レーチは、すぐにこたえない。

その態度《たいど》でわかった。レーチは、わたしとおなじ高校《こうこう》へいく気《き》はないんだ。でも、それなら、どこの高校《こうこう》へいく気《き》なの？

そのとき――。

「うん、すごく気《き》になる。」

「ねぇ、ねぇ。どこの高校《こうこう》なの？」

わたしの背後《はいご》で、声《こえ》がした。真衣《まい》と美衣《みい》だ。

二人《ふたり》は、わたしを無視《むし》して、レーチを尋問《じんもん》する。

「ほんとうに、亜衣《あい》といっしょの高校《こうこう》なの？」

「そりゃそうでしょ。」

「やっぱりそうですか、美衣《みい》さん！」

「きまってますよ、真衣《まい》さん！」

わたしとレーチを無視《むし》し、うなずきあう真衣《まい》と美衣《みい》。まったく、中学三年生《ちゅうがくさんねんせい》にして、ワイドショー好《ず》きのおばさんみたいなんだから。

わたしは、ため息《いき》をつく。

「あんたたち、なにしにきたの？」

すると、真衣《まい》と美衣《みい》は、まじめな顔《かお》でこたえた。

「だって、謝恩会《しゃおんかい》の実行委員長《じっこういいんちょう》がいったじゃない。」

「手《て》がすいてる者《もの》は、手伝《てつだ》えって――。」

「だから、手伝《てつだ》いにきたんじゃない。」

レーチがきく。

「二人《ふたり》とも、受験勉強《じゅけんべんきょう》はいいのか？」

「だいじょうぶよ。トップレベルで合格《ごうかく》しちゃうと、なにかとあとがめんどうでしょ。そこそこの点数《てんすう》で合格《ごうかく》したほうが、高校生活楽《こうこうせいかつたの》しめるじゃない。」

右手《みぎて》をひらひらふりながら、真衣《まい》がこたえた。この底《そこ》なしの自信《じしん》は、教授《きょうじゅ》の影響《えいきょう》だろうか。

美衣《みい》は、おっとりした声《こえ》でこたえる。

「わたし、もう推薦《すいせん》で合格《ごうかく》してるから。」

そして、レーチにむかって右手《みぎて》をつきだす。

「合格祝《ごうかくいわ》いは、いつでもうけつけてるからね。」

〝しっかり〟はしてないけど、〝ちゃっかり〟してる美衣《みい》らしいセリフだ。

レーチは、美衣《みい》の手《て》をペシッとはらった。

「まぁ、人手《ひとで》はあったほうがいいからな。」

そして、わたしたちについてこいというように、背中《せなか》をむけた。

「じゃあ、がんばって謝恩会実行委員会《しゃおんかいじっこういいんかい》の仕事《しごと》をしましょうか。」

真衣《まい》と美衣《みい》が、わたしの背中《せなか》をおした。

しかし、二人《ふたり》の出現《しゅつげん》で、レーチが受験《じゅけん》する高校《こうこう》の話《はなし》をきけなくなってしまった。

まぁ、いいか……。

わたしは、すこしホッとしてる自分《じぶん》に気《き》づく。

どうしてホッとしてるのか？

わたしは、レーチの高校《こうこう》をきくのがこわいのか？

レーチが、わたしとちがう高校《こうこう》へいくことを知《し》るのが、こわいのか？

まさかね……。そこまで、あいつのことを気《き》にする必要《ひつよう》ないわ。

わたしは、みょうな考《かんが》えをふりはらうように、頭《あたま》をふった。

真衣《まい》がレーチにきく。

「それで、いまからなにをするの？」

「会場《かいじょう》さがしだ。予算《よさん》がないから無料《むりょう》でつかえて、ドンチャン騒《さわ》ぎをやっても苦情《くじょう》がこない。そんな場所《ばしょ》をさがしてる。ほんとうは、学校《がっこう》でやりたいんだが、つかえそうな場所《ばしょ》がないしな……。最悪《さいあく》、公民館《こうみんかん》でもかりるか。」

レーチがため息《いき》をつくと、

「フッ。レーチ先輩《せんぱい》らしくないですね。会場《かいじょう》なら、ピッタリの場所《ばしょ》があるじゃないですか。」

木立《こだち》のほうから声《こえ》がした。

太《ふと》い木《き》にもたれ、うでを組《く》んでいる男《おとこ》。わたしたちのほうを見《み》ずに、ポーズをとっている。

二年生《ねんせい》の片桐《かたぎり》くんだ。

「なんだ、カマキリ弟《おとうと》。おまえ心《こころ》あたりあるのか？」

「小生《しょうせい》、カマキリ弟《おとうと》ではなく片桐弟《かたぎりおとうと》ですが、心《こころ》あたりならあります。」

「それをいうなら、おれだってレーチではなく麗一《れいいち》だ。」

レーチが、肩《かた》をすくめた。

片桐《かたぎり》くんについて、すこし説明《せつめい》しておこう。

彼《かれ》は、先代《せんだい》の片桐文芸部長《かたぎりぶんげいぶちょう》の弟《おとうと》だ。純文学指向《じゅんぶんがくしこう》の片桐部長《かたぎりぶちょう》と昼寝《ひるね》ばかりしてるレーチは、仲《なか》がわるかった。その関係《かんけい》は、兄《あに》から弟《おとうと》へうけつがれている。

逆三角形《ぎゃくさんかくけい》の顔《かお》に銀縁眼鏡《ぎんぶちめがね》は、お兄《にい》さんとそっくり。ちがうのは、文芸部《ぶんげいぶ》に興味《きょうみ》がないってこと。

「文学《ぶんがく》で世《よ》の中《なか》を動《うご》かすことはできません。小生《しょうせい》は政治《せいじ》の力《ちから》で大衆《たいしゅう》をみちびきます。」

文芸部《ぶんげいぶ》にさそったとき、こういってことわられた。（文学《ぶんがく》でも、世《よ》の中《なか》をかえることはできると思《おも》うんだけどな……。）

片桐《かたぎり》くんが、レーチにいう。

「謝恩会《しゃおんかい》の会場《かいじょう》なら、旧校舎《きゅうこうしゃ》がふさわしいんじゃないですか。あそこは春《はる》でとりこわされるので、すこしくらいこわしてもだいじょうぶです。レーチ先輩《せんぱい》の好《す》きなドンチャン騒《さわ》ぎができますよ。」

「おー！」

わたしたちは、ポンと手《て》を打《う》つ。旧校舎《きゅうこうしゃ》——盲点《もうてん》だった。

レーチが、片桐《かたぎり》くんの肩《かた》をバンバンたたく。

「おれはドンチャン騒《さわ》ぎが好《す》きなレーチではなく麗一《れいいち》だが、旧校舎《きゅうこうしゃ》をつかうというのは、ナイスでイカス考《かんが》えだ。さすが、カマキリ弟《おとうと》！」

片桐《かたぎり》くんが、死語《しご》をふりまくレーチの手《て》をうっとうしそうにふりはらう。

「小生《しょうせい》はカマキリ弟《おとうと》ではなく片桐《かたぎり》ですが、三年生《ねんせい》のお役《やく》に立《た》ててうれしいですよ。」

ニヤリと笑《わら》った。わたしは、時代劇《じだいげき》にでてくる悪代官《あくだいかん》をイメージした。

「それでは、謝恩会《しゃおんかい》の成功《せいこう》を祈《いの》ってます。」

わたしたちに背中《せなか》をむける片桐《かたぎり》くん。

「ああ、最後《さいご》にひとつきかせてくれ。」

レーチが、片桐《かたぎり》くんをよびとめた。

「おまえ、おれたちに話《はな》しかけるため、この雪《ゆき》のなか、ずっとここで待《ま》ってたのか？」

「あでぃおす！」

走《はし》りさる片桐《かたぎり》くん。どうやら、図星《ずぼし》だったようだ。

職員室《しょくいんしつ》にもどり、旧校舎《きゅうこうしゃ》の鍵《かぎ》をかりる。謝恩会《しゃおんかい》の会場《かいじょう》としてつかいたいというと、教頭先生《きょうとうせんせい》はよろこんでかしてくれた。

冬《ふゆ》の太陽《たいよう》は、すぐにしずんでしまう。はやくしないと、オバケの時間《じかん》がやってくる。

わたしたちは、小走《こばし》りで旧校舎《きゅうこうしゃ》にむかった。

裏庭《うらにわ》をとおり、木立《こだち》をぬけて旧校舎《きゅうこうしゃ》が見《み》えたとき——。

あれ？

視界《しかい》に、金色《きんいろ》のものがスッと動《うご》くのがはいった。

「どうしたの、亜衣《あい》？」

真衣《まい》にきかれて、わたしは、旧校舎《きゅうこうしゃ》のほうを指《ゆび》さす。

「いま、建物《たてもの》のすみで、なにか動《うご》いたような気《き》がしたんだけど……。」

「うーん？」

真衣《まい》が、目《め》を細《ほそ》める。

「なにもないけど。」

たしかに、いま見《み》ても、なにもない。でも、さっきは、なにか金色《きんいろ》のものが動《うご》いたんだ。

あの金色《きんいろ》のものって……。

わたしは、あんなにきれいにかがやく金色《きんいろ》は、たったひとつしか知《し》らない。

ユーリのブロンドヘアだ。

でも、どうして彼女《かのじょ》がこんなところにいるの？

考《かんが》えてるひまはなかった。

「副実行委員長《ふくじっこういいんちょう》、ボーッとするんじゃねぇ！」

レーチに、後《うし》ろえりをつかまれて連行《れんこう》されたからだ。

旧校舎《きゅうこうしゃ》は、木造《もくぞう》三階《がい》建《だ》ての建物《たてもの》。

明治時代《めいじじだい》に建《た》てられて、四十数年《すうねん》まえまでつかわれていたそうだ。この春《はる》にとりこわされるため、校舎《こうしゃ》のまわりには、作業用《さぎょうよう》シートや重機《じゅうき》がおかれている。

よくは知《し》らないけど、古《ふる》い校舎《こうしゃ》につきものの怪談話《かいだんばなし》もいくつかある。

いちばんこわそうなのが、開《あ》かずの教室伝説《きょうしつでんせつ》。

こわい話《はなし》は苦手《にがて》なので、わたしはあまりきかないようにしている。

それに、雪雲《ゆきぐも》を背景《はいけい》にそびえ立《た》つ建物《たてもの》は、怪談話《かいだんばなし》より明治浪漫譚《めいじろまんたん》がにあうように思《おも》う。

かつて、この旧校舎《きゅうこうしゃ》で学《まな》んだたくさんの先輩《せんぱい》たち。いろんな時代《じだい》、いろんな生徒《せいと》——やっぱり、わたしたちみたいに恋《こい》や進路《しんろ》で悩《なや》んだんだろうな。

そんなことを考《かんが》えていたら、なんだか旧校舎《きゅうこうしゃ》から生徒《せいと》のざわめきがきこえてくるような気《き》がした。

いつの時代《じだい》だって、中学生《ちゅうがくせい》って年代《ねんだい》はきらきらかがやいていたんだ。

なのに……。

「おい、岩崎亜衣《いわさきあい》！　ボーッとしてると風邪《かぜ》ひくぞ。」

わたしとちがって〝感性《かんせい》〟というものを持《も》ちあわせていないレーチの声《こえ》で、とたんにまわりの景色《けしき》が色《いろ》あせる。

わたしはため息《いき》をついて、レーチにいう。

「あんた、もうすこし繊細《せんさい》な神経《しんけい》持《も》ったほうがいいわよ。」

「おいおい、おれは存在自体《そんざいじたい》が詩《し》なんだぜ。繊細《せんさい》な神経《しんけい》なんか、貸《か》し出《だ》ししてもいいくらい、ありあまってる。」

「…………」

「かしてやろうか？」

わたしは、首《くび》をぶんぶん横《よこ》にふる。どうやら、わたしが知《し》ってる『繊細《せんさい》』ということばとレーチがつかってる『繊細《せんさい》』ということばは、まったく別物《べつもの》のようだ。

わたしたちは、正面玄関《しょうめんげんかん》の前《まえ》に立《た》った。頭上《ずじょう》にせりだしたバルコニーが、雪《ゆき》をさえぎってくれる。そして、なめらかな曲線《きょくせん》の柱《はしら》が、優雅《ゆうが》な雰囲気《ふんいき》をかもしだしている。

レーチが、まるい輪《わ》っかについた真鍮製《しんちゅうせい》の鍵《かぎ》をだし、正面玄関《しょうめんげんかん》の扉《とびら》にさした。

「あれ？」

鍵《かぎ》をまわしていたレーチが、首《くび》をひねる。

「どうしたの？」

「これ……錠《じょう》がこわれてる。意味《いみ》ねぇ。」

レーチが両開《りょうびら》きの扉《とびら》に手《て》をかけると、すっとひらいた。

冷《つめ》たい空気《くうき》が、わたしたちのほほをなでる。

「……ねぇ、なんだかおかしくない？」

美衣《みい》が、わたしと真衣《まい》にいう。

わたしは、だまってうなずく。

ことばにはできないけど、みょうな違和感《いわかん》を、わたしも感《かん》じていた。

真衣《まい》も、自分《じぶん》のうでをさすっている。

旧校舎《きゅうこうしゃ》の中《なか》は、おそろしく寒《さむ》い。まるで、冷凍庫《れいとうこ》の中《なか》にはいったみたいだ。吐《は》く息《いき》が、すぐに凍《こお》ってしまいそう。

そのなかでレーチだけは、

「えーっと……。やっぱり土足《どそく》であがるのはマズイんだろうな。」

廊下《ろうか》を調《しら》べている。

まったく、感性《かんせい》だけでなく、寒《さむ》さを感《かん》じる感覚《かんかく》もないみたいだ。

レーチは、生徒用《せいとよう》の下駄箱《げたばこ》をしらべて、上履《うわば》きを四足《そく》見《み》つけてきた。

「おれに感謝《かんしゃ》してはけよな。」

そのことばを無視《むし》して、わたしたちは旧校舎《きゅうこうしゃ》にあがる。

玄関《げんかん》ホールは、三階《がい》までの吹《ふ》き抜《ぬ》けになっている。

木《き》の階段《かいだん》が、らせん状《じょう》についている。

学校《がっこう》の建物《たてもの》というより、ホテルとか博物館《はくぶつかん》を思《おも》わせる。

もし、この旧校舎《きゅうこうしゃ》とおなじ建物《たてもの》を現代《げんだい》でつくっても、いま感《かん》じてるような浪漫《ろまん》はないだろう。

それは、この建物《たてもの》で過《す》ごした生徒《せいと》たちの時間《じかん》の流《なが》れが、ていねいにぬられたニスのように建物《たてもの》をおおっているから。

「すてきね……。」

真衣《まい》がつぶやく。

わたしたちがあたりを見《み》まわし、浪漫《ろまん》の世界《せかい》にひたっていると、

「おい。電気《でんき》とめられてるんだから、暗《くら》くならないうちに、謝恩会《しゃおんかい》の会場《かいじょう》を見《み》つけるぞ。」

ぶちこわすのは、レーチのバカ声《ごえ》だ。

一階《かい》から、順番《じゅんばん》に教室《きょうしつ》を見《み》ていく。

「できるだけ広《ひろ》くて、なにもおかれてない。なおかつ、そうじしなくてもいいくらいきれいで、日当《ひあ》たり良好《りょうこう》の部屋《へや》。――これが、ベストだ。」

廊下《ろうか》を歩《ある》きながら、レーチがいう。

「そんな都合《つごう》のいい教室《きょうしつ》、あるの？」

真衣《まい》がきいた。

「さがしたら、ひとつくらいあるだろ。」

気楽《きらく》な声《こえ》のレーチ。

そうかなぁ……。家賃《やちん》二万円《まんえん》で、３ＬＤＫ《エルディーケー》フローリングの部屋《へや》を都心《としん》にさがすくらい、むずかしいと思《おも》うんだけどな……。

職員室《しょくいんしつ》につかわれていた部屋《へや》がなかなかよかったんだけど、段《だん》ボール箱《ばこ》や机《つくえ》で埋《う》めつくされていた。

ほかの教室《きょうしつ》も、似《に》たりよったり。貴重《きちょう》な歴史的資料《れきしてきしりょう》ははこびだされ、校舎《こうしゃ》といっしょに廃棄《はいき》されてもいいガラクタがおかれた物置《ものおき》がわりになっている。

わたしたちは、廊下《ろうか》の奥《おく》の特別教室《とくべつきょうしつ》の前《まえ》に立《た》つ。

「ここは、どうだ？　荷物《にもつ》も、そう多《おお》くないし、そうじしたらつかえるんじゃないか。」

でも、わたしたち三姉妹《しまい》は、そくざに却下《きゃっか》。

教室《きょうしつ》の真《ま》ん中《なか》に、人体模型《じんたいもけい》や骨格標本《こっかくひょうほん》、ホルマリン漬《づ》けがおかれてるんだもん。こんな不気味《ぶきみ》な荷物《にもつ》、はこびだすのにさわりたくないじゃない。

というわけで、二階《かい》へ。しかし、二階《かい》も一階《かい》とおなじで、どの部屋《へや》も物置状態《ものおきじょうたい》。

そのまま三階《がい》へ。

雪雲《ゆきぐも》のため、日暮《ひぐ》れがはやい。ただでさえ日《ひ》のはいってこない旧校舎《きゅうこうしゃ》の中《なか》は真《ま》っ暗《くら》だ。

レーチが、小《ちい》さなポケットライトをだす。

マーブルチョコのケースよりも小《ちい》さなライトだけど、ないよりマシ。

レーチを先頭《せんとう》に、わたし、真衣《まい》、美衣《みい》の順《じゅん》に廊下《ろうか》を歩《ある》く。

さっきまで感《かん》じていた浪漫《ろまん》は、日《ひ》がしずむと同時《どうじ》に消《き》えてしまった。闇《やみ》とともに、怪談《かいだん》の雰囲《ふんい》気《き》が満《み》ちてくる。

キシキシと木《き》の廊下《ろうか》が鳴《な》るたびに、オバケ屋敷《やしき》にいるような気分《きぶん》になる。

ぴちょん！　という音《おと》に、わたしたち三姉妹《しまい》は毛《け》がさかだつ。

「なにビクついてんだよ！　屋根《やね》の雪《ゆき》が溶《と》けて、雨漏《あまも》りしただけだろ。」

感性《かんせい》のにぶいレーチは、つぎからつぎへと教室《きょうしつ》を調《しら》べていく。

どこもかしこも、天井近《てんじょうちか》くまで机《つくえ》や荷物《にもつ》が積《つ》み上《あ》げられている。こんなの、はこびだすだけで日《ひ》が暮《く》れちゃうわ。

そして、廊下《ろうか》の奥《おく》の教室《きょうしつ》だけがのこった。

「ここがダメだったら、おまえらがいやがっても、人体模型《じんたいもけい》のおいてあった部屋《へや》をつかうからな。」

そういって、レーチが戸《と》に手《て》をかける。

「……あれ？」

力《ちから》をこめてるようだけど、戸《と》はビクともしない。

「ちょっと、はやく開《あ》けてよ！」

文句《もんく》をいう真衣《まい》に、レーチは、

「おれも開《あ》けたいんだけど……。」

真衣《まい》が口《くち》をはさむ。

「ここって、開《あ》かずの教室《きょうしつ》なんじゃない？　開《あ》けないほうがいいよ。」

そして、くわしく知《し》らないわたしに、説明《せつめい》してくれる。

「いまから四十数年《すうねん》まえ——。春休《はるやす》みに、卒業《そつぎょう》した女《おんな》の子《こ》が、この教室《きょうしつ》から消《き》えたんだって。」

「………。」

「それ以来《いらい》、この教室《きょうしつ》は封印《ふういん》されて、開《あ》かずの教室《きょうしつ》になったたって話《はなし》よ。」

よくわかった。こういう雰囲気《ふんいき》で、怪談話《かいだんばなし》なんてきくもんじゃない。

すると、美衣《みい》が、

「わたしが先輩《せんぱい》からきいた話《はなし》は、ちょっとちがうよ。消《き》えたのは心霊現象研究会《しんれいげんしょうけんきゅうかい》の生徒《せいと》で、夏休《なつやす》みに消《き》えたって話《はなし》よ。」

横《よこ》から口《くち》をだした。

「とってもかわいい女《おんな》の子《こ》だったんだけど、化学《かがく》の実験中《じっけんちゅう》の事故《じこ》で、顔《かお》をけがしちゃったの。」

「………。」

「それからあとも、たくさんの人間《にんげん》が消《き》えてるんだって。でも、学校《がっこう》は、スキャンダルになるのをいやがって、消《き》えた生徒《せいと》に関《かん》する資料《しりょう》は、すべて消《け》してるんだって。」

「………。」

「わたしたちも、開《あ》かずの教室《きょうしつ》にはいったら、消《き》えちゃうかもね。」

とってもよくわかった。こういう雰囲気《ふんいき》で、怪談話《かいだんばなし》はきくもんじゃない。

「それから、わたしたちが入学《にゅうがく》するまえに、旧校舎《きゅうこうしゃ》にテレビのロケ隊《たい》がはいったんだって。でも、怪奇現象《かいきげんしょう》がつぎつぎおきて、撮影《さつえい》できずにひきあげたって。」

「怪奇現象《かいきげんしょう》って？」

「風《かぜ》もないのに花《か》びんが割《わ》れたり、ひとりでにピアノが鳴《な》ったり——。」

「………。」

背筋《せすじ》が寒《さむ》い。夏《なつ》だったらよかったのに。

こわくなったわたしは、小咄《こばなし》を思《おも》いだして、明《あか》るい気持《きも》ちになろうとする。

「家《いえ》の裏《うら》に、食堂《しょくどう》ができたんだって。」

「へぇー。」

「裏飯屋《うらめしや》〜。」

——ダメだ。こわい気持《きも》ちは消《き》えたけど、バカらしくて情《なさ》けなくなった。

すると、レーチがため息《いき》といっしょにふりかえった。

「あのなぁ。撮影《さつえい》した番組《ばんぐみ》がお蔵入《くらい》りになるなんて、めずらしいことじゃないんだぞ。それに、開《あ》かずの教室《きょうしつ》があるなんて話《はなし》はうそだ。」

断言《だんげん》するレーチ。わたしは、根拠《こんきょ》をきいた。

「『未確認動物《UMA》捕獲隊《ほかくたい》』の川口《かわぐち》が、開《あ》かずの教室《きょうしつ》の話《はなし》をきいたとき、すぐに旧校舎探検《きゅうこうしゃたんけん》したんだ。ぜんぶの教室《きょうしつ》が、開《あ》いたっていってたぜ。」

さすが、川口《かわぐち》くん。将来《しょうらい》の夢《ゆめ》が『冒険家《ぼうけんか》』ということだけはある。

「それに、学校《がっこう》が開《あ》かずの教室《きょうしつ》を放置《ほうち》するはずないだろ。ひとつでも遊《あそ》んでる教室《きょうしつ》があったら、先生《せんせい》たちがなにかにつかうにきまってるじゃないか。」

……それもそうだ。

わたしはなっとくしたけど、真衣《まい》はレーチに食《く》いさがる。

「でも、この教室《きょうしつ》は開《あ》かないでしょ。やっぱりここは開《あ》かずの教室《きょうしつ》なのよ。あきらめようよ。」

「だったら、人体模型《じんたいもけい》をはこばなきゃいけないんだぞ。」

レーチのことばに、真衣《まい》は口《くち》をとじる。

そして、レーチが、わたしにむかっていった。

「おい、岩崎亜衣《いわさきあい》。後《うし》ろの戸《と》を開《あ》けてくれ。」

「なんで、わたしが！」

文句《もんく》をいうと、

「おい、謝恩会実行委員会副実行委員長《しゃおんかいじっこういいんかいふくじっこういいんちょう》。後《うし》ろの戸《と》を開《あ》けてくれ。」

いいなおすレーチ。

「…………」

わたしはだまって教室《きょうしつ》の後《うし》ろにむかう。

後《うし》ろの戸《と》も、前《まえ》の戸《と》とおなじ横滑《よこすべ》りの戸《と》。わたしは手《て》をかけて、力《ちから》をこめた。

……あれ？

開《あ》かない。思《おも》いっきり力《ちから》をこめる。でも、開《あ》かない。

お行儀《ぎょうぎ》わるいんだけど、右足《みぎあし》を柱《はしら》にかけ、両手《りょうて》に力《ちから》をこめる。

「うんぎゅぅ〜！」

……開《あ》かない。

「どうしたのよ、亜衣《あい》。」

ようすを見《み》にきた美衣《みい》と交代《こうたい》したけど、開《あ》かない。

「これだから、運動部《うんどうぶ》未経験者《みけいけんしゃ》はダメなのよ。」

三人《にん》のなかでいちばん力《ちから》が強《つよ》い真衣《まい》がやっても、開《あ》かない。

「どうして開《あ》かないんだろうね？」

のほほんとした声《こえ》で、美衣《みい》がいう。

「やっぱり、開《あ》かずの教室《きょうしつ》なのよ。」

真衣《まい》のことばに、わたしはブルッと体《からだ》がふるえる。

レーチのところへもどると、まだ戸《と》を相手《あいて》に格闘《かくとう》していた。

「むぎゃぎゃぎゃぎゃ！」

人間《にんげん》とは思《おも》えない声《こえ》をあげ、両手《りょうて》に力《ちから》をこめるレーチ。

すると、つぎの瞬間《しゅんかん》――。

びりりりりり――！

紙《かみ》がさけるような音《おと》がして、戸《と》が開《あ》いた。

「ふぅ……。」

この寒《さむ》いのに、汗《あせ》をかいているレーチ。

わたしは、しかたなくハンカチをかしてやる。

一足先《ひとあしさき》に教室《きょうしつ》にはいった真衣《まい》が、床《ゆか》に落《お》ちていたなにかをひろいあげた。

「なに、これ？」

真衣《まい》がポケットライトをむけたのは、ノートをたて半分《はんぶん》に切《き》ったくらいの大《おお》きさの和紙《わし》。

暗《くら》いので色《いろ》はよくわからないけど、見《み》たこともない字《じ》が書《か》いてある。

「これ、御札《おふだ》だな。」

そういったあと、レーチは、戸《と》にポケットライトをあてた。

「！」

わたしたち三姉妹《しまい》は、息《いき》をのむ。

戸口《とぐち》の四辺《しへん》に、たくさんの御札《おふだ》がはられていた。その何枚《なんまい》かは、やぶれたりはがれたりして、かすかな風《かぜ》にゆれている。

レーチが、開《あ》けてあった戸《と》をしめる。

「なるほど。戸《と》が開《あ》かないように、御札《おふだ》ではりつけてあったのか。」

つづいて、教室《きょうしつ》の後方《こうほう》へ。

わたしたちも、あわてて後《あと》を追《お》う。

レーチが、後《うし》ろの戸《と》をてらした。

戸《と》が、無数《むすう》の御札《おふだ》で、びっしりはりつけられている。

「これじゃあ、わたしの力《ちから》じゃ開《あ》かないのもとうぜんね。」

美衣《みい》が、くやしそうな声《こえ》でいった。

ボソッとつぶやく真衣《まい》。

「……開《あ》かずの教室《きょうしつ》。」

〝開《あ》かずの教室《きょうしつ》〟——そのことばが、チクチクとひっかかる。……開《あ》けてはいけない教室《きょうしつ》……封《ふう》印《いん》された教室《きょうしつ》。

それを、わたしたちは開《あ》けてしまった。

昔話《むかしばなし》では、開《あ》けてはいけない扉《とびら》を開《あ》けた者《もの》には、かならず罰《ばつ》があたえられる。

足下《あしもと》で、はがれ落《お》ちた御札《おふだ》が、カサリと鳴《な》った。

これから、いったいなにがおこるのか……。

レーチは、ポケットライトを戸《と》のあちこちにむけてしらべている。

「よっぽど、この戸《と》を開《あ》けられたくなかったんだろうな。ずいぶんていねいに、はりつけてある。」

「ねぇ、帰《かえ》ったほうがいいんじゃない？」

真衣《まい》がいう。わたしも賛成《さんせい》。

ここは、なんだか人間《にんげん》がいたらいけない場所《ばしょ》のような気《き》がする。

でも、レーチに真衣《まい》のことばはとどいてない。壁《かべ》や天井《てんじょう》をライトでてらすレーチ。いたるところに、御札《おふだ》はられている。特《とく》に天井《てんじょう》の御札《おふだ》は、直線状《ちょくせんじょう》になるよう、かさねてはられている。

「なんで、天井《てんじょう》だけかさねてはってあるんだろう？」

そうつぶやいたレーチは、ふと思《おも》いだしたように、窓《まど》ぎわにいった。

窓側《まどがわ》の壁一面《かべいちめん》に、暗幕《あんまく》がかかっている。その重《おも》そうな暗幕《あんまく》をあけると、アルミサッシじゃない木枠《きわく》のガラス窓《まど》。

外《そと》の雪《ゆき》は、もうやんだのだろう。

灰色《はいいろ》の雲《くも》のむこうから、黄色《きいろ》い月《つき》が顔《かお》をだしている。

レーチが、ひとつずつ窓《まど》を見《み》ていく。

わたしたちも、窓《まど》を見《み》る。

中心部《ちゅうしんぶ》——アルミサッシならクレセント錠《じょう》の位《い》置《ち》に、ねじこみ式《しき》の錠《じょう》がついている。

「なるほどな……。」

つぶやいたレーチが、わたしたちを見《み》る。

その顔《かお》が、とても楽《たの》しそうだ。まるで、新《あたら》しいおもちゃを手《て》にして、うれしくってしかたがないっていう顔《かお》。

「おもしろくなってきたな。」

にやりと笑《わら》うレーチ。

わたしたち三姉妹《しまい》はきく。

「なにが、おもしろいの?」

すると、レーチは、とてもおどろいた顔《かお》をした。つづいて、深《ふか》いため息《いき》。

「気《き》づかなかったのか？」

……なにに？

わたしたち三人《にん》は、顔《かお》を見合《みあ》わせる。

レーチは、ポケットライトを前《まえ》と後《うし》ろの戸《と》にむけた。

「あの戸《と》は、教室《きょうしつ》の中《なか》からはられた御札《おふだ》で、開《あ》かなかったのはわかってるな？」

わたしたちは、うなずく。

つづいて、レーチは窓《まど》にライトをむける。

「窓《まど》には、内側《うちがわ》から鍵《かぎ》がかけられている。」

また、わたしたちは、うなずく。

「そして、この教室《きょうしつ》には、ほかに出入《でい》り口《ぐち》はない。」

レーチが、ポケットライトで教室《きょうしつ》のあちらこちらをてらした。

戸《と》は、前《まえ》と後《うし》ろの二か所《しょ》だけ。

特別教室《とくべつきょうしつ》なら、準備室《じゅんびしつ》へいく戸《と》がついてたりするんだけど、この教室《きょうしつ》にはついてない。

美衣《みい》が、右手《みぎて》をあげる。

「それで、なにがおもしろいの？」

この質問《しつもん》に、レーチは、さっきより深《ふか》いため息《いき》をついた。

そして、小《ちい》さな子《こ》どもに話《はな》しかけるように、やさしくいう。

「わかんないのか？　戸《と》を御札《おふだ》ではりつけたやつは、いったいどうやって教室《きょうしつ》からでたんだ？」

戸《と》を開《あ》かなくしたあと、窓《まど》からでようにも、窓《まど》は内側《うちがわ》から鍵《かぎ》がかけられている。

たしかに、教室《きょうしつ》からでる方法《ほうほう》がない。

「こういった状況《じょうきょう》を、ミステリ用語《ようご》で、こういうんだ。」

レーチが、指《ゆび》を一本《ぽん》のばした。

「『密　室《Locked Room》』──。」

密室《みっしつ》よりも、その発音《はつおん》がみごとなことに、わたしはおどろいた。

「でも、どうして戸《と》を御札《おふだ》ではったんだろうね？」

美衣《みい》がいう。

うん、わたしもそれが不思議《ふしぎ》だ。

御札《おふだ》で、戸《と》をはりつけるなんて、まるでなにかを封印《ふういん》するみたいじゃない。

なんだかこわい考《かんが》えになりそうなのでやめようとしたとき、真衣《まい》がいった。

「ねぇ。黒板《こくばん》に、なにか字《じ》が書《か》いてあるみたい……。」

たしかに、真衣《まい》のいうとおりだ。よく見《み》ると、なにか書《か》いてある。

レーチが、ポケットライトで黒板《こくばん》をてらす。

わたしたちの教室《きょうしつ》にあるような、緑《みどり》がかった黒板《こくばん》とは、すこしちがう。墨汁《ぼくじゅう》をぬったような、まっくろの黒板《こくばん》。

ポケットライトがてらしだす面積《めんせき》は、せまい。一度《いちど》に、黒板《こくばん》の一部分《いちぶぶん》しか見《み》ることができない。

わたしたちは、苦労《くろう》して字《じ》を読《よ》んだ。

黒板《こくばん》をひっかくようにして書《か》かれた文字《もじ》。

最初《さいしょ》の文字《もじ》は、『夢《ゆめ》』。つぎが『喰《く》』。最後《さいご》の文字《もじ》が『い』。

夢喰《ゆめく》い——。

「…………」

わたしたちは、なにもいえなかった。

まるで、瞬間冷凍《しゅんかんれいとう》されたかのように、かたまってしまった体《からだ》。

それを解《と》いてくれたのは、

「Dream Eater《ドリーム イーター》……。」

ユーリの声《こえ》だった。

教室《きょうしつ》の入《い》り口《ぐち》に、ユーリが立《た》っている。その青《あお》い目《め》は、黒板《こくばん》の文字《もじ》を見《み》つめている。

「ユーリ……。」

わたしのつぶやきに、彼女《かのじょ》は視線《しせん》を動《うご》かした。

人形《にんぎょう》のように無表情《むひょうじょう》だったユーリは、わたしたちを見《み》ると、ほほえんだ。ホッとするような、あたたかい笑顔《えがお》じゃない。

わたしは、なんの脈絡《みゃくらく》もなく、親鳥《おやどり》をイメージした。

巣《す》の中《なか》で口《くち》をあけて待《ま》っているひな鳥《どり》に、えさをはこんでくる親鳥《おやどり》。ユーリの笑顔《えがお》は、えさを見《み》つけてよろこんでいる親鳥《おやどり》のよう……。

ユーリは、体《からだ》の向《む》きをかえ、廊下《ろうか》にすがたを消《け》す。

われにかえったわたしたちは、彼女《かのじょ》の後《あと》を追《お》った。

でも、すでに、どこにも彼女《かのじょ》のすがたはなかった。

開《あ》かずの教室《きょうしつ》にのこされた、「夢喰《ゆめく》い」の文字《もじ》。

そして、「Dream Eater《ドリーム イーター》」のことばをのこした転校生《てんこうせい》――ユーリ。

わたしの体《からだ》がふるえる。

それは、寒《さむ》さだけじゃない。

なにか、とんでもないもののふたをあけてしまったような恐怖《きょうふ》。それが、わたしの体《からだ》をふるわせる。

05　時間《じかん》の流《なが》れの小品《ア・ラ・カルト》——十数年《すうねん》まえ

開《あ》かずの教室《きょうしつ》

染井芳野《そめいよしの》

あなたは、旧校舎《きゅうこうしゃ》の鍵《かぎ》を開《あ》けた。

カビとホコリのにおいが、もやのようにはいだしてくる。

時刻《じこく》は午前《ごぜん》二時《じ》。夏休《なつやす》み中《ちゅう》の学校《がっこう》。しかも、深夜《しんや》。あたりに人気《ひとけ》はない。

あなたは、首筋《くびすじ》にとまった蚊《か》をペチとたたく。つぶれた蚊《か》から、手《て》のひらに真《ま》っ赤《か》な血《ち》。

その量《りょう》があまりに多《おお》いことに、あなたはおどろく。

「どうしたの、はいらないいの？」

扉《とびら》の前《まえ》で動《うご》かなくなったあなたは、声《こえ》をかけられて旧校舎《きゅうこうしゃ》の中《なか》を見《み》た。

光《ひかり》のない、真《しん》の闇《やみ》が満《み》ちている。

あなたは、懐中電灯《かいちゅうでんとう》のスイッチを入《い》れ、旧校舎《きゅうこうしゃ》の中《なか》をてらす。

そして、なにか決心《けっしん》したかのように、大《おお》きくうなずいた。


あなたは、心霊現象研究会《しんれいげんしょうけんきゅうかい》の一員《いちいん》。

いまは、研究会《けんきゅうかい》の仲間《なかま》といっしょに、旧校舎《きゅうこうしゃ》の〝開《あ》かずの教室《きょうしつ》〟を調《しら》べにきたところ。

「どうせなら、昼間《ひるま》じゃなくて、夜《よる》にいきましょうよ。」

「それは、すてき。丑三《うしみ》つ時《どき》なんて、いいんじゃない？」

「ただいくだけなんて、たいくつよ。みんなで百物語《ひゃくものがたり》をしようよ！」

「やろう、やろう！」

話《はなし》は盛《も》りあがり、丑三《うしみ》つ時《どき》に開《あ》かずの教室《きょうしつ》で百物語《ひゃくものがたり》をすることになった。

百物語《ひゃくものがたり》とは、あつまった者《もの》が怪談《かいだん》を話《はな》す会《かい》のことである。そして、怪談《かいだん》が百話《わ》語《かた》りおえられたとき、本物《ほんもの》の怪奇現象《かいきげんしょう》がおこるといわれている。

用意《ようい》するものは、百本《ぽん》のろうそく。怪談《かいだん》を語《かた》りおえた者《もの》は、ろうそくを一本《ぽん》消《け》すのが決《き》まり。

しかし百も怪談《かいだん》を話《はな》していたら夜《よ》が明《あ》けるという声《こえ》もあり、十物語《じゅうものがたり》にしようということで、まとまった。

いま、あなたのカバンには、細々《こまごま》した荷物《にもつ》といっしょに二本《ほん》のろうそく、そして、頭《あたま》の中《なか》には、みんなに話《はな》すための怪談話《かいだんばなし》が二つ……。

のこり八本《ぽん》のろうそくと八つの話《はなし》は、まわりの者《もの》が用意《ようい》してるはずだ。

懐中電灯《かいちゅうでんとう》の楕円形《だえんけい》の光《ひかり》が、ギシギシ鳴《な》る廊下《ろうか》をてらしだす。

「わくわくするね……。」

あなたの耳《みみ》に、声《こえ》がきこえる。

「なんだか、自分《じぶん》のまわりに、もやもやしたものが飛《と》んでるような気《き》がしない？」

すると、ちがう声《こえ》がいった。

「それって、おばけ？」

「ちょっと、こわいこといわないでよ！」

ヒステリックな声《こえ》があがる。

「わー、おこった！　おこった。」

はやしたてる声《こえ》。

はじけるような笑《わら》い声《ごえ》。

あなたは、ビクッとして、まわりを見《み》る。

――こんなにさわがしくしてもいいの……？

闇《やみ》につつまれた廊下《ろうか》。なんの変化《へんか》もない。

――ここは、なにかが眠《ねむ》っている。それをおこしてはいけない……。おこしたら、たいへんなことになる……。そんな気《き》がする。

しかし、あなたの心配《しんぱい》は、まわりの声《こえ》には通用《つうよう》しない。

クスクスという笑《わら》い声《ごえ》が、あなたのまわりを踊《おど》る。


「ここね……。」

二階《かい》のいちばん奥《おく》――あなたは、教室《きょうしつ》の前《まえ》に立《た》つ。

木《き》の戸《と》に手《て》をかけ、開《あ》けようとしたのだが、開《あ》かない。

鍵《かぎ》がかかってるのかと思《おも》って、懐中電灯《かいちゅうでんとう》を戸《と》にむける。横《よこ》にすべらせて開《あ》けるようになっている。

鍵穴《かぎあな》をさがす。

――ない。しかし、戸《と》は開《あ》かない……。

あなたは、教室《きょうしつ》の後《うし》ろからはいろうと考《かんが》える。しかし、その戸《と》も開《あ》かない。

「開《あ》かないね……。」

あなたは、何度《なんど》も戸《と》をガタガタとゆらす。でも、開《あ》かない。

そのとき、

「ほら、ここが開《あ》くよ。」

足下《あしもと》で、声《こえ》がした。

壁《かべ》の下《した》のところに、通気用《つうきよう》の小窓《こまど》があった。そこが、開《あ》いている。

あなたは腹《はら》ばいになると、へびのように小窓《こまど》をくぐった。

真《ま》っ暗《くら》な教室《きょうしつ》。窓《まど》に懐中電灯《かいちゅうでんとう》をむけると、重《おも》そうな暗幕《あんまく》が、月《つき》や星《ほし》の光《ひかり》をさえぎっている。

後《うし》ろの壁《かべ》には、空《から》っぽの薬品棚《やくひんだな》がならんでいる。

「ここ、理科室《りかしつ》だったのかな？」

あなたのつぶやきに、だれも返事《へんじ》をしない。

机《つくえ》はとりのぞかれ、ガランとしている。

懐中電灯《かいちゅうでんとう》で戸《と》をてらしたあなたの口《くち》から、「ひっ！」という悲鳴《ひめい》がもれる。

戸《と》には、目張《めば》りするように、たくさんの御札《おふだ》がはられていた。

漢字《かんじ》と記号《きごう》が書《か》かれた御札《おふだ》。かろうじて読《よ》めたのは、『封《ふう》』という文字《もじ》だけだった。

後《うし》ろの戸《と》をしらべても、おなじように御札《おふだ》がはられている。

戸《と》を開《あ》かないようにするだけなら、釘《くぎ》づけすればいい。目張《めば》りするにしても、ガムテープをつかえば楽《らく》だ。

——なのに、こんなにたくさんの御札《おふだ》をはるなんて……。

立《た》ちすくむあなたの背後《はいご》で、

「ああ、こんなに御札《おふだ》がべったりはられていたら、戸《と》が開《あ》かなくてもあたりまえね。」

すこしもこわがっていない声《こえ》がした。

「それより、はやく百物語《ひゃくものがたり》やろうよ。いつまでもボンヤリしてると、夜《よ》が明《あ》けちゃうよ。」

その声《こえ》にさそわれるように、あなたは教室《きょうしつ》の中央《ちゅうおう》にむかった。


マッチをすって、ろうそくに火《ひ》をつける。そして、床《ゆか》に蠟《ろう》をたらし、ろうそくを立《た》てた。

ほこりでスカートがよごれるのを気《き》にしながら、あなたは床《ゆか》にすわった。

ゆれる炎《ほのお》の数《かず》をかぞえる。

一つ……二つ……。

「こんなもの、もういらないわね。」

その声《こえ》と同時《どうじ》に、あなたは懐中電灯《かいちゅうでんとう》をとりあげられた。

とめるひまもなかった。中《なか》から抜《ぬ》かれた電池《でんち》が、教室《きょうしつ》のすみにほうられる。

ガラガラところがった電池《でんち》が、なにかにあたってとまった音《おと》がきこえた。

「じゃあ、はじめましょ。」

だれかがいった。

ろうそくのむこうを見《み》る。光《ひかり》は、制服《せいふく》の胸元《むなもと》しかてらしだしていない。


一つ、二つ……。怪談《かいだん》がおわる。

そのたびにろうそくが消《け》され、どんどん教室《きょうしつ》が暗《くら》くなっていく。

あなたも怪談話《かいだんばなし》をおえ、自分《じぶん》の前《まえ》のろうそくを消《け》した。

のこったろうそくは、一本《ぽん》。

空気《くうき》が重《おも》い。闇《やみ》におしつぶされそうな気分《きぶん》。

最後《さいご》の怪談話《かいだんばなし》がはじまる。

「あのね……この理科室《りかしつ》が、どうして開《あ》かずの教室《きょうしつ》になったのか知《し》ってる？」

最後《さいご》にのこったろうそくのむこうで、口《くら》が動《うご》いてるのがわかった。

「ずっとむかし、とても不幸《ふこう》な事故《じこ》があったの……。」


その子《こ》は、化学実験《かがくじっけん》クラブに所属《しょぞく》する三年生《ねんせい》の女《おんな》の子《こ》。

成績《せいせき》はトップクラス。そして、だれもがうらやむようなととのった顔立《かおだ》ちをしていた。

卒業《そつぎょう》をひかえた三月《がつ》。

彼女《かのじょ》は、たくさんの思《おも》い出《で》がのこる理科室《りかしつ》へやってきた。そして、白衣《はくい》を着《き》ると、最後《さいご》の実験《じっけん》をはじめた。

事故《じこ》は、そのときおきた。

失敗《しっぱい》するはずのないかんたんな実験《じっけん》。まちがえるはずのないなれた手順《てじゅん》。

しかし、事故《じこ》はおきた。

小《ちい》さな爆発《ばくはつ》。割《わ》れるガラス器具《きぐ》と飛《と》びちる薬品《やくひん》。

命《いのち》に別状《べつじょう》はなかった。

しかし、ガラスの破片《はへん》と強酸性《きょうさんせい》の薬品《やくひん》が、彼女《かのじょ》の美《うつく》しさをうばってしまった。

「その子《こ》、どうなったの？」

だれかがきいた。

「わからない。」

その声《こえ》に、ろうそくの炎《ほのお》がかすかにゆれる。

「でも、その事故《じこ》がおきてから、この理科室《りかしつ》では不思議《ふしぎ》なことがおきるの。外《そと》はいい天気《てんき》なのに、窓《まど》から光《ひかり》がはいってこない。どれだけそうじしても、窓《まど》ガラスは光《ひかり》をとおさない。まるで、血《ち》をぬったみたいに、ガラスはくもったまま。そして、ガラスのくもりは、くずれた彼女《かのじょ》の顔《かお》のように見《み》えた。だから、この教室《きょうしつ》で授業《じゅぎょう》をするときは、いつも暗幕《あんまく》をひいて、電気《でんき》をつけてたそうよ。」

あなたは、窓《まど》のほうを見《み》る。

暗《くら》くて見《み》えないが、いまも暗幕《あんまく》がひかれているはずだ。

あなたは、ブルッと身《み》をふるわせる。

暗幕《あんまく》のむこうのガラスには、その子《こ》の顔《かお》がうかんでいるのだろうか？

「ほかにも、その子《こ》の顔《かお》が壁《かべ》にうかぶのを見《み》たとか、気分《きぶん》がわるくなる子《こ》がたくさんでたとか——。この教室《きょうしつ》で、授業《じゅぎょう》をすることができなくなるくらい、奇妙《きみょう》なことがおきたの。」

ここで、一度《いちど》、声《こえ》は切《き》れた。ろうそくがジジジと燃《も》える。とがっていた炎《ほのお》が、ぽわっとまるくなった。

「みんながいったわ。彼女《かのじょ》は、〝夢喰《ゆめく》い〟になったって——。」

彼女《かのじょ》には、夢《ゆめ》があった。芸能関係《げいのうかんけい》の学校《がっこう》へいって、映画女優《えいがじょゆう》になるという夢《ゆめ》が……。

しかし、その夢《ゆめ》は、事故《じこ》とともに消《き》えた。

同時《どうじ》に、彼女《かのじょ》には恨《うら》みがめばえた。

——自分《じぶん》には、もう夢《ゆめ》がない。なのに、まわりの子《こ》には夢《ゆめ》がある。

——わたしのひきつった顔《かお》の皮膚《ひふ》は、もう笑《わら》うことができない。なのに、まわりの子《こ》は夢見《ゆめみ》て笑《わら》う。

——どうして、わたしだけ……。

まわりをうらんで憎《にく》んで、彼女《かのじょ》は夢喰《ゆめく》いになった。

「だから、この教室《きょうしつ》は封印《ふういん》されたの。夢喰《ゆめく》いが外《そと》にでないよう——。生徒《せいと》の夢《ゆめ》が喰《く》われないよう——。」

最後《さいご》の怪談《かいだん》がおわると同時《どうじ》に、ろうそくが消《き》えた。

……。

あなたは、息《いき》をつめて、まわりのようすをうかがう。

――なにもおこらない……。

大《おお》きく息《いき》をすい、あなたはホッとする。

――そうよね。ろうそくがぜんぶ消《き》えたとき、怪奇現象《かいきげんしょう》がおこるなんて、そんなバカなことないわよね……。

あなたは、ろうそくに火《ひ》をつけようと、マッチをさがす。

しかし、まったく明《あ》かりがないなかで、マッチは見《み》つからない。

そんなとき、

「はい、マッチ。」

あなたの手《て》に、マッチがのった。

「ありがとう。」

あなたは、うけとったマッチで、ろうそくに火《ひ》をつけようとする。その手《て》がとまった。

――あれ……？

あなたは、闇《やみ》にむかってきく。

「どうして、マッチのある場所《ばしょ》がわかったの？　こんなに暗《くら》いのに。」

……返事《へんじ》はない。

かすかに、フフフという笑《わら》い声《ごえ》がきこえるだけ。

「………」

あなたは、ふるえる手《て》でマッチをする。三本《ぼん》のマッチを折《お》り、四本目《ほんめ》で火《ひ》をつけることができた。

かすかな光《ひかり》だが、なにも見《み》えない闇《やみ》よりましだ。

「百物語《ひゃくものがたり》がおわってもなにもおこらないし、そろそろ帰《かえ》ろうよ。」

あなたは、わざと元気《げんき》な声《こえ》でいう。

すると、返《かえ》ってきたのは意外《いがい》なことばだった。

「どこへ？」

――え？

あなたは、声《こえ》のしたほうを見《み》つめる。

ぼんやりと、黒《くろ》いかたまりが見《み》える。

「どこへって……家《いえ》にきまってるじゃない。」

あなたは、声《こえ》がふるえないよう気《き》をつけていった。

かすかな笑《わら》い声《ごえ》のあと、明《あか》るい声《こえ》が返《かえ》ってきた。

「それは、むり。だって、ここは開《あ》かずの教室《きょうしつ》。夢喰《ゆめく》いが封印《ふういん》された、開《あ》かずの教室《きょうしつ》。――でることはできない。」

「……………」

あなたは、声《こえ》がでない。ろうそくを持《も》つと、ジリジリ壁《かべ》のほうへ後《あと》ずさる。

手《て》さぐりで、通気用《つうきよう》の小窓《こまど》をさがす。

しかし、手《て》にさわるのは木《き》の壁《かべ》の感触《かんしょく》だけ。

小窓《こまど》は、消《き》えていた。

「あきらめて。――ここは、いいところよ。」

すぐそばで、声《こえ》がした。

「いや！」

さけぶと同時《どうじ》に、戸《と》にむかって走《はし》る。ガタガタと戸《と》をゆすっても開《あ》かない。

指《ゆび》でひっかいて御札《おふだ》をはがそうとするが、爪《つめ》が割《わ》れ血《ち》が流《なが》れるだけ。

「むりよ。その御札《おふだ》ははがれない。」

声《こえ》がいう。

「だって、その御札《おふだ》は夢喰《ゆめく》いがはったものだから——。だれも、開《あ》かずの教室《きょうしつ》にはいれないよう、夢喰《ゆめく》いがはった御札《おふだ》だから。」

あなたの手《て》がとまる。

——そういえば……。

あなたは考《かんが》える。

——御札《おふだ》は、教室《きょうしつ》の内側《うちがわ》からはられていた。どうして……？　夢喰《ゆめく》いを封印《ふういん》するためなら、教《きょう》室《しつ》の外《そと》から御札《おふだ》をはらなきゃいけないんじゃ……。

すると、

「こわいのは、夢喰《ゆめく》いじゃない。」

あなたの考《かんが》えてることを読《よ》んだかのように、声《こえ》がする。

「彼女《かのじょ》は、だれもうらまなかった。なにも憎《にく》まなかった。事故《じこ》にあったのは不幸《ふこう》だったけど、それを運命《うんめい》とあきらめ、新《あたら》しい夢《ゆめ》をつかもうとしていた。でも、すがたのかわった彼女《かのじょ》を排除《はいじょ》したのは、まわりの生徒《せいと》——。」

「………」

『おばけ』『こわい』『怪物《かいぶつ》』『気持《きも》ち悪《わる》い』――さまざまなことばと視線《しせん》、冷《つめ》たい態度《たいど》が、彼女《かのじょ》を追《お》いつめた。だから、彼女《かのじょ》は、この教室《きょうしつ》ににげこんで御札《おふだ》をはった。だれもはいってこれないように――。」

「………」

「彼女《かのじょ》の夢《ゆめ》を喰《く》ったのは、夢《ゆめ》喰《く》いじゃない。まわりの生徒《せいと》だったのよ。ほんとうの夢《ゆめ》喰《く》いは――。」

あなたは、自分《じぶん》の間近《まぢか》にだれかがいるのを感《かん》じた。

反射的《はんしゃてき》に、ろうそくをむける。

ゆれる炎《ほのお》に、くずれた顔《かお》がうかびあがる。

「ほんとうの夢《ゆめ》喰《く》いは、あなた……。」

ろうそくが、消《き》えた。

(『それがわたしにとって何《なん》だというのでしょう?』バックナンバーより)

06 密室《みっしつ》の幻想《げんそう》

「なるほど、密室《みっしつ》に夢喰《ゆめく》い、謎《なぞ》の転校生《てんこうせい》ね……。」

教授《きょうじゅ》が、つまらなさそうにいった。そのわりに、箸《はし》の動《うご》きはにぶらない。

ここは、わたしの家《いえ》。

夕食《ゆうしょく》の席《せき》で、わたしたちは、旧校舎《きゅうこうしゃ》で見《み》たことを教授《きょうじゅ》に話《はな》す。


あっと、そのまえに……。

どうして教授《きょうじゅ》が、うちでご飯《はん》を食《た》べてるかを説明《せつめい》しないとね。

まえにも書《か》いたけど、教授《きょうじゅ》は生命力《せいめいりょく》はあるけど、生活力《せいかつりょく》はない。

冬場《ふゆば》――。山《やま》から木《き》の実《み》などの食《た》べ物《もの》がなくなるころ、冬眠《とうみん》できなかった熊《くま》は、里《さと》におりてきて人間《にんげん》をおそったりする。

今年《ことし》の冬《ふゆ》、教授《きょうじゅ》は冬眠《とうみん》していない。ということは、ほかの家《いえ》に押《お》しいって食《た》べ物《もの》をあさるかもしれない。

新聞《しんぶん》の社説《しゃせつ》は、書《か》くだろう。『しょせん、野生動物《やせいどうぶつ》と人間《にんげん》は共存《きょうそん》できないのか。』と――。

そんな哀《かな》しい事件《じけん》がおきるまえに、えさをあたえておこうというのが、教授《きょうじゅ》を夕食《ゆうしょく》によんだ目的《もくてき》だ。

しかし、えさをめぐんでもらってるという感覚《かんかく》は、教授《きょうじゅ》にはない。

えさの量《りょう》がすくないと文句《もんく》をいう。好《この》みのえさをだせと文句《もんく》をいう。えさを食《く》いちらかし、後《あと》かたづけをしない。

そして、えさをめぐんでいるわたしたちに対《たい》する感謝《かんしゃ》の気持《きも》ちもない。

まったく、こまったもんだ。


で、今夜《こんや》のメニューはキムチ鍋《なべ》。

「鍋料理《なべりょうり》のなかでは、京風《きょうふう》の石狩鍋《いしかりなべ》がいちばん好《す》きなんだけどな……。」

ぶつぶついいながら、おそろしいいきおいで鍋《なべ》をからにしていく教授《きょうじゅ》。どれだけ材料《ざいりょう》を入《い》れても、すぐに食《た》べてしまう。生煮《なまに》えでも気《き》にしてない。

「キムチ鍋《なべ》は、そんなに好《す》きじゃないんでしょ。ちょっとは遠慮《えんりょ》してよ！」

真《ま》衣《い》が文句《もんく》をいっても、教授《きょうじゅ》の箸《はし》はとまらない。

「なにをいうんだ、真《ま》衣《い》ちゃん。好《す》ききらいをいってたら、大《おお》きくなれないじゃないか！」

まだ、大《おお》きくなるつもりなのか、この人《ひと》は……。ほんとうは、育《そだ》ちざかりのわたしたちが、たくさん食《た》べないといけないのに……。

わたしは、教授《きょうじゅ》の食《く》い気《け》をそらすために、旧校舎《きゅうこうしゃ》で体験《たいけん》した話《はなし》をした。なんといっても教授《きょうじゅ》は名探偵《めいたんてい》。ご飯《はん》より、不思議《ふしぎ》な謎《なぞ》のほうが好《す》きなはずだ。

なのに、

「密室《みっしつ》ね……。」

つまらなさそうにいって、箸《はし》をとめることはなかった。

教授《あんた》、ほんとうに名探偵《めいたんてい》なのか？

「興味《きょうみ》ないの？　密室《みっしつ》だよ、密室《みっしつ》！」

美《み》衣《い》がいうと、教授《きょうじゅ》はニヒルにフッと笑《わら》った。口《くち》のはしからキムチ色《いろ》にそまった白菜《はくさい》がたれてなかったら、かっこよく決《き》まったことだろう。

「密室《みっしつ》は、幻想《げんそう》だよ。」

教授《きょうじゅ》が、すこし哀《かな》しそうにつぶやいた。

密室《みっしつ》は幻想《げんそう》……。どういう意味《いみ》なんだろう？

質問《しつもん》しようとしたとき、羽衣母《ういかあ》さんが台所《だいどころ》からやってきた。

「夢水《ゆめみず》さん、お味《あじ》はいかがですか？」

「絶品《ぜっぴん》です！　ぼくは、これほどおいしいキムチ鍋《なべ》を食《た》べたことがありません！　なんといっても、キムチ鍋《なべ》が鍋料理《なべりょうり》の王様《おうさま》ですね！」

……わたしたちは、ことばがない。

さっき書《か》き忘《わす》れたことを、つけくわえておこう。

教授《きょうじゅ》は、わたしたちに対《たい》して感謝《かんしゃ》の気持《きも》ちは持《も》ってないが、羽衣母《ういかあ》さんには海《うみ》よりも深《ふか》く感謝《かんしゃ》している。

「ごちそうさまでした。」

教授《きょうじゅ》が箸《はし》をおき、ていねいに手《て》をあわせる。こういうところは、美衣《みい》のしつけの成果《せいか》だ。

「あら、もういいんですか？」

「ええ。あまり食《た》べると、脳《のう》の働《はたら》きがにぶりますからね。」

羽衣母《ういかあ》さんにかっこよくこたえているが、すでに鍋《なべ》は空《から》っぽだ。

わたしたち、まだあまり食《た》べてないのに……。

羽衣母《ういかあ》さんが台所《だいどころ》にもどると、美衣《みい》がきいた。

「さっき教授《きょうじゅ》はいったよね。密室《みっしつ》は幻想《げんそう》だって。——どうして幻想《げんそう》なの？」

「それは、ぼくたち名探偵《めいたんてい》のせいだよ。」

哀《かな》しそうにいう教授《きょうじゅ》。

わたしたちには、どういうことかわからない。

「かつて、密室《みっしつ》ということばには浪漫《ろまん》の香《かお》りがあふれていた。犯人《はんにん》がしかけたさまざまなトリックで、密室《みっしつ》は聖域《せいいき》となった。密室《みっしつ》ときくだけで、たいくつな日常《にちじょう》が赤《あか》い夢《ゆめ》の世界《せかい》にかわった。しかし、ぼくたち名探偵《めいたんてい》が、奇想天外《きそうてんがい》で驚天動地《きょうてんどうち》なトリックを、すべて解《と》き明《あ》かしてしまったんだ。」

教授《きょうじゅ》が、テーブルをどんとたたく。かなりの過剰演技《オーバー・アクション》ね。

「名探偵《めいたんてい》によって、密室《みっしつ》の扉《とびら》はすべて開《あ》けはなたれてしまった。かつて、あれほど光《ひか》りかがやいていた密室《みっしつ》は、見《み》る影《かげ》もなく色《いろ》あせてしまった。——哀《かな》しいことに。これも、名探偵《めいたんてい》の呪《のろ》われた宿命《しゅくめい》なのか……。」

胸《むね》をおさえ、苦《くる》しそうにいう教授《きょうじゅ》。

食器《しょっき》をかたづけはじめた真衣《まい》は、教授《きょうじゅ》を見《み》ていない。

美衣《みい》は、台《だい》ぶきでテーブルをふく。

わたしは、ポケットからだした小銭《こぜに》をティッシュにつつんで、教授《きょうじゅ》に投《な》げつける。

「……気《き》のせいかもしれないが、きみたちから、『名探偵《めいたんてい》に対《たい》する尊敬《そんけい》の念《ねん》』が感《かん》じられないのだが。」

それは、気《き》のせいじゃない。わたしたちは、教授《きょうじゅ》を尊敬《そんけい》するほど落《お》ちぶれてはいない。

「名探偵《めいたんてい》をあなどってはいけない。密室《みっしつ》から犯人《はんにん》を消《け》すことなど、たやすいことなんだ。それを、いまから証明《しょうめい》してあげよう。きみたち、財布《さいふ》を持《も》ってる？」

わたしたちは、いっきに警戒《けいかい》モード。

「どうして財布《さいふ》が関係《かんけい》あるの？」

真衣《まい》がきいた。

「いや、密室《みっしつ》から犯人《はんにん》を消《け》すように、きみたちの財布《さいふ》から千円札《えんさつ》を消《け》してみようと思《おも》ってね。」

「…………」

わたしたちは、ジットリした目《め》で教授《きょうじゅ》を見《み》る。その冷《つめ》たい視線《しせん》にたえられなくなった教授《きょうじゅ》がいう。

「千円札《えんさつ》はやめて、五百円玉《えんだま》を消《け》すことにしよう。」

「…………」

「百円玉《えんだま》なら、消《け》してもいい？」

おうかがいをたててくる教授《きょうじゅ》に、わたしたちは首《くび》を横《よこ》にふる。

「財布《さいふ》から消《け》したお金《かね》は、どうなるの？」

「マジックの秘密《ひみつ》は、だれにもいっちゃいけないんだ。でも、そのあと、ハンバーガーショップでぼくを見《み》ても、声《こえ》をかけちゃダメだよ。」

美衣《みい》の質問《しつもん》に、ニッコリほほえむ教授《きょうじゅ》。

「いや、ラーメン屋《や》さんでもいいな。それとも、駅《えき》の立《た》ち食《ぐ》いそばにするか……。うーん。」

真剣《しんけん》に悩《なや》む教授《きょうじゅ》。

わたしはきく。

「『とらぬ狸《たぬき》の皮算用《かわざんよう》』ってことば、知《し》ってる？」

「うん？『虎《とら》と狸《たぬき》の母《かあ》さんよ』？――そんな不気味《ぶきみ》な動物《どうぶつ》がいるのかい？」

「…………」

ものすごくつかれる。

「きみたちも、もっとマジックに接《せっ》したほうがいいよ。そうすれば、ぼくを見《み》る目《め》もかわってくるから。」

教授《きょうじゅ》がいった。たしかに、マジックを見《み》ればマジシャンへの尊敬《そんけい》は高《たか》まるだろう。

しかし、それと教授《きょうじゅ》を尊敬《そんけい》することとは、関係《かんけい》ない。

「わたしたち、去年《きょねん》の秋《あき》の芸術鑑賞会《げいじゅつかんしょうかい》でマジック見《み》てるよ。」

「オムラ・アミューズメント・パークで、O《オー》・スージー・ノウエンという人《ひと》のショーがあったの。」

「家《いえ》でゴロゴロしてる教授《きょうじゅ》より、マジックに接《せっ》してると思《おも》うわ。」

わたしたち三姉妹《しまい》のことばに、教授《きょうじゅ》が興味《きょうみ》をしめす。

「そのO《オー》・スージー・ノウエンってマジシャンは、きいたことがないけど上手《じょうず》なのかな？」

わたしたち三姉妹《しまい》は、顔《かお》を見合《みあ》わせてから、いう。

「アメリカでは有名《ゆうめい》な女性《じょせい》マジシャンなんだけど、日本《にっぽん》では知《し》られてないって。」

「いま、日本《にっぽん》にきてるんだけど、それが初来日《はつらいにち》だって。」

「仮面舞踏会《かめんぶとうかい》でつかうような仮面《かめん》をつけていて、年齢《ねんれい》がよくわからないの。小柄《こがら》な人《ひと》なんだけど、マジックを演《えん》じてるときは、とても大《おお》きく見《み》えたわ。」

彼女《かのじょ》のマジックは、中学校《ちゅうがっこう》の芸術鑑賞会《げいじゅつかんしょうかい》で見《み》られるようなレベルのものじゃないそうだ。

それが、校長先生《こうちょうせんせい》のつてで見《み》られることになって、わたしたちはとてもよろこんだんだけど……。

「おもしろくなかったのかい？」

わたしたちのようすを見《み》て、教授《きょうじゅ》がきいた。

「ううん、マジックはとてもすごくておもしろかったんだけど——。」

ショーの終盤《しゅうばん》、ノウエンさんが一人《ひとり》の生徒《せいと》を舞台《ぶたい》にあげる。

ノウエンさんは日本語《にほんご》で、生徒《せいと》に名《な》まえをきいた。つづいて、恋人《こいびと》はいるのか、そして将来《しょうらい》の夢《ゆめ》を——。

「夢《ゆめ》なんてない。」

生徒《せいと》がそうこたえると、ノウエンさんはこまったように生徒《せいと》を席《せき》にもどした。

つづいて舞台《ぶたい》にあげた生徒《せいと》にも、おなじような質問《しつもん》をした。

でも、その生徒《せいと》も、夢《ゆめ》はないとこたえた。

ノウエンさんは、席《せき》で見《み》ているわたしたち全員《ぜんいん》にきいた。

「このなかで、夢《ゆめ》を持《も》ってる人《ひと》は？」

歌枕《かつらぎ》くんや川口《かわぐち》くんなど、数人《すうにん》の生徒《せいと》が手《て》をあげた。（レーチも手《て》をあげたけど、お調子者《ちょうしもの》だからほんとうに夢《ゆめ》があるのかどうかうたがわしい。）

わたしは手《て》をあげなかった。わたしには、小説家《しょうせつか》になりたいという夢《ゆめ》がある。でも、手《て》をあげる自信《じしん》はなかった。

ノウエンさんは、哀《かな》しそうにいった。

「いまの日本《にっぽん》の子《こ》どもたちは、夢《ゆめ》をなくしてるんですね。哀《かな》しいです。わたしは、夢《ゆめ》があったから、生《い》きてこれたのに……。」

そして、頭《あたま》をさげた。

「わたしは校長先生《こうちょうせんせい》からのリクエストで、この最後《さいご》のマジックを考《かんが》えました。でも——ここまでです。」

唐突《とうとつ》に、舞台《ぶたい》に幕《まく》がおりる。

わたしたちは、なんだかモヤモヤした気持《きも》ちで、幕《まく》のおりた舞台《ぶたい》を見《み》ていた。

「ふーん……。それは、ざんねんだったね。」

教授《きょうじゅ》がいう。

美衣《みい》がきいた。

「ノウエンさん、どんなマジックを最後《さいご》に演《えん》じるつもりだったのかしら？」

肩《かた》をすくめる教授《きょうじゅ》。

「データがたりないから、なんともいえないね。もちろん想像《そうぞう》はできるけど、それは推理《すいり》とはいえない。名探偵《めいたんてい》のぼくとしては、想像《そうぞう》を口《くち》にしたくないね。」

まったく、ここまで名探偵《めいたんてい》といいきれる教授《きょうじゅ》の自信《じしん》は、どこからわいてくるんだろう？（まるで、自信銀行《じしんぎんこう》の頭取《とうどり》に就任《しゅうにん》したみたいだ。）

わたしはいう。

「そこまで名探偵《めいたんてい》といいきれるのなら、開《あ》かずの教室《きょうしつ》の謎《なぞ》がわかってるんでしょ？　どうやって内側《うちがわ》から御札《おふだ》をはった教室《きょうしつ》からでたのか――謎解《なぞと》きしてよ。」

すると、教授《きょうじゅ》はあっさりこたえた。

「いいよ。」

このことばに、わたしたちは飛《と》びあがった。

「ほんとうに、解《と》けてるの！」

つめよるわたしたちに、教授《きょうじゅ》は指《ゆび》をチッチッチとふった。

「ぼくをだれだと思《おも》ってるんだい。ぼくは、名探偵《めいたんてい》の夢水清志郎《ゆめみずきよしろう》。このていどの密室《みっしつ》なんか、すぐに解《と》けてしまうんだよ――哀《かな》しいことにね。」

そして、『名探偵《めいたんてい》　夢水清志郎《ゆめみずきよしろう》』と書《か》かれた名刺《めいし》を、わたしたちにくばる。

「じゃあ、謎解《なぞと》きしてよ！」

わたしたちは、もらった名刺《めいし》を投《な》げすてていった。

教授《きょうじゅ》は、すてられた名刺《めいし》を涙目《なみだめ》で見《み》てから、口《くち》をひらいた。

「さて——。」

しかし、パカッとひらいた口《くち》から、つぎのことばがでてこない。

「どうしたの？」

じれったくなってきくと、教授《きょうじゅ》はなにかを思《おも》いだそうとするかのように、ひたいに指《ゆび》をあてた。

「きみたち、さっき密室《みっしつ》以外《いがい》になにかいってたよね。黒板《こくばん》に字《じ》が書《か》いてあったって——。『大喰《おおぐ》い』だっけ？」

「夢喰《ゆめく》いです。」

わたしは、あきれた声《こえ》でこたえた。大喰《おおぐ》いは、教授《じぶん》のことじゃない。（でも、記憶力《きおくりょく》のない教《きょう》授《じゅ》にしては、よくおぼえていたほうだ。）

「その夢喰《ゆめく》いが、どうしたの？」

美衣《みい》がきいた。

しばらく考《かんが》えていた教授《きょうじゅ》は、まじめな口調《くちょう》でいう。

「気《き》になるんだ、夢喰《ゆめく》いということばが……。おそらく、はられていた御札《おふだ》は、夢喰《ゆめく》いを封印《ふういん》するためのものだったのだろう。しかし、封印《ふういん》するのなら、なぜ、教室《きょうしつ》の内側《うちがわ》からはったのだろう？」

あっ、そうか。

中《なか》にいる夢喰《ゆめく》いを封印《ふういん》するのなら、教室《きょうしつ》の外《そと》から封印《ふういん》するはずだ。

なのに、御札《おふだ》は内側《うちがわ》からはられていた。

「それって、どういうことなの？」

わたしの質問《しつもん》に、教授《きょうじゅ》はこたえない。

なにか、真剣《しんけん》に考《かんが》えている顔《かお》だ。

「密室《みっしつ》を解《と》くとき、大切《たいせつ》なのは、密室《みっしつ》にする方法《ほうほう》じゃない。どうして密室《みっしつ》にしなければいけなかったかという動機《どうき》なんだ。その『夢喰《ゆめく》い』ということばには、動機《どうき》にかかわる重要《じゅうよう》な秘密《ひみつ》がかくされているような気《き》がする。それがわかるまで、密室《みっしつ》を開《ひら》いてはいけない。——名探偵《めいたんてい》の勘《かん》が、そういってる。」

わたしは名探偵《めいたんてい》の勘《かん》をためそうと、両方《りょうほう》のこぶしをにぎって、教授《きょうじゅ》にむかってつきだす。

「どちらの手《て》に、キャンディをにぎってるでしょうか？」

教授《きょうじゅ》は、わたしの手《て》に顔《かお》を近《ちか》づけてからこたえた。

「どちらの手《て》にも、にぎってないよ。」

正解《せいかい》だ。

わたしは、空《から》っぽの両手《りょうて》をひらいてからきいた。

「どうしてわかったの？」

「かんたんなことだよ。どちらの手《て》からも、キャンディのにおいがしなかったからね。なにもにぎってないのは、すぐにわかったよ。」

……それって、名探偵《めいたんてい》の勘《かん》ではなく、警察犬《けいさつけん》の鼻《はな》のような気《き》がする。

あきれてるわたしにかまわず、教授《きょうじゅ》が、ひとりごとのようにつぶやく。

「それに、転校生《てんこうせい》のユーリくんの存在《そんざい》も気《き》になるね。彼女《かのじょ》は、『どりうむいいたぁ』っていったんだろ？」

わたしは、教授《きょうじゅ》のいった『どりうむいいたぁ』を『Dream《ドリーム》 Eater《イーター》』に変換《へんかん》してから、うなずいた。

たしかに、彼女《かのじょ》は黒板《こくばん》の文字《もじ》を見《み》て『Dream《ドリーム》 Eater《イーター》』といった。

そして、そのあとに、わたしたちを見《み》てほほえんだ。

「ユーリくんは、夢喰《ゆめく》いについてなにか知《し》ってるんだろう。でも、いままでのきみたちの話《はなし》をきいてると、彼女《かのじょ》にきいてもすんなりと教《おし》えてはくれないだろうね。」

わたしもそう思《おも》う。

なにかきいても、「シャラップ！」といわれておわり――そんな気《き》がする。

教授《きょうじゅ》が、わたしたちの顔《かお》を見《み》ていう。

「でも、だいじょうぶ。ぼくは、名探偵《めいたんてい》の夢水清志郎《ゆめみずきよしろう》。大喰《おおぐ》いの謎《なぞ》は、かならず解《と》き明《あ》かしてみせよう！」

……いや、教授《きょうじゅ》。いつのまにか、夢喰《ゆめく》いが大喰《おおぐ》いになってるよ。

07 時間《じかん》の流《なが》れの小品《ア・ラ・カルト》——数年《すうねん》まえ

「うわー、すごいにおいですよ。カビと、あとネズミのフンですかね。——マスクを買《か》ってきたらよかった。」

弱音《よわね》を吐《は》くバイト学生《がくせい》の頭《あたま》を、ジャパンテレビの堀越《ほりこし》ＡＤ《アシスタント・ディレクター》は、まるめた台本《だいほん》でパカンとたたいた。

「文句《もんく》をいうな。くさくてもいいんだよ。不幸《ふこう》なことに、どんだけ高画質《こうがしつ》のテレビでも、においまではうつせないんだからな。」

たたかれた頭《あたま》をなでているバイト学生《がくせい》に、つづけていう。

「だいたい、時間《じかん》も予算《よさん》もないんだからな。はやいとこ、撮影《さつえい》するぞ！」

堀越《ほりこし》ＡＤ《エーディー》が、『ドキュメンタリー　開《あ》かずの教室伝説《きょうしつでんせつ》　御札《おふだ》により封印《ふういん》された教室《きょうしつ》に夢喰《ゆめく》いはいるのか？』と、おどろおどろしい書体《しょたい》で書《か》かれた台本《だいほん》をふりまわす。

「でも、どうしてドキュメンタリーに、台本《だいほん》があってセリフまで決《き》められてるんですか？　それじゃあ、ドキュメンタリーといえないような気《き》がするんですが……。」

もう一人《ひとり》のバイト学生《がくせい》も、ぶつぶついう。その頭《あたま》も、堀越AD《ほりこしエーディー》はたたいた。

「いいんだよ、おれの撮《と》るドキュメンタリーは！」

彼《かれ》は感《かん》じていた。カメラのレンズをとおした瞬間《しゅんかん》、すべてがフィクションの世界《せかい》に見《み》えてしまう。そこには、切《き》りとられた真実《しんじつ》しかない、と――。

テレビを見《み》ている人《ひと》たちは、かんちがいしている。彼《かれ》らが見《み》ているのは、じっさいの風景《ふうけい》ではない。カメラマンが、テレビカメラでうつしだした映像《えいぞう》だ。ディレクターが編集《へんしゅう》した映像《えいぞう》だ。

だから、堀越AD《ほりこしエーディー》は、ドキュメンタリーといえども、フィクションのようにつくりこんでやろうと思《おも》っていた。

過剰《かじょう》な演出《えんしゅつ》は、ときにはヤラセだと批判《ひはん》されるかもしれない。しかし、堀越AD《ほりこしエーディー》は胸《むね》をはって、「これが、自分《じぶん》が感《かん》じた真実《しんじつ》だ！」とこたえるだろう。

そしていま、彼《かれ》にチャンスがめぐってきた。

真夏《まなつ》のホラードキュメンタリー。この番組《ばんぐみ》の視聴率《しちょうりつ》がよければ、彼《かれ》はAD《エーディー》からディレクターに昇格《しょうかく》できる。

——いまは、取材《しゅざい》スタッフもバイト学生《がくせい》を二名《めい》しかあたえてもらえない。しかし、ディレクターになったら、二十名以上《めいいじょう》のスタッフをあつめて、堀越組《ほりこしぐみ》をつくるんだ！

彼《かれ》は、燃《も》えていた。

取材先《しゅざいさき》は、虹北学園《こうほくがくえん》の、いまはつかわれなくなった旧校舎《きゅうこうしゃ》。ここには、開《あ》かずの教室《きょうしつ》があるという。

卒業生《そつぎょうせい》から、開《あ》かずの教室《きょうしつ》のことが書《か》かれた文芸部誌《ぶんげいぶし》も入手《にゅうしゅ》した。

——この、教室《きょうしつ》にとじこめられる緊迫感《きんぱくかん》は、ぜひ撮《と》りたいな。あと、夢喰《ゆめく》いになったという少女《しょうじょ》の映像《えいぞう》はほしい。局《きょく》に帰《かえ》ってから、CG《シージー》でつくってみるか。

頭《あたま》の中《なか》で、撮影計画《さつえいけいかく》を練《ね》る堀越《ほりこし》AD《エーディー》。

そこには、目《め》にうつる真実《しんじつ》からドキュメンタリーをつくろうという謙虚《けんきょ》な姿勢《しせい》は、まったく感《かん》じられない。

——深夜《しんや》の旧校舎《きゅうこうしゃ》。語《かた》られる百物語《ひゃくものがたり》。夢喰《ゆめく》いになった少女《しょうじょ》。そして、一人《ひとり》ずつ消《き》えていく子《こ》どもたち……。うん、グッとくるものがあるぞ。

堀越《ほりこし》AD《エーディー》は、こぶしをにぎりしめる。

そんな彼《かれ》に、バイト学生《がくせい》の一人《ひとり》がきいた。

「で、開《あ》かずの教室《きょうしつ》って、どこにあるんすか？」

「え？」

そうきかれて、堀越《ほりこし》AD《エーディー》は、あらためて自分《じぶん》がいる場所《ばしょ》を見《み》まわす。

旧校舎《きゅうこうしゃ》の一階《かい》。昇降口《しょうこうぐち》をはいったところ。

すべてが木《き》でつくられた、いまではめずらしい校舎《こうしゃ》。

明治時代《めいじじだい》に建《た》てられたというが、時《とき》の流《なが》れに負《ま》けないしっかりした造《つく》り。当時《とうじ》の技術《ぎじゅつ》の高《たか》さがしのばれる。

嵐《あらし》が近《ちか》づいているため、暗《くら》くなるのがはやい。半時間《はんじかん》ほどまえから、大粒《おおつぶ》の雨《あめ》がふりだしている。薄暗《うすぐら》い廊下《ろうか》の先《さき》は、まっくろな闇《やみ》の中《なか》にとけている。

窓《まど》は、アルミサッシではない。古《ふる》い木枠《きわく》のガラス窓《まど》だ。それが、強《つよ》い風《かぜ》にガタガタゆれる。

「う〜ん、いい！　じつに、いい雰囲気《ふんいき》だ。」

堀越《ほりこし》AD《エーディー》は、満足《まんぞく》げにうなずいた。

バイト学生《がくせい》は、また声《こえ》をかける。

「いや、だから、開《あ》かずの教室《きょうしつ》はどこなんですか？」

うるさそうに手《て》をふる堀越《ほりこし》AD《エーディー》。

「バイトとはいえ、そんなかんたんな質問《しつもん》をしないでほしいね。開《あ》かずの教室《きょうしつ》っていうんだから、戸《と》が開《あ》かない教室《きょうしつ》があったら、そこが開《あ》かずの教室《きょうしつ》にきまってるだろ。」

「なるほど。」

感心《かんしん》してうなずく二人《ふたり》のバイト学生《がくせい》。

堀越《ほりこし》AD《エーディー》の手《て》の振《ふ》り方《かた》が、のら犬《いぬ》を追《お》いはらうような振《ふ》り方《かた》になる。

「わかったら、さっさと開《あ》かずの教室《きょうしつ》をさがしてきなさい。そんな気《き》のきかないことだと、将来《しょうらい》、テレビ局《きょく》ではたらけないよ。」

そのことばに、「いや、テレビ局《きょく》ではたらく気《き》なんかありませんから。」という不満《ふまん》をつぶやくバイト学生二人《がくせいふたり》。(しかし、数年後《すうねんご》『A《アー》』と『B《ベー》』という名《な》まえをもらい、彼《かれ》らは堀越組《ほりこしぐみ》ではたらくことになる。もっともそれは、べつの物語《ものがたり》。)

十数分後《すうふんご》、校舎内《こうしゃない》を調《しら》べてきた二人《ふたり》は、堀越《ほりこし》AD《エーディー》に報告《ほうこく》した。

「ぜんぶの教室《きょうしつ》を見《み》てきましたが、どの教室《きょうしつ》も開《あ》きましたよ。」

「…………」

「開《あ》かずの教室《きょうしつ》なんて、ほんとうはないんじゃないですか?」

「…………」

無言《むごん》できいていた堀越AD《ほりこしエーディー》は、しばらく考《かんが》えてから、ポンと手《て》を打《う》った。

「ないのならつくってしまおう開《あ》かずの教室《きょうしつ》（字余《じあま》り）。——というわけで、そこらへんにある教室《きょうしつ》を開《あ》かずの教室《きょうしつ》ということにして撮影《さつえい》しよう。」

バイト学生《がくせい》の二人《ふたり》が手《て》をあげて、同時《どうじ》にきいた。

「そうやってできた番組《ばんぐみ》は、ドキュメンタリーといえるのですか？」

「勿《もち》の論《ろん》だよ、はっはっは！」

二人《ふたり》の肩《かた》をぽんぽんとたたく堀越AD《ほりこしエーディー》。

とてもつかれた顔《かお》になるバイト学生《がくせい》。はたらくということが、とてもきびしいことだと知《し》った。

そんな二人《ふたり》を無視《むし》して、楽《たの》しそうに教室探《きょうしつさが》しをする堀越AD《ほりこしエーディー》。はたらくということはとてもきびしいことだが、たまに心《こころ》の底《そこ》から楽《たの》しんでいる人《ひと》がいることも、事実《じじつ》だ。

「よし、ここにしよう！」

三階《がい》にいった堀越AD《ほりこしエーディー》は、『音楽室《おんがくしつ》』と書《か》かれた教室《きょうしつ》を指《ゆび》さした。

電気《でんき》をつけて、中《なか》をザッと見《み》まわし、

「う〜ん、ぐっどてぃすと！」

満足《まんぞく》げにうなずいた。

古《ふる》いグランドピアノがおかれている。楽器《がっき》の棚《たな》は空《から》っぽで、数個《すうこ》の花《か》びんがならんでいた。

黒板《こくばん》の上《うえ》には、有名《ゆうめい》な音楽家《おんがくか》の肖像画《しょうぞうが》がかざられている。

「あの肖像画《しょうぞうが》がいいね。よし、まずはモーツアルトの肖像画《しょうぞうが》の目《め》が動《うご》くというシーンから撮《と》ろう！」

また、バイト学生《がくせい》が手《て》をあげる。

「それって、開《あ》かずの教室《きょうしつ》と関係《かんけい》ないような気《き》がしますが……。」

「この宇宙《うちゅう》の果《は》ては、いまも無限《むげん》の彼方《かなた》を目指《めざ》してひろがりつづけてるんだよ。そんなこまかいことを気《き》にしてる場合《ばあい》じゃないと思《おも》うんだ。」

力強《ちからづよ》くいう堀越《ほりこし》AD《エーディー》。

その説得力《せっとくりょく》のないことばに、説得《せっとく》されてしまうバイト学生《がくせい》。

「よし、撮影機材《さつえいきざい》の準備《じゅんび》だ！」

堀越《ほりこし》AD《エーディー》たちが機材《きざい》のセッティングをしているとき、音楽室《おんがくしつ》の電気《でんき》が消《き》えた。

嵐《あらし》が原因《げんいん》で停電《ていでん》しただけなのだが、悲鳴《ひめい》をあげるバイト学生二人《がくせいふたり》。

頭《あたま》をかく堀越《ほりこし》AD《エーディー》。

「まいったな……。自家発電装置《じかはつでんそうち》を車《くるま》からおろさないといけない。」

そのとき、ピアノが鳴《な》った。

ひとつの音《おと》じゃない。連続《れんぞく》した音《おと》。低《ひく》い音《おと》から高《たか》い音《おと》へ、いっきに鳴《な》ったのだ。

まるで、透明人間《とうめいにんげん》が、鍵盤《けんばん》をすばやくかき鳴《な》らしたようだ。

「いま、透明人間《とうめいにんげん》でもいたのかい？」

堀越《ほりこし》AD《エーディー》が、おどろいて声《こえ》もないバイト学生《がくせい》にきいた。

ぶるんぶるんと首《くび》を横《よこ》にふるバイト学生《がくせい》。

「しまったな……。はやくカメラをまわしていたら、おもしろい映像《えいぞう》が撮《と》れたのに。」

ざんねんがる堀越《ほりこし》AD《エーディー》。そのすがたにバイト学生《がくせい》は、プロのテレビ屋《や》を見《み》た。

「でも……。いま、だれもピアノのそばによってませんよ。なのに、ピアノが鳴《な》った。これって、おかしかないですか？」

不安《ふあん》そうなバイト学生《がくせい》に、堀越《ほりこし》AD《エーディー》は指《ゆび》をチッチッチとふった。

「そんなにめずらしいことじゃないさ。心霊《しんれい》スポットじゃ、よくある現象《げんしょう》だ。」

「じゃあ、さっきから感《かん》じている、だれかに見《み》られてるような気配《けはい》は……。」

キョロキョロ見《み》まわすバイト学生《がくせい》に、

「気《き》にしないほうがいいよ。気《き》づくと、『ああ、あの人《ひと》は自分《じぶん》のことに気《き》づいてくれてるんだ。』と思《おも》って、ついてくるから。」

「ついてくるって、なにがですか！」

その質問《しつもん》には、フフフと笑《わら》っただけでこたえない堀越《ほりこし》AD《エーディー》。

すると、パリンという音《おと》がした。

楽器棚《がっきだな》の中《なか》で、花《か》びんが割《わ》れている。

がたがたふるえるバイト学生《がくせい》。

堀越《ほりこし》AD《エーディー》が、気楽《きらく》にいう。

「風《かぜ》だよ、風《かぜ》。窓《まど》のすきまからはいった風《かぜ》が、花《か》びんを落《お》としたのさ。」

「いや、そんなわけはありませんよ。」

バイト学生《がくせい》の声《こえ》は、ききとりにくいくらいにふるえている。

「あの棚《たな》は、正面《しょうめん》にガラス戸《ど》がついてるでしょ。いくらすきま風《かぜ》が強《つよ》くても、中《なか》の花《か》びんをたおすなんてできませんよ。」

「………。」

「いるんですよ、ここにはなにかが……。」

そのとき、また花《か》びんが割《わ》れた。

それが、バイト学生二人《がくせいふたり》の限界《げんかい》だった。

悲鳴《ひめい》をあげると、音楽室《おんがくしつ》を飛《と》びだしていく。

「あっ、こら！　にげるな！」

堀越AD《ほりこしエーディー》がいっても、二人《ふたり》は帰《かえ》ってこない。

「情《なさ》けない。あれでは、一流《いちりゅう》のテレビマンにはなれないな……。」

ため息《いき》をついて、機材《きざい》のセッティングをつづける堀越AD《ほりこしエーディー》。

しかし、一人《ひとり》では撮影《さつえい》をつづけることもできず、彼《かれ》も旧校舎《きゅうこうしゃ》をでた。


こうして、『ドキュメンタリー　開《あ》かずの教室伝説《きょうしつでんせつ》　御札《おふだ》により封印《ふういん》された教室《きょうしつ》に夢喰《ゆめく》いはいるのか？』は、永久《えいきゅう》に撮《と》られることはなかった。

堀越AD《ほりこしエーディー》が昇格《しょうかく》するのは、またべつの物語《ものがたり》。

08　雪合戦《ゆきがっせん》のおきて

つぎの日《ひ》は、朝《あさ》から雪《ゆき》がつもっていた。

「おっはよぉー！」

教室《きょうしつ》にいくと、いつも以上《いじょう》にざわついた雰囲気《ふんいき》。（そんな中《なか》でも、ユーリは、いつもどおりほおづえをついて窓《まど》の外《そと》を見《み》ている。）

卒業《そつぎょう》が近《ちか》づくにつれ、なんとなくおちつかない空気《くうき》は感《かん》じていた。

卒業《そつぎょう》することへの悲《かな》しみや将来《しょうらい》の不安《ふあん》——みんなみょうにはしゃいだり、いらついたりしていた。

でも、今朝《けさ》の雰囲気《ふんいき》は、いままでとちょっとちがう。たくさんの生徒《せいと》が教室《きょうしつ》の中央《ちゅうおう》にあつまっている。そのなかには、ほかのクラスの子《こ》たちもまざっていた。

「なにがあったの？」

わたしは、近《ちか》くにいた女子《じょし》にきいた。

「謝恩会《しゃおんかい》の実行委員長《じっこういいんちょう》が、きのうすごい冒険《ぼうけん》をしたんだって。それを、みんなに話《はな》してるところみたい。」

謝恩会実行委員長《しゃおんかいじっこういいんちょう》——レーチのことじゃない……。

わたしは、人混《ひとご》みをかきわけて中心《ちゅうしん》にむかう。

「旧校舎《きゅうこうしゃ》の中《なか》は、異様《いよう》に寒《さむ》かった。まるで、地獄《じごく》の冷気《れいき》がもれだしてるようだった。日《ひ》はすでに暮《く》れ、闇《やみ》が旧校舎《きゅうこうしゃ》を支配《しはい》していた。」

みんなの中心《ちゅうしん》で、とくいげに話《はな》してるのは、レーチだ。

いちばん目《め》をかがやかせてきいてるのは、探検家志望《たんけんかしぼう》の川口《かわぐち》くんだ。

「毒《どく》へびや毒《どく》ぐもは、でてこなかったのか？」

川口《かわぐち》くんの質問《しつもん》を片手《かたて》で制《せい》し、レーチはつづける。

「三階《がい》にたどり着《つ》いたおれたちを待《ま》ち受《う》けていたのは、毒《どく》へびだった。廊下《ろうか》を埋《う》めつくすへびを、おれは松明《たいまつ》で追《お》いはらったね。」

「おおー！」

まわりできいていた者《もの》から、歓声《かんせい》がおきる。

こんなうそ話《ばなし》で盛《も》りあがれるって、受験生《じゅけんせい》は娯楽《ごらく》がすくないのね。

それに、レーチもたいしたものだ。よくまぁ、こうも口《くち》からでまかせをペラペラと……。だいたい、この寒《さむ》いのに、へびはみんな冬眠《とうみん》してるわよ。

「おれは、泣《な》きさけぶ女《おんな》の子《こ》を背中《せなか》にかばい、はげました。『泣《な》くな！　泣《な》いても助《たす》からない！』ってな。」

レーチが話《はなし》をつづけると、

「だれが泣《な》きさけんだんだって？」

「わたしたち三人《にん》とも、へびこわくないけど……。」

わたしのとなりで声《こえ》がした。真衣《まい》と美衣《みい》が、あきれた目《め》をレーチにむけている。

「やがて、おれたちは三階《がい》のいちばん奥《おく》の教室前《きょうしつまえ》にきた。ここになにか秘密《ひみつ》がある。おれの勘《かん》が、そういっていた。しかし、戸《と》が開《あ》かない。——そこは、開《あ》かずの教室《きょうしつ》だったんだ。」

「ひっ！」

〝開《あ》かずの教室《きょうしつ》〟ということばに、女子《じょし》のなかから悲鳴《ひめい》がおきた。

「だが、おれはあきらめなかった。いっしょにいた女《おんな》の子《こ》は、泣《な》きさけぶだけであてにならない。頼《たよ》りにできるのは、自分《じぶん》の力《ちから》だけ。おれは、全身全霊《ぜんしんぜんれい》をこめて戸《と》を開《あ》けた。」

「わたしたちは、泣《な》きさけぶだけであてにならないんだって……。」

冷《つめ》たい声《こえ》でいう真衣《まい》。

美衣《みい》は、メモ帳《ちょう》に、レーチの暴言《ぼうげん》の数々《かずかず》をメモしている。

「暴言《ぼうげん》ひとつにつき、ジュース一本《ぽん》おごってもらおうよ。」

美衣《みい》のこわい思惑《おもわく》に気《き》づいてないレーチは、上機嫌《じょうきげん》で話《はな》をつづける。

「おれは、必死《ひっし》で戸《と》を開《あ》けた。ビリリリリ――紙《かみ》がさける音《おと》がして、やっと戸《と》が開《あ》いた。戸《と》を開《あ》かなくしていたのは、無数《むすう》にはられた御札《おふだ》だったのだよ！」

レーチが、ポケットから御札《おふだ》をだした。きのうのうちに、ひろっておいたのだろう。

「窓《まど》は内側《うちがわ》から鍵《かぎ》がかけられ、黒板《こくばん》には『夢喰《ゆめく》い』という文字《もじ》が書《か》かれていた。」

「夢喰《ゆめく》い……。」

だれかがつぶやいた。ザワリと空気《くうき》がゆれる。

「なあ、不思議《ふしぎ》に思《おも》わないか？――開《あ》かずの教室《きょうしつ》の前《まえ》と後《うし》ろの戸《と》は、内側《うちがわ》から御札《おふだ》で開《あ》かなくなっていた。窓《まど》には、鍵《かぎ》。御札《おふだ》をはりつけたやつは、どうやって教室《きょうしつ》からでたんだと思《おも》う？」

レーチが、みんなを見《み》まわした。

でも、みんなは密室《みっしつ》の不思議《ふしぎ》さより、『夢喰《ゆめく》い』のほうに気《き》をとられてるようだった。

たがいに顔《かお》を見合《みあ》わせ、「夢喰《ゆめく》いって……。」と、ぶつぶつつぶやいている。

「始業式《しぎょうしき》のとき、校長《こうちょう》がいったよな？」

「ああ、たしかにいった。」

「夢喰《ゆめく》いって、ほんとうの話《はなし》だったんだ。」

レーチとしては、密室《みっしつ》の話《はなし》をつづけたいのだが、聴衆《ちょうしゅう》の興味《きょうみ》が夢喰《ゆめく》いにうつっている。

「えーっと……。」

どうしようか考《かんが》えてるレーチ。すると、

「レーチくん……。あなた、たいへんなものの封印《ふういん》を解除《かいじょ》したかもしれないわ。」

みんなのなかから、かん高《だか》い声《こえ》がした。

「なんだよ、仁和《にわ》。おれが、なにを解除《かいじょ》したって？」

レーチが、声《こえ》の主《ぬし》――仁和《にわ》くんにいった。

みんなの視線《しせん》が、仁和《にわ》くんにあつまる。

仁和《にわ》くんは、心霊現象研究会《しんれいげんしょうけんきゅうかい》の元会長《もとかいちょう》だ。ひょろりと背《せ》が高《たか》く、わかめのようなモジャモジャの髪《かみ》を肩《かた》までのばしている。女子《じょし》からの人気《にんき》がとても高《たか》いんだけど、本人《ほんにん》は興味《きょうみ》ないみたい。

（どちらかというと、男子《だんし》に興味《きょうみ》を持《も》ってるようだ。）

「あたし、校長先生《こうちょうせんせい》の話《はなし》をきいて、思《おも》いだしたことがあるの。」

ちなみに、仁和《にわ》くんは、自分《じぶん》のことを〝あたし〟とよぶ。

「心霊現象研究会《しんれいげんしょうけんきゅうかい》に、ずっと伝《つた》わってる話《はなし》でね――。」

しずかな口調《くちょう》で、仁和《にわ》くんが話《はな》しはじめた。

あっというまに、聴衆《ちょうしゅう》が彼《かれ》のまわりにあつまる。

ぽつんととりのこされるレーチ。さっきまで、みんなの中心《ちゅうしん》にいたのに、大衆《たいしゅう》はうつり気《ぎ》だ。

わたしは、レーチの肩《かた》をポンとたたき、いった。

「祇園精舎《ぎおんしょうじゃ》の鐘《かね》の声《こえ》――。」

「――諸行無常《しょぎょうむじょう》の響《ひび》きあり。」

つづけてこたえたレーチは、盛者必衰《じょうしゃひっすい》の理《ことわり》を学《まな》んで、ガックリと肩《かた》を落《お》とした。

一方《いっぽう》、仁和《にわ》くんは、自分《じぶん》のまわりにたくさんの生徒《せいと》があつまったことなどすこしも気《き》にせず、淡々《たんたん》と話《はな》してる。

「どれくらいまえのことか、はっきりしてないの。でも、まだ旧校舎《きゅうこうしゃ》がつかわれてるときにおきたことだから、もう何十年《なんじゅうねん》もまえのことになるわね。」

みんなは、声《こえ》もださず仁和《にわ》くんの話《はなし》をきいている。

「旧校舎《きゅうこうしゃ》には、開《あ》かずの教室《きょうしつ》があるの。けっして開《あ》けてはいけない教室《きょうしつ》が……。なぜなら、そこには夢喰《ゆめく》いが封印《ふういん》されてるから。」

「なぁ、校長《こうちょう》もいってたけどさ、その夢喰《ゆめく》いって、なんなんだ？」

だれかのつぶやきに、仁和《にわ》くんがこたえる。

「よくわからない。でも、なにか災《わざわ》いをおこすものって、あたしは先輩《せんぱい》たちからきいてるわ。」

「………」

「そんな非科学的《ひかがくてき》なこと、先生《せんせい》たちは信《しん》じてなかったの。でも、体調《たいちょう》を悪《わる》くする生徒《せいと》やけがをする生徒《せいと》、なにかみょうなものを見《み》る生徒《せいと》が、あまりにでてきたので、お祓《はら》いをしてもらったんだって。――でも、効果《こうか》はなかった。」

ため息《いき》をつくように、仁和《にわ》くんがいう。

「しかたなく、先生《せんせい》たちも夢喰《ゆめく》いの存在《そんざい》をみとめたわ。そして、開《あ》かずの教室《きょうしつ》をつくって、そこに夢喰《ゆめく》いをとじこめたの。そして、何年《なんねん》か過《す》ぎた。夢喰《ゆめく》いのことを知《し》っている生徒《せいと》が卒業《そつぎょう》し、先《せん》生《せい》たちもほかの学校《がっこう》へいったりして、すっかり夢喰《ゆめく》いのことが忘《わす》れられたころに、事件《じけん》がおきた……。」

ザワッと空気《くうき》が動《うご》いた。

「心霊現象研究会《しんれいげんしょうけんきゅうかい》の三年生《ねんせい》が、ひとりで旧校舎《きゅうこうしゃ》にはいったわ。そして、開《あ》かずの教室《きょうしつ》の封印《ふういん》を解《と》いてしまったの。」

「……その三年生《ねんせい》、どうなったの？」

「夢喰《ゆめく》いは？」

「なにか、わるいことがおきたの？」

何人《なんにん》かが、仁和《にわ》くんにきいた。

仁和《にわ》くんは、首《くび》を横《よこ》にふる。

「三年生《ねんせい》は、消《き》えてしまったのよ。」

「………」

「あとには、やぶれた御札《おふだ》がのこされていただけ。開《あ》かずの教室《きょうしつ》が開《あ》けられ、夢喰《ゆめく》いは解《と》きはなたれていた。」

「その三年生《ねんせい》は……？」

「夢喰《ゆめく》いが喰《く》ったとか、夢喰《ゆめく》いにつれていかれたとか、いろんなうわさが流《なが》れたわ。でも、ほんとうのところは、だれも知《し》らない。ふたたび開《あ》かずの教室《きょうしつ》を封印《ふういん》し、夢喰《ゆめく》いをとじこめた。だけど——。」

すこし間《ま》をおいて、仁和《にわ》くんがいった。

「開《あ》かずの教室《きょうしつ》は開《ひら》かれ、封印《ふういん》は解《と》かれてしまった。」

みんなが、ビクッとする。

得体《えたい》のしれないものに対《たい》することばにできない恐怖《きょうふ》が、教室《きょうしつ》の空気《くうき》を支配《しはい》する。

そのとき、笑《わら》い声《ごえ》がおこった。かん高《だか》い、金属質《きんぞくしつ》の笑《わら》い声《ごえ》。

ユーリだ。窓《まど》の外《そと》を見《み》ていたユーリが、口《くち》をあけて笑《わら》っている。

そして、席《せき》から立《た》つと、わたしたちを見《み》た。とても冷《つめ》たい、人《ひと》をバカにしたような目《め》。

——どうして、あなたたちが夢喰《ゆめく》いをこわがるの？　バカみたい。

そういってるようだ。

ユーリは、フンと鼻《はな》を鳴《な》らすと、教室《きょうしつ》をでていった。

「……なんだ、あいつ？」

男子《だんし》のひとりがいった。

「そういや、きのう、ユーリも旧校舎《きゅうこうしゃ》にいたな。あいつ、なにしてたんだろ？」

レーチがつぶやいた。

わたしは、ユーリの席《せき》を見《み》る。

いま、ユーリはそこにいないのに、なにか近寄《ちかよ》りがたい雰囲気《ふんいき》がある。

「夢喰《ゆめく》い……。」

だれかがつぶやいた。

それは、べつにユーリが夢喰《ゆめく》いだといったのではないと思《おも》う。

でも、彼女《かのじょ》と夢喰《ゆめく》いが、なにか関係《かんけい》がある——みんながそう感《かん》じていた。

「わたし、親戚《しんせき》のおばさんにきいたことがある。」

とつぜん、女子《じょし》のひとりがいいだした。

「そのおばさん、虹北学園《こうほくがくえん》の卒業生《そつぎょうせい》だったんだけど、当時《とうじ》も夢喰《ゆめく》いのうわさがあったんだって。それで、おばさんが三年生《ねんせい》のときに、半分《はんぶん》の人《ひと》が志望校《しぼうこう》に落《お》ちたって——。」

みんながザワつく。

「模試《もし》の結果《けっか》から考《かんが》えても、そんなにたくさんの人《ひと》が落《お》ちるはずなかったの。なのに、そんな結《けっ》果《か》になって……。これは、夢喰《ゆめく》いがあらわれたからだっていわれたわ。」

「………。」

「夢喰《ゆめく》いが封印《ふういん》されてからは、そういうこともおこらなかったみたいだけど——。」

「封印《ふういん》は解《と》かれたんだぜ。開《あ》かずの教室《きょうしつ》が開《あ》けられたんだからな。」

男子《だんし》が、ヒステリックにいう。

「いったいだれだよ、封印《ふういん》を解《と》いたのは！」

そのことばで思《おも》いだしたように、みんなの視線《しせん》が、レーチにあつまる。

だれかが、死刑宣告《しけいせんこく》をつげる裁判官《さいばんかん》のような口調《くちょう》でいった。

「レーチだ……。」

とたんに、男子連中《だんしれんちゅう》がレーチにつめよる。

「おい、レーチ！」

「おまえ、責任《せきにん》どうとるんだ！」

「来週《らいしゅう》、私立《しりつ》の入試《にゅうし》があるんだぜ！　落《お》ちたら、どうするんだ！」

もみくちゃにされながら、レーチがさけぶ。

「ちょ、ちょっと待《ま》て！　おちつけ！」

体《からだ》の小《ちい》さなレーチが、みんなをはねのけ、教卓《きょうたく》ににげる。そして、教卓《きょうたく》に立《た》つと、ビシッとみんなを指《ゆび》さす。

「おまえら、それでも現代人《げんだいじん》か！　夢喰《ゆめく》い？　御札《おふだ》？　災《わざわ》い？　――ふざけるな！」

レーチのことばに、みんながすこしおとなしくなる。

「おれたちは、もうすぐ卒業《そつぎょう》だ。この三年間《ねんかん》で、多《おお》くのことを学《まな》んだ。科学的《かがくてき》に考《かんが》えるってことも な。それなのに、御札《おふだ》で封印《ふういん》などと非科学的《ひかがくてき》なことをいうのか?」

「………」

「未来《みらい》を切《き》りひらくおれたちが、声《こえ》をあげようじゃないか。『夢喰《ゆめく》いなどいない!』と——。『おれたちは、科学《かがく》で未来《みらい》をつくるんだ。』と——!」

「………」

「未来《みらい》を手《て》にするのは、おれたちだ!」

レーチの演説《えんぜつ》に、パラパラと拍手《はくしゅ》がおこる。さっきまでの空気《くうき》は、一変《いっぺん》した。

いま、みんなの頭《あたま》の中《なか》には、透明《とうめい》なチューブがビルとビルとをむすび、エアカーが空《そら》を飛《と》ぶ、夢《ゆめ》の未来図《みらいず》が描《えが》かれている。

熱弁《ねつべん》であつくなったのか、レーチは学《がく》ランの胸元《むなもと》を大《おお》きくあけた。

「あれ? おまえ、首《くび》からなにをさげてるんだ?」

川口《かわぐち》くんが、レーチの胸《むね》を指《ゆび》さした。

「これは、姉貴《あねき》が買《か》ってくれたお守《まも》りだ。身《み》につけてると、合格《ごうかく》するんだって。とっても御利益《ごりやく》があって、なかなか手《て》にはいらないんだぜ。」

レーチの説明《せつめい》に、空気《くうき》がもどった。

「お守《まも》りはよくて、御札《おふだ》はダメなのか？」

そうきかれたレーチは、胸《むね》をはってこたえた。

「それはそれ、これはこれだ！」

みんなの反応《はんのう》は、はっきりしていた。

「ふざけんな！」

教卓《きょうたく》からレーチをひきずりおろそうとする男子《だんし》たち。

抵抗《ていこう》するレーチ。


けっきょく、レーチを救《すく》ったのは、始業《しぎょう》のチャイムだった。


昼休《ひるやす》み——。

わたしは、文芸部室《ぶんげいぶしつ》にいった。

廊下《ろうか》を見《み》まわし、だれもいないのを確認《かくにん》してから、ドアノブに手《て》をかける。

あかない。中《なか》から、だれかがドアをおさえてるみたいだ。

わたしは、ドアにノックして、小声《こごえ》でいった。

「レーチ、そこにいるんでしょ？　あけてよ。」

なにかをゴトゴト動《うご》かす音《おと》がしてから、ドアが細《ほそ》くひらいた。

そこから、レーチの目《め》がのぞく。

「おまえだけか？」

うなずくと、わたしは中《なか》に入《い》れられた。

いそいでドアをしめ、長机《ながづくえ》と椅子《いす》であかないようにおさえる。

昼休《ひるやす》みになったとたん、弁当《べんとう》をかかえたレーチは教室《きょうしつ》を飛《と》びだした。

「待《ま》てー！」

レーチを追《お》いかける男子《だんし》連中《れんちゅう》。しばらくして、手《て》ぶらで帰《かえ》ってきた。

「まったく、どこへにげたんだ。」

「小《ちい》さいくせに、足《あし》だけは速《はや》いからな。」

「はやく弁当《べんとう》食《た》べて、さがそうぜ。」

いまいましそうにいっている。

わたしは、弁当《べんとう》をかたづけると、教室《きょうしつ》をでた。

どこににげたか、心《こころ》あたりはある。文芸部《ぶんげいぶ》の部室《ぶしつ》だ。

原則《げんそく》として、文芸部《ぶんげいぶ》は放課後《ほうかご》しか活動《かつどう》していない。

だから、昼休《ひるやす》みの部室《ぶしつ》にはだれもいない。かくれるには、最適《さいてき》だ。

そして、予想《よそう》どおり、レーチは文芸部室《ぶんげいぶしつ》にいた。

そうじ用具置《ようぐお》き場《ば》を改造《かいぞう》した部室《ぶしつ》。壁《かべ》ぎわの雑誌《ざっし》の山《やま》に、わたしは腰《こし》をおろす。

「みんな、どうしてる？」

レーチにきかれた。

「まだおこってるみたい。」

そうこたえると、ため息《いき》をつくレーチ。

「まったく、どんなわるいことをしたっていうんだよ。」

たしかに、レーチはわるいことをしてない。夢喰《ゆめく》いの封印《ふういん》を解《と》いてしまっただけだ。で、みんなは、その封印《ふういん》を解《と》いたことにおこってる。

頭《あたま》の後《うし》ろで手《て》を組《く》むレーチ。

「まぁ、今日一日《きょういちにち》にげたらだいじょうぶ。みんな、明日《あした》には忘《わす》れてるさ。」

レーチは楽観的《らっかんてき》にいうけど、はたしてそうだろうか？

これからさき、なにかわるいことがおこったりしたら、それは夢喰《ゆめく》いのせい——ひいては、夢《ゆめ》喰《く》いの封印《ふういん》を解《と》いたレーチの責任《せきにん》にされてしまう。そんな気《き》がする。

そのとき、校庭《こうてい》のほうからハンドマイクの声《こえ》がきこえてきた。

くぐもっていて、なにをいってるかわかりにくい。

わたしとレーチは、ドアに耳《みみ》をつける。

「集《つど》え、若人《わこうど》よ！」

この声《こえ》は、定森《さだもり》くんだ。

「雪合戦《ゆきがっせん》は、遊《あそ》びではない。平和《へいわ》な戦争《せんそう》だ！」

定森《さだもり》くんは、割《わ》りばし鉄砲愛好会《でっぽうあいこうかい》の元会長《もとかいちょう》だ。そして、割《わ》りばし鉄砲愛好会《でっぽうあいこうかい》は、雪《ゆき》がふると雪《ゆき》合戦同好会《がっせんどうこうかい》になる。

「雪《ゆき》、つもってるのか？」

レーチが、わたしにきく。わたしは、うなずく。

いつもなら地面《じめん》をすこしぬらすだけの雪《ゆき》が、昼休《ひるやす》みにはいってから、きゅうに激《はげ》しくなった。

わたしが教室《きょうしつ》をでたころには、校庭《こうてい》は真《ま》っ白《しろ》になっていた。

そうこたえると、レーチは部室《ぶしつ》を飛《と》びだし教室《きょうしつ》へむかう。

「ちょっとレーチ！　あんた、逃亡者《とうぼうしゃ》なのよ！」

「それどころじゃない！」

ふりかえらずこたえるレーチ。

そのあいだも、定森《さだもり》くんの声《こえ》がきこえてくる。

「集《つど》え、若人《わこうど》よ！　いまこそ、雪玉《ゆきだま》をにぎるときがきたのだ！」

その声《こえ》によびだされ、数人《すうにん》の三年生《ねんせい》が昇降口《しょうこうぐち》へ走《はし》っていく。

教室《きょうしつ》へはいったレーチは、みんなによびかける。

「おい、雪合戦《ゆきがっせん》するぞ！」

「おー！」

男子《だんし》が、椅子《いす》と机《つくえ》をけちらすようにして、教室《きょうしつ》をでていく。

すっかり、追《お》いかけ合《あ》いをしていたことなど、なかったことになっている。まったく、男《おとこ》の子《こ》って単純《たんじゅん》なんだから……。

わたしは、雪合戦《ゆきがっせん》をするかどうか、どうしようって感《かん》じで顔《かお》を見合《みあ》わせてる女子《じょし》にいう。

「男子《だんし》は元気《げんき》ねぇ。」

そして、みんなにきいた。

「どうする?」

「う〜ん……。」

「おもしろそうだけど、寒《さむ》そうだし。」

「いま、風邪《かぜ》ひいたらこまるし……。」

しぶった声《こえ》が返《かえ》ってきた。

すると、いったん教室《きょうしつ》を飛《と》びだしていたレーチがもどってきて、わたしの襟首《えりくび》をつかんだ。

「ちょ、ちょっとレーチ! いま、雪合戦《ゆきがっせん》するかどうか考《かんが》えてんだから!」

ひっぱられながら、わたしはいった。

「考《かんが》えるのは、あとでもできるだろ。いまは、雪合戦《ゆきがっせん》だ!」

いかにも、知性零《ちせいれい》のレーチらしい台詞《せりふ》だ。

でも、そのことばが教室《きょうしつ》にのこっていた者《もの》を動《うご》かした。

「そうだな……。」

「雪《ゆき》がつもるなんて、めったにないし。」

「最近《さいきん》、運動不足《うんどうぶそく》だから、ちょうどいいか。」

教室《きょうしつ》にいた全員《ぜんいん》——やがて三年生全員《ねんせいぜんいん》が、校庭《こうてい》に飛《と》びだした。

この点《てん》、わたしたちの学年《がくねん》はノリがいい。

校庭《こうてい》では、朝礼台《ちょうれいだい》の上《うえ》に定森《さだもり》くんが仁王立《におうだ》ちしている。

「ただいまより、雪合戦《ゆきがっせん》のルールと作法《さほう》を説明《せつめい》する。」

そういった定森《さだもり》くんに、雪玉《ゆきだま》がバスバスと命中《めいちゅう》する。わたしたちがえらんだのは、ルール無用《むよう》のバトルロイヤル。ルールも作法《さほう》も、関係《かんけい》ない。

足下《あしもと》の雪《ゆき》をかためては、手近《てぢか》な人間《にんげん》に投《な》げつける。

味方《みかた》はない、まわりすべてが敵《てき》だ。

「きゃほほほ〜！」

大量《たいりょう》の雪玉《ゆきだま》をかかえたレーチが、みんなの間《あいだ》を走《はし》りぬけながら、雪玉《ゆきだま》を投《な》げる。しかし、すぐに弾丸《たまぎ》切れになって、雪《ゆき》の中《なか》に埋《う》められる。

すこしはなれたところでは、

「修学旅行《しゅうがくりょこう》の雪辱戦《せつじょくせん》だ！」

元《もと》バスケ部《ぶ》の平田《ひらた》くんと元野球部《もとやきゅうぶ》の川原《かわはら》くん、そして数人《すうにん》の男子《だんし》が円《えん》を描《えが》いている。

その中心《ちゅうしん》に、元《もと》まくら投げ協会会長《PTAかいちょう》の歌枕《かつらぎ》くん。

「かくごしろ、歌枕《かつらぎ》！」

一斉《いっせい》に、雪玉《ゆきだま》が投《な》げられた。

つぎの瞬間《しゅんかん》、歌枕《かつらぎ》くんが跳《と》んだ。

目標《もくひょう》を失《うしな》った雪玉《ゆきだま》は、反対側《はんたいがわ》にいた者《もの》を直撃《ちょくげき》する。

一瞬《いっしゅん》で、勝負《しょうぶ》がついた。

頭《あたま》を真《ま》っ白《しろ》にした平田《ひらた》くんが、肩《かた》をすくめる。

「そのジャンプ力《りょく》……まくら投《な》げで芽《め》がでなくても、NBA《エヌビーエー》がほうっとかないぞ。」

そのことばに、歌枕《かつらぎ》くんはだまってほほえんだ。

「コラー！　まだ受験《じゅけん》がおわってないやつもいるんだろ！　風邪《かぜ》ひいたら、どうするんだ！」

職員室《しょくいんしつ》から飛《と》びだしてきた先生《せんせい》たちが、わたしたちの集中砲火《しゅうちゅうほうか》を浴《あ》びる。（〝砲火《ほうか》〟ではなく、〝砲雪《ほうせつ》〟？）

受験勉強《じゅけんべんきょう》でたまったストレス。

卒業《そつぎょう》をひかえたさびしさや不安《ふあん》。

それから、なんだかわからないワクワクした気持《きも》ち。

そんなものを雪《ゆき》といっしょにかためて、投《な》げつける。投《な》げつけられる。

ワーキャーいいながら雪玉《ゆきだま》を投《な》げあう三年生《ねんせい》を見《み》て、一年生《ねんせい》や二年生《ねんせい》は、どう思《おも》っただろう。

だいじょうぶ、あなたたちも三年生《ねんせい》になったらわかるから。

そのとき、わたしは白《しろ》い雪景色《ゆきげしき》の中《なか》に、真《ま》っ黒《くろ》い電信柱《でんしんばしら》を見《み》つけた。

なんで校庭《こうてい》に電信柱《でんしんばしら》……？　いや、あれは電信柱《でんしんばしら》じゃない。

教授《きょうじゅ》だ。

「はろぅ、えぶりぼでぃ！」

ひらがな英語《えいご》で、にこやかに片手《かたて》をあげる教授《きょうじゅ》。

わたしは、きいた。

「教授《きょうじゅ》、なにしにきたの？」

「きのうの亜衣《あい》ちゃんたちの話《はなし》が気《き》になってね。ちょっとしらべにきたんだ。」

「きのうの話《はなし》って、開《あ》かずの教室《きょうしつ》のこと？」

「……うん、そうだよ。」

返事《へんじ》するまでに、すこし時間《じかん》がかかった。

どうやら、なにをしにきたのか忘《わす》れていたみたいだ。

「で、亜衣《あい》ちゃんたちはなにをしてるの？」

あたりを見《み》まわす教授《きょうじゅ》。雪合戦《ゆきがっせん》をしてるって、わからないのかな？

すると、生徒《せいと》の何人《なんにん》かが、教授《きょうじゅ》に気《き》づいた。

「あれぇ〜、あの人《ひと》は……。」

「たしか、修学旅行《しゅうがくりょこう》についてきたよね。」

「なんで、ついてきたんだっけ？」

「ぼくらのご飯《はん》を、食《た》べにきたんだろ。」

「思《おも》いだした、食欲魔神《しょくよくまじん》だ！」

……どうやら、教授《きょうじゅ》は名探偵《めいたんてい》ではなく、食欲魔神《しょくよくまじん》として認識《にんしき》されてるようだ。っていうか、だれも名探偵《めいたんてい》ということを知《し》らないみたい。

「よい子《こ》のみんな、元気《げんき》にしてたかな？」

自分《じぶん》は校長代理《こうちょうだいり》として修学旅行《しゅうがくりょこう》についていったと思《おも》ってる教授《きょうじゅ》は、にこやかに手《て》をふる。

その顔《かお》に、雪玉《ゆきだま》が命中《めいちゅう》する。

「……きみたちは、校長先生代理《こうちょうせんせいだいり》にむかってなにをするのかな？」

そういう教授《きょうじゅ》に、雪玉《ゆきだま》の集中砲火《しゅうちゅうほうか》。

「暴力《ぼうりょく》はいかん、暴力《ぼうりょく》はいかんぞ！」

教授《きょうじゅ》はみんなをとめようとするが、むだ。

みんな、修学旅行中《しゅうがくりょこうちゅう》に、多《おお》かれすくなかれ教授《きょうじゅ》に食料《しょくりょう》をうばわれてるのだ。わたしは、〝食《た》べ物《もの》の恨《うら》みはおそろしい〟ということばを、理解《りかい》する。

教授《きょうじゅ》は、なにもできないまま、白《しろ》い雪《ゆき》のかたまりにされていく。

いつしか、昼休《ひるやす》みのおわりをつげるチャイムが鳴《な》っていた。

「終戦《しゅうせん》！」

定森《さだもり》くんの宣言《せんげん》がでたとき、わたしたちは雪《ゆき》で真《ま》っ白《しろ》になっていた。

夜《よる》になって、街《まち》を白《しろ》くそめてから雪《ゆき》はやんだ。

「……夢喰《ゆめく》い。」

秀志《ひでし》は、自分《じぶん》の部屋《へや》でつぶやいた。

そのとたん、体《からだ》がゾクリとふるえる。

机《つくえ》の引《ひ》き出《だ》しから、一枚《まい》の紙《かみ》をだす。『不合格《ふごうかく》』というゴシック体《たい》の文字《もじ》が大《おお》きく書《か》かれている。

——受験慣《じゅけんな》れするために、うけた学校《がっこう》だ。合格《ごうかく》しても、いく気《き》なかったし。

——あの日《ひ》は、風邪気味《かぜぎみ》だったしな。

——そうそう、あの学校《がっこう》は、写真部《しゃしんぶ》がなかったんだ。シケた学校《がっこう》だぜ。

たくさんの言《い》い訳《わけ》が、頭《あたま》の中《なか》をかけめぐる。

秀志《ひでし》は、写真《しゃしん》が好《す》きだった。将来《しょうらい》は、カメラマンになりたいと思《おも》っている。しかし、その夢《ゆめ》をだれにもいっていない。いえば、笑《わら》われそうな気《き》がしてるからだ。

「歌枕《かつらぎ》は、いいよな……。」

教室《きょうしつ》で、歌枕《かつらぎ》は秀志《ひでし》の左《ひだり》ななめ前《まえ》の席《せき》にすわっている。

まくら投《な》げが大好《だいす》きで、まわりからなにをいわれようが、まくらを投《な》げつづけた歌枕《かつらぎ》。そして全米《ぜんべい》のまくら投《な》げ協会《きょうかい》からスカウトされた彼《かれ》は、この春《はる》から、アメリカに留学《りゅうがく》する。

「歌枕《かつらぎ》は、いいよな……。」

秀志《ひでし》は、もう一度口《いちどくち》にだしていってみた。

そして、自分《じぶん》にきいてみる。

自分《じぶん》は、歌枕《かつらぎ》をうらやましく思《おも》ってるだけか？

自分《じぶん》は、歌枕《かつらぎ》をきらってるのではないのか？

大《おお》きな夢《ゆめ》を持《も》ってる歌枕《かつらぎ》にくらべて、劣等感《れっとうかん》を持《も》ってるんじゃないのか？

いや、もっと激《はげ》しい感情《かんじょう》――自分《じぶん》は、歌枕《かつらぎ》を憎《にく》んでいるのではないか？　着々《ちゃくちゃく》と夢《ゆめ》をかなえようとしている歌枕《かつらぎ》が憎《にく》くて憎《にく》くて、しかたがないんじゃないか？

そこまで考《かんが》えた秀志《ひでし》は、ブルンと首《くび》を横《よこ》にふる。

……そんなことはない。

歌枕《かつらぎ》がスカウトされたのは、あいつがいままで努力《どりょく》してきたからだ。おれがマンガを読《よ》んだりゲームをしてるあいだ、あいつはトレーニングをつづけていた。「まくら投《な》げなんて、バカじゃねぇの。」といわれても、あいつはまくら投《な》げをやめなかった。

あいつが、おれから憎《にく》まれる理由《りゆう》は、一つもない。

それに、夢《ゆめ》に優劣《ゆうれつ》をつける感覚《かんかく》が、おかしい。夢《ゆめ》は、テストみたいに、点数《てんすう》をつけられるものじゃないんだ。

だけど……。

秀志《ひでし》は、気《き》づいていた。心《こころ》のどこかで、歌枕《かつらぎ》が挫折《ざせつ》することを願《ねが》ってる自分《じぶん》がいるって。

また、秀志《ひでし》は首《くび》を横《よこ》にふる。

——ダメだ、そんな気《き》持《も》ちを持《も》っては。すてるんだ。すてるんだ。

大《おお》きく息《いき》をすい、気持《きも》ちを切《き》りかえる。

歌枕《かつらぎ》が夢《ゆめ》をかなえようとしてるのは、祝福《しゅくふく》すべきことだ。そして、自分《じぶん》も歌枕《かつらぎ》みたいに夢《ゆめ》をかなえるんだ。

——いつか、自分《じぶん》も……。

秀志《ひでし》の机《つくえ》の左側《ひだりがわ》には、一枚《まい》のパネルがかけられている。

五年生《ねんせい》のときに新聞記事《しんぶんきじ》で見《み》た写真《しゃしん》——赤《あか》ん坊《ぼう》を抱《だ》いた母親《ははおや》の写真《しゃしん》。一目《ひとめ》見《み》て、母親《ははおや》と赤《あか》ん坊《ぼう》の笑顔《えがお》が忘《わす》れられなくなった。新聞社《しんぶんしゃ》に連絡《れんらく》して、写真《しゃしん》を送《おく》ってもらった。それをパネルにして、かけてある。

——自分《じぶん》も、いつかこんな写真《しゃしん》を撮《と》るんだ。

そのパネルは、秀志《ひでし》にとって目標《もくひょう》だった。夢《ゆめ》をあきらめそうになったら、パネルを見《み》て自分《じぶん》を力《ちから》づけた。

いま、秀志《ひでし》はパネルを見《み》ようとした。

しかし——。

あれ……？

秀志《ひでし》は、ドキッとした。パネルを見《み》ることができないのだ。

首《くび》が動《うご》かない。

あれ……。

心臓《しんぞう》がドキドキする。頭《あたま》の血管《けっかん》が、脈打《みゃくう》ってるのがわかる。

どうしたんだ？

自分《じぶん》の体《からだ》が、思《おも》うように動《うご》かせないのだ。

——おちつけ、おちつけ。これは、なにかのまちがいだ。

ゆっくり深呼吸《しんこきゅう》してから、秀志《ひでし》は体《からだ》ごとパネルのほうへむける。すわっていた椅子《いす》が、ゆっくり回転《かいてん》し、秀志《ひでし》はパネルを見《み》ることができた。

写真《しゃしん》の笑顔《えがお》を見《み》て、ホッとする。

呼吸《こきゅう》が楽《らく》になる。

ひたいにうきでた汗《あせ》を手《て》でぬぐい、秀志《ひでし》は大《おお》きく息《いき》を吐《は》いた。

それにしても不思議《ふしぎ》だった。

どうしてパネルを見《み》ることができなかったのか？　あの写真《しゃしん》は、自分《じぶん》の夢《ゆめ》の象徴《しょうちょう》なのに……。

そこまで考《かんが》えて、秀志《ひでし》は、また呼吸《こきゅう》が速《はや》くなった。汗《あせ》が、吹《ふ》きだしてくる。

……ひょっとして、ひょっとして写真《しゃしん》を見《み》ることができなかったのは……。

それ以上考《いじょうかんが》えるのは、こわかった。こわかったが、とまらない。

自分《じぶん》の口《くち》が勝手《かって》にひらいて、つぎのことばがでてきた。

「写真《しゃしん》を見《み》ることができなかったのは、夢喰《ゆめく》いが夢《ゆめ》を喰《く》ったから……。」

どこかで、悲鳴《ひめい》のような声《こえ》がきこえた。

それが、自分《じぶん》の口《くち》からでてることに秀志《ひでし》が気《き》づいたのは、おどろいた母親《ははおや》が部屋《へや》にはいってきたときだった。

09 時間《じかん》の流《なが》れの小品《ア・ラ・カルト》――秋《あき》

これは、いまからすこしまえ――三年生《ねんせい》が、修学旅行《しゅうがくりょこう》から帰《かえ》ってきたころのエピソード。

下校時刻《げこうじこく》がせまり、校庭《こうてい》では運動部《うんどうぶ》が用具《ようぐ》のかたづけをしている。

秋《あき》の日暮《ひぐ》れははやい。生徒用昇降口《せいとようしょうこうぐち》をでた岡崎沙和《おかざきさわ》と豊川未来《とよかわみく》に、野球部顧問《やきゅうぶこもん》の王島教諭《おうしまきょうゆ》が声《こえ》をかけた。

「おお、岡崎《おかざき》と豊川《とよかわ》。ずいぶんおそくまでのこってたんだな。卒業生《そつぎょうせい》を送《おく》る会《かい》の仕事《しごと》か？」

「はい。」

表情《ひょうじょう》をひきしめたまま、沙和《さわ》がこたえる。

眼鏡《めがね》の奥《おく》の目《め》は、ゆらぐことなく王島教諭《おうしまきょうゆ》を見《み》つめる。

「……そうか。それは、ご苦労《くろう》さまだったな。」

思《おも》わず目《め》をそらす王島教諭《おうしまきょうゆ》。まるで、侍《さむらい》ににらまれたように動揺《どうよう》する。

沙和《さわ》の後《うし》ろから小柄《こがら》な少女《しょうじょ》が顔《かお》をだした。副委員長《ふくいいんちょう》の豊川未来《とよかわみく》だ。

「先生《せんせい》、さようなら。」

小学生《しょうがくせい》のような口調《くちょう》でいい、頭《あたま》をさげる。さらさらの長《なが》い髪《かみ》が、肩《かた》からすべり落《お》ちた。

「ああ、気《き》をつけて。」

ホッとしたように、王島教諭《おうしまきょうゆ》はほほえんだ。

そして、気《き》づかうようにいう。

「これから、まだあれがあるんだろ。ほんとうにたいへんだな。」

そこまでいって、王島教諭《おうしまきょうゆ》は、しまったというように口《くち》を手《て》でおさえた。

沙和《さわ》が、教諭《きょうゆ》をにらむ。

「あれ？——あれって、なんですか？」

「いや、いや。なんでもない。はっはっは！」

かわいた笑《わら》いでごまかす教諭《きょうゆ》。あわてて視線《しせん》を未来《みく》にむけ、話題《わだい》をかえる。

「来週《らいしゅう》、練習試合《れんしゅうじあい》があるんだ。もし、時間《じかん》があるのなら、また助《すけ》っ人《と》にきてほしいんだが——。」

そういわれて、未来《みく》はすこし首《くび》をかしげた。

「せっかくですが、日曜日《にちようび》は、実行委員会《じっこういいんかい》の仕事《しごと》がはいってるんです。お声《こえ》をかけていただいたのに、申《もう》し訳《わけ》ないんですが……。」

「それならいいんだ。じゃあ、また、よゆうのあるときにお願《ねが》いするよ。」

王島教諭《おうしまきょうゆ》が、すまなさそうな未来《みく》にいった。

「――では、失礼《しつれい》します。」

二人《ふたり》の会話《かいわ》を断《た》ちきるように、沙和《さわ》が頭《あたま》をさげた。

そして、王島教諭《おうしまきょうゆ》に背中《せなか》をむける。あわてて、未来《みく》が追《お》いかける。

「未来《みく》、きみはだれにでも愛想《あいそ》がよすぎる。これからのことを考《かんが》えると、いまは目立《めだ》ちたくないんだ。」

横《よこ》にならんだ未来《みく》のほうを見《み》ずに、沙和《さわ》がいった。

ほほをふくらませる未来《みく》。

「だって、みんな知《し》ってるんでしょ。いまさら気《き》をつけても……。」

口答《くちごた》えするのだが、沙和《さわ》は相手《あいて》にしない。

T字路《ティーじろ》にきたとき、二人《ふたり》は校門《こうもん》のほうではなく校舎裏《こうしゃうら》のほうへ向《む》きをかえた。

そして、大《おお》イチョウのところで足《あし》をとめる。

大《おお》イチョウの根元《ねもと》では、ジュン爺《じい》という白《しろ》い老犬《ろうけん》が居眠《いねむ》りしている。

ジュン爺《じい》の前《まえ》にしゃがんだ未来《みく》は、カバンから弁当箱《べんとうばこ》をとりだした。そして、お昼《ひる》にのこしておいたハムをジュン爺《じい》に見《み》せる。

「ジュン爺《じい》、ハムだよぉ〜。お食《た》べ。」

片目《かため》をあけた老犬《ろうけん》は、めんどうくさそうに首《くび》をのばし、ハムをくわえた。

楽《たの》しそうにジュン爺《じい》を見《み》る未来《みく》。

沙和《さわ》は、未来《みく》たちのほうを見《み》ていない。周囲《しゅうい》に意識《いしき》をくばっている。だれも自分《じぶん》たちを見《み》ている者《もの》がいないことを確認《かくにん》すると、沙和《さわ》は未来《みく》にいった。

「もういいだろ。いくよ。」

そして、弁当箱《べんとうばこ》をしまう未来《みく》を待《ま》たずに、歩《ある》きはじめる。

「あっ――！ ちょっと、待《ま》ってよ。」

ゆっくりハムを食《た》べるジュン爺《じい》をのこして、二人《ふたり》は旧校舎《きゅうこうしゃ》のほうへむかった。

木造《もくぞう》三階《がい》建《だ》ての旧校舎《きゅうこうしゃ》。明治時代《めいじじだい》の洋風建築《ようふうけんちく》の趣《おもむき》を、現代《げんだい》にのこしている。背《せ》の高《たか》い玄関《げんかん》には、優雅《ゆうが》な曲線《きょくせん》を描《えが》いたバルコニーがついている。

沙和《さわ》は、あたりを見《み》まわすと、胸《むね》ポケットからだした大《おお》きな鍵《かぎ》を鍵穴《かぎあな》に入《い》れてまわす。

カチャリ――かるい音《おと》がして、鍵《かぎ》がはずれる。

真鍮《しんちゅう》のドアノブをまわすと、沙和《さわ》と未来《みく》はすばやく旧校舎《きゅうこうしゃ》の中《なか》にはいった。

ギシ、ギシ……。

できるだけ音《おと》を立《た》てないように歩《ある》くのだが、古《ふる》い木《き》の廊下《ろうか》がきしむ。

二人《ふたり》は、幅《はば》のひろい階段《かいだん》をのぼり、三階《がい》へ。廊下《ろうか》のいちばん奥《おく》に位置《いち》している教室《きょうしつ》。二人《ふたり》は、横開《よこびら》きの戸《と》をあけた。

ほこりっぽい部屋《へや》の中《なか》。物《もの》がなく、ガランとしている。

窓《まど》からさしこむ西日《にしび》が、だんだん弱《よわ》くなっている。

部屋《へや》の中央《ちゅうおう》には、机《つくえ》が一つ。そこに、窓《まど》を背《せ》にしてひとりの少年《しょうねん》がすわっていた。机《つくえ》にひじをつき、組《く》んだ手《て》の上《うえ》にあごをのせている。逆光《ぎゃっこう》で、表情《ひょうじょう》がよくわからない。

沙和《さわ》と未来《みく》が、少年《しょうねん》の前《まえ》に立《た》つ。

「どうして集合《しゅうごう》をかけたの、片桐《かたぎり》くん？」

少年《しょうねん》を見下《みお》ろして、沙和《さわ》がきいた。

それにはこたえず、片桐《かたぎり》とよばれた少年《しょうねん》は、ぎゃくにきく。

「ここへくるまで、だれかにあやしまれるようなことはなかったかね？」

沙和《さわ》は、うなずく。未来《みく》は、目《め》をそらす。

あやしむというのは、確信《かくしん》がなくうたがうことだ。王島教諭《おうしまきょうゆ》の目《め》は、確信《かくしん》を持《も》っていた。つまり、あやしんでいなかったということだ。

沙和《さわ》は、もう一度《いちど》うなずいた。

片桐《かたぎり》は、きびしい表情《ひょうじょう》をかえずにいう。

「まだ、小生《しょうせい》の存在《そんざい》を外部《がいぶ》に察知《さっち》されるのは、好《この》ましくない。この影《かげ》の実行委員長《じっこういいんちょう》の存在《そんざい》をね。」

沙和《さわ》は、考《かんが》える。

察知《さっち》されることを、心配《しんぱい》するひつようはない。なぜなら、すでに全校生徒《ぜんこうせいと》と教職員《きょうしょくいん》に察知《さっち》されてるから。そのことを片桐《かたぎり》の耳《みみ》に入《い》れないのは、みんなのやさしさ。

そこまで考《かんが》えて、沙和《さわ》はうなずいた。問題《もんだい》は、ない。

片桐《かたぎり》もうなずくと、二人《ふたり》に書類《しょるい》の束《たば》を見《み》せた。

「なに、これ？」

未来《みく》が、書類《しょるい》を手《て》にする。書類《しょるい》の表紙《ひょうし》には、『極秘《ごくひ》』のはんこがベタベタとおしてある。

「……これだけ『極秘《ごくひ》』のはんこがおしてあると、かえって目立《めだ》つわね。」

沙和《さわ》が、冷《つめ》たい声《こえ》でいった。

「読《よ》んでみたまえ。」

片桐《かたぎり》がいった。

沙和《さわ》と未来《みく》は、窓《まど》ぎわにいくと書類《しょるい》をめくる。数分後《すうふんご》——。

陽《ひ》が山《やま》のむこうにしずんだとき、二人《ふたり》は書類《しょるい》を読《よ》みおわった。

机《つくえ》の中《なか》からろうそくと燭台《しょくだい》をだすと、片桐《かたぎり》は火《ひ》をつけた。カーテンをしめ、外《そと》に光《ひかり》がもれないようにする。

まるい光《ひかり》を放《はな》つ燭台《しょくだい》のまわりに、三人《にん》はあつまった。

「どう思《おも》うかね？」

片桐《かたぎり》の問《と》いに、

「すごいわ！　——いまの三年生《ねんせい》、こんなにすごかったんだ。」

未来《みく》が、興奮《こうふん》した声《こえ》でこたえた。

沙和《さわ》は、なにもいわない。しかし、にぎりしめたこぶしが、書類《しょるい》を読《よ》んだ衝撃《しょうげき》を語《かた》っている。

椅子《いす》にすわり、最初《さいしょ》とおなじポーズをとる片桐《かたぎり》。

「そこで、きみたちにききたい。この計画書《けいかくしょ》を用意《ようい》した三年生《ねんせい》に満足《まんぞく》してもらえる送《おく》る会《かい》を、いまの実行委員会《じっこういいんかい》は、用意《ようい》することができるのかい？」

「むりね。」

沙和《さわ》が、即答《そくとう》した。

ろうそくの炎《ほのお》が、ユラリとゆれた。

片桐《かたぎり》が見《み》せたのは、三年生《ねんせい》の修学旅行実行委員会《しゅうがくりょこうじっこういいんかい》がつくった、『うらの日程表《にっていひょう》』だった。

そこには、教師側《きょうしがわ》にばれないよう、二泊三日《はくみっか》の修学旅行《しゅうがくりょこう》をいかに楽《たの》しむかが精密機械《せいみつきかい》のような緻密《ちみつ》さで書《か》かれていた。

片桐《かたぎり》の口《くち》がひらく。

「これを読《よ》んだとき、小生《しょうせい》は鳥肌《とりはだ》が立《た》ったよ。修学旅行実行委員会《しゅうがくりょこうじっこういいんかい》は、ふつうの日程表《にっていひょう》を作成《さくせい》するだけでも、かなりむずかしい仕事《しごと》だ。しかし、いまの三年生《ねんせい》は、その困難《こんなん》な仕事《しごと》をしつつ、これだけのうらの日程表《にっていひょう》をつくりあげたんだ。しかも、その計画《けいかく》を完璧《かんぺき》に遂行《すいこう》している。その結束力《けっそくりょく》も、おそろしい……。」

眼鏡《めがね》のズレを指《ゆび》でなおす。立《た》ちあがる片桐《かたぎり》。

「先週《せんしゅう》、三年生《ねんせい》が修学旅行《しゅうがくりょこう》から帰《かえ》ってきたときのことだ。レーチ先輩《せんぱい》が、小生《しょうせい》の肩《かた》をたたいて、こういったんだ。」

眼鏡《めがね》をはずし、後《うし》ろ髪《がみ》を手《て》で持《も》って長髪《ちょうはつ》を表現《ひょうげん》する片桐《かたぎり》。そして、中井麗一《なかいれいいち》を思《おも》わせる脳天気《のうてんき》な声《こえ》をだす。

「『よぉー、カマキリ二号《ごう》！　修学旅行《しゅうがくりょこう》、楽《たの》しかったぜ！　おまえらが企画《きかく》する「卒業生《そつぎょうせい》を送《おく》る会《かい》」も、楽《たの》しみにしてるぞ。』――そういったのだ。」

レーチの声色《こわいろ》をまねする片桐《かたぎり》の目《め》には、なにもそこまでしなくてもいいのにと思《おも》ってる沙和《さわ》は、うつっていない。

「これが、どういう意味《いみ》かわかるかい？」

片桐《かたぎり》が、沙和《さわ》と未来《みく》を見《み》る。

未来《みく》がこたえた。

「カマキリといわれて、腹《はら》が立《た》った。――正解《せいかい》？」

「そこじゃない。」

冷静《れいせい》な声《こえ》で、未来《みく》の答《こた》えを無視《むし》する片桐《かたぎり》。

こんどは、沙和《さわ》がいった。

「挑戦《ちょうせん》されたと思《おも》ったのね？」

そのことばに、片桐《かたぎり》はうなずいた。

「『おれたちは、最高《さいこう》に盛《も》りあがる修学旅行《しゅうがくりょこう》を楽《たの》しんできたぜ。そんなおれたちを、中途半端《ちゅうとはんぱ》な会《かい》で送《おく》るんじゃないだろうな？』――レーチ先輩《せんぱい》の笑顔《えがお》が、そういってるように思《おも》えたよ。」

またレーチの声色《こわいろ》をまねする片桐《かたぎり》に、沙和《さわ》が冷《つめ》たい目《め》をむける。

未来《みく》がいう。

「そこまでレーチさんのことを気《き》にしなくてもいいんじゃない？」

つぎの瞬間《しゅんかん》、沙和《さわ》にむかって、片桐《かたぎり》が指《ゆび》をビシッと立《た》てた。

「気《き》にしてるわけじゃない！　レーチ先輩《せんぱい》は、あなどれないといってるんだ。そのことを、小生《しょうせい》は、くどいくらいきかされている。」

「だれにきかされたの？」

「兄《あに》だ。」

片桐《かたぎり》の兄《あに》は、レーチたちが二年生《ねんせい》のときに文芸部部長《ぶんげいぶぶちょう》をしていた。純文学指向《じゅんぶんがくしこう》で作品《さくひん》に魂《たましい》をこめようとする片桐兄《かたぎりあに》と、詩人《しじん》を自称《じしょう》しながら作品《さくひん》をひとつも書《か》かないレーチは、ことあるごとに対立《たいりつ》した。

「小生《しょうせい》は、三年生《ねんせい》に兄《あに》や姉《あね》がいるクラスメイトに修学旅行《しゅうがくりょこう》の資料《しりょう》をあつめるようにたのんだ。幸《こう》運《うん》なことに、焼却《しょうきゃく》される寸前《すんぜん》のゴミの中《なか》から、これが見《み》つけられた。」

片桐《かたぎり》が、うらの日程表《にっていひょう》を指《ゆび》さす。

そして、真剣《しんけん》な目《め》を沙和《さわ》と未来《みく》にむけた。

「現在《げんざい》までの卒業生《そつぎょうせい》を送《おく》る会計画《かいけいかく》を、すべて見《み》なおす。そして、三年《ねん》が『ぎゃふん』というような卒業生《そつぎょうせい》を送《おく》る会《かい》を実現《じつげん》するんだ。——在校生《ざいこうせい》の名誉《めいよ》にかけて!」

そのことばに、未来《みく》が文句《もんく》をいう。

「えー! 春《はる》から、半年《はんとし》もかけて準備《じゅんび》してきたのよ! それを見《み》なおすって……。」

「ではきくが、いまの計画《けいかく》を進《すす》めていけば、三年生《ねんせい》がぎゃふんというのかい?」

「………。」

未来《みく》は、なにもいえない。

ため息《いき》をついたのは、沙和《さわ》だ。

「計画《けいかく》の全面見《ぜんめんみ》なおしは、命令《めいれい》?」

うなずく片桐《かたぎり》。

「そう。影《かげ》の卒業生《そつぎょうせい》を送《おく》る会実行委員会委員長《かいじっこういいんかいいいんちょう》として、命令《めいれい》する。」

そのことばに、沙和《さわ》はうなずいた。沙和《さわ》がうなずくのを見《み》て、未来《みく》も、しかたなくうなずいた。

「では、プロジェクト『でていけ！　先輩《せんぱい》たち』を発動《はつどう》させる！」

「……なに、そのセンスのないネーミングは。」

沙和《さわ》の冷《つめ》たい目《め》。

「これから、影《かげ》の卒業生《そつぎょうせい》を送《おく》る会実行計画《かいじっこうけいかく》を、『でていけ！　先輩《せんぱい》たち』という暗号名《コードネーム》でよぶことにする。」

「それも、影《かげ》の卒業生《そつぎょうせい》を送《おく》る会実行委員会委員長《かいじっこういいんかいいいんちょう》としての命令《めいれい》？」

「そうだ！」

大《おお》きくうなずく片桐《かたぎり》。

大《おお》きなため息《いき》をつく沙和《さわ》と未来《みく》。

ろうそくの火《ひ》が、風《かぜ》にゆれた。

「いま、小生《しょうせい》は、卒業生《そつぎょうせい》を送《おく》る会《かい》を成功《せいこう》させられるのなら、悪魔《あくま》と契約《けいやく》してもいい気分《きぶん》だよ。」

また、ろうそくの火《ひ》がゆれる。

それはまるで、

「その契約《けいやく》をむすぼうじゃないか。」

と、炎《ほのお》がいってるようだった。

10　ある朝《あさ》、とつぜんに

わたしは、口《くち》にくわえていた体温計《たいおんけい》をコッソリ抜《ぬ》いた。

……三十六度《ど》四分《ぶ》。

マズイ……。

パジャマのポケットに入《い》れてある使《つか》いすてカイロに、体温計《たいおんけい》の先《さき》っぽをあてて、微妙《びみょう》な温度調《おんどちょう》整《せい》。

三十七度《ど》八分《ぶ》。うん、こんなとこだろう。

体温計《たいおんけい》を口《くち》にもどしたとたん、部屋《へや》のドアをあけて、羽衣母《ういかあ》さんがはいってきた。

「どう？　熱《ねつ》はさがった？」

そういいながら、美衣《みい》、真衣《まい》、わたしの順番《じゅんばん》で体温計《たいおんけい》をチェックする。そして、腰《こし》に手《て》をあてていう。

「まったく、中学三年生《ちゅうがくさんねんせい》になっても、雪合戦《ゆきがっせん》で風邪《かぜ》をひくなんてあきれるわね……。」

わたしたちは、きこえないふり。それに、自分《じぶん》たちでもあきれてるから、なにもいいかえせない。

「今日《きょう》は一日《いちにち》おとなしく寝《ね》てなさい。学校《がっこう》には連絡《れんらく》しておくから。」

羽衣母《ういかあ》さんが、ため息《いき》といっしょにいった。その顔《かお》が、ちっともこまってるように見《み》えない。

雪合戦《ゆきがっせん》の日《ひ》、家《いえ》に帰《かえ》ったら、美衣《みい》が熱《ねつ》をだした。

つづいて、真衣《まい》も――。

美衣《みい》は、合格《ごうかく》が決《き》まっていて気《き》がぬけたんだろう。

よゆうのある真衣《まい》は、一日休養《いちにちきゅうよう》するために熱《ねつ》をだしたんだろう。

——わたしは、気《き》を抜《ぬ》くわけにもいかないし休養《きゅうよう》してる場合《ばあい》でもない。とうぜん、熱《ねつ》はでない。

あせったわたしは、パジャマのポケットに使《つか》いすてカイロを入《い》れたというわけだ。

羽衣母《ういかあ》さんの声《こえ》が、やさしくなる。

「でも、雪合戦《ゆきがっせん》やりたい気持《きも》ちもわかるわ。わたしだって、一太郎父《いちたろうとう》さんが家《いえ》にいたら、雪合戦《ゆきがっせん》やってたと思《おも》うもの。」

そういや、きのう帰《かえ》ってきたら庭《にわ》に雪《ゆき》だるまがすわっていた。あれは、羽衣母《ういかあ》さんの作《さく》なのだろう。

「なんだか安心《あんしん》したわ。最近《さいきん》、あなたたちがきゅうに大人《おとな》になったように思《おも》えてたの。雪合戦《ゆきがっせん》やって風邪《かぜ》ひくなんて、まだまだ子《こ》どもね。」

楽《たの》しそうな羽衣母《ういかあ》さんのことば。

「お昼《ひる》に食《た》べたい物《もの》、ある？」

「玉子《たまご》のおかゆ。」

真衣《まい》と美衣《みい》がいった。

わたしは、すぐにこたえられない。ほんとうならカツ丼《どん》を食《た》べたいところなんだけど、病人《びょうにん》がカツ丼《どん》をガフガフ食《た》べたらおかしいよね。

羽衣母《ういかあ》さんが、わたしを見《み》る。

「亜衣《あい》は、カツ丼《どん》にする？」

……ひょっとして、バレてる？

わたしは、かぼそい声《こえ》でこたえる。

「ううん、わたしも玉子《たまご》のおかゆ。」

「はいはい。」

羽衣母《ういかあ》さんが、ほほえみながら部屋《へや》をでていった。


しずかだ……。

きこえてくるのは、時計《とけい》の秒針《びょうしん》が動《うご》く音《おと》だけ。

ときおり、美衣《みい》がせきこむ音《おと》。そして、真衣《まい》のかるい寝息《ねいき》。

あと何年《なんねん》……。あと何年《なんねん》、わたしたちはこうしておなじ部屋《へや》で寝《ね》られるのだろう？

いや、もう何年《なんねん》ものこってないのかな……。

そんなことを考《かんが》えていたら、鼻《はな》の奥《おく》がツンとした。二人《ふたり》の風邪《かぜ》がうつったのかな。

「ねぇ、最後《さいご》に三人《にん》そろって風邪《かぜ》ひいたのって、何年《なんねん》まえだっけ？」

真衣《まい》がいった。いや、美衣《みい》だったかもしれない。（それとも、わたし？）

「………」

しばらく、だれもなにもこたえない。

時計《とけい》の音《おと》だけが、カチカチひびく。

だれかが口《くち》をひらいた。

「今日《きょう》よ……。三人《にん》そろって風邪《かぜ》をひくのは、今日《きょう》が最後《さいご》……。」

「………」

「………」

「………」

わたしたちは、だれがいったのかわからないそのことばに、ふとんを頭《あたま》の上《うえ》までかぶった。


そして、つぎの日《ひ》——。

学校《がっこう》へいったわたしは、大騒《おおさわ》ぎにまきこまれていた。

「おい、岩崎亜衣《いわさきあい》――。」

昇降口《しょうこうぐち》で靴《くつ》を脱《ぬ》いでると、レーチが真剣《しんけん》な顔《かお》をして飛《と》んできた。

「なっ、なんなのよ！」

その迫力《はくりょく》におされるわたし。

真衣《まい》と美衣《みい》は、わたしの後《うし》ろでコソコソ話《はな》している。

「どう思《おも》いますか、美衣《みい》さん？」

「あの真剣《しんけん》な顔《かお》――告白《こくはく》にきまってると思《おも》いませんか、真衣《まい》さん。」

「休《やす》み明《あ》けの登校《とうこう》、昇降口《しょうこうぐち》、卒業《そつぎょう》まぎわ。条件《じょうけん》は、かなりそろってますね。」

「ざんねんなのは、『放課後《ほうかご》』という要素《ようそ》が欠《か》けていることです！」

「なんですか、それは？」

「朝《あさ》っぱらの告白《こくはく》なんて、登場《とうじょう》した瞬間《しゅんかん》にスペシュウム光線《こうせん》をブッぱなすウルトラマンみたいじゃないですか。やはり、告白《こくはく》は放課後《ほうかご》がにあうんですよ、真衣《まい》さん！」

「するどい分析《ぶんせき》ですね、美衣《みい》さん！」

うなずきあってる二人《ふたり》の会話《かいわ》をきく。

わたしは、自分《じぶん》が書《か》いてる小説《しょうせつ》にでてくる登場人物《とうじょうじんぶつ》――真美衣《まみい》に、ちょっとばかりつらい目《め》にあってもらおうと決《き》めた。

レーチが、わたしのマフラーをつかみ、ひっぱる。

「いいから、こい！」

飼《か》い主《ぬし》にひきずられる犬《いぬ》のように、わたしは連行《れんこう》される。

「いったい、どうしたってのよ！」

その質問《しつもん》にはこたえず、

「岩崎《いわさき》……えらいことしてくれたな……。」

レーチが、前《まえ》をむいたままいう。

えらいこと……？　わたしがなにをしたっていうのよ。

無言《むごん》で前《まえ》を歩《ある》くレーチ。

わたしは、思《おも》いあたることがないか考《かんが》える。……発見《はっけん》！

「あのね、レーチ。たしかに、あれはよくなかったかもしれない。でも、首謀者《しゅぼうしゃ》はレーチでしょ。わたしに責任《せきにん》はないわ。そりゃ、元部長《もとぶちょう》じゃないかといわれたら、すこしは責任《せきにん》を感《かん》じるけど……。」

レーチの足《あし》がピタリととまり、ふりかえった。

「なんの話《はなし》だ？」

「文芸部《ぶんげいぶ》の部室《ぶしつ》で『卒業目前《そつぎょうもくぜん》三年生《ねんせい》追《お》い出《だ》しコンパ』をやったのが、バレたんでしょ？」

先週末《せんしゅうまつ》、わたしとレーチは文芸部室《ぶんげいぶしつ》によばれた。

三年生《ねんせい》は、学園祭《がくえんさい》を最後《さいご》に引退《いんたい》する。最初《さいしょ》のころは、ちょくちょく顔《かお》をだしていたんだけど、受験勉強《じゅけんべんきょう》がいそがしくなったあたりから足《あし》が遠《とお》のいた。

ひさしぶりにはいった部室《ぶしつ》はあいかわらずゴミゴミしていたけど、長机《ながづくえ》の上《うえ》に大量《たいりょう》のお菓子《かし》とジュースがおいてあった。

「岩崎《いわさき》、おれたちはよい後輩《こうはい》を持《も》ったぜ。後輩《こうはい》が、卒業《そつぎょう》する先輩《せんぱい》のために、追《お》い出《だ》しコンパをひらいてくれるなんて……。」

声《こえ》をふるわせるレーチ。

「いや、レーチ先輩《せんぱい》がどうしてもコンパをひらけってうるさくて……。」

そういった一年生《ねんせい》の一ノ瀬《いちのせ》くんが、レーチにこづかれてだまりこむ。

「わたしは、よろこんで麗一先輩《れいいちせんぱい》のためにお菓子代《かしだい》をだしました。」

二年生《ねんせい》の水野千秋《みずのちあき》がほほえむ。

その横《よこ》で、ノートパソコンのモニタを見《み》てる二年生《ねんせい》の森川美琴《もりかわみこと》。

「近《ちか》くのスーパー、駄菓子屋《だがしや》、菓子問屋《かしどんや》のデータを解析《かいせき》しました。その結果《けっか》、いちばんやすく大量《たいりょう》にしいれることができました。」

それは、マシンの一部《いちぶ》になったような冷静《れいせい》な声《こえ》。しかし、パソコンの電源《でんげん》を落《お》とすと、

「だから、亜衣《あい》さんもレーチさんも、今日《きょう》は盛《も》りあがりましょうね！」

さっきまでの冷静《れいせい》な口調《くちょう》とは正反対《せいはんたい》のキャピキャピした声《こえ》でいった。

わたしは、お菓子《かし》の山《やま》を見《み》ていう。

「校内《こうない》でお菓子《かし》を食《た》べるのって、マズくない？」

「こまかいこと、気《き》にすんなよ！」

レーチのなにも考《かんが》えてない発言《はつげん》で、追《お》い出《だ》しコンパがはじまった。

あの騒動《そうどう》が原因《げんいん》だとしたら……。

文芸部《ぶんげいぶ》、おとりつぶしにならないでしょうね。わたしたちの代《だい》で廃部《はいぶ》になったら、歴代《れきだい》の渡辺《わたなべ》部長《ぶちょう》や片桐部長《かたぎりぶちょう》に顔向《かおむ》けができない。

「過剰《かじょう》な想像力《そうぞうりょく》をはたらかせてるところわるいが、追《お》い出《だ》しコンパが原因《げんいん》じゃない。だいいち、コンパをやったことは、バレてない。」

また歩《ある》きだすレーチ。

追《お》い出《だ》しコンパが原因《げんいん》じゃないとしたら……。

考《かんが》えこんでると、レーチの足《あし》がとまった。そこは、校長室《こうちょうしつ》の前《まえ》。

校長室《こうちょうしつ》！　――せいぜい職員室呼《しょくいんしつよ》び出《だ》しレベルだと思《おも》ってたのに、校長室《こうちょうしつ》！

わたしは、小声《こごえ》でレーチにきく。

「あんた、なにやったの？」

「やったのは、おれじゃやねぇ！　おまえだ！」

そういいかえされても、心《こころ》あたりがないんだってば！

レーチが、校長室《こうちょうしつ》のドアをノックする。

「どうぞ。」

中《なか》へはいると、土屋正校長《つちやただしこうちょう》が立《た》っていた。

教授《きょうじゅ》とおなじようにやせて背《せ》が高《たか》いんだけど、教授《きょうじゅ》が紙《かみ》のコヨリだとすると、土屋校長《つちやこうちょう》は日本刀《にほんとう》だ。

土屋校長《つちやこうちょう》が、わたしの前《まえ》に立《た》つ。

「おはようございます、岩崎亜衣《いわさきあい》さん。」

わたしは、反射的《はんしゃてき》に頭《あたま》をさげる。

「すみませんでした！」

不思議《ふしぎ》そうに首《くび》をひねる土屋校長《つちやこうちょう》。

「なにかかんちがいしてるようですね。」

……え？

わたしを見《み》る土屋校長《つちやこうちょう》の目《め》は、とってもやさしかった。

そして、校長先生《こうちょうせんせい》の話《はなし》をきいたわたしの意識《いしき》は、どこかへ飛《と》んでいってしまった。


目《め》をあけたら、白《しろ》い天井《てんじょう》が見《み》えた。

わたしは、保健室《ほけんしつ》のベッドに寝《ね》かされてるみたい。

「気《き》がついたのね。」

わたしのひたいに手《て》をあてて、保健《ほけん》の秋本麗先生《あきもとれいせんせい》がいった。

秋本先生《あきもとせんせい》は、まだ二十代半《だいなか》ばくらいの女《おんな》の先生《せんせい》。みじかい髪《かみ》と、白《しろ》い肌《はだ》。口紅《くちべに》をぬってないのに、そのくちびるは血《ち》をすったように赤《あか》い。

わたしは、保健《ほけん》の先生《せんせい》が、いつ秋本先生《あきもとせんせい》にかわったのかをおぼえてない。気《き》がついたら、以前《いぜん》いた年配《ねんぱい》の先生《せんせい》が、秋本先生《あきもとせんせい》にかわっていた。

よく保健室《ほけんしつ》にサボりにいっていた男子生徒《だんしせいと》も、いまは足《あし》が遠《とお》のいている。秋本先生《あきもとせんせい》の切《き》れ長《なが》の目《め》に見《み》つめられ、

「どこがわるいの？」

ときかれると、うそをいえず帰《かえ》ってきてしまうのだ。

そして、もっとも不思議《ふしぎ》なのは、わたしは秋本先生《あきもとせんせい》に会《あ》ったことがあるような気《き》がするってこと。

でも……いったい、いつどこで？

わたしは、ふとんの中《なか》から秋本先生《あきもとせんせい》の顔《かお》を見《み》る。

彼女《かのじょ》の口《くち》がひらいた。

「かるい貧血《ひんけつ》よ。受験勉強《じゅけんべんきょう》の疲《つか》れがたまってたようね。」

……いいえ、きのうはズル休《やす》みして、疲《つか》れはとれてます。

「いまは三時間目《じかんめ》の途中《とちゅう》。四時間目《じかんめ》がはじまるまでは、休《やす》んでなさい。」

わたしは、だまってうなずく。そして、ふとんを頭《あたま》までかぶった。

「ああ、そうそう――。」

ベッドのまわりのカーテンをひきながら、秋本先生《あきもとせんせい》がいう。

「おめでとう、岩崎《いわさき》さん。」

感情《かんじょう》のこもってない声《こえ》。

そのことばに、わたしは、校長先生《こうちょうせんせい》からきいた話《はなし》が夢《ゆめ》ではなかったんだと思《おも》った。

文芸部《ぶんげいぶ》は、学園祭《がくえんさい》で部誌《ぶし》『それがわたしにとって何《なん》だというのでしょう?』――略《りゃく》して『それわた』をだした。

三年生《ねんせい》にとって最後《さいご》の『それわた』。(といっても、レーチは書《か》かないから、じっさいは、わたしにとって最後《さいご》の『それわた』。)

わたしは、全力投球《ぜんりょくとうきゅう》した!

部長《ぶちょう》だから、いい作品《さくひん》を書《か》こうとか、これを書《か》きおえたら受験《じゅけん》に専念《せんねん》しなけりゃいけないとか――そんなことはいっさい考《かんが》えず、原稿《げんこう》に集中《しゅうちゅう》した。

書《か》くのはたいへんだったけど、それ以上《いじょう》に楽《たの》しかった。勉強《べんきょう》してるときは、あれだけ眠《ねむ》くなるのに、キーボードをたたいてるときはすこしも眠《ねむ》くなかった。

書《か》き上《あ》げたとき、わたしは燃《も》えつきることができた。すくなくとも、中学《ちゅうがく》を卒業《そつぎょう》するまでは、小説《しょうせつ》を書《か》かなくてもがまんできると思《おも》った。

完成《かんせい》した『それわた』は、学園祭《がくえんさい》でも、まずまずの売《う》り上《あ》げをみせた。

そんなときに目《め》にしたのが、『奇譚綺談社文学新人賞《きたんきだんしゃぶんがくしんじんしょう》』の募集《ぼしゅう》。年齢不問《ねんれいふもん》、経歴不問《けいれきふもん》の新人《しんじん》賞《しょう》。応募《おうぼ》してみるのも、おもしろいと思《おも》った。自分《じぶん》の原稿《げんこう》をプリントアウトし、封筒《ふうとう》に『新人賞《しんじんしょう》応募係《おうぼがかり》　御中《おんちゅう》』と書《か》く。

でも——。

わたしは、『それわた』を見《み》る。手《て》にとって、パラパラめくる。

わたしは、封筒《ふうとう》からプリントアウトした原稿《げんこう》をだし、かわりに『それわた』を入《い》れた。

「…………」

差出人《さしだしにん》のところに、自宅《じたく》ではなく虹北学園《こうほくがくえん》の住所《じゅうしょ》を書《か》き、『虹北学園文芸部部長《こうほくがくえんぶんげいぶぶちょう》　岩崎亜衣《いわさきあい》』と書《か》いた。

プリントアウトした原稿《げんこう》は、ちゃんと書《か》きおえたもの。でも、わたしの原稿《げんこう》は、『それわた』にのったときがほんとうの完成《かんせい》のように思《おも》える。

だから、わたしは『それわた』を送《おく》った。文芸部部長《ぶんげいぶぶちょう》として。

でも、まさか、それが最終選考《さいしゅうせんこう》までのこるなんて……。

自宅《じたく》の連絡先《れんらくさき》を書《か》かなかったから、奇譚綺談社《きたんきだんしゃ》は、学校《がっこう》に連絡《れんらく》した。ちょうど、わたしたち三姉妹《しまい》が欠席《けっせき》してる日《ひ》に——。

それで、今朝《けさ》の呼《よ》びだしとなったわけだ。

「ふぅ……。」

ため息《いき》をついてから、おでこに手《て》をあてる。

なんだか、一日《いちにち》おくれて　熱《ねつ》がでてきたみたい。

「そういえば、今日《きょう》も、あの背《せ》の高《たか》い名探偵《めいたんてい》がきてたわよ。」

カーテンのむこうから、秋本先生《あきもとせんせい》の声《こえ》がきこえる。

背《せ》の高《たか》い名探偵《めいたんてい》って……教授《きょうじゅ》？　教授《きょうじゅ》が学校《がっこう》にきたって、なにしにきたっていうの？

わたしは、ベッドから起《お》きあがって、カーテンをあける。

「どこにいるんですか？」

そうきくと、椅子《いす》にすわって長《なが》い足《あし》を組《く》んだ秋本先生《あきもとせんせい》は、首《くび》をかしげる。

「いま、どこにいるかは知《し》らないわ。わたしが見《み》たときは、校長室《こうちょうしつ》にはいるところだったけど。」

そして、秋本先生《あきもとせんせい》はほほえむ。その笑顔《えがお》は、見《み》る者《もの》をゾッとさせるような笑顔《えがお》。まるで、獲物《えもの》を見《み》つけてよろこぶへびのようだ。

そして、歌《うた》うようにつぶやく。

「名探偵《めいたんてい》は知《し》ってるのかしら？　名探偵《めいたんてい》が動《うご》くから、事件《じけん》がおきるんだってこと——。」

「…………。」

「彼《かれ》に教《おし》えてあげてね。名探偵《めいたんてい》がいなければ、不思議《ふしぎ》な事件《じけん》はおこらないのよって。」

「…………。」

さっきまでワクワクしていた気持《きも》ちは、秋本先生《あきもとせんせい》に見《み》つめられ、すっかり冷《ひ》えてしまった。

さすが、保健《ほけん》の先生《せんせい》。

へたな解熱剤《げねつざい》より効《き》き目《め》があるわ。

教室《きょうしつ》に帰《かえ》ったら、みんながでむかえてくれた。

「よかったね、亜衣《あい》。」

「とうとうデビューか。」

「いまのうちに、サインもらっておこうかな。」

まだ受賞《じゅしょう》したわけじゃない。最終選考《さいしゅうせんこう》にのこっただけなのに、たくさんのお祝《いわ》いのことばが飛《と》んでくる。

わたしがコチャコチャと小説《しょうせつ》を書《か》いていたこと、将来《しょうらい》は小説家《しょうせつか》になりたいこと、文芸部《ぶんげいぶ》のしめきりでピリピリして胃《い》を痛《いた》めていたことを、みんな知《し》っている。

そして、みんな、自分《じぶん》のことのようによろこんでくれてる。

わたしは、うれしくなって、

「ありがとう。」

っていおうとした。

でも、なかなかことばがでてこない。

なにかいおうとすると、ことばといっしょに涙《なみだ》までてでしまいそうだ。

わたしは、うつむいて涙《なみだ》がにじんできたのをごまかす。

そんなとき――。

「夢喰《ゆめく》いに、喰《く》われないといいね。」

ボソッとした声《こえ》がきこえた。

「え？」

きこえたのは、わたしだけじゃない。みんな、顔《かお》をあげてまわりを見《み》る。

だれがいったのか……。

みんな、となりの子《こ》の顔《かお》を見《み》る。

あなたがいったの？

アナタガイッタノ？

みんな、目《め》をそらして首《くび》をかすかに横《よこ》にふる。

ジャアだれガイッタノ？


「…………」

わたしは顔《かお》をあげて、ユーリの席《せき》を見《み》る。

ユーリは、いつもどおり。ほおづえをついて、窓《まど》の外《そと》を見《み》ている。

さっきまでの熱《あつ》かった空気《くうき》が、凍《こお》ってしまったように思《おも》えた。

チャイムの音《おと》とともに、みんなが席《せき》に着《つ》く。


夢喰《ゆめく》いが、夢《ゆめ》を喰《く》いはじめた……。

そんなうわさ話《ばなし》が、ヒソヒソとささやかれるようになった。

「秀志《ひでし》くんの部屋《へや》にあらわれたんだって……。」

「わたしは、夢喰《ゆめく》いとすれちがった子《こ》の話《はなし》をきいたわ。」

「新聞部《しんぶんぶ》の連中《れんちゅう》が、集団《しゅうだん》で目撃《もくげき》したってさ。」

「おい、典夫《のりお》のやつ、私立落《しりつお》ちたってほんとうか?」

「ああ。本人《ほんにん》は、最初《さいしょ》からあきらめてたからショックはないっていってるけど——。」

「……それって、夢喰《ゆめく》いのせいか?」

そんな話《はなし》が、いやでも耳《みみ》にはいってくる。

夢喰《ゆめく》いに対《たい》する恐怖《きょうふ》が、しずかにふりつもる雪《ゆき》のように、学園《がくえん》を支配《しはい》していった。

「夢喰《ゆめく》い? ——バカらしい。」

そういいきる生徒《せいと》も何人《なんにん》かいた。

とくに、封印《ふういん》を解《と》いた責任《せきにん》を問《と》われているレーチは、声《こえ》を大《だい》にしていっていた。

しかし、大半《たいはん》の生徒《せいと》は、夢喰《ゆめく》いにおびえていた。

校内《こうない》を歩《ある》くときも、まるで密林《みつりん》を歩《ある》く探検家《たんけんか》のように、あたりを見《み》まわしたりした。

あの廊下《ろうか》の曲《ま》がり角《かど》……。

特別教室《とくべつきょうしつ》の中《なか》……。

窓《まど》のむこう……。

夢喰《ゆめく》いがひそんでいるような気《き》がした。

11　目撃《もくげき》

つるべ落《お》とし――このことばをきくたびに、岡崎沙和《おかざきさわ》は、プロレスの必殺技《ひっさつわざ》を想像《そうぞう》してしまう。でも、そんなことは口《くち》にだせない。自分《じぶん》のクールなイメージがくずれるのがわかってるからだ。

昼間《ひるま》、雪《ゆき》をふらせた雲《くも》は、もうない。気温《きおん》が、おそろしいいきおいでさがっていく。卒業生《そつぎょうせい》を送《おく》る会《かい》の話《はな》しあいをしていて、すっかりおそくなってしまった。クラブ活動《かつどう》の生徒《せいと》は、暗《くら》くなるまえに帰《かえ》っている。

生徒用昇降口《せいとようしょうこうぐち》をでた沙和《さわ》は、空《そら》に一番星《いちばんぼし》がでてることにおどろく。男子《だんし》のようにみじかい髪《かみ》。意志《いし》の強《つよ》そうな口元《くちもと》は、寒《さむ》さを感《かん》じてないようだ。

そんな沙和《さわ》に、

「ねえねえ！　つるべ落《お》としって、プロレスの必殺技《ひっさつわざ》みたいじゃない？」

にぎやかに話《はな》しかける未来《みく》。

沙和《さわ》は、ニコニコした笑顔《えがお》の未来《みく》を見《み》て、子犬《こいぬ》みたいだと思《おも》った。

「………」

そして、小《ちい》さい子《こ》にていねいに教《おし》えるようにいう。

「つるべ落《お》としとは、ほんとうは秋《あき》の夕暮《ゆうぐ》れがはやいことを表現《ひょうげん》したことばだ。こんな冬《ふゆ》につかうことばではない。」

男《おとこ》っぽい口調《くちょう》の沙和《さわ》。

「いいじゃん、べつにつかったって……。つるべ落《お》としってことばが頭《あたま》にうかんだんだもん。」

口《くち》をとがらせる未来《みく》に、沙和《さわ》は首《くび》を横《よこ》にふった。

「だめだ。」

ピシリという。ぶつぶつ文句《もんく》をいう未来《みく》に背《せ》をむけ、沙和《さわ》は歩《ある》きはじめた。

おいていかれないように後《あと》を追《お》いかける未来《みく》。

――はやく帰《かえ》って、七味唐辛子《しちみとうがらし》を山《やま》ほど入《い》れた鍋焼《なべや》きうどんを食《た》べよう。

沙和《さわ》は、強《つよ》く決意《けつい》した。

――はやく帰《かえ》るには、近道《ちかみち》をしなくては。近道《ちかみち》をするには、旧校舎《きゅうこうしゃ》のほうを通《とお》るのがはやい。

そう判断《はんだん》した沙和《さわ》は、旧校舎《きゅうこうしゃ》のほうへ足《あし》をむける。なにも考《かんが》えず、未来《みく》がついてくる。

旧校舎《きゅうこうしゃ》へいくのは、ひさしぶりだ。

以前《いぜん》は、影《かげ》の実行委員長《じっこういいんちょう》からの呼《よ》び出《だ》しがあり、よくいっていた。そのときは、足《あし》が重《おも》かったが、いまはかるい。

沙和《さわ》は、影《かげ》の実行委員長《じっこういいんちょう》と会《あ》うことが心理的負担《しんりてきふたん》になっていたことに、あらためて気《き》づいた。

最近《さいきん》、呼《よ》びだしがないことは気《き》にならないし、気《き》にしたくもなかった。

数歩進《すうほすす》んだところで、沙和《さわ》はスピードをゆるめる。せまい道《みち》のはしに、かすかな光《ひかり》をうけてかがやく金色《きんいろ》の髪《かみ》を見《み》つけたからだ。

――三年生《ねんせい》に転校《てんこう》してきた人《ひと》だ。たしか、ユーリ・ローストン。

相手《あいて》の正体《しょうたい》がわかった以上《いじょう》、こわくはない。

歩《ある》く速《はや》さをもとにもどし、沙和《さわ》はユーリの前《まえ》をとおりすぎようとする。

そのとき――。

「デンジャー。」

ユーリの口《くち》が、かすかに動《うご》いた。

――え？

沙和《さわ》は、足《あし》をとめた。その背中《せなか》に、未来《みく》がぶつかる。

ユーリを見《み》る沙和《さわ》。

「デンジャー。」

もう一度《いちど》、ユーリはいった。

沙和《さわ》は、彼女《かのじょ》から目《め》をそらさない。

「………」

しばらく、無言《むごん》のにらみあいがつづいた。

――いったい、この転校生《てんこうせい》は、なにをいってるんだ？　旧校舎《きゅうこうしゃ》のほうへいくなといってるのか？

沙和《さわ》はユーリから目《め》をそらすと旧校舎《きゅうこうしゃ》のほうへ歩《ある》きはじめる。あわてて追《お》いかけてくる未来《みく》。

――わたしは、はやく帰《かえ》らなくてはいけない。はやく帰《かえ》るには、近道《ちかみち》をしなくてはいけない。

そのためには、旧校舎《きゅうこうしゃ》のほうをとおるのがはやいのだ。

沙和《さわ》は、考《かんが》える。

――だれにも、わたしの鍋焼《なべや》きうどんを、じゃまさせない。

「未来《みく》。」

後《うし》ろを歩《ある》いている未来《みく》にきく。

「さっきの転校生《てんこうせい》がいっていた『デンジャー』って、どういう意味《いみ》だ？」

「わたし、英語苦手《えいごにがて》。」

未来《みく》のセリフは、英語《えいご》以外《いがい》は得意《とくい》だという意味《いみ》ではない。

沙和《さわ》が、頭《あたま》の中《なか》に電子《でんし》ジャーを思《おも》いうかべたとき、みような音《おと》をきいた。

「ねぇ、なにかきこえない？」

未来《みく》も、あたりを見《み》まわす。

左側《ひだりがわ》に、闇《やみ》にうかびあがる旧校舎《きゅうこうしゃ》。右側《みぎがわ》は、背《せ》の高《たか》い木立《こだち》。そのむこうには、幽霊坂《ゆうれいざか》。

「…………」

沙和《さわ》は、神経《しんけい》を集中《しゅうちゅう》させる。

強《つよ》い北風《きたかぜ》が、木立《こだち》をゆらす。風《かぜ》と木《き》の音《おと》にまぎれて、なにか弦《げん》をはじくような音《おと》がきこえてきた。

——これは、琴《こと》の音《ね》？　クラシック音楽《おんがく》……？

耳《みみ》をすます沙和《さわ》。

未来《みく》がいう。

「これ、ヴァイオリンよ。ヴァイオリン・ソナタ　ト短調《たんちょう》。通称《つうしょう》『悪魔《あくま》のトリル』。」

沙和《さわ》は、未来《みく》が音楽《おんがく》にくわしいことが不思議《ふしぎ》だった。そして、それ以上《いじょう》に気《き》になることをきいた。

「これは、琴《こと》の音《ね》じゃないのか？」

すこしため息《いき》をまじえてこたえる未来《みく》。

「まちがいなくヴァイオリン。作曲《さっきょく》したのは、ジュゼッペ・タルティーニ。彼《かれ》が、悪魔《あくま》に魂《たましい》を売《う》って作曲《さっきょく》したっていう伝説《でんせつ》があるから、『悪魔《あくま》のトリル』とよばれてるの。」

悪魔《あくま》のトリル……。

なんて不吉《ふきつ》な響《ひび》きのことばだ。

しかし、それ以上《いじょう》に気《き》になるのが『トリル』ということばだった。

――トリルってなに？

想像《そうぞう》する沙和《さわ》の頭《あたま》の中《なか》で、ねじりはち巻《ま》きした悪魔《あくま》が、山《やま》づみの計算《けいさん》ドリルにむかって汗《あせ》を流《なが》している。

――不気味《ぶきみ》な曲《きょく》だ……。

複雑《ふくざつ》な汗《あせ》を流《なが》すかたわらで、未来《みく》がつぶやく。

「第三楽章《だいがくしょう》にはいったわ。」

そういわれても、沙和《さわ》にはわからない。

わかってるのは、これからなにがおきても未来《みく》をまもらなければいけないということ。

油断《ゆだん》なく、まわりを見《み》る沙和《さわ》。

そのとき、未来《みく》が木立《こだち》の間《あいだ》を指《ゆび》さした。

「沙和《さわ》……。あれ……。」

未来《みく》のふるえる声《こえ》。

沙和《さわ》は、指《ゆび》さされたほうを見《み》た。

地上《ちじょう》から十メートルくらいの高《たか》さ——なにかが、木立《こだち》の間《あいだ》でゆれている。

——なんだ……？

目《め》をこらすが、暗《くら》くてよくわからない。

なにか……なにかみょうな形《かたち》のものが、ゆれている。

すると、幽霊坂《ゆうれいざか》を一台《だい》の車《くるま》が降《お》りてきた。ゆるいコーナーをまがった車《くるま》。ヘッドライトが、その物《もの》をてらしだす。

「………」

沙和《さわ》は、ことばがなかった。

それは、人《ひと》の形《かたち》をした物《もの》だった。なにかよくわからなかったのは、それが逆さまになっているからだ。

二人《ふたり》は、そのものから目《め》がはなせない。

逆《さか》さまになった顔《かお》の部分《ぶぶん》——そこがドロドロに溶《と》けているのが見《み》えた。

「……三年生《ねんせい》が、開《あ》かずの教室《きょうしつ》を開《ひら》いたって話《はなし》をしてたわ。」

未来《みく》が、視線《しせん》をそらさずいう。

「そこには、夢喰《ゆめく》いが封印《ふういん》されてたんだって。」

「…………」

「あれが、夢喰《ゆめく》いじゃない？」

夢喰《ゆめく》い……。

しかし、沙和《さわ》にはそれ以上《いじょう》に気《き》になることがあった。

——なぜ、夢喰《ゆめく》いは逆《さか》さまにうかんでるんだ？

未来《みく》が、手《て》を口元《くちもと》に持《も》っていく。

沙和《さわ》には、彼女《かのじょ》のつぎの行動《こうどう》がわかっていた。

未来《みく》が、盛大《せいだい》なさけび声《ごえ》をあげる。沙和《さわ》は、未来《みく》の手《て》を持《も》つと走《はし》ってにげた。

卒業生《そつぎょうせい》を送《おく》る会実行委員《かいじっこういいん》の沙和《さわ》と未来《みく》が、夢喰《ゆめく》いを見《み》た——この話《はなし》は、あっというまにひろまった。

「二年《ねん》にきいたけど、夢喰《ゆめく》いを目撃《もくげき》したとき、転校生《てんこうせい》がいたんだって。」

「転校生《てんこうせい》って……ユーリ？」

「そういや、レーチが封印《ふういん》を解《と》いたときも、いたって話《はなし》だな。」

「みょうなことがおきはじめたのは、あいつが転校《てんこう》してきてからだぜ。」

「あいつと夢喰《ゆめく》いは、どんな関係《かんけい》なんだ？」

みんなの、ユーリを見《み》る目《め》がかわった。

いままでの、〝とっつきにくい転校生《てんこうせい》〟というものから、〝災《わざわ》いをまきちらす不気味《ぶきみ》な存在《そんざい》〟に——。

数人《すうにん》の男子《だんし》が、机《つくえ》にすわってるユーリにつめよる。

「おまえ、夢喰《ゆめく》いと、どんな関係《かんけい》なんだ？」

日本語《にほんご》で話《はな》しかけられ、ユーリは男子《だんし》を見《み》た。

「おまえが夢喰《ゆめく》いなんじゃねぇか？」

「…………」

ユーリは、なにもいわない。めずらしいものを見《み》るかのように、男子《だんし》を青《あお》い目《め》で見《み》た。そして、すぐに窓《まど》の外《そと》に視線《しせん》をむける。

そのしぐさにカッとなった男子《だんし》は、ユーリの机《つくえ》を手《て》でたたいた。

「なんとかいえよ！」

その大声《おおごえ》に、教室《きょうしつ》がしずかになった。

もめごとにはかならず参加《さんか》するレーチが、ユーリのところへいくと、男子《だんし》にいった。

「おい、みっともないことやめろよな。それに、ユーリがなにかいっても英語《えいご》だから、わかんないだろ。」

「なんだよ、レーチ。おまえ、こいつの肩《かた》を持《も》つのか？」

矛先《ほこさき》が、レーチにむかう。

レーチは、頭《あたま》をガシガシかいていう。

「そんなんじゃねえよ。ただささ、へんな言《い》いがかりをつけるのは、かっこわるいからやめとけっていってるんだ。」

「言《い》いがかりじゃねえよ。おまえだって、こいつが夢喰《ゆめく》いだって思《おも》うだろ？」

そういわれて、レーチはすこし考《かんが》えた。考《かんが》えてから、いった。

「思《おも》わねえ。だって、二年《ねん》が夢喰《ゆめく》いを見《み》たのは、ユーリと会《あ》ってからだろ。どうやったら、旧校《きゅうこう》舎《しゃ》へ先回《さきまわ》りして夢喰《ゆめく》いになれるんだ？　おまけに、宙《ちゅう》にうかんだんだろ？　──どうやって？」

「…………」

「それに、秀志《ひでし》がいってた夢喰《ゆめく》いの話《はなし》。人《ひと》の体《からだ》をコントロールして、パネルのほうを見《み》られなくするなんて、ユーリにできるわけないだろ。」

「…………」

「だから、おれは、こいつが夢喰《ゆめく》いだとは思《おも》わない。」

論理的《ろんりてき》にいいかえされて、男子《だんし》たちはなにもいえない。

「いまいったことがはっきりしない以上《いじょう》、ユーリをうたがうのはやめとけ。」

レーチのことばに、男子《だんし》たちは冷静《れいせい》になった。

そのとき、ユーリがレーチを見《み》てなにかいった。

すかさず、

「二十七！」

とこたえるレーチ。（なんだ、二十七って……？）

もう、ユーリは窓《まど》の外《そと》を見《み》ている。なにをいったかは、わからない。

そのとき、男子《だんし》たちのひとりが口《くち》をひらいた。

「いま、はっきりしてるのは、夢喰《ゆめく》いがでたってことだ。」

「夢喰《ゆめく》いがでたのは、封印《ふういん》が解《と》かれたからだ。」

という声《こえ》がつづく。

そして、

「封印《ふういん》を解《と》いたやつがわるい。」

という結論《けつろん》がでた。

Q《キュー》：だれが、封印《ふういん》を解《と》いたか？

A《エー》：レーチ。

「えらそうなことといってるけど、みんなおまえがわるいんじゃないか！」

男子連中《だんしれんちゅう》がいうよりはやく、レーチがダッシュ！

机《つくえ》の上《うえ》をかけぬけて、教室《きょうしつ》の外《そと》へにげる。その動《うご》きは、人間《にんげん》より猿《さる》に近《ちか》い。

追《お》いかける男子《だんし》たち。

「三年《ねん》の男子《だんし》！　いい年《とし》して、校舎内《こうしゃない》で鬼《おに》ごっこするんじゃねぇ！　外《そと》でやれ！」

校内放送《こうないほうそう》で、生徒指導《せいとしどう》の先生《せんせい》がどなった。


夢喰《ゆめく》いの目撃騒《もくげきさわ》ぎがおきてから、みんなは『夢喰《ゆめく》い』ということばを口《くち》にしなくなった。

夢喰《ゆめく》いが、虹北学園《こうほくがくえん》をさまよっている。──そう感《かん》じても、みんなは口《くち》をとざしている。

口《くち》にだせば、夢喰《ゆめく》いがやってくる。

そんな雰囲気《ふんいき》があった。


二月《がつ》の集会《しゅうかい》──。

いつもどおりの校長先生《こうちょうせんせい》の話《はなし》。でも、その日《ひ》は、いつもどおりでおわらなかった。

校長先生《こうちょうせんせい》が、ひとつせきばらいしていった。

「最近《さいきん》、きみたちの間《あいだ》で夢喰《ゆめく》いのうわさ話《ばなし》が流《なが》れ、みょうに不安《ふあん》になったり浮《う》き足《あし》だったりしてることは知《し》ってます。」

そう前置《まえお》きしてから、

「夢喰《ゆめく》いは、いません。」

断言《だんげん》した。

あちゃぁ～と、わたしは思《おも》った。

どうせ、校長先生《こうちょうせんせい》は、夢喰《ゆめく》いなどという非科学的《ひかがくてき》なことでうろたえるのはバカらしいというような話《はなし》をする気《き》だろう。

そんなものを信《しん》じるのは、おろかだと――。

しかし、非科学的《ひかがくてき》ということばでは、わたしたちの不安《ふあん》は消《き》えない。信《しん》じるなといわれても、夢喰《ゆめく》いは、いまもさまよってるんだ……。

でも、校長先生《こうちょうせんせい》の話《はなし》は、わたしが想像《そうぞう》したものとはぜんぜんちがっていた。

土屋《つちや》校長《こうちょう》は、あごに手《て》をあてて考《かんが》える。どう話《はな》そうか、まよってるようだ。

校長先生《こうちょうせんせい》の口《くち》がひらいた。

「もう四十数年《すうねん》まえのことになります。わたしも、みなさんとおなじ虹北学園《こうほくがくえん》の生徒《せいと》でした。」

へえ～。校長先生《こうちょうせんせい》、わたしたちの先輩《せんぱい》だったんだ。

「卒業式《そつぎょうしき》をおえたわたしたち四人《にん》の仲間《なかま》は、夜《よる》の旧校舎《きゅうこうしゃ》によびだされました。〝夢見《ゆめみ》〟によびだされたのです。」

……ユメミ？　かわった名《な》まえ。

「夢見《ゆめみ》も、わたしたちの仲間《なかま》でした。この夢見《ゆめみ》というのは本名《ほんみょう》ではありません。あいつが、その夜《よる》から自分《じぶん》を夢見《ゆめみ》と名《な》のったのです。だから、わたしは、この場《ば》でも夢見《ゆめみ》という名《な》まえでよぶことにします。」

断固《だんこ》とした校長先生《こうちょうせんせい》の口調《くちょう》。

「わたしたちと夢見《ゆめみ》は、自分《じぶん》たちがつかっていた教室《きょうしつ》にはいりました。卒業《そつぎょう》してたった数日《すうじつ》しかたっていないのに、教室《きょうしつ》は、とてもよそよそしく思《おも》えました。」

校長先生《こうちょうせんせい》が、わたしたち三年生《ねんせい》の列《れつ》を見《み》る。

「きみたちも、卒業《そつぎょう》したら、この気分《きぶん》はわかるでしょうね。」

そのことばに、卒業《そつぎょう》というものが、もう目《め》の前《まえ》にせまってるのを感《かん》じた。

「もっとも、そのよそよそしさには、〝卒業《そつぎょう》〟以外《いがい》に理由《りゆう》がありました。御札《おふだ》です。」

わたしたちの間《あいだ》に、ザワッとした空気《くうき》が流《なが》れる。

「教室《きょうしつ》のいたるところに、御札《おふだ》がはられていました。その御札《おふだ》が、机《つくえ》も椅子《いす》もないガランとした教室《きょうしつ》を、異質《いしつ》なものに見《み》せていたのです。」

おなじだ。わたしたちが見《み》た開《あ》かずの教室《きょうしつ》と、校長先生《こうちょうせんせい》の話《はなし》にでてくる開《あ》かずの教室《きょうしつ》は、とてもよく似《に》ている。

「夢見《ゆめみ》は、その御札《おふだ》で、夢喰《ゆめく》いを教室《きょうしつ》に封印《ふういん》するといいました。」

校長先生《こうちょうせんせい》が、夢喰《ゆめく》いということばをつかった。

「夢喰《ゆめく》いは子《こ》どもの夢《ゆめ》を喰《く》う妖《あやかし》だと、夢見《ゆめみ》はいいました。」

夢《ゆめ》を喰《く》う妖《あやかし》……。

「当時《とうじ》のわたしたちには、夢《ゆめ》がありました。科学者《かがくしゃ》、役者《やくしゃ》——、絵描《えか》き。わたしには、教師《きょうし》という夢《ゆめ》。夢見《ゆめみ》は、『みんなの夢《ゆめ》を喰《く》われないように、ぼくが夢喰《ゆめく》いを封印《ふういん》する。』といいました。」

じゃあ、校長先生《こうちょうせんせい》はちゃんと夢《ゆめ》がかなったんだ。

「夢見《ゆめみ》は、わたしたちの目《め》の前《まえ》で、教室《きょうしつ》の後《うし》ろの戸《と》を御札《おふだ》で固定《こてい》しました。そして、わたしたちを追《お》いだしてから、前《まえ》の戸《と》をはりつけました。三十分《ぷん》ほど過《す》ぎたとき、わたしたちは戸《と》を開《あ》けました。」

ここで、校長先生《こうちょうせんせい》はことばをきって目《め》をとじた。まるで、四十数年《すうねん》まえを思《おも》いだすかのように。

「教室《きょうしつ》の中《なか》に、夢見《ゆめみ》はいませんでした。黒板《こくばん》に、夢喰《ゆめく》いという文字《もじ》と大《おお》きな×印《バツじるし》をのこして、夢見《ゆめみ》は消《き》えてしまったのです。——それ以来《いらい》、わたしは夢見《ゆめみ》に会《あ》ってません。これが、四十数年《すうねん》まえにおこったことです。」

校長先生《こうちょうせんせい》の話《はなし》がおわった。

わたしたちは、肩《かた》の力《ちから》を抜《ぬ》く。知《し》らず知《し》らず、全身《ぜんしん》に力《ちから》がはいっていたみたい。

ザワザワするわたしたちに、校長先生《こうちょうせんせい》がいう。

「四十数年《すうねん》まえに、夢喰《ゆめく》いは開《あ》かずの教室《きょうしつ》に封印《ふういん》されました。そして、その直後《ちょくご》、わたしたちによって、開《あ》かずの教室《きょうしつ》は開《あ》けられました。いいですか？　四十数年《すうねん》まえに、開《あ》かずの教室《きょうしつ》は開《あ》けられているのです。もし、ほんとうに夢喰《ゆめく》いがいるのなら、この四十数年間《すうねんかん》、ずっと封印《ふういん》は解《と》かれていたことになります。」

なるほど。校長先生《こうちょうせんせい》の話《はなし》は、論理的《ろんりてき》だ。

「しかし、その後《ご》、夢喰《ゆめく》いに生徒《せいと》が喰《く》われたというような話《はなし》はありません。つまり、夢喰《ゆめく》いはいないのです。いたのは、夢見《ゆめみ》——四十数年《すうねん》まえに消《き》えたあいつだけです。」

校長先生《こうちょうせんせい》の口調《くちょう》が、すこしさびしそうだ。

「これが、最初《さいしょ》に『夢喰《ゆめく》いはいない。』といった理由《りゆう》です。」

わたしたちの間《あいだ》で、囁《ささや》きがおきる。

「でも……心霊研究会《しんれいけんきゅうかい》の女《おんな》の子《こ》が消《き》えたってきいたぞ。」

「テレビ撮影《さつえい》が中止《ちゅうし》になった話《はなし》もあるぞ。」

「あれはうそなのか？」

それらの囁《ささや》きに、校長先生《こうちょうせんせい》はこたえない。しばらくして、ひとりごとのようにつぶやいた。

「開《あ》かずの教室《きょうしつ》は、開《あ》けてしまえば、開《あ》かずの教室《きょうしつ》とはよべない。──いまのわたしがいえるのは、そこまでです。」

まるで、自分《じぶん》にいいきかせているような校長先生《こうちょうせんせい》の口調《くちょう》。

「開《あ》かずの教室《きょうしつ》は、開《あ》けられたのです。だから、この話《はなし》は、もうこれでおわりです。」

……おわってない。わたしは、そういいたかった。

でも、さきに口《くち》をひらいたのは、校長先生《こうちょうせんせい》だった。

「夢見《ゆめみ》も夢喰《ゆめく》いも、はるか過去《かこ》の話《はなし》です。忘《わす》れてください。」

そして、威厳《いげん》のある口調《くちょう》でいった。

「始業式《しぎょうしき》のときにもいいましたが、三学期《がっき》はみじかいです。むだな時間《じかん》を過《す》ごさないでください。」

なにかいえる雰囲気《ふんいき》ではなかった。

集会《しゅうかい》はおわり、わたしたちは、だまって体育館《たいいくかん》をでるしかなかった。

12　御札《おふだ》

放課後《ほうかご》、レーチに拉致《らち》されたわたしは、虹斎寺《こうさいじ》につれていかれる。

学校裏《がっこううら》の幽霊坂《ゆうれいざか》をのぼる。途中《とちゅう》で、道《みち》が左側《ひだりがわ》にまがっている。それを無視《むし》して坂《さか》を上《のぼ》り続《つづ》けると、墓地《ぼち》にでる。

墓地《ぼち》から石段《いしだん》をおりたところが、虹斎寺《こうさいじ》だ。

ここは、文芸部《ぶんげいぶ》の後輩《こうはい》——水野千秋《みずのちあき》の家《いえ》で、おしょうさんは千秋《ちあき》のお父《とう》さんだ。

「でも、なにをしにいくの？」

わたしは、レーチにきいた。

「御札《おふだ》について、おしょうさんにききにいくんだ。」

レーチが、ポケットから御札《おふだ》をだす。

「おまえ、この御札《おふだ》をつくれっていわれたら、どうする？」

そうきかれて、考《かんが》える。

わたしは習字《しゅうじ》がへただから、自分《じぶん》で字《じ》を書《か》くのはむり。コンピュータの毛筆《もうひつ》ソフトを起動《きどう》させて、プリントアウトするだろう。

そういうと、レーチはうなずいた。

「だろうな。おれだって、そうする。でも、この御札《おふだ》は、プリントアウトされたものじゃない。一枚《まい》ずつ、手書《てが》きされたものだ。」

レーチが、御札《おふだ》を手渡《てわた》してくれる。

たしかに、レーチのいうとおりだ。

紙《かみ》も、かなりじょうぶな和紙《わし》。思《おも》いっきりひっぱっても、やぶれない。

「あと、書《か》いてある字《じ》もよく読《よ》めない。読《よ》めるのは、『封《ふう》』って字《じ》くらいだな。だから、おしょうさんに読《よ》んでもらおうと思《おも》ったんだ。」

なるほど。

その説明《せつめい》で、レーチがお寺《てら》へむかってるのはなっとくできた。わからないのは、わたしまでお寺《てら》へむかってることだ。

「だって、おまえは謝恩会実行委員会《しゃおんかいじっこういいんかい》の副実行委員長《ふくじっこういいんちょう》だろ？」

……いや、それって御札《おふだ》をしらべるのと、なんの関係《かんけい》もないけど。

お寺《てら》の手前《てまえ》――祠《ほこら》と、わたしが〝甲田由申《こうだよしさる》のお地蔵《じぞう》さん〟とよんでる三体《たい》のお地蔵《じぞう》さまがある。そこで、六十歳《さい》くらいの小柄《こがら》な女性《じょせい》が、お地蔵《じぞう》さまをおがんでいた。

レーチも、足《あし》をとめて手《て》をあわせる。

「ほぅ。いまの若者《わかもの》にしては、めずらしいな。」

女性《じょせい》がレーチを見《み》て、男《おとこ》っぽい口調《くちょう》でいった。

そのことばに、レーチはすこしてれて足《あし》を速《はや》める。


おしょうさん――水野一人住職《みずのいっとじゅうしょく》は、本堂前《ほんどうまえ》の落《お》ち葉《ば》をはきあつめていた。

竹《たけ》ぼうきを持《も》った茶髪《ちゃぱつ》と髭《ひげ》の水野住職《みずのじゅうしょく》。おしょうさんなんだけど、改造《かいぞう》したZⅡ《ゼッツー》とかいうバイクを乗《の》りまわす一面《いちめん》も持《も》っている。

「おひさしぶりですね、中井《なかい》くんに岩崎《いわさき》さん。」

わたしたちを見《み》て目《め》を細《ほそ》める水野住職《みずのじゅうしょく》。

「そうそう。岩崎《いわさき》さんは、奇譚綺談社《きたんきだんしゃ》の新人賞《しんじんしょう》を受賞《じゅしょう》したそうですね。」

わたしは、あわてて否定《ひてい》する。

「いえ、最終選考《さいしゅうせんこう》にのこっただけです。」

「ああ、これは失礼《しつれい》しました。わたしが、娘《むすめ》の話《はなし》をききまちがえたようです。」

水野住職《みずのじゅうしょく》は、あつめた落《お》ち葉《ば》に火《ひ》をつける。

わたしの頭《あたま》の中《なか》に、『焚《た》き火《び》だ、焚《た》き火《び》だ、落《お》ち葉焚《ばた》き。』というメロディーがひびく。（ちなみに、歌《うた》い出《だ》しは『垣根《かきね》の垣根《かきね》の曲《ま》がり角《かど》。』だからね。）

「それで、今日《きょう》はなんのご用《よう》ですかな？」

「教《おし》えていただきたいことがあります。」

レーチが、御札《おふだ》を水野住職《みずのじゅうしょく》に見《み》せる。

「この御札《おふだ》に書《か》かれている文字《もじ》を読《よ》んでいただけませんか？」

水野住職《みずのじゅうしょく》は、御札《おふだ》をチラリと見《み》て、そくざにいった。

「『みんなの夢《ゆめ》をまもるため夢喰《ゆめく》いを封《ふう》ず。』という意味《いみ》のことばが、漢文《かんぶん》で書《か》かれています。」

チラッと見《み》ただけで読《よ》めるなんて、千秋《ちあき》のお父《とう》さんすごい！

感動《かんどう》してるわたしたちに、水野住職《みずのじゅうしょく》が頭《あたま》をかいていう。

「いやぁ、種《たね》あかしすると、その御札《おふだ》はわたしが書《か》いたものですから。読《よ》めてとうぜんなんです。」

えー！　この御札《おふだ》、水野住職《みずのじゅうしょく》が書《か》いたの？

じゃあ……じゃあ、開《あ》かずの教室《きょうしつ》をつくったのは、水野住職《みずのじゅうしょく》？

おどろいてことばがないわたしたち。

水野住職《みずのじゅうしょく》が、アルミホイルでつつんだサツマイモを、焚《た》き火《び》の中《なか》に入《い》れた。

「その御札《おふだ》が、どうかしたのですか？」

このきき方《かた》、水野住職《みずのじゅうしょく》は、御札《おふだ》がどのようにつかわれたか知《し》らないんだ。ということは、開《あ》かずの教室《きょうしつ》をつくったのは、水野住職《みずのじゅうしょく》じゃない。

レーチが、三学期《がっき》になってからおきた、開《あ》かずの教室《きょうしつ》や夢喰《ゆめく》いの話《はなし》をした。

「ほう……そんなことがあったんですか。」

「千秋《ちあき》さんは、家《いえ》で夢喰《ゆめく》いの話《はなし》とかしてなかったんですか？」

わたしがきくと、水野住職《みずのじゅうしょく》は首《くび》を横《よこ》にふった。

「してませんね。もっぱら、岩崎《いわさき》さんの新人賞《しんじんしょう》のことや、中井《なかい》くんの進路《しんろ》のことばかりですね。」

……そうなんだ。（あと、千秋《ちあき》がレーチの進路《しんろ》のことを気《き》にしてるときいて、すこし胸《むね》がドキッとする。）

「おしょうさんは、いつこの御札《おふだ》を書《か》かれたのですか？」

レーチがきいた。

「たしか、昨年《さくねん》のクリスマスイブの夜《よる》でした。ケーキを食《た》べていたら、来客《らいきゃく》があったのです。」

千秋《ちあき》の家《いえ》って、お寺《てら》なのにクリスマスを祝《いわ》うんだ……。いや、いまは、そんなところをつっこんでる場合《ばあい》じゃない。

「いま思《おも》えば、かわった客《きゃく》でした。黒《くろ》い眼鏡《めがね》とマスク、帽子《ぼうし》にマフラーで、顔《かお》はほとんどわかりませんでした。寒《さむ》いから、そんなかっこうをしてるんだと思《おも》ったのですが、顔《かお》をかくそうとしてたんですね。」

自分《じぶん》の推理《すいり》に、うんうんとうなずく水野《みずの》おしょう。

「男《おとこ》か女《おんな》かはわかりますか？」

レーチの質問《しつもん》に、

「おそらく男《おとこ》でしょう。体《からだ》つきや手袋《てぶくろ》をした手《て》の感《かん》じから、女性《じょせい》とは思《おも》えません。やせて背《せ》の高《たか》い男性《だんせい》。年齢《ねんれい》は、六十歳前後《さいぜんご》だと思《おも》います。」

大人《おとな》だったんだ。わたしは、すこし意外《いがい》。なんとなく、中学生《ちゅうがくせい》ではないかと思《おも》っていたからだ。

水野《みずの》おしょうが、つづける。

「その男《おとこ》は、マスク越《ご》しのくぐもった声《こえ》でいいました。『お願《ねが》いします。夢喰《ゆめく》いの謎《なぞ》を解《と》きたいのです。また御札《おふだ》を書《か》いてください。』と——。」

「〝また〟——その男《おとこ》は、〝また〟といったのですね。」

この声《こえ》は、教授《きょうじゅ》！

声《こえ》がしたほうを見《み》ると、細《ほそ》い木《き》の枝《えだ》を持《も》った教授《きょうじゅ》が、焚《た》き火《び》をほじくりかえしている。

「教授《きょうじゅ》、どうしてここに？」

わたしがきくと、教授《きょうじゅ》はフッと笑《わら》った。

「ぼくは名探偵《めいたんてい》だよ。事件《じけん》を解決《かいけつ》するためには、どこにだってあらわれるのさ。」

わたしは、さらにきく。

「で、焼《や》き芋《いも》は、もう焼《や》けてる？」

「いや。もうすこしかかりそうだね。」

焼《や》き芋《いも》に枝《えだ》をさしこんで、教授《きょうじゅ》がいった。

やっぱり、焼《や》き芋《いも》のにおいにさそわれてあらわれたのか……。

話《はなし》の腰《こし》が、ボキボキに折《お》れてしまった。レーチが、気《き》をとりなおして水野《みずの》おしょうにきいた。

「〝また〟ってことは、以前《いぜん》にも、御札《おふだ》を書《か》いたことがあるんですか？」

「あれは、もう四十数年《すうねん》まえ——拙僧《せっそう》が幼稚園児《ようちえんじ》のころのことですね。ホワイトデーのお返《かえ》しを用意《ようい》してたら、父《ちち》——先代《せんだい》の住職《じゅうしょく》をたずねてきた者《もの》がありました。」

四十数年《すうねん》まえのホワイトデーって……。

そのころ、バレンタインデーですら、あまり広《ひろ》まってなかったはずだ。なのに、ホワイトデーのお返《かえ》しって……。

なんて、水野《みずの》おしょうはマメな人《ひと》なんだ。いや、いまは、そんなところをつっこんでる場合《ばあい》じゃない。

「たのんできたのは？」

「女性《じょせい》。……いえ、女《おんな》の子《こ》でした。制服《せいふく》を着《き》ていましたからね、中学生《ちゅうがくせい》だと思《おも》います。」

中学生《ちゅうがくせい》の女《おんな》の子《こ》！　——意外《いがい》な答《こた》えだ。

「父《ちち》は、女《おんな》の子《こ》となにか話《はなし》をしたあと、なにも書《か》かれていない和紙《わし》をうけとりました。拙僧《せっそう》が思《おも》うに、父《ちち》は、御札《おふだ》を書《か》く意味《いみ》をきいていたのだと思《おも》います。そして父《ちち》は、なっとくした。だから、御札《おふだ》を書《か》いたのです。」

ここで、水野《みずの》おしょうは、遠《とお》い目《め》をした。

「千秋《ちあき》が生《う》まれたころに亡《な》くなったのですが、こわい父《ちち》でした。いまでは天然記念物《てんねんきねんぶつ》もののがんこ親父《おやじ》でした。自分《じぶん》がなっとくできなければ、指一本動《ゆびいっぽんうご》かさない。そのかわり、なっとくできたら、損得抜《そんとくぬ》きで行動《こうどう》する男《おとこ》でした。」

話《はなし》をきくと、水野《みずの》おしょうと先代《せんだい》の住職《じゅうしょく》は、似《に》ているような似《に》てないような……。

「そのとき、拙僧《せっそう》は、父《ちち》にききました。『どうしてひきうけたの？』と——。」

「ふぇんふぁいは、ふぁんふぉ？」

焼《や》き芋《いも》をほおばった教授《きょうじゅ》がきく。どうやら、「先代《せんだい》は、なんと？」といってるようだ。

しかし、芋《いも》が焼《や》きあがったことをだれにもつげず、勝手《かって》に食《た》べてる教授《きょうじゅ》の行動《こうどう》は、非難《ひなん》されるべきじゃない？

「父《ちち》は『子《こ》どもの夢《ゆめ》をまもるのが、大人《おとな》の仕事《しごと》だ。』と、いいました。」

「それって……どういう意味《いみ》ですか？」

レーチにきかれ、首《くび》を横《よこ》にふる水野《みずの》おしょう。

「いまでもわかりません。でも、そのときは幼《おさな》いながらも、父《ちち》が大切《たいせつ》なことをしてることは、わかりました。」

「…………」

「昨年《さくねん》、御札《おふだ》を書《か》くようたのまれたとき、拙僧《せっそう》は男《おとこ》にききました。『これを書《か》くことが、子《こ》どもの夢《ゆめ》をまもることにつながるのですか？』と――。男《おとこ》は、なにもこたえませんでした。」

「なのに、どうしておしょうさんは、御札《おふだ》を書《か》いたのですか？」

わたしがきくと、水野《みずの》おしょうさんは、こまったように「う～ん。」とうなった。

「そうですね……。勘《かん》のようなものでしょうか？　亡《な》くなった父《ちち》が、『未熟者《みじゅくもの》め！　ことばで説《せつ》明《めい》されないと、わかんねぇのか！』と、おこってるような気《き》がしましてね。」

てれくさそうに笑《わら》う水野《みずの》おしょう。

「ふぁふふぉふぉ。」

焼《や》き芋《いも》をほおばった教授《きょうじゅ》が、「なるほど。」といったようだった。

けっきょく、それ以上《いじょう》のことはきけなかった。

そして、焼《や》き芋《いも》も、わたしとレーチ、水野《みずの》おしょうの口《くち》にははいらなかった。（教授《きょうじゅ》が、みんな食《た》べちゃったんだもん！）

学校《がっこう》への帰《かえ》り道《みち》、わたしとレーチは、教授《きょうじゅ》に集会《しゅうかい》できいた校長先生《こうちょうせんせい》の話《はなし》をする。

「ということは、先代《せんだい》のところへたずねてきた女《おんな》の子《こ》が、夢見《ゆめみ》ということになりそうだね。」

教授《きょうじゅ》がいった。レーチも、うなずく。

いろいろ考《かんが》えながら歩《ある》いていると、旧校舎《きゅうこうしゃ》のわきをとおるとき視線《しせん》を感《かん》じた。

林《はやし》の間《あいだ》にユーリが立《た》っていた。彼女《かのじょ》は、わたしと目《め》が合《あ》うと、木々《きぎ》の間《あいだ》に消《き》える。

「どうしたんだ？」

レーチがきいてくる。

「いま、そこにユーリがいたの。」

「へえ。」

興味《きょうみ》なさそうにこたえるレーチ。

「ユーリってなに？　新製品《しんせいひん》のアイスクリーム？」

教授《きょうじゅ》の質問《しつもん》。まえに話《はな》したんだけど、すっかり忘《わす》れてるみたい。

それに、これまでの会話《かいわ》の流《なが》れで、どうしてそういう質問《しつもん》がでてくるのかぎゃくにきいてみたい。

わたしは、レーチにきく。

「そういや、このあいだ、ユーリに『二十七』っていってたでしょ？　あれって、なんだったの？」

「ああ。あいつが九九《くく》をきいてきたから、教《おし》えてやったんだ。」

九九《くく》？

「亜衣《あい》だって知《し》ってるだろ。『三九《さんく》』は？」

「二十七。」

「正解《せいかい》。」

わたしは、なんだかバカにされてるような気《き》がした。

でも、すぐにわかった。

「三九《さんく》じゃない。ユーリは、『Thank《サンク》』っていったのよ。」

そうか……あのとき、ユーリはレーチに感謝《かんしゃ》したんだ。でも、知性零《ちせいれい》のレーチには、つうじなかった。かわいそうなユーリ。

あれ？

さっき、ユーリがわたしたちのほうを見《み》てたのって、ひょっとして、レーチのことを見《み》てたの？

見《み》てたとしたら、なんのために？（お礼《れい》をいいなおすためかな？）

そんなことを考《かんが》えてたら、

「青春《せいしゅん》だねぇ。」

教授《きょうじゅ》がつぶやいた。

そして、黒背広《くろせびろ》のポケットからとりだした焼《や》き芋《いも》をほおばる。

……まだ、かくし持《も》ってたんだ。

13　広島風明石焼《ひろしまふうあかしや》きとカレーかまぼこ丼《どん》

校長先生《こうちょうせんせい》の話《はなし》、その後《ご》の虹斎寺《こうさいじ》での聞《き》きとり——つかれる一日《いちにち》だった。

こういう日《ひ》は、いっぱいご飯《はん》を食《た》べて、ちゃっちゃと勉強《べんきょう》して、はやめに寝《ね》るにかぎる。

そう思《おも》ってご飯《はん》を食《た》べてると、なにかたりない。醤油《しょうゆ》もソースもある。箸《はし》もお茶碗《ちゃわん》も、ちゃんとある。

あれ、なにがたりないんだろう？

真衣《まい》と美衣《みい》にきくと、二人《ふたり》も首《くび》をひねってる。

「わかった！　タバスコよ！」

美衣《みい》が、タバスコを持《も》ってくる。でも、なにかたりない感《かん》じが消《き》えない。

そして気《き》づいた。教授《きょうじゅ》がいないんだ。

今夜《こんや》のメニューは、教授《きょうじゅ》の好《す》きな広島風明石焼《ひろしまふうあかしや》きなのに……。

どうして食《た》べにこないのか？　そう考《かんが》えてたら、答《こた》えがでた。なにかおいしいものを、かくれて食《た》べてるにきまってる。（現《げん》に、今日《きょう》も焼《や》き芋《いも》をかくしてたしね。）

わたしは、自分《じぶん》たちの部屋《へや》から洋館《ようかん》にひいてある糸電話《いとでんわ》を持《も》った。ひもをひくと、呼《よ》び出《だ》し用《よう》のカウベルがガランゴラン鳴《な》る。

「はい、夢水《ゆめみず》です。」

「わたし、亜衣《あい》。ねぇ、いま——。」

「時代《じだい》は、ケーブル通信《つうしん》。」

わたしのことばをさえぎるように、教授《きょうじゅ》が無感情《むかんじょう》な声《こえ》でいう。

「なかなかデータをダウンロードできない。もっと速《はや》いネット環境《かんきょう》がほしい。そう思《おも》ったことはありませんか？　——そんなあなたには、ケーブル通信《つうしん》！　ケーブル線《せん》をつかうことにより、大《だい》容量《ようりょう》のデータも、あっというまにやりとりできます。いまなら、月額使用料《げつがくしようりょう》三千五百円《えん》から。

——あれ？」

糸電話《いとでんわ》のむこうで、教授《きょうじゅ》が首《くび》をひねってるのがわかる。

そして、いった。

「糸電話《いとでんわ》も、糸《ケーブル》でつないであるよね。——ということは、この糸電話《いとでんわ》もケーブル通信《つうしん》なんだ。」

わたしは、大《おお》きくうなずく。

「そのとおり。わたしたちは、最初《さいしょ》から時代《じだい》の最先端《さいせんたん》の通信手段《つうしんしゅだん》をつかってたのよ。——というわけで、いまから洋館《そっち》へいくからね。ガチャン！」

そういって、わたしは糸電話《いとでんわ》をきった。


洋館《ようかん》の玄関《げんかん》に、赤《あか》いハイヒール。

伊藤《いとう》さんがきてるんだ。

雑誌《ざっし》『セ・シーマ』の編集者《へんしゅうしゃ》、伊藤真里《いとうまり》さん。とにかくヴァイタリティーのかたまりで、三日《みっか》くらい不眠不休《ふみんふきゅう》で取材活動《しゅざいかつどう》ができる編集者《へんしゅうしゃ》。愛車《あいしゃ》トヨタファンカーゴ『ポチアマゾン』をかっとばし、むらがる男《おとこ》をけちらしている。（そろそろ結婚《けっこん》したらいいのに……。）

教授《きょうじゅ》は、『セ・シーマ』で『名探偵夢水清志郎《めいたんていゆめみずきよしろう》の謎解《なぞと》き紀行《きこう》』という連載《れんさい》を持《も》っている。（もっとも、その実態《じったい》は『喰《く》いしん坊夢水清志郎《ぼうゆめみずきよしろう》の食《く》いだおれ紀行《きこう》』だけどね。）

伊藤《いとう》さんは、その打《う》ち合《あ》わせにきてるんだろう。

本《ほん》だらけの居間《いま》にいくと、二人《ふたり》は、ソファーにすわってむかいあっていた。

心《こころ》なしか、部屋《へや》の空気《くうき》が重《おも》い。

「どうかしたんですか？」

美衣《みい》がきいた。

するとソファーにもたれてメソメソしていた教授《きょうじゅ》がこたえた。

「むごい話《はなし》だよ。伊藤《いとう》さんが、『名探偵夢水清志郎《めいたんていゆめみずきよしろう》の謎解《なぞと》き紀行《きこう》』の連載《れんさい》を打《う》ち切《き》るっていうんだ。」

そしてまた、メソメソ。

なるほど。わたしはなんとなく教授《きょうじゅ》の気持《きも》ちがわかる。長《なが》くつづいてきた連載《れんさい》がおわるのって、哀《かな》しいよね。

伊藤《いとう》さんが、あわてて手《て》をふる。

「やから、ちゃいますって！　たしかに『謎解《なぞと》き紀行《きこう》』はおわりますけど、よそおいも新《あら》たに、『名探偵夢水清志郎《めいたんていゆめみずきよしろう》の謎解《なぞと》き紀行《きこう》　〜超《ハイパー》！〜』がはじまるっていうてるやないですか！」

そうなんだ。

だったら、どうして教授《きょうじゅ》はメソメソしてるんだろう。

「ぼくは、『謎解《なぞと》き紀行《きこう》』のかわりに『夢水清志郎《ゆめみずきよしろう》の食《く》いしん坊《ぼう》いらっしゃい！』をはじめようっていったんだ。でも、伊藤《いとう》さんはきいてくれなくて……。」

そしてまた、メソメソ。こんな駄々《だだ》っ子《こ》みたいな大人《おとな》を相手《あいて》に仕事《しごと》しなけりゃいけないんだ。わたしは、編集者《へんしゅうしゃ》という仕事《しごと》のたいへんさ、人生《じんせい》のきびしさを痛感《つうかん》する。（高校受験《こうこうじゅけん》がきついなんて、いってられないわ！）

しゃくりあげてる教授《きょうじゅ》に、広島風明石焼《ひろしまふうあかしや》きがのった皿《さら》を見《み》せる。羽衣母《ういかあ》さんに、持《も》っていくようにいわれたものだ。

とたんに、教授《きょうじゅ》が元気《げんき》になった。

チラリと美衣《みい》を見《み》てから、ていねいに手《て》をあわせて、

「いただきます！」

明石焼《あかしや》きをガフガフ食《た》べはじめる。

「もうメソメソは、おわったの？」

真衣《まい》がきくと、

「え？　なにそれ？」

あっけらかんとした声《こえ》で、こたえる。

伊藤《いとう》さんが、大《おお》きなため息《いき》をついた。三日間不眠不休《みっかかんふみんふきゅう》ではたらくほうが、教授《きょうじゅ》の相手《あいて》をするより、楽《らく》なんだろうな……。

気《き》をとりなおすように、伊藤《いとう》さんがわたしたちを見《み》る。

「亜衣《あい》ちゃんらも、ひさしぶりやね。もう、進路《しんろ》は決《き》まったん？」

うなずく美衣《みい》。

ほほえむ真衣《まい》。

目《め》をそらすわたし。

伊藤《いとう》さんは、わたしたちのようすを見《み》て、聖母《せいぼ》のような笑顔《えがお》をうかべた。

「いろいろあるんやろね。中学生《ちゅうがくせい》やもんね。」

そのとおり、いろいろあるんですよ。夢喰《ゆめく》いとか、開《あ》かずの教室《きょうしつ》とか……。

わたしたちは、三学期《がっき》にはいってからおこったことを、伊藤《いとう》さんに話《はな》した。

「開《あ》かずの教室《きょうしつ》、夢見《ゆめみ》に夢喰《ゆめく》い、中止《ちゅうし》になったテレビ撮影《さつえい》、謎《なぞ》の転校生《てんこうせい》——。なかなかおもしろそうな話《はなし》やね。」

伊藤《いとう》さんが、興味《きょうみ》をしめす。

わたしたち虹北学園《こうほくがくえん》の生徒《せいと》は、おもしろそうって気軽《きがる》にはいえない……。

「夢水《ゆめみず》さん、これって新連載《しんれんさい》の『謎解《なぞと》き紀行《きこう》　～超《ハイパー》！～』にふさわしいネタだと思《おも》いませんか？」

するとまた、

「ぼくは『食《く》いしん坊《ぼう》いらっしゃい！』のほうがいいなぁ……。」

メソメソする教授《きょうじゅ》。うっとうしいので、ほうっておこう。

わたしはきく。

「伊藤《いとう》さんは、中学《ちゅうがく》のときにどんな夢《ゆめ》を持《も》ってたんですか？」

「中学《ちゅうがく》のころねぇ……。もう十年以上《ねんいじょう》も昔《むかし》の話《はなし》になるんやね。うちも、歳《とし》をとるはずや。」

そういう伊藤《いとう》さんは、二十代後半《だいこうはん》。でも、見《み》た目《め》は女子大生《じょしだいせい》だ。

うでを組《く》み考《かんが》える伊藤《いとう》さん。

「年賀状配達《ねんがじょうはいたつ》のバイトがきっかけで、郵便配達人《ゆうびんはいたつにん》になりたかったんよ。それも、世界最速《せかいさいそく》の郵便《ゆうびん》配達人《はいたつにん》。配達用《はいたつよう》の赤《あか》いスーパーカブをチューンナップして、だれよりも速《はや》く手紙《てがみ》をとどける……そんな郵便配達人《ゆうびんはいたつにん》にあこがれとったな……。」

遠《とお》い目《め》の伊藤《いとう》さん。

「けっきょくその夢《ゆめ》はこわれて、雑誌記者《ざっしきしゃ》になってしもたけど、いまでもときどき夢《ゆめ》を見《み》るんよ。真《ま》っ赤《か》なスーパーカブを駆《か》って、風《かぜ》のように手紙《てがみ》をとどけてるすがたを――。」

わたしは、交通安全《こうつうあんぜん》のためにも、伊藤《いとう》さんの夢《ゆめ》がこわれたことに、ホッとする。

「それにしても、うちらが子《こ》どものころは、みんなアホみたいな夢《ゆめ》を持《も》っとったなぁ。」

ソファーにもたれ、伊藤《いとう》さんがいう。

「とくに男《おとこ》の子《こ》なんかは、総理大臣《そうりだいじん》やら宇宙飛行士《うちゅうひこうし》やら、ほんまに夢《ゆめ》みたいなことをうれしそうにいうとったわ。なかには、天皇陛下《てんのうへいか》っていうてる子《こ》もおった。」

天皇陛下《てんのうへいか》……。それは、ちょっとむりなんじゃないかな……。

「現実的《げんじつてき》じゃないから、夢《ゆめ》なんです。その夢《ゆめ》を見《み》られるから、子《こ》どもなんですよ。」

教授《きょうじゅ》が口《くち》をひらく。

そして、わたしたちを見《み》る。

「だいじょうぶ。きみたちの夢《ゆめ》が喰《く》われないように、名探偵《めいたんてい》の夢水清志郎《ゆめみずきよしろう》が、ちゃんと事件《じけん》を解《かい》決《けつ》するよ。」

まじめな教授《きょうじゅ》の口調《くちょう》。

わたしたちは、しぜんにうなずいていた。

教授《きょうじゅ》がつぶやく。

「それにしても、夢《ゆめ》っておいしいのかな……。」

「…………」

おいしかったら、どうするつもりなんだろう？

わたしたちの冷《つめ》たい視線《しせん》を気《き》にせず、教授《きょうじゅ》がうっとりとつづける。

「ぼくのイメージだと、綿菓子《わたがし》に近《ちか》いようなフワフワした感《かん》じがあるね。そして、口《くち》の中《なか》に入《い》れると、パチパチとはじけるんだ。——うん、夢喰《ゆめく》いなんかに食《た》べさせるのはもったいないな。」

わたしの頭《あたま》の中《なか》で、『夢喰《ゆめく》い』という名札《なふだ》をつけた獣《けもの》と教授《きょうじゅ》が、夢《ゆめ》をとりあってあらそっている。ああ、野生《やせい》の王国《おうこく》……。

そんなことを考《かんが》えていたら、とうとつに、

「あのウインクのへたな警察《けいさつ》の人《ひと》、なんていう名《な》まえだっけ？」

教授《きょうじゅ》がきいてきた。

「ウインクがへたって……上越警部《じょうえつけいぶ》のこと？」

「そう。その上越警部《じょうえつけいぶ》！」

これまで何度《なんど》もいっしょに事件《じけん》を解決《かいけつ》してるのに、名《な》まえをおぼえてもらえない上越警部《じょうえつけいぶ》が、あわれだ……。

「警部《けいぶ》になんの用《よう》なの？」

美衣《みい》がきいた。

「四十数年《すうねん》まえに行方不明《ゆくえふめい》になった夢見《ゆめみ》のことを調《しら》べてもらおうと思《おも》うんだ。」

警視庁特別捜査課《けいしちょうとくべつそうさか》の警部《けいぶ》を、検索《けんさく》ソフトのように気軽《きがる》につかおうとする教授《きょうじゅ》が、こわい……。

「そんなのむりだよ。上越警部《じょうえつけいぶ》だって、いそがしいんだし。」

真衣《まい》がいうと、教授《きょうじゅ》がニヤリと笑《わら》う。そして、背広《せびろ》の胸《むね》ポケットから、名刺《めいし》をだした。

「だいじょうぶ。この人《ひと》からたのんでもらうから。」

名刺《めいし》は、警視総監《けいしそうかん》のもの。なにかの事件《じけん》をつうじて総監《そうかん》と知《し》りあった教授《きょうじゅ》は、警察関係者《けいさつかんけいしゃ》を動《うご》かしたいとき、電話《でんわ》をしている。

夢水清志郎《ゆめみずきよしろう》、おそろしい人《ひと》……。

伊藤《いとう》さんからかりた携帯電話《けいたいでんわ》で警視総監《けいしそうかん》に連絡《れんらく》をした教授《きょうじゅ》は、大《おお》きくのびをした。

「さて、明日《あした》も調査《ちょうさ》があるから、今夜《こんや》ははやく寝《ね》ないとね。亜衣《あい》ちゃん、真衣《まい》ちゃん、美衣《みい》ちゃんも、夜《よ》ふかしはお肌《はだ》にわるいよ。はやく寝《ね》なさい。あと、寝《ね》るまえに夜食《やしょく》を持《も》ってくるのを忘《わす》れないでね。残《のこ》りものでいいけど、大盛《おおも》りのカレーかまぼこ丼《どん》がいいな。」

とても勝手《かって》なことをいってる。

それに、そんな不気味《ぶきみ》な残《のこ》りものはない！

14　レーチの謎解《なぞと》き

つぎの日《ひ》、学校《がっこう》へいくと、みんながザワザワしていた。教室《きょうしつ》のあちこちに、二、三人《にん》のグループができて、なにか話《はな》している。

「なにかあったの？」

わたしは、手近《てぢか》にいる女子《じょし》にきいた。

「きのう、旧校舎《きゅうこうしゃ》にはいった男子《だんし》が、開《あ》かずの教室《きょうしつ》で夢喰《ゆめく》いを見《み》たんだって。」

！

きいた話《はなし》をまとめると、つぎのようになる。

好奇心旺盛《こうきしんおうせい》でイタズラ好《ず》きの男子《だんし》五人《にん》が、肝《きも》だめしをかねて、開《あ》かずの教室《きょうしつ》にはいった。（この好奇心旺盛《こうきしんおうせい》でイタズラ好《ず》きの男子《だんし》のなかに、レーチがはいってなかったのが不思議《ふしぎ》だ。）

開《あ》かずの教室《きょうしつ》で、百物語《ひゃくものがたり》をやろうという企画《きかく》だ。

この男子《だんし》五人《にん》は、全員進路《ぜんいんしんろ》が決《き》まっていて、卒業《そつぎょう》を待《ま》つだけの身分《みぶん》。（なんとなく、腹立《はらだ》たしい。）

卒業《そつぎょう》まえの思《おも》い出作《でづく》りというかるい気持《きも》ちで旧校舎《きゅうこうしゃ》にいったそうだ。

真《ま》っ暗《くら》な開《あ》かずの教室《きょうしつ》にはいり、ろうそくをつける。百も怪談話《かいだんばなし》を用意《ようい》できなかったので、用《よう》意《い》したろうそくは十本《ぽん》。

九本目《ほんめ》のろうそくが消《き》えるころ、校舎《こうしゃ》の外《そと》から不気味《ぶきみ》な音楽《おんがく》がきこえてきた。

ヴァイオリンの暗《くら》い曲《きょく》で、五人《にん》の男子全員《だんしぜんいん》が、飛《と》びあがるほどこわかったそうだ。

しかし、仲間《なかま》の手前《てまえ》、へいきな顔《かお》をして怪談話《かいだんばなし》がつづけられた。

そして最後《さいご》の怪談《かいだん》がおわり、すべてのろうそくが消《き》えたとき——。


「夢喰《ゆめく》いがあらわれたんだって。」

体《からだ》をふるわせて、女子《じょし》がいう。

「廊下側《ろうかがわ》の壁《かべ》にボーッとうかびあがった夢喰《ゆめく》いは、顔《かお》のところがドロドロに溶《と》けてて……。」

「…………。」

女子《じょし》が話《はな》してくれた夢喰《ゆめく》いのすがたは、以前《いぜん》に目撃《もくげき》されたものと、特徴《とくちょう》が似《に》ていたそうだ。

「夢喰《ゆめく》いは、あらわれたときとおなじように、フッと消《き》えたんだって。こわくなった男子《だんし》は、にげるように旧校舎《きゅうこうしゃ》をでたそうよ。」

「それで、その男子《だんし》は？」

わたしがきくと、女子《じょし》はあきれたように肩《かた》をすくめた。

「今朝《けさ》から、みんなに夢喰《ゆめく》いの話《はなし》をするのに大《おお》いそがし。学校中《がっこうじゅう》で話《はな》してるわ。」

それは、とりあえずよかった。行方不明《ゆくえふめい》になったりしたら、ほんとうに夢喰《ゆめく》いに喰《く》われたのかと思《おも》っちゃうもん。

夢喰《ゆめく》いの話《はなし》をききながら、チラリとユーリの席《せき》を見《み》た。

きのう、ユーリが旧校舎《きゅうこうしゃ》のところにいたのを、目撃《もくげき》している。わたしは、そのことをだまってることにした。こんなことをいえば、また夢喰《ゆめく》いとユーリをむすびつけてさわぐ子《こ》がでてくる。

ユーリと夢喰《ゆめく》いには、関係《かんけい》があるのか？

考《かんが》えかけて、やめた。

これじゃあ、まえにユーリに言《い》いがかりをつけていた男子《だんし》とおなじじゃない。

でも、クラスの子《こ》たちは、ユーリのことをうたがっている。

声《こえ》にださないけど、チラチラと彼女《かのじょ》を見《み》る視線《しせん》に、おびえやいかり、不安《ふあん》など、さまざまな気《き》持《も》ちがこめられている。

それは、コップのふちギリギリまで入《い》れられた水《みず》のよう。

いまはかろうじてこぼれないでいるけど、わずかなショックで水《みず》はこぼれる。

ユーリに対《たい》するみんなの感情《かんじょう》は、いったいいつこぼれるのか……？


さらにつぎの日《ひ》、学校《がっこう》へいくと、みんながザワザワしていた。教室《きょうしつ》のあちこちに、二、三人《にん》のグループができて、なにか話《はな》している。

「なにかあったの？」

わたしは、手近《てぢか》にいる女子《じょし》にきいた。（あれ、ここまでの流《なが》れ、デジャヴュ？）

「亜衣《あい》が知《し》らないの？」

そう前置《まえお》きしてから、教《おし》えてくれた。

「放課後《ほうかご》、レーチが開《あ》かずの教室《きょうしつ》に夢喰《ゆめく》いを封印《ふういん》するんだって。」

「……………」

わたしは、反応《はんのう》にこまる。

つづいて、彼女《かのじょ》はワープロソフトでつくられたビラを見《み》せてくれた。

『中井麗一《なかいれいいち》が、開《あ》かずの教室《きょうしつ》の謎《なぞ》を解《と》く！』と大《おお》きな文字《もじ》で書《か》かれていた。

「いま、レーチはどこにいるの？」

「まだビラまきしてるんじゃない？　さっき、一年教室《ねんきょうしつ》のほうへいったわ。」

教室《きょうしつ》を飛《と》びだして一年《ねん》の教室《きょうしつ》へむかう。

廊下《ろうか》をまがったところで、レーチを発見《はっけん》。登校《とうこう》してくる一年生《ねんせい》に、

「よろしくお願《ねが》いしま〜す。」

と、ティッシュをくばるみたいに、ビラをわたしている。

わたしは、レーチの長髪《ちょうはつ》をつかんで物《もの》かげにひっぱる。

「なんだよ、亜衣《あい》！　痛《いた》いじゃねぇか！」

レーチの文句《もんく》を無視《むし》して、わたしはきく。

「あんた、ほんとうに開《あ》かずの教室《きょうしつ》の謎《なぞ》が解《と》けたの？」

「ああ。」

かるくこたえるレーチ。

「どうして開《あ》かずの教室《きょうしつ》をつくったのかは？」

「まかせとけ！」

レーチが親指《おやゆび》をグッとつきだす。

実《じつ》にたのもしいセリフとポーズなんだけど、どこまで信用《しんよう》していいのやら……。

わたしのうたがわしそうな目《め》を見《み》て、レーチがいう。

「それは、おれの推理力《すいりりょく》をまったく信用《しんよう》してない目《め》だな。哀《かな》しいなぁ。こう見《み》えても、おれは夢《ゆめ》水清志郎探偵事務所《みずきよしろうたんていじむしょ》の第《だい》一助手《じょしゅ》だぜ。」

こども銀行《ぎんこう》の一億円札《おくえんさつ》を見《み》せびらかしている子《こ》どもと、レーチのイメージがダブる。

「レーチの推理《すいり》、教授《きょうじゅ》にきいてもらったの？」

「いや、まだだ。」

「だったら、教授《きょうじゅ》にきいてもらってからにしたら？　そのほうが確実《かくじつ》よ。」

「おれもそう思《おも》うんだけどな……。」

レーチが、頭《あたま》をガシガシかく、

「はやいとこ謎解《なぞと》きしないとヤバイような気《き》がしてな。ほら、みんな、ユーリをうたがってるような感《かん》じだろ。」

みんなのユーリに対《たい》する気持《きも》ち——レーチも感《かん》じてたんだ。

「ユーリは、夢喰《ゆめく》いじゃないの？」

わたしの質問《しつもん》に、レーチはうなずく。

「おれの推理《すいり》だと、そうなる。」

……よし、がんばれレーチ！　ユーリのためにも、みんなの前《まえ》で自慢《じまん》の推理《すいり》を披露《ひろう》してくれ！

（真相《しんそう》かどうかは、べつの話《はなし》だ。）

わたしは、レーチの肩《かた》をポンとたたいた。

レーチが、V《ブイ》サインをだす。

「おう、まかせとけ！」

「…………。」

わたしは、なまあたたかい笑顔《えがお》をレーチにむけた。

放課後《ほうかご》、たくさんの生徒《せいと》が旧校舎《きゅうこうしゃ》をとりかこんだ。

こういうときには、どこからともなくあらわれる縁日研究会《えんにちけんきゅうかい》が、タコ焼《や》きや金魚《きんぎょ》すくいの屋台《やたい》をだしている。

開《あ》かずの教室前《きょうしつまえ》の廊下《ろうか》に、すべての生徒《せいと》がはいることはできない。

そこで、放送部《ほうそうぶ》が中心《ちゅうしん》となって、テレビ中継《ちゅうけい》することになった。部員《ぶいん》が撮影《さつえい》した映像《えいぞう》は、新校舎《しんこうしゃ》の教室《きょうしつ》や校庭《こうてい》のモニタにうつしだされる。

これで、旧校舎《きゅうこうしゃ》にはいれない生徒《せいと》も、レーチの推理《すいり》をきくことができる。（もっとも、わたしたち三姉妹《しまい》は、〝身内《みうち》〟あつかいで中《なか》に入《い》れてもらえるんだけどね……。この身内《みうち》あつかい、ちっともうれしくない。）

わたしたちのとなりには、教授《きょうじゅ》。

「いやぁ、にぎわってるね。夜店《よみせ》でもあるのかい？」

これだけ状況《じょうきょう》がわからないセリフを恥《は》ずかしげもなくいえるのは、教授《きょうじゅ》だけだ。

タコ焼《や》きと焼《や》きそばのプラスチックトレイを持《も》っている。おでこにのせたセルロイドのお面《めん》が、みょうににあってる。

「教授《きょうじゅ》、知《し》らないの？　これから、レーチが開《あ》かずの教室《きょうしつ》の謎解《なぞと》きするんだよ。」

美衣《みい》が説明《せつめい》した。

「へぇー、そうなんだ。いまきたところだから、知《し》らなかったよ。」

タコ焼《や》きを食《た》べおえ、こんどは綿菓子《わたがし》を買《か》ってくる教授《きょうじゅ》。

いまきたところって……。

「教授《きょうじゅ》、まえに『明日《あした》も調査《ちょうさ》があるから、はやく寝《ね》ないとね。』っていってたよね？」

わたしがきくと、教授《きょうじゅ》はうなずいた。

「うん。だから、すぐに寝《ね》たよ。」

「きのうは？」

「きのうも。」

「で、いまきたところ？」

「たっぷり寝《ね》たからね。とても元気《げんき》だよ。」

そうこたえる教授《きょうじゅ》の肌《はだ》は、ツヤテカしている。

いったい、何時間《なんじかん》寝《ね》たら気《き》がすむのよ。


開《あ》かずの教室前《きょうしつまえ》に立《た》つレーチ。そばには、わたしたち三姉妹《しまい》と教授《きょうじゅ》。

そして、わたしたちをとりかこむように放送部《ほうそうぶ》の人《ひと》たち。

ハンディカメラが三台《だい》。ライトが四基《き》。レフ板《ばん》を持《も》った人《ひと》が二人《ふたり》と、マイクのついた長《なが》いアームを持《も》った人《ひと》が二人《ふたり》。

旧校舎《きゅうこうしゃ》の電気《でんき》はとめられているので、自家発電機《じかはつでんき》が派手《はで》な音《おと》を立《た》てている。

メイク道具《どうぐ》を持《も》った女子生徒《じょしせいと》が、レーチにドーランをぬる。そのじゃまにならないよう、ピンマイクをレーチの胸元《むなもと》につける音響《おんきょう》さん。

ディレクターズチェアにすわった放送部部長《ほうそうぶぶちょう》の吉田《よしだ》くんが、レーチに合図《あいず》した。

カメラにむかって一礼《いちれい》したレーチの口《くち》がひらく。

「さて——。」

レーチが、開《あ》かずの教室《きょうしつ》の戸《と》を開《ひら》く。中《なか》にはいるレーチを追《お》って、わたしたちも教室《きょうしつ》の中《なか》へ。

「ここが、夢喰《ゆめく》いが封印《ふういん》されていた教室《きょうしつ》です。」

そのことばで、カメラが教室《きょうしつ》の中《なか》を撮《と》る。天井《てんじょう》や壁《かべ》の御札《おふだ》。黒板《こくばん》に書《か》かれた『夢喰《ゆめく》い』の文字《もじ》。

「当時《とうじ》、この部屋《へや》は密室《みっしつ》でした。」

『密室《みっしつ》』ということばを口《くち》にするとき、どことなくとくいげなレーチ。

「窓《まど》には、内側《うちがわ》からねじこみ式《しき》の錠《じょう》がかけられていました。この錠《じょう》は、外側《そとがわ》から針《はり》や糸《いと》をつかってかけられるようなものではありません。」

カメラが、ガラス窓《まど》に接近《せっきん》する。

「ほかに出入《でい》り口《ぐち》は、前《まえ》と後《うし》ろの戸《と》だけです。この戸《と》は開《ひら》かないように、御札《おふだ》ではりつけられていました。」

カメラが、こんどは戸口《とぐち》を撮《と》る。後《うし》ろの戸《と》は、きれいに御札《おふだ》がはられている。しかし、前《まえ》の戸《と》は、このまえレーチがむりやり開《あ》けたため、御札《おふだ》がビリビリにやぶれている。

「さて、この教室《きょうしつ》を封印《ふういん》した者《もの》は、御札《おふだ》をはりつけたあと、どのようにして教室《きょうしつ》からでたのでしょうか？」

ここですこし間《ま》をおくレーチ。ちゃんと演出《えんしゅつ》を考《かんが》えている。

「その謎《なぞ》を解《と》き明《あ》かすのは、中井麗一《なかいれいいち》です。ちなみに、夢水清志郎探偵事務所第一助手《ゆめみずきよしろうたんていじむしょだいじょしゅ》です。」

カメラにむかって名刺《めいし》をだすレーチ。すかさず教授《きょうじゅ》も『名探偵《めいたんてい》　夢水清志郎《ゆめみずきよしろう》』の名刺《めいし》をだす。

わたしたち三姉妹《しまい》は、ため息《いき》をだす。

レーチが、教室前《きょうしつまえ》の戸《と》を手《て》でしめす。

「あのとき、おれは、この戸《と》を開《あ》けて中《なか》にはいりました。——そうだったな？」

レーチが、わたしたちのほうを見《み》た。わたしたちは、うなずく。

「じつはあのとき、この戸《と》は御札《おふだ》ではりつけられていたのではなかったのです。開《あ》けようと思《おも》えば、ふつうに開《あ》けることができたのです。」

おどろくようなことをいうレーチ。

「つまり、この教室《きょうしつ》は、密室《みっしつ》でもなんでもなかったのです。」

「ちょっと待《ま》った、レーチ！」

わたしは、レーチにストップをかける。

「あんたの推理《すいり》、まちがってるよ。だって、あのとき、たしかに戸《と》は開《あ》かなかったじゃない。」

大《おお》きくうなずくレーチ。

「たしかに開《あ》かなかった。でも、それは御札《おふだ》がはられていたからじゃないんだ。開《あ》かなかった原《げん》因《いん》は、ほかにある。」

ほかに……？

「あのときの天気《てんき》をおぼえてるか？」

「……たしか、雪《ゆき》がふってた。」

「そのとおり。この旧校舎《きゅうこうしゃ》にも、ふった雪《ゆき》がうすくつもっていた。」

それが、なにか関係《かんけい》あるんだろうか？

レーチが、教室《きょうしつ》の中《なか》を歩《ある》きまわりながら、謎解《なぞと》きをつづける。

「当時《とうじ》、この旧校舎《きゅうこうしゃ》は、とても寒《さむ》かった。息《いき》も凍《こお》るくらい。」

息《いき》も凍《こお》る……。そのことばが、ひっかかる。

「屋根《やね》につもった雪《ゆき》が溶《と》け、溶《と》けた水《みず》が、壁伝《かべづた》いに戸口《とぐち》にしみこむ。そして、その水《みず》が凍《こお》り、戸《と》を開《あ》かなくする。」

「………」

「戸《と》は凍《こお》りついて開《あ》かなかったのです。それが、戸口《とぐち》にはられた御札《おふだ》を見《み》たために、『御札《おふだ》のせいで戸《と》が開《あ》かない。』と思《おも》いこんでしまったのです。」

そして、レーチはカメラ目線《めせん》でウインク。

「これが、密室《みっしつ》の真相《しんそう》です。」

とくいげなレーチの顔《かお》。彼《かれ》の耳《みみ》には、賞賛《しょうさん》の拍手《はくしゅ》がきこえてきてるのだろう。

チラリと教授《きょうじゅ》を見《み》る。教授《きょうじゅ》は、ニコニコした笑顔《えがお》。——ひょっとして、レーチの推理《すいり》、あってるの？

すると、美衣《みい》が、おっとりした声《こえ》でいった。

「でも、戸《と》を開《あ》けたとき、御札《おふだ》がやぶれるビリリリという音《おと》がしたわ。」

レーチの顔《かお》が、凍《こお》りついた。

おかまいなく、美衣《みい》がつづける。

「あの音《おと》って、戸《と》が御札《おふだ》ではりつけられていた証拠《しょうこ》じゃない？」

「………」

カメラが、レーチによる。汗《あせ》をかくレーチのアップ。

ひとつせきばらいして、

「さて、ここからが本番《ほんばん》の謎解《なぞと》きです。」

ごまかすレーチ。

「この戸《と》を開《あ》けたとき、たしかに御札《おふだ》がやぶれる音《おと》がしました。たしかに、この戸《と》は御札《おふだ》ではりつけられていたのです。」

さっきまでのことをなかったことにするレーチ。放送部《ほうそうぶ》のスタッフをよびよせ、なにか耳打《みみう》ちする。スタッフは、いそいで教室《きょうしつ》をでていった。

「では、どうやってこの密室《みっしつ》がつくられたか、お話《はな》ししましょう。」

さっきと似《に》たようなセリフをいうレーチ。

「結論《けつろん》からいうと、この密室《みっしつ》は教室《きょうしつ》の外《そと》からつくられたのです。」

そのとき、でていったスタッフがもどってきた。手《て》に、そうじ機《き》とレポート用紙《ようし》、木工用《もっこうよう》ボンドを持《も》っている。

「まず、窓《まど》に内側《うちがわ》から鍵《かぎ》をかけ、つぎに後《うし》ろの戸《と》を御札《おふだ》ではりつけます。そして、前《まえ》の戸《と》には――。」

御札《おふだ》がわりのレポート用紙《ようし》に、木工用《もっこうよう》ボンドをぬるレーチ。

そして、開《あ》いた戸《と》に、レポート用紙《ようし》の半面《はんめん》だけをはりつけた。のこり半面《はんめん》は、ピラピラしている。

「この状態《じょうたい》で、教室《きょうしつ》をでます。」

廊下《ろうか》にでるレーチ。わたしたち三姉妹《しまい》は外《そと》にでたけど、教授《きょうじゅ》は教室《きょうしつ》にのこった。

「つぎに外《そと》から――。」

戸《と》をしめたレーチが、そうじ機《き》のコンセントを自家発電機《じかはつでんき》につなぐ。

そして、戸《と》のすきまにノズルをあてた。

スイッチを入《い》れる。ズゴーという音《おと》がして、レポート用紙《ようし》がすいよせられた。

「このように、そうじ機《き》をつかって、教室《きょうしつ》の外《そと》から御札《おふだ》をはりつけたのです。」

おおー！　わたしは、心《こころ》の中《なか》で、おどろきの声《こえ》をあげた。

「これが、密室《みっしつ》の真相《しんそう》です。」

とくいげなレーチの顔《かお》。彼《かれ》の耳《みみ》には、賞賛《しょうさん》の拍手《はくしゅ》がきこえてきてるのだろう。

すると、真衣《まい》が口《くち》をひらいた。

「でもさ、レーチ。この旧校舎《きゅうこうしゃ》、電気《でんき》をとめられてるんだよ。そうじ機《き》、動《うご》かせないじゃん。」

よゆうの笑《え》みをうかべるレーチ。

「その点《てん》はだいじょうぶ。いまみたいに自家発電機《じかはつでんき》を用意《ようい》すればいいし、なんならバッテリー充《じゅう》電式《でんしき》のそうじ機《き》をつかえばいいのさ。」

なるほど……。

そのとき、教室《きょうしつ》の中《なか》から教授《きょうじゅ》の声《こえ》。

「あのさ、レーチくん。ぼくは教室《きょうしつ》の中《なか》から見《み》てるんだけど、きみが考《かんが》えてるほど、レポート用《よう》紙《し》はちゃんとはれてないよ。」

たしかに、後《うし》ろの戸《と》の御札《おふだ》は四《よ》すみまでぴったりはりつけられていた。手《て》で、きちんとおさえたみたいに。

そうじ機《き》ですいこんだぐらいでは、あんな風《ふう》にはりつかないだろう。

教授《きょうじゅ》のことばに、ショックをうけるレーチ。マンガなら、背後《はいご》に『ガーン！』という書《か》き文字《もじ》があらわれるところだ。

「吸引力《きゅういんりょく》がたりないのかな？」

教授《きょうじゅ》ののんびりした声《こえ》がきこえた。

すかさず、レーチはそうじ機《き》のスイッチを入《い》れ、パワーを『超最強《ちょうさいきょう》』にした。

ズゴゴゴゴー！

飛行機《ひこうき》のエンジン音《おん》のような音《おと》がして、そうじ機《き》がレポート用紙《ようし》をすう。

ズゴゴゴゴー！

ズゴゴゴゴー！　スポッ！

気《き》のぬけるような音《おと》がして、戸《と》のすきまからレポート用紙《ようし》がノズルにすいこまれた。

死《し》んだ目《め》で、ノズルを見《み》つめるレーチ。

わたしの頭《あたま》の中《なか》に、テレビショッピングのアシスタントさんがあらわれる。

「業界最強《ぎょうかいさいきょう》の吸引力《きゅういんりょく》！　OOZON《オオゾン》社製《しゃせい》のそうじ機《き》が、お値段《ねだん》わずか九万《まん》九千九百九十九円《えん》！」

「わぁー、お安《やす》いですね！」

もう一人《ひとり》あらわれた男《おとこ》の人《ひと》が、大《おお》げさに手《て》をひろげる。

『NAOKO《ナオコ》』と書《か》かれたエプロンをつけたアシスタントさんは、かたわらを手《て》でしめす。

そこには、色《いろ》ちがいのそうじ機《き》がならんでいる。

「しかも、いまお求《もと》めのお客《きゃく》さまには、おなじ製品《せいひん》が六台《だい》もついてきます。」

「わぁー、それはお得《とく》ですね！」

男《おとこ》の人《ひと》が、大《おお》げさなビックリポーズをとる。

「しかも、すべて色《いろ》ちがいですから、毎日《まいにち》ちがった気分《きぶん》でおそうじできますよ。」

「つらいおそうじが、楽《たの》しくなりますね。」

……男《おとこ》の人《ひと》がいうけど、ほんとうに楽《たの》しくなるんだろうか？

そんな脳内《のうない》テレビショッピングを楽《たの》しんでると、放送部《ほうそうぶ》の吉田部長《よしだぶちょう》が、スタッフに撤収《てっしゅう》の合図《あいず》をだした。レーチの推理《すいり》に放送《ほうそう》の価値《かち》なしと判断《はんだん》したんだろう。

「ちょ、ちょっと待《ま》った！」

スタッフにすがりつくレーチ。

そして、爆弾発言《ばくだんはつげん》。

「密室《みっしつ》の謎《なぞ》はさておき、だれがなんのために開《あ》かずの教室《きょうしつ》をつくったかを、お話《はな》ししましょう。」

このことばに、スタッフが動《うご》きをとめる。

吉田部長《よしだぶちょう》が、氷《こおり》のように冷《つめ》たい目《め》でレーチを見《み》てから、ディレクターズチェアにすわりなおした。

「ラストチャンスだ。」——声《こえ》にしなくても、そういってるのがわかる。

だれがなんのために開《あ》かずの教室《きょうしつ》をつくったか？　――それは、教授《きょうじゅ》もまだわかってないといってたことだ。

レーチ……だいじょうぶなの？

大《おお》きく深呼吸《しんこきゅう》し、気持《きも》ちをおちつかせるレーチ。

その口《くち》がひらいた。

「さて――。」

そして、いきなりの爆弾発言《ばくだんはつげん》。

「開《あ》かずの教室《きょうしつ》をつくったのは、校長先生《こうちょうせんせい》です！」

えー！

わたしは、教授《きょうじゅ》がどんな顔《かお》をしてるか見《み》ようとしたんだけど、彼《かれ》は教室《きょうしつ》の中《なか》。見《み》られない……。

「根拠《こんきょ》は？」

真衣《まい》が、レーチにきいた。

「かんたんな推理《すいり》だよ、ワトソンくん。」

ホームズになりきったレーチの口調《くちょう》。立《た》ちなおりがはやい。

「まず、夢喰《ゆめく》いのことを最初《さいしょ》に話《はな》したのは、だれだったか？」

——校長先生《こうちょうせんせい》だ。

「四十数年《すうねん》まえに、夢喰《ゆめく》いが封印《ふういん》されるのに立《た》ち会《あ》ったのは、だれか？」

——校長先生《こうちょうせんせい》だ。

「そして、水野《みずの》おしょうがいっていた、御札《おふだ》を書《か》くようたのみにきた男《おとこ》。その特徴《とくちょう》は、土屋校長《つちやこうちょう》にあてはまる。」

そこまでいって、口《くち》をとじるレーチ。

わたしたちは、しんぼう強《づよ》くつぎのことばを待《ま》った。でも、レーチはなにもいわない。満足《まんぞく》そうに、ニコニコしている。

がまんできず、わたしはきいた。

「根拠《こんきょ》は？」

「だから、いまいったじゃないか。もうすこし、理解力《りかいりょく》を高《たか》めてくれたまえ、ワトソンくん。」

開《ひら》きなおるレーチ。

……あんた、そんな推理《すいり》ともいえないあてずっぽうでホームズを気《き》どるなんて、シャーロッキアンに殺《ころ》されるわよ。

わたしは、大《おお》きく息《いき》をすって、気持《きも》ちをおちつける。そしてきいた。（この三年間《ねんかん》で、ずいぶんがまん強《づよ》くなったと思《おも》う。）

「動機《どうき》は？　――いったい、校長先生《こうちょうせんせい》は、どうして開《あ》かずの教室《きょうしつ》をつくったり、夢喰《ゆめく》いを出現《しゅつげん》させたりしたの？」

「かんたんな推理《すいり》だよ、ワトソンくん。」

わたしは、まわりをキョロキョロ見《み》て、シャーロッキアンがいないことにホッとする。

レーチが、指《ゆび》を一本《ぽん》のばした。

「思《おも》い出作《でづく》りだよ、ワトソンくん。」

「……はぁ？」

わたしたちのあっけにとられた顔《かお》は、レーチの目《め》にはいっていないようだ。

「校長先生《こうちょうせんせい》は、卒業《そつぎょう》するおれたちに、思《おも》い出《で》をつくろうとしてるんだ。開《あ》かずの教室《きょうしつ》や夢喰《ゆめく》いの騒動《そうどう》をおこすことで、いつまでも虹北学園《こうほくがくえん》のことをおぼえていてもらおうとしたのさ。」

「………………」

「なにか質問《しつもん》はないかね？」

そうレーチにいわれたけど、なにを質問《しつもん》したらいいのかもわからない。

「えーっと……ほんきでいってるのよね？」

わたしのことばに、レーチは大《おお》きくうなずいた。

しまつにおえない。

「あんた、教師《きょうし》の気持《きも》ちって、ちっとも考《かんが》えてないのね。受験《じゅけん》や就職《しゅうしょく》をひかえた三年生相手《ねんせいあいて》に、みんなが浮《う》き足《あし》だつような思《おも》い出作《でづく》りをするはずないじゃない。」

わたしがいうと、

「そのとおり。」

後押《あとお》ししてくれる声《こえ》。いつのまにか、吉田部長《よしだぶちょう》の後《うし》ろに土屋校長先生《つちやこうちょうせんせい》が立《た》っている。

「最初《さいしょ》にいっておこう。わたしは、夢喰《ゆめく》いに関《かん》する一連《いちれん》の騒動《そうどう》を、とても苦々《にがにが》しく思《おも》っている。年度末《ねんどまつ》の大切《たいせつ》な時期《じき》に、生徒《せいと》を動揺《どうよう》させるようなことを、校長《こうちょう》のわたしがするわけない。」

断言《だんげん》する校長先生《こうちょうせんせい》。

レーチは、あたりを見《み》まわす。しかし、助《たす》けになりそうなものはない。

校長先生《こうちょうせんせい》がつづける。

「わたしが開《あ》かずの教室《きょうしつ》をつくったというのなら、ぜひ教《おし》えてほしいものだ。わたしは、どうやって、中《なか》から御札《おふだ》をはった教室《きょうしつ》からでたのだね？」

「それは……。」

こたえられないレーチ。校長先生《こうちょうせんせい》が、つめよる。

「たのむ。教《おし》えてくれ。」

あれ？

いまの校長先生《こうちょうせんせい》の言《い》い方《かた》……。開《あ》かずの教室《きょうしつ》をつくる方法《ほうほう》を知《し》りたくてしかたがないって感《かん》じの言《い》い方《かた》。

そのとき、教室《きょうしつ》の戸《と》が開《ひら》いて、教授《きょうじゅ》があらわれた。

「夢水先生《ゆめみずせんせい》！」

教授《きょうじゅ》にすがろうとするレーチ。

「おれの推理《すいり》は、まちがってませんよね！」

しかし、教授《きょうじゅ》は哀《かな》しそうに首《くび》を横《よこ》にふった。燃《も》えつきるレーチ。

教授《きょうじゅ》は、校長先生《こうちょうせんせい》に視線《しせん》をうつす。

「開《あ》かずの教室《きょうしつ》から脱出《だっしゅつ》する方法《ほうほう》を知《し》りたいのですか？」

うなずく校長先生《こうちょうせんせい》。

つづけて、教授《きょうじゅ》がきく。

「だれが開《あ》かずの教室《きょうしつ》をつくったかとか、なんのためにつくったのか——それは、知《し》りたくないのですか？」

校長先生《こうちょうせんせい》は、しばらく考《かんが》える。

二人《ふたり》の間《あいだ》の空気《くうき》が、ピリピリしているようだ。

校長先生《こうちょうせんせい》の口《くち》がひらいた。

「わたしが知《し》りたいのは、方法《ほうほう》だけだ。」

うなずく教授《きょうじゅ》。

「ご安心《あんしん》ください。もうすこしすれば、すべてがわかります。」

「夢水《ゆめみず》さん——あなたは、名探偵《めいたんてい》でしたね。」

「そのとおり。ぼくは、名探偵《めいたんてい》の夢水清志郎《ゆめみずきよしろう》です。」

名刺《めいし》をだす教授《きょうじゅ》。

それを無視《むし》する校長先生《こうちょうせんせい》。教授《きょうじゅ》をにらみつけるようにしていう。

「名探偵《めいたんてい》は、みんなが幸《しあわ》せになるように事件《じけん》を解決《かいけつ》するときいている。それは、ほんとうですか？」

教授《きょうじゅ》が、かすかに笑《わら》う。

「さきほどからいってます。ぼくは、名探偵《めいたんてい》の夢水清志郎《ゆめみずきよしろう》です。おまかせください。」

「………………」

校長先生《こうちょうせんせい》が手《て》をのばし、教授《きょうじゅ》の名刺《めいし》をうけとった。

「信用《しんよう》します。」

そして、ていねいに頭《あたま》をさげた。

潮《しお》がひくように、人《ひと》が去《さ》った旧校舎《きゅうこうしゃ》。

燃《も》えつきたレーチは、昇降口《しょうこうぐち》にすわってボンヤリしている。

「気《き》をきかせてあげるからね。」

まったく気配《きくば》りのないことばをいって、真衣《まい》と美衣《みい》は帰《かえ》っていった。

というわけで、レーチのそばにいるのは、わたしだけ。

しかし、こまった。

この消《け》し炭《ずみ》レーチを、ひとりではこぶわけにもいかない。かといって、このままほうっておいたら、凍死《とうし》しないまでも風邪《かぜ》をひくだろう。

レーチが復活《ふっかつ》するのを、しばらく待《ま》つか……。

わたしは、レーチのとなりに腰《こし》をおろす。

空《そら》は灰色《はいいろ》で、万年床《まんねんどこ》のほしてないふとんみたい。でも、なんとなくここちいい。

それに、深呼吸《しんこきゅう》すると、冷《つめ》たい風《かぜ》の中《なか》にかすかな春《はる》のにおい。

「もうすぐ卒業《そつぎょう》だね。」

わたしがいう。

たっぷり時間《じかん》がたってから、

「ああ……。」

レーチが返事《へんじ》した。よし、復活《ふっかつ》してきたぞ。

わたしは、レーチの進路《しんろ》をきくのに、いい機会《きかい》だと思《おも》った。

「ねえ、レーチ。わたしとおなじ高校《こうこう》いくっていってたけど……いまでも、その気《き》なの？」

「いや……それは、やめた。」

前《まえ》をむいたまま、きっぱりとレーチがいった。

それは、予想《よそう》していた答《こた》え。

だから、わたしはつづけてつぎの質問《しつもん》をすることができた。

「じゃあ、どこの高校《こうこう》へいくの？」

そうきいたとき、視界《しかい》のすみに金色《きんいろ》の髪《かみ》がはいった。
ユーリだ。彼女《かのじょ》は、いつもの無表情《むひょうじょう》で、わたしたちのほうへ歩《ある》いてきた。
レーチの前《まえ》で立《た》ち止《ど》まる。
顔《かお》をあげてユーリを見《み》るレーチ。
「なにか用《よう》か？」
ユーリが日本語《にほんご》をわからないのもおかまいなく、レーチがきいた。
彼女《かのじょ》は、しばらくレーチを見《み》つめたあと、ボソッとつぶやいた。
それをきいたレーチが、ニヤリと笑《わら》った。
「二十七。」
わたしは、なんとなくうれしかった。
よかったね、レーチ。推理《すいり》ははずれたけど、気持《きも》ちは彼女《かのじょ》に通《つう》じてたみたいよ。

15　放課後《ほうかご》の部会《ぶかい》

レーチの謎解《なぞと》きが大爆発《だいばくはつ》してから二日後《ふつかご》、わたしとレーチは、放課後《ほうかご》の文芸部室《ぶんげいぶしつ》にまねかれた。

いつもはおいてない移動式《いどうしき》のホワイトボードに、『岩崎先輩《いわさきせんぱい》、おめでとうございます』と書《か》かれている。ホワイトボードの縁《ふち》が、ティッシュの造花《ぞうか》でかざられているのが、なんともうれしい。

「お祝《いわ》いをするのがおそくなって、すみません。」

二年《ねん》の水野千秋《みずのちあき》と森川美琴《もりかわみこと》が、わたしに頭《あたま》をさげる。

わたしは、とまどう。

「お祝《いわ》いって……べつに、賞《しょう》をとったわけじゃないのよ。最終選考《さいしゅうせんこう》にのこっただけで……。」

「それだけでもすごいじゃないですか。」

千秋《ちあき》と美琴《みこと》が、わたしをホワイトボードの前《まえ》にすわらせる。

長机《ながづくえ》の上《うえ》には、ポテトチップの袋《ふくろ》とジュースのペットボトル、紙《かみ》コップ。

「おまえら、この食料《しょくりょう》、どうしたんだ？」

レーチがきいた。

わたしは、心配《しんぱい》になる。このあいだの『卒業目前三年生追い出しコンパ《そつぎょうもくぜんねんせいおいだし》』はバレてないみたいだけど、そうそう何度《なんど》もごまかせるとは思《おも》わない。

「安心《あんしん》してください、先輩《せんぱい》。」

一年生《ねんせい》の一ノ瀬匠《いちのせたくみ》くんが、わたしの前《まえ》にジュースのはいった紙《かみ》コップをおいてくれる。

「これ、校長先生《こうちょうせんせい》がポケットマネーで買《か》ってくれたものです。そして、今回《こんかい》だけ特別《とくべつ》に祝賀会《しゅくがかい》をひらいてもいいといってくれました。」

校長先生《こうちょうせんせい》が！

規律《きりつ》をまもるきびしい先生《せんせい》だと思《おも》ってたけど、こんなことをしてくれるなんて……。

「あと、お祝《いわ》いのメッセージをあずかってます。」

一ノ瀬《いちのせ》くんが、ポケットから封筒《ふうとう》をだして中《なか》を読《よ》む。

「『公立《こうりつ》を受験《じゅけん》する生徒《せいと》は、いまがいちばんだいじなときです。けっして、気《き》を抜《ぬ》かないように。』……これって、お祝《いわ》いのメッセージじゃないですね。」

苦笑《くしょう》する一ノ瀬《いちのせ》くん。うん。でも、校長先生《こうちょうせんせい》らしい。

千秋《ちあき》がコップを持《も》つ。

「というわけで、岩崎亜衣《いわさきあい》先輩《せんぱい》に乾杯《かんぱい》！」

わたしは、感謝《かんしゃ》の気持《きも》ちといっしょに、紙《かみ》コップを持《も》ちあげた。

「――で、どうして、この生物《せいぶつ》がいるんですか？」

美琴《みこと》が、長机《ながづくえ》の下《した》にひそんでポテトチップをモシャモシャ食《た》べてる教授《きょうじゅ》を、見《み》ないようにしていった。

「教授《きょうじゅ》！」

わたしは、長机《ながづくえ》の下《した》から教授《きょうじゅ》をひっぱりだす。

「ふぁあ、ふぁあいふぁあん！」

ポテチを口《くち》から吹《ふ》きだしながら、教授《きょうじゅ》がいった。どうやら、「やぁ、亜衣《あい》ちゃん！」といってるようだ。

珍獣《ちんじゅう》に美琴《みこと》がおびえる。千秋《ちあき》も、ひさしぶりに会《あ》う教授《きょうじゅ》にとまどってる。

「教授《きょうじゅ》、なにしてるの？」

わたしがきくと、教授《きょうじゅ》はポテトチップののこりを袋《ふくろ》から口《くち》に流《なが》しこみ、すべてを胃袋《いぶくろ》におさめてからこたえた。

「ぼくは、パーチィ大好《だいす》き人間《にんげん》だからね。パーチィのにおいをかぎつけたら、地球《ちきゅう》の果《は》てからでもやってくるよ。」

ひらがなで『ぱーちぃ』といわなくなったのは、教授《きょうじゅ》にとって進化《しんか》だ。

「で、これは、なんのお祝《いわ》いなの？」

教授《あんた》は、それも知《し》らずにお菓子《かし》を食《た》べちらかしてたのか！

「亜衣《あい》の小説《しょうせつ》が、新人賞《しんじんしょう》の最終選考《さいしゅうせんこう》にのこったんです。」

レーチが説明《せつめい》してくれた。（そういや、教授《きょうじゅ》に新人賞《しんじんしょう》の話《はなし》をしてなかった……。）

「おお、それはすごい！　そうなると、もっと盛大《せいだい》にお祝《いわ》いしなくては！」

そして、教授《きょうじゅ》はキョロキョロ部室内《ぶしつない》を見《み》る。

「盛大《せいだい》にお祝《いわ》いしなくてはいけないのに、これだけしかお菓子《かし》ないの？」

みんなが、うなずく。

教授《きょうじゅ》が、うなだれる。

大《おお》きなため息《いき》をつき、テーブルに落《お》ちたポテチのかけらを指《ゆび》でひろってからいった。

「しかたないね。ぼくは、本来《ほんらい》の目的《もくてき》にもどることにするよ。」

本来《ほんらい》の目的《もくてき》……？

そういや、教授《きょうじゅ》ってなにしに学校《がっこう》へきたの？

わたしの疑問《ぎもん》に、教授《きょうじゅ》は肩《かた》をすくめる。

「おいおい、亜衣《あい》ちゃん。ぼくは名探偵《めいたんてい》だよ。名探偵《めいたんてい》が動《うご》くのは、事件《じけん》の調査《ちょうさ》に決《き》まってるじゃないか。」

そうかなぁ……。教授《きょうじゅ》が動《うご》くのは、食《た》べ物《もの》を手《て》に入《い》れるときだけのような気《き》がするけどな……。

わたしの冷《つめ》たい視線《しせん》を無視《むし》して、教授《きょうじゅ》がいう。

「目立《めだ》たないようにして、きみたち中学生《ちゅうがくせい》の話《はなし》をきいてると、じつにおもしろいね。時代《じだい》がかわっても、かわらないものがあるのがわかって、安心《あんしん》するね。」

しあわせそうな教授《きょうじゅ》の笑顔《えがお》。

そのかたわらでは、千秋《ちあき》と美琴《みこと》がささやきあっている。

「目立《めだ》たないようにって……。」

「そういや、最近《さいきん》、お弁当《べんとう》がなくなるって話《はなし》をよくきくわ。」

「調理《ちょうり》クラブが、食材《しょくざい》が行方不明《ゆくえふめい》になってさわいでいたわ。」

「ひょっとして……。」

千秋《ちあき》と美琴《みこと》の、教授《きょうじゅ》を見《み》る目《め》――それは、名探偵《めいたんてい》を見《み》ているというより、のら犬《いぬ》やドブネズミを見《み》る目《め》。

かわいそうな教授《きょうじゅ》。

なにも気《き》づいていない教授《きょうじゅ》は、レーチにいう。

「というわけで、ぼくは中学生《ちゅうがくせい》の話《はなし》をきくのにいそがしい。旧校舎《きゅうこうしゃ》の調査《ちょうさ》は、きみがやってくれないか？」

「……おれが？」

先日《せんじつ》、推理《すいり》が大爆発《だいばくはつ》してしまったレーチは、信《しん》じられないという顔《かお》で、教授《きょうじゅ》を見《み》る。

うなずく教授《きょうじゅ》。

「きみはまだ、開《あ》かずの教室《きょうしつ》の謎《なぞ》を解《と》いてないんだろ？　がんばって、解《と》かなきゃ。」

「だけど、おれの推理《すいり》ははずれたじゃないですか。」

レーチがいうと、

「あれ、そんなことあったっけ？」

首《くび》をひねる教授《きょうじゅ》。二日《ふつか》まえのことを、きれいさっぱり忘《わす》れることのできる教授《きょうじゅ》が、ある意味《いみ》うらやましい。

「とにかく、きみにまかせるから。がんばってね。」

教授《きょうじゅ》が、レーチの肩《かた》をポンとたたいた。

その言《い》い方《かた》を、信頼《しんらい》されたと思《おも》うか、丸投《まるな》げされたと思《おも》うか——。

レーチは、前者《ぜんしゃ》だった。

「わかりました。こう見《み》えても、おれは夢水探偵事務所《ゆめみずたんていじむしょ》の第《だい》一助手《じょしゅ》ですから。かならず、開《あ》かずの教室《きょうしつ》の謎《なぞ》を解《と》きます。」

レーチの声《こえ》が、力強《ちからづよ》くなっている。そして、とくいげに『名探偵夢水清志郎探偵事務所《めいたんていゆめみずきよしろうたんていじむしょ》　第《だい》一助手《じょしゅ》　中井麗一《なかいれいいち》』という名刺《めいし》をだした。ちなみに、第《だい》二助手《じょしゅ》はいない。とうぜん、第《だい》三助手《じょしゅ》もいない。

さびしいやつだ。

教授《きょうじゅ》も、負《ま》けずに名刺《めいし》をだす。

「ちなみに、ぼくは名探偵《めいたんてい》の夢水清志郎《ゆめみずきよしろう》だよ。」

そして、レーチと教授《きょうじゅ》は名刺《めいし》を交換《こうかん》しあい、楽《たの》しそうに笑《わら》ってる。

哀《かな》しい二人《ふたり》だ。

「よしいくぞ、レーチくん！」

「はい、夢水先生《ゆめみずせんせい》！」

盛《も》りあがった二人《ふたり》が、部室《ぶしつ》をでていこうとする。

わたしは、レーチの背中《せなか》にいった。

「いっしょにいかなくていい？」

ふりかえるレーチ。

「せっかく千秋《ちあき》たちが祝《いわ》いのパーティをひらいてくれてるんだから、おまえはここにいろよ。パーティがおわってからきたらいいからさ。それに、調査《ちょうさ》だけだからな。第《だい》二助手《じょしゅ》がこなくてもだいじょうぶ。」

だれが、第《だい》二助手《じょしゅ》だ！


レーチと教授《きょうじゅ》がでていった部室《ぶしつ》は、みょうにしずかで広《ひろ》い。

「えーっと……。では、あらためまして――乾杯《かんぱい》！」

一ノ瀬《いちのせ》くんが、のこったジュースとお菓子《かし》をくばってくれる。

いまひとつ盛《も》りあがらない。

お菓子《かし》をつまむ。チョコが、みょうににがい。

美琴《みこと》が、みょうに明《あか》るい声《こえ》でいう。

「でも、亜衣先輩《あいせんぱい》すごいですね。プロになるんですか？」

「え？」

そうか。賞《しょう》をとったら、そんなことも考《かんが》えなきゃいけないんだ。

でも、まだ最終選考《さいしゅうせんこう》にのこっただけだし……。

小説家《しょうせつか》になるのは、夢《ゆめ》だった。

今回《こんかい》、奇譚綺談社《きたんきだんしゃ》の最終選考《さいしゅうせんこう》にのこって、その夢《ゆめ》が近《ちか》づいた。

ゾクッとしたものを感《かん》じる。

小説家《しょうせつか》になれたらうれしい——いままでは、それだけしか思《おも》ってなかった。でも、ひょっとして現実《げんじつ》になるかもしれないって思《おも》うと……。

背中《せなか》に、冷《つめ》たい風《かぜ》を吹《ふ》きつけられたような気分《きぶん》。

不安《ふあん》……。

わたしは、いってはいけない場所《ばしょ》にいこうとしてるんだろうか？

こんな気分《きぶん》になるなんて、きのうまでは思《おも》いもしなかった。

大《おお》きく息《いき》をすって、笑顔《えがお》で美琴《みこと》にいう。

「プロなんて、まだはやいって。それより、まずは高校《こうこう》に受《う》からないとね。」

わたしは、ごまかしてるのだろうか？

こんどは、千秋《ちあき》がきいてきた。

「岩崎先輩《いわさきせんぱい》、公立《こうりつ》ねらってるんですよね？」

「麗一先輩《れいいちせんぱい》も、おなじ学校《がっこう》なんですか？」

「そうよ。」

「……うん。」

こたえるのに、ワンテンポおくれてしまった。

「二学期《がっき》のおわりごろは、おなじ高校《こうこう》へいくようなこといってたんだけどね。このあいだきいたら、やめたって。それで、いまは、レーチがどこの高校《こうこう》うけるか知《し》らないんだ。――っていうか、レーチ高校《こうこう》いくのかな？　いくとしても、面接《めんせつ》のない高校《とこ》よね。だって、あの長髪《ちょうはつ》じゃ、面《めん》接試験《せっしけん》うけられないじゃない。」

おどろいたのは、一ノ瀬《いちのせ》くんだ。

「知《し》らないって……そういう話《はなし》、しないんですか？」

「うん。」

「どうしてです？」

「どうしてって……。」

わたしは考《かんが》える。

そしていった。

「だって、レーチがどこの高校《こうこう》いこうが、関係《かんけい》ないもん。」

「岩崎先輩《いわさきせんぱい》は、それでいいんですか？」

「どうして？」

「だって、好《す》きな人《ひと》といっしょの高校《こうこう》へいきたいとか思《おも》いませんか？　おれなら、ぜったいにいきたいですけどね。」

そして、一ノ瀬《いちのせ》くんはカバンから各私立校《かくしりつこう》がだしてる受験《じゅけん》の手引《てび》き書《しょ》をだした。

「一ノ瀬《いちのせ》くん、まだ一年《ねん》なのに、もう受験勉強《じゅけんべんきょう》してるの？」

感心《かんしん》する美琴《みこと》。

わたしは、その手引《てび》き書《しょ》をだしてる学校《がっこう》が、美衣《みい》がいく高校《こうこう》だということを見《み》のがさない。

(三年後《ねんご》、美衣《みい》が女子大進学《じょしだいしんがく》を決《き》めたら、どうするんだろう?)

すると、いままでだまっていた千秋《ちあき》が口《くち》をひらいた。

「滑《すべ》り止《ど》めの高校《こうこう》って、受《う》かってもいかない人《ひと》いますよね。」

いったい、千秋《ちあき》はなにをいいたいんだろう?

「でも、その人《ひと》にとっては滑《すべ》り止《ど》めでも、そこを本命《ほんめい》にして、一生懸命勉強《いっしょうけんめいべんきょう》してる人《ひと》もいますよね。」

「……………」

「滑《すべ》り止《ど》めにしてる人《ひと》は、受《う》かってもいかない。その人《ひと》が合格《ごうかく》したぶん、本命《ほんめい》にしていた人《ひと》は、不合格《ふごうかく》になる。」

「……………」

「滑《すべ》り止《ど》めにしてる人《ひと》は、本命《ほんめい》にしていた人《ひと》の気持《きも》ちを知《し》らない。」

「でっ、でもさ。そこまで気《き》にしなくてもいいんじゃないかな。滑《すべ》り止《ど》めにしていた人《ひと》も、一生《いっしょう》懸命勉強《けんめいべんきょう》したわけだし。つらい現実《げんじつ》だけど、不合格《ふごうかく》になったらあきらめるしかないじゃん。」

美琴《みこと》が、みょうな空気《くうき》をとりなすようにいう。

わたしは、千秋《ちあき》のいいたいことがわかる。

千秋《ちあき》は、レーチが好《す》きだ。中学生《ちゅうがくせい》になってから、ずっと――。その思《おも》いは、純粋《じゅんすい》で一途《いちず》なもの。

でも、最近《さいきん》、千秋《ちあき》はレーチのことを気《き》にしないようにしてるみたい。それは、きらいになったというのではなく、どれだけ思《おも》っても、レーチが自分《じぶん》を見《み》てくれないとあきらめてる感《かん》じ。

千秋《ちあき》がいう。

「美琴《みこと》のいうことは、わかるの。でも、滑《すべ》り止《ど》めにしていた人《ひと》は、すこしでも責任《せきにん》を感《かん》じてほしいの。自分《じぶん》の合格《ごうかく》の陰《かげ》で、不合格《ふごうかく》になって泣《な》いてる人《ひと》がいるって――。」

「……………」

「その責任《せきにん》を、知《し》らないなんていってほしくない。」

結局《けっきょく》、お祝《いわ》いのパーティは盛《も》りあがることなくおわった。

わたしは、千秋《ちあき》たちにお礼《れい》をいって、にげるように部室《ぶしつ》をでた。

旧校舎《きゅうこうしゃ》の玄関《げんかん》はあいていた。

わたしはスリッパにはきかえると三階《がい》へ。

開《あ》かずの教室《きょうしつ》にいたのは、レーチだけだった。

「教授《きょうじゅ》は、どこにいるの？」

教室《きょうしつ》の中央《ちゅうおう》にすわりこみ、うでを組《く》んで考《かんが》えこんでるレーチにきく。

「部室《ぶしつ》をでてすぐ、真木先生《まきせんせい》に会《あ》ったんだ。」

真木先生《まきせんせい》は、若《わか》い数学《すうがく》の先生《せんせい》。実家《じっか》はラーメン屋《や》さんで、ちなみに独身女性《どくしんじょせい》。

「夢水先生《ゆめみずせんせい》の鼻《はな》はすごいな。真木先生《まきせんせい》のことは忘《わす》れてたのに、先生《せんせい》から『ラーメンのにおいがする！』って思《おも》いだしたんだから。尊敬《そんけい》するよ。」

いや、尊敬《そんけい》しなくていいから。

「で、その犬《いぬ》なみの嗅覚《きゅうかく》を持《も》った教授《きょうじゅ》は、どこにいるの？」

「真木先生《まきせんせい》が帰《かえ》るのを待《ま》ってる。いっしょに帰《かえ》って、ラーメンをおごってもらうんだって。」

教授《きょうじゅ》を誘拐《ゆうかい》するのはかんたんだ。

「お菓子《かし》を買《か》ってあげる。」

っていえば、どこにでもついていく。

もっとも、誘拐《ゆうかい》してからこまるだろうけどね。

「それで、あんたは床《ゆか》にすわりこんでなにやってんの？」

「考《かん》えてるように見《み》えないか？」

すこしいらついたレーチの声《こえ》。

「夢水先生《ゆめみずせんせい》にいわれたんだ。『まず、密室《みっしつ》の謎《なぞ》を解《と》かなくてはいけない。しかし、重要《じゅうよう》なのは、密室《みっしつ》をつくる方法《ほうほう》ではない。なぜ、密室《みっしつ》をつくったのかという理由《りゆう》だ。』って。」

方法《ほうほう》より、理由《りゆう》。たしかに、いわれてみたらそのとおりだ。

人間《にんげん》の行動《こうどう》には、かならず理由《りゆう》がある。なぜ、密室《みっしつ》にするひつようがあったのか？　教授《きょうじゅ》は、そこを考《かん》えろといってるんだ。

「レーチは、解《と》けたの？」

すると、レーチは、背《せ》のびするみたいに両手《りょうて》をあげた。

「ダメだ。お手上《てあ》げ！　密室《みっしつ》をつくった理由《りゆう》どころじゃねぇ。どうやって密室《みっしつ》にしたのかも、おれにはわからない。」

長髪《ちょうはつ》をかきむしるレーチ。

することのないわたしは、教室《きょうしつ》を見《み》まわす。

暗幕《あんまく》をあけた窓《まど》から、夕日《ゆうひ》がさしこんでいる。

わたしは、窓《まど》から外《そと》を見《み》る。

背《せ》の高《たか》い並木《なみき》が、旧校舎《きゅうこうしゃ》にそうように植《う》えられている。そのむこうは、幽霊坂《ゆうれいざか》だ。気《き》のはやい自動車《じどうしゃ》が、ライトをつけて走《はし》ってくる。

窓《まど》をあけると、冷《つめ》たい風《かぜ》がはいってきて、あわててしめた。

レーチが、とつぜん、口《くち》をひらく。

「パーティ、どうだった？」

「うん、みんな祝《いわ》ってくれて、うれしかったよ。」

「そうか。よかったな。」

「…………」

わたしは、すわりこんでるレーチを見《み》る。

集中《しゅうちゅう》してるレーチは、まるで瞑想《めいそう》する侍《さむらい》のようだ。

——いつもいつも、なにも考《かんが》えずにつっ走《ぱし》ってるバカだと思《おも》ってたけど、こうして考《かんが》えてるすがたを見《み》ると、すこしは知性《ちせい》があるのよね……。

すると、

「あー、わかんねぇ！」

とつぜん、レーチがさけんだ。ガシガシと長髪《ちょうはつ》をかきむしり、立《た》ちあがる。

大《おお》きく背《せ》のびするレーチ。

「あー、ひさしぶりに頭《あたま》をフル回転《かいてん》させたら、つかれた。」

ひさしぶりって……あんた、ふだんも頭《あたま》をつかいなさいよ。そんなんだから、〝知性《ちせい》が零《れい》〟のレーチっていわれるのよ。

でも、レーチにしてはがんばってるのも事実《じじつ》だ。いつもの彼《かれ》なら、とっくにあきらめてる。

「ねばり強《づよ》くなったね。」

わたしがいうと、

「夢水先生《ゆめみずせんせい》にいわれて気《き》づいたんだ。開《あ》かずの教室《きょうしつ》をつくる方法《ほうほう》がわかったら、夢喰《ゆめく》いを封印《ふういん》できるって——。」

「そうか。レーチ、夢喰《ゆめく》いの封印《ふういん》を解《と》いた責任《せきにん》を追及《ついきゅう》されてるもんね。」

「いや、それはどうでもいいんだけどさ……。」

あれ？

「じゃあ、ユーリのため？　あの娘《こ》の疑《うたが》いを晴《は》らしたいんだ。」

首《くび》を横《よこ》にふるレーチ。そして、いった。

「夢喰《ゆめく》いを封印《ふういん》したら、おまえ、奇譚綺談社《きたんきだんしゃ》の新人賞《しんじんしょう》をとれるかもしれないだろ。」

……えーっと。それって、わたしのためにがんばってくれてるってこと？

わたしは、ほほに手《て》をあてる。

もう冬《ふゆ》はおわりかけているのがわかる。わたしのほほ、ほてってる。

夕日《ゆうひ》が山《やま》のむこうに消《き》えて、あっというまに闇《やみ》が濃《こ》くなっていく。

「暗《くら》くなるまえに、帰《かえ》らなきゃな。おまえも、受験勉強《じゅけんべんきょう》でいそがしいだろ。」

そのいそがしいわたしを、謝恩会実行委員会副実行委員長《しゃおんかいじっこういいんかいふくじっこういいんちょう》にえらんだのは、どこのどいつだ！

「いくか。」

レーチが、暗幕《あんまく》をしめる。

薄暗《うすぐら》かった教室《きょうしつ》が、真《ま》っ暗《くら》になる。

それを合図《あいず》にしたかのように、ヴァイオリンの音《おと》がきこえてきた。

——なに、この曲《きょく》……。

嵐《あらし》の夜《よる》に、電線《でんせん》がふるえてるような、人《ひと》を不安《ふあん》にさせるメロディ。

わたしは、いままで、夢喰《ゆめく》いがでるまえにヴァイオリンの音《おと》がきこえてきたという話《はなし》を思《おも》いだした。

「レーチ……。」

手《て》さぐりで、レーチをさがす。レーチの手《て》が、わたしの手《て》をつかんだ。

「安心《あんしん》しろ。だいじょうぶ。おれがいる。」

いつもの、のほほんとした声《こえ》。わたしは、暗闇《くらやみ》にいるのに、街灯《がいとう》の下《した》にいるような安心感《あんしんかん》をおぼえた。

「目《め》をとじるなよ。いまは、目《め》を闇《やみ》にならすんだ。それから、ゆっくり教室《きょうしつ》をでる……。」

のんびりした言《い》い方《かた》で、指示《しじ》してくるレーチ。

「ポケットライトは、持《も》ってないの？」

「持《も》ってるが、つけない。自分《じぶん》たちの位置《いち》を知《し》られたくない。」

なるほど。非常事態《ひじょうじたい》になると、頭《あたま》の回転《かいてん》がよくなるやつだ。

そのとき——。

「きゃっ！」

わたしは、さけんだ。

「どうしたんだ？」

「あ……あれ見《み》て……。」

わたしは廊下側《ろうかがわ》の壁《かべ》を指《ゆび》さす。

そこに、ボンヤリうかんだ像《ぞう》——人間《にんげん》の上半身《じょうはんしん》……。ピントがぼけてるのではっきりしないけど、セーラー服《ふく》を着《き》た女《おんな》の子《こ》みたい。セーラー服《ふく》のデザインが古《ふる》い。

そして、その少女《しょうじょ》の顔《かお》……。

溶《と》けたように、ただれている。二つの目《め》だけが、ギョロリとこちらを見《み》ている。

レーチが、わたしを背《せ》にする。

なにもいわないけど、レーチも緊張《きんちょう》してるのがわかる。

じっさい、わたしたちが像《ぞう》を見《み》ていたのは、五秒《びょう》くらいだろう。しかし、わたしには、カップラーメンがのびきるくらいの長《なが》い時間《じかん》に思《おも》えた。

そして、少女《しょうじょ》の像《ぞう》は、スッと消《き》えた。

精神《せいしん》をかきみだすようにきこえていたヴァイオリンの音《おと》も、だんだん小《ちい》さくなっていった。

レーチが、大《おお》きく息《いき》を吐《は》く。

「あれが、夢喰《ゆめく》いか……。」

16　食《く》いしん坊《ぼう》いらっしゃ〜い

ころがるように旧校舎《きゅうこうしゃ》をでたわたしたちは、教授《きょうじゅ》をさがす。

職員室《しょくいんしつ》にいくと、真木先生《まきせんせい》のすがたがない。どうやら、二人《ふたり》は学校《がっこう》をでたようだ。

暗《くら》くなった道《みち》を、虹北商店街《こうほくしょうてんがい》にむかって走《はし》る。

真木先生《まきせんせい》の実家《じっか》――ラーメン屋《や》『マッキーのお店《みせ》』は、虹北商店街《こうほくしょうてんがい》にある。人工的《じんこうてき》な明《あ》かりにてらされた商店街《しょうてんがい》にはいると、なんとなくホッとする。

わたしたちは、マッキーのお店《みせ》にはいった。

すみのテーブルで、教授《きょうじゅ》がラーメンを食《た》べていた。その前《まえ》の席《せき》に、ほおづえをついて教授《きょうじゅ》を見《み》つめる真木先生《まきせんせい》。二人《ふたり》の間《あいだ》には、数個《すうこ》のラーメンどんぶりと餃子《ギョーザ》の皿《さら》が、卓球《たっきゅう》のネットのようにつまれている。

「追加《ついか》の大盛《おおも》りラーメン、お持《も》ちしました！」

かっぽう着姿《ぎすがた》の男《おとこ》の人《ひと》が、教授《きょうじゅ》の前《まえ》にどんぶりをおいた。

ほかの客《きゃく》が、食事《しょくじ》しながら教授《きょうじゅ》のほうをチラチラ見《み》る。人間離《にんげんばな》れした食欲《しょくよく》がめずらしいのだろう。

「あら、あなたたち。学校帰《がっこうがえ》りに飲食店《いんしょくてん》にはいるのは校則違反《こうそくいはん》だって、まえにいったはずだけど。」

わたしたちに気《き》づいた真木先生《まきせんせい》が、きびしい目《め》をむけてきた。

「すみません。でも、食事《しょくじ》しにきたんじゃないんです。夢水先生《ゆめみずせんせい》に話《はなし》があって――。」

そういったレーチは、席《せき》に着《つ》くと、教授《きょうじゅ》に開《あ》かずの教室《きょうしつ》で見《み》た夢喰《ゆめく》いの話《はなし》をはじめた。


「――というわけなんです、先生《せんせい》。」

レーチの話《はなし》がおわった。

そのあいだ、教授《きょうじゅ》の手《て》がとまるときは一度《いちど》もなかった。

「いったい、おれたちが見《み》たものはなんだったんです？　あれは、やっぱり夢喰《ゆめく》いなんですか？」

餃子《ギョーザ》を口《くち》いっぱいにほおばった教授《きょうじゅ》が、顔《かお》をあげた。

「ふぉふぉふぉうふぃふぁふぉ。」

「は？」

教授《きょうじゅ》の特殊言語《とくしゅげんご》に慣《な》れてないレーチは、首《くび》をひねる。

わたしは、横《よこ》から解説《かいせつ》する。

「『そのとおりだよ。』っていってるわ。」

教授《きょうじゅ》が、夢喰《ゆめく》いがあらわれたと断言《だんげん》したのだ。そのことに、わたしは体《からだ》がふるえる。

横《よこ》から、真木先生《まきせんせい》が口《くち》をはさむ。

「生徒《せいと》に、みょうなことを吹《ふ》きこまないでくださいね。」

それは、とても〝やんわり〟した言《い》い方《かた》。わたしたちを注意《ちゅうい》するときとは、えらいちがいだ。

(ひいきだ！)

「校長先生《こうちょうせんせい》もおっしゃったけど、夢喰《ゆめく》いはいないの。その証明《しょうめい》の過程《かてい》を、もう一度《いちど》話《はな》しましょうか？」

真木先生《まきせんせい》が、わたしたちに視線《しせん》をうつしていった。わたしたちは、あわてて辞退《じたい》する。

「そういえば、あなたたちが知《し》ってる夢喰《ゆめく》いや開《あ》かずの教室《きょうしつ》の話《はなし》、まちがってるところがあるわ。」

真木先生《まきせんせい》が、小首《こくび》をかしげる。

「ううん、まちがってるっていうのとも、ちがうわね。事実《じじつ》とフィクションがゴッチャになってるというのが正確《せいかく》ね。」

「どういうことですか？」

わたしがきくと、真木先生《まきせんせい》は整理《せいり》して話《はな》してくれた。

「事実《じじつ》の部分《ぶぶん》は、四十数年《すうねん》まえに夢喰《ゆめく》いを封印《ふういん》したという校長先生《こうちょうせんせい》の話《はなし》。あと、数年《すうねん》まえにテレビのロケが中止《ちゅうし》になった件《けん》。」

「じゃあ、ロケのときに怪奇現象《かいきげんしょう》がおきたというのも事実《じじつ》なんですか？」

すると、真木先生《まきせんせい》は首《くび》を横《よこ》にふった。

「そうともいえないわ。怪奇現象《かいきげんしょう》が原因《げんいん》でロケが中止《ちゅうし》になったとはきいてるけど、じっさいに怪《かい》奇現象《きげんしょう》がおきたかどうか、わたしは確認《かくにん》していないから。」

この言《い》い方《かた》。いかにも数学教師《すうがくきょうし》だ。

「つぎに、フィクションの部分《ぶぶん》。夢喰《ゆめく》いの正体《しょうたい》は事故《じこ》で顔《かお》をけがした少女《しょうじょ》とか、心霊現象研究会《しんれいげんしょうけんきゅうかい》の女《おんな》の子《こ》をはじめ、何人《なんにん》もの生徒《せいと》が夢喰《ゆめく》いに消《け》されているとかは、ぜんぶ、フィクションの世《せ》界《かい》。開《あ》かずの教室《きょうしつ》をモチーフに書《か》かれた小説《しょうせつ》の話《はなし》よ。」

「小説《しょうせつ》？」

「わたしが虹北学園《こうほくがくえん》の生徒《せいと》だったとき、文芸部《ぶんげいぶ》の友《とも》だちが書《か》いた話《はなし》。」

「その友《とも》だちって……。」

真木先生《まきせんせい》はうなずいてから、わたしが予想《よそう》していた名《な》まえを口《くち》にした。

「そう。染井芳野《そめいよしの》よ。」

染井芳野《そめいよしの》——真木先生《まきせんせい》の同級生《どうきゅうせい》。わたしたち文芸部《ぶんげいぶ》の先輩《せんぱい》。

彼女《かのじょ》の名《な》まえをきくたび、わたしは、自分《じぶん》の才能《さいのう》のなさを感《かん》じる。

でも……でもいつか、彼女《かのじょ》のレベルまでのぼるんだ！

「芳野《よしの》は、おもに推理小説《すいりしょうせつ》を書《か》いていたんだけど、たまにホラーも書《か》いたりしてたわ。開《あ》かずの教室《きょうしつ》の話《はなし》は、わたしたちが生徒《せいと》のときにもあったの。夢喰《ゆめく》いを封印《ふういん》した教室《きょうしつ》があるって。彼女《かのじょ》、卒業生《そつぎょうせい》や先生《せんせい》たちにききとりして、いろいろしらべていたわ。その話《はなし》を題材《だいざい》にして彼女《かのじょ》が書《か》いたのが、『開《あ》かずの教室《きょうしつ》』。その小説《しょうせつ》が、いつのまにかほんとうの話《はなし》みたいに、ひろがってしまったのね。」

「その小説《しょうせつ》、いまでも読《よ》めるんですか？」

レーチがきいた。

「待《ま》ってて。」

真木先生《まきせんせい》が、店《みせ》の奥《おく》に消《き》える。

教授《きょうじゅ》がラーメンを一杯半《ぱいはん》食《た》べたとき、一冊《さつ》の『それわた』を持《も》ってもどってきた。

日《ひ》に焼《や》けた表紙《ひょうし》。テニエルの『不思議《ふしぎ》の国《くに》のアリス』のイラストが描《か》かれている。アリスに襲《おそ》いかかる、たくさんのトランプ……。

わたしたちは、もくじを見《み》る。

『開《あ》かずの教室《きょうしつ》　二年《ねん》　染井芳野《そめいよしの》』の文字《もじ》。

わたしとレーチは、いっしょに『開《あ》かずの教室《きょうしつ》』を読《よ》みはじめる。

夏休《なつやす》みの夜《よる》の旧校舎《きゅうこうしゃ》――。そこにあつまった心霊現象研究会《しんれいげんしょうけんきゅうかい》のメンバー。はじまる百物語《ひゃくものがたり》……。

小説《しょうせつ》としてはおもしろいのかもしれないが、密室《みっしつ》の謎《なぞ》や夢喰《ゆめく》いがあらわれた謎《なぞ》を解《と》くヒントは、書《か》かれてない。

それに、小説内《しょうせつない》に書《か》かれていた、壁《かべ》の下《した》の通気口《つうきこう》はじっさいの教室《きょうしつ》にはついていない。

わたしたちは、ちょっとガッカリ。

「骨折《ほねお》りぞんか……。」

レーチが、ため息《いき》をついた。

おちこんでるわたしたちに、真木先生《まきせんせい》のお小言《こごと》が重《おも》くのしかかる。

「あなたたち、まだ入試《にゅうし》がおわってないんでしょ。開《あ》かずの教室《きょうしつ》の謎《なぞ》を追《お》いかけるのはおもしろいかもしれないけど、勉強《べんきょう》のさまたげにならないようにね。」

「じゅうぶん気《き》をつけます。」

神妙《しんみょう》な顔《かお》でこたえるレーチ。

そのとき、

「ほい。追加《ついか》の大盛《おおも》りラーメンと餃子《ギョーザ》、お持《も》ちしました。」

また男《おとこ》の人《ひと》がどんぶりと餃子《ギョーザ》の皿《さら》を持《も》ってきた。

五十歳《さい》くらいの大柄《おおがら》な人《ひと》。この人《ひと》が、真木先生《まきせんせい》のお父《とう》さんなんだろう。

「いやぁ、それにしても、いい食《た》べっぷりだね。いままで娘《むすめ》が連《つ》れてきた連中《れんちゅう》のなかで、いちばんみごとだ。」

教授《きょうじゅ》みたいな人間《にんげん》が何人《なんにん》もいたら、世界《せかい》の食料事情《しょくりょうじじょう》は一気《いっき》に危険地帯《レッド・ゾーン》に突入《とつにゅう》するだろう。

お父《とう》さんが、教授《きょうじゅ》にきく。

「あと何杯《なんばい》、おかわりするかい？」

箸《はし》をとめた教授《きょうじゅ》は、すこしまよってから、こういった。

「いえ、もうやめておきます。腹八分目《はらはちぶんめ》といいますし。」

そのことばに、ほかのお客《きゃく》さんがザワッとした。あれが腹八分目《はらはちぶんめ》かという声《こえ》がきこえる。

「それに、帰《かえ》ったら、羽衣母《ういかあ》さんの特製《とくせい》カレーが待《ま》ってますから。」

また、ほかのお客《きゃく》さんがザワッとした。まだ食《く》う気《き》なのかという声《こえ》がきこえる。

「そうか。そいつはざんねんだ。でも、いつでも食《た》べにきてくんな。おまえさんくらい気持《きも》ちよく食《た》べてくれるのなら、大歓迎《だいかんげい》だ。もちろん、無料《ただ》で食《た》べていいぜ。」

「ほんとうですか!」

お父《とう》さんのことばに、教授《きょうじゅ》の目《め》がかがやいた。

わたしは、血《ち》の気《け》がひく。

——自分《じぶん》の店《みせ》をつぶす気《き》なんだろうか?

つづいて、お父《とう》さんがいう。

「なんなら、娘《むすめ》と結婚《けっこん》して、この店《みせ》を継《つ》いだらいい。おまえさん、ラーメン好《す》きだろ。」

そのことばに、わたしたちも真木先生《まきせんせい》もおどろく。

結婚《けっこん》って……。

教授《きょうじゅ》は、のこっていたスープを飲《の》みほし、どんぶりから顔《かお》をあげた。

「ぼくは、ラーメンも、ラーメンを食《た》べさせてくれる真木先生《まきせんせい》も好《す》きです。でも、ぼくはラーメン屋《や》さんにはなれないんですよ。」

「どうして？」

「それは、ぼくが名探偵《めいたんてい》だからです。名探偵《めいたんてい》の仕事《しごと》は、みんなが幸《しあわ》せになるように事件《じけん》を解決《かいけつ》することと。ラーメンをつくることではありません。それに、ぼくでは、こんなにおいしいラーメンをつくることができません。」

教授《きょうじゅ》は、割《わ》りばしをきちんとそろえておくと、両手《りょうて》をあわせた。

「ごちそうさまでした。」

「……………」

お父《とう》さんは、きれいに空《から》になったどんぶりを見《み》て、ほほえむ。

「そいつは、ざんねんだな。」

うつむいていた真木先生《まきせんせい》は、ハンカチをだすと、教授《きょうじゅ》にわたした。

「スープが、ほっぺたについてますよ。」

「ありがとうございます。」

ハンカチをつかう教授《きょうじゅ》。

「父《ちち》がいったことは気《き》にせず、また食《た》べにきてくださいね。」

ほほえむ真木先生《まきせんせい》に、教授《きょうじゅ》はだまって頭《あたま》をさげた。

17　伯爵《はくしゃく》

二月《がつ》にはいり、私立《しりつ》の入試《にゅうし》が本格化《ほんかくか》してきた。

この時期《じき》、私立受験組《しりつじゅけんぐみ》の合格情報《ごうかくじょうほう》が、だんだんはいってくる。夢喰《ゆめく》いに呪《のろ》われたという秀志《ひでし》くんも、第《だい》二志望《しぼう》の高校《こうこう》に合格《ごうかく》した。(よかった、よかった。)

わたしも、受験勉強《じゅけんべんきょう》に力《ちから》がはいる。

でも、先生《せんせい》たちの不安《ふあん》は消《き》えない。

以前《いぜん》、夢喰《ゆめく》いの話《はなし》がひろがった年《とし》、たくさんの生徒《せいと》が不合格《ふごうかく》になったというのはほんとうだったようだ。先生《せんせい》たちは、今年《ことし》、それが再現《さいげん》されるのではないかと心配《しんぱい》しているんだ。

わたしも、レーチと夢喰《ゆめく》いを目撃《もくげき》している。

……わたしの夢《ゆめ》、夢喰《ゆめく》いに喰《く》われるのかな?

そんな気持《きも》ちを、頭《あたま》をふって追《お》いはらう。

だいじょうぶ。夢《ゆめ》をかなえるのは、自分《じぶん》の力《ちから》だ。不安《ふあん》に思《おも》うのは、がんばりがたりないから。

よし、はやく帰《かえ》って勉強《べんきょう》するぞ！

先《さき》を歩《ある》く真衣《まい》と美衣《みい》は、なにも考《かんが》えてないのだろう。はずむような足《あし》どりで、ときおり、楽《たの》しそうな笑《わら》い声《ごえ》をあげている。

いいなあ、進路《しんろ》が決《き》まった人《ひと》は……。わたしも受験《じゅけん》がおわったら、あの二人《ふたり》みたいに笑《わら》いたいな。

空《そら》を見上《みあ》げる。

重《おも》い灰色《はいいろ》の雲《くも》が、塗《ぬ》り壁《かべ》みたいにひろがる空《そら》。

「あれ……？」

わたしは、灰色《はいいろ》の雲《くも》を背景《はいけい》に、ひとつの黒《くろ》い点《てん》を見《み》つけた。

なんだろ、あれ……？

前《まえ》をいく二人《ふたり》のマフラーをつかむ。ぐえっ！　というみょうな声《こえ》をあげ、二人《ふたり》が急停止《きゅうていし》。

「ちょっと、亜衣《あい》！　殺《ころ》す気《き》？」

「レーチの長髪《ちょうはつ》とマフラーはちがうんだから！」

「マフラーひっぱったら、まともに首《くび》がしまるんだからね！」

二人《ふたり》は、ぎゃおぎゃお文句《もんく》をいうけど、わたしは黒《くろ》い点《てん》から目《め》がはなせない。

「真衣《まい》に美衣《みい》——。あれ、なんだと思《おも》う？」

わたしの指《ゆび》さす方向《ほうこう》を見《み》る二人《ふたり》。

「なんだろ？」

両手《りょうて》を双眼鏡《そうがんきょう》のようにまるめ、目《め》にあてる美衣《みい》。

視力《しりょく》のわるい真衣《まい》は、目《め》を細《ほそ》めて黒《くろ》い点《てん》の正体《しょうたい》を知《し》ろうとしている。

やがて、黒《くろ》い点《てん》はだんだん大《おお》きくなり、同時《どうじ》に音楽《おんがく》もきこえてきた。

……このリズム。サーカスなんかでつかわれる曲《きょく》……。ジンタだ。

いま、黒《くろ》い点《てん》は、はっきりその正体《しょうたい》をあらわした。

「気球《ききゅう》……。」

真《ま》っ黒《くろ》な気球《ききゅう》が、ジンタのマーチを流《なが》しながらうかんでいる。その気球《ききゅう》から、雪《ゆき》のようにチラチラとふりそそぐ銀色《ぎんいろ》の紙《かみ》。

「わーい！」

紙《かみ》に気《き》づいた小学生《しょうがくせい》が、わたしたちの横《よこ》をかけぬけていく。

ひらりひらりとまいおちる銀色《ぎんいろ》の紙《かみ》。

その一枚《まい》を、真衣《まい》が空中《くうちゅう》でキャッチした。

紙《かみ》の上部《じょうぶ》に、大《おお》きく『夢《ゆめ》のようなマジックショー』と赤《あか》い文字《もじ》で書《か》かれている。
そして、むかしのマジシャンの絵《え》を背景《はいけい》に、つぎのような文字《もじ》が——。

見《み》たことのない奇跡《きせき》の世界《せかい》。
ずっと見《み》たいと思《おも》っていた世界《せかい》。
君《きみ》がいままで体験《たいけん》したことのない世界《せかい》。
明《あか》るい光《ひかり》の下《した》では見《み》られない
すばらしい闇《やみ》の中《なか》で
夜《よる》のやさしさを味《あじ》わいたくないかね？

アメリカからきた女性《じょせい》マジシャン
O《オー》・スージー・ノウエン！

「なんなの？　——マジックショーの宣伝《せんでん》？」

紙《かみ》をのぞきこんで、美衣《みい》がいった。

紙《かみ》の下《した》には、『オムラ・アミューズメント・パークにて』と書《か》かれていた。

わたしは、教授《きょうじゅ》と体験《たいけん》したはじめての事件《じけん》を思《おも》いだす。

オムラ・アミューズメント・パークでおきた、五人《にん》の消失事件《しょうしつじけん》。犯人《はんにん》は、銀色《ぎんいろ》の目《め》をした伯爵《はくしゃく》と名《な》のる人物《じんぶつ》。

「じゃあ、この紙《かみ》をまいてるのは、伯爵《はくしゃく》……？」

わたしは、空《そら》を見《み》る。

黒《くろ》い気球《ききゅう》は、もうパチンコ玉《だま》くらいの大《おお》きさになっている。ときおり、気球《ききゅう》の下《した》でキラリと光《ひか》るのは、マジックショーの広告《こうこく》だろう。

気球《ききゅう》を追《お》いかける子《こ》どもたちの声《こえ》が、小《ちい》さくなっていく。

家《いえ》に帰《かえ》ってから、教授《きょうじゅ》の洋館《ようかん》へいく。

伯爵《はくしゃく》がまいていたマジックショーの広告《こうこく》を見《み》せるためだ。

「ほら、教授《きょうじゅ》。マジックショーの案内《あんない》だよ。」

ソファーに寝《ね》ころんで本《ほん》を読《よ》んでる教授《きょうじゅ》に乗《の》っかる美衣《みい》。教授《きょうじゅ》の鼻先《はなさき》で、広告《こうこく》をヒラヒラふる。

「マジックショー……？　興味《きょうみ》ないね。」

そっけなくいって、読書《どくしょ》にもどる教授《きょうじゅ》。

「いいの、そんなこといって？　これ、伯爵《はくしゃく》が、黒《くろ》い気球《ききゅう》に乗《の》ってまいてたのよ。」

真衣《まい》が、広告《こうこく》を教授《きょうじゅ》の顔《かお》にのせた。

「……伯爵《はくしゃく》？」

広告《こうこく》を鼻息《はないき》でとばし、教授《きょうじゅ》が首《くび》をひねる。まったくあきれたもんだ。あれだけの大《おお》きな事件《じけん》を忘《わす》れるなんて……。

わたしたち三姉妹《しまい》は、一年生《ねんせい》の夏休《なつやす》みにおきた事件《じけん》をくわしく説明《せつめい》する。

だまってきいていた教授《きょうじゅ》は、最後《さいご》に、こういった。

「それって、謎解《なぞと》きのときにフランス料理《りょうり》をご馳走《ちそう》してくれた人《ひと》のことかい？」

——教授《あんた》がおぼえてるのは、それだけかい……。

フランス料理《りょうり》で伯爵《はくしゃく》のことを思《おも》いだした教授《きょうじゅ》は、マジックショーの広告《こうこく》を見《み》る。

そして、うれしそうにいった。

「持《も》つべきものは、友人《ゆうじん》だね。明日《あした》の夜《よる》は、フランス料理《りょうり》が食《た》べられるよ。」

さっきまで忘《わす》れていた人《ひと》のことを友人《ゆうじん》といいきれる教授《きょうじゅ》の性格《せいかく》は、あるいみ尊敬《そんけい》できる。

でも、明日《あした》の夜《よる》、フランス料理《りょうり》って……？

首《くび》をひねるわたしたちに、教授《きょうじゅ》が説明《せつめい》してくれる。

「招待《しょうたい》されたんだよ。きみたちもいっしょにくるといい。あと、レーチくんにも声《こえ》をかけてやってくれないか。なんといっても彼《かれ》は第《だい》一探偵助手《たんていじょしゅ》だからね。」

勝手《かって》に計画《けいかく》を話《はな》す教授《きょうじゅ》。わたしたちには、話《はなし》が見《み》えない。

美衣《みい》がきく。

「招待《しょうたい》って……だれに？」

「この紙《かみ》をまいていた人《ひと》にだよ。えーっと……なんていう人《ひと》だっけ？」

さっきまで友人《ゆうじん》といっていたのに『伯爵《はくしゃく》』という名《な》まえを忘《わす》れることのできる教授《きょうじゅ》を、尊敬《そんけい》しないほうがいいのかもしれない。

「伯爵《はくしゃく》が招待《しょうたい》してくれたの？」

「どうしてそんなことわかるの？」

「妄想《もうそう》じゃない？」

わたしたちにいわれて、教授《きょうじゅ》はブンブン首《くび》を横《よこ》にふる。

「だって、この広告《こうこく》に書《か》いてあるじゃないか。ぼくに会《あ》いたいって——。」

え？

わたしたちは、広告《こうこく》を見《み》る。

見《み》たことのない奇跡《きせき》の世界《せかい》。
ずっと見《み》たいと思《おも》っていた世界《せかい》。
君《きみ》がいままで体験《たいけん》したことのない世界《せかい》。
明《あか》るい光《ひかり》の下《した》では見《み》られない
すばらしい闇《やみ》の中《なか》で
夜《よる》のやさしさを味《あじ》わいたくないかね？

アメリカからきた女性《じょせい》マジシャン
O《オー》・スージー・ノウエン！

——これのどこに、そんなことが書《か》いてあるの？

すると教授《きょうじゅ》は、指《ゆび》をのばして文字《もじ》をおさえる。

「各行《かくぎょう》の一文字目《もじめ》をとりだすんだ。」

一文字目《もじめ》？

わたしたちは、いわれたように各行《かくぎょう》の一文字目《もじめ》をチェックした。

『見《み》』『ず』『君《きみ》』『明《めい》』『す』『夜《よる》』『ア』『O《オー》』——見《み》ず君明《きみめい》す夜《よる》アO《オー》？

これって、日本語《にほんご》？

教授《きょうじゅ》が、指《ゆび》をチッチッチとふる。

「最初《さいしょ》の行《ぎょう》を忘《わす》れてるよ。」

最初《さいしょ》の行《ぎょう》——『夢《ゆめ》のようなマジックショー』。

ということは、『夢見《ゆめみ》ず君明《きみめい》す夜《よる》アO《オー》』——うーん、まだ日本語《にほんご》じゃないような気《き》がする。

こまってるわたしたち三姉妹《しまい》に、教授《きょうじゅ》はため息《いき》をついた。

「『夢水君《ゆめみずくん》、明日夜会《あすよるあ》おう』って読《よ》めるじゃないか。これくらいの問題《もんだい》もできないのに、高校《こうこう》へいこうなんて、おこがましいんじゃないかい？」

……えらいいわれようだ。

わたしは、もうひとつきいた。

「フランス料理《りょうり》ってのは、どこに書《か》いてあるの？」

「ああ。それは、野性《やせい》の勘《かん》。」

元論理学教授《もとろんりがくきょうじゅ》が、野性《やせい》の勘《かん》をつかわないでほしい。

わたしのため息《いき》に気《き》づかない教授《きょうじゅ》は、お気楽《きらく》な口調《くちょう》でいった。

「それに、名探偵《めいたんてい》にはフランス料理《りょうり》がにあうと思《おも》わないかい？」

「…………」

わたしは、激《はげ》しい疲《つか》れを感《かん》じる。

元気《げんき》な教授《きょうじゅ》は、広告《こうこく》のにおいをかいでいる。（どれだけかいでも、フランス料理《りょうり》のにおいはしないからね！）

つぎの日《ひ》、わたしは、伯爵《はくしゃく》からの招待状《しょうたいじょう》のことをレーチにいった。

「今夜《こんや》、オムラ・アミューズメント・パークへいくんだけど、レーチもいくでしょ？　教授《きょうじゅ》が、第一《だい》助手《じょしゅ》として来《き》てほしいっていってるし。」

すると、レーチはとてもおどろくことをいった。

「ざんねん！　今夜《こんや》はむりだ。——おれ、明日《あした》、入試《にゅうし》だからさ。さすがに、今夜《こんや》はおとなしくしてるよ。」

えー！　明日《あした》、入試《にゅうし》ー！　わたしは、おどろいて声《こえ》をだすことができない。

そんなこと、いままでひとこともいってなかったじゃない！　——っていうか、どこの高校《こうこう》うけるのか、あんたはまだなにもいってないのよ！

なにがなんだかわからなくなってるわたしに、レーチが心配《しんぱい》そうにいった。

「おい……。だいじょうぶか？　なんか、耳《みみ》から英単語《えいたんご》がバラバラこぼれてるような顔《かお》をしてるぞ。」

そのことばで、わたしはわれに返《かえ》った。あわてて両耳《りょうみみ》をおさえ、レーチにきく。

「明日《あした》が試験《しけん》なのに、ずいぶんおちついてるわね。ちょっとの時間《じかん》をおしんで、年号《ねんごう》のひとつもおぼえたらいいのに。」

「いや、年号《ねんごう》をおぼえてもむだだろ。それに、筆記試験《ひっきしけん》はないんだ。面接《めんせつ》だけだから。」

面接《めんせつ》！

それをきくと同時《どうじ》に、わたしはレーチの背中《せなか》でゆれてる長髪《ちょうはつ》を見《み》た。

切《き》ってないじゃない！

わたしは、カバンからハサミをだして、レーチの長髪《ちょうはつ》を切《き》ろうとする。

「おわー！　なにするんだ！」

長髪《ちょうはつ》をまもろうとするレーチ。

わたしは、ハサミをかまえてレーチにせまる。

「おとなしく、校則無視《こうそくむし》の長髪《ちょうはつ》を切《き》りなさい！　そんな髪《かみ》でいったら、面接試験《めんせつしけん》をうけるまえに、不合格《ふごうかく》っていわれるわよ！」

すると、レーチはニヤリと笑《わら》っていった。

「なにいってんだ。この長髪《ちょうはつ》だから、合格《ごうかく》するんじゃないか。」

「……？」

わけがわかんない。

受験勉強《じゅけんべんきょう》のしすぎで、頭《あたま》がおかしくなったんだろうか？

……いや、それはない。レーチは、頭《あたま》がおかしくなるくらい勉強《べんきょう》するようなタイプじゃない。努力《どりょく》とか根性《こんじょう》ということばから、もっとも遠《とお》いところにいるようなやつだ。

「……おまえ、いまものすごく失礼《しつれい》なことを考《かんが》えてないか？」

レーチが、わたしの顔《かお》をのぞきこむ。

こういう勘《かん》は発達《はったつ》している。

わたしはきいた。

「ねえ、レーチ。いったい、どこの高校《こうこう》をうけるのよ。」

この質問《しつもん》に、こまったように頭《あたま》をかくレーチ。

それは、照《て》れかくしの笑顔《えがお》のように見《み》えるし、注射《ちゅうしゃ》が痛《いた》くて泣《な》きたいのをがまんしてるようにも見《み》える。

「えーっとさ……。」

空《そら》を見上《みあ》げるレーチ。

「四日後《よっかご》が合格発表《ごうかくはっぴょう》だ。受《う》かってても落《お》ちてても、そんときにいろんなことを話《はな》すよ。——もっとも、おれが落《お》ちるなんて、絶対《ぜったい》にないけどな。」

そういうレーチは、いつもどおりの不敵《ふてき》で自信満々《じしんまんまん》で〝知性《ちせい》が零《れい》〟のレーチだった。

レーチと別《わか》れたあと、わたしは教授《きょうじゅ》の洋館《ようかん》にいった。

そして、レーチの入試《にゅうし》について教授《きょうじゅ》に話《はな》す。

「……………」

ソファーに寝《ね》ころんでる教授《きょうじゅ》は、反応《はんのう》なし。読《よ》んでいる『盗作《とうさく》・高校殺人事件《こうこうさつじんじけん》』の本《ほん》から顔《かお》をあげない。

「おまけに、面接試験《めんせつしけん》なのに、長髪《ちょうはつ》を切《き》らないっていうのよ。あんな髪《かみ》じゃ、試験《しけん》をうけるまえに、会場《かいじょう》へ入《い》れてもらえないよね。」

「……………」

「なのに、レーチは、長髪《ちょうはつ》だから合格《ごうかく》するっていってるのよ。おかしいよね。」

「長髪《ちょうはつ》だから、合格《ごうかく》する？」

教授《きょうじゅ》が、本《ほん》をとじる。

そして、すわりなおして、わたしにきいた。

「長髪《ちょうはつ》だから合格《ごうかく》する――レーチくんは、そういったんだね？」

わたしは、うなずいた。

「なるほど。」

ひとことだけいって、教授《きょうじゅ》は、また本《ほん》をひらいた。

それっきり、なにもいわない。

わたしは、教授《きょうじゅ》をおこすためにおいてある目覚《めざ》まし棒《ぼう》を持《も》つ。そして、ソファーと教授《きょうじゅ》の体《からだ》の間《あいだ》に棒《ぼう》をさしこみ、グイッとおした。

床《ゆか》にころがり落《お》ちる教授《きょうじゅ》。

わたしは、テコの原理《げんり》というものが、教科書《きょうかしょ》に書《か》かれている以上《いじょう》にべんりなものだということを痛感《つうかん》する。

教授《きょうじゅ》は、ずれた黒《くろ》サングラスをなおしてから、文句《もんく》をいう。

「ひどいな、亜衣《あい》ちゃん。おとなしく読書《どくしょ》をしてる名探偵《めいたんてい》のじゃまをするなんて――。」

「名探偵《めいたんてい》なら、謎解《なぞと》きしてよ。教授《きょうじゅ》は、レーチの入試《にゅうし》について、謎《なぞ》が解《と》けてるんでしょ？」

「…………。」

教授《きょうじゅ》は、だまって本《ほん》をひろげる。

わたしは、その口《くち》の両端《りょうはし》をつかんで、うにょぉ～んとひっぱる。

「あにうぉあぅうぅあい《なにをするんだい》、あいあん《亜衣ちゃん》？」

「謎解《なぞと》きして！」

わたしにひっぱられた口《くち》をなでて、教授《きょうじゅ》がいう。

「ダメだよ。これは、ぼくが謎解《なぞと》きしてはいけない事件《じけん》だ。」

「どうしてよ！」

「レーチくんが、四日後《よっかご》に話《はな》すっていったんだろ。じゃあ、謎解《なぞと》きはレーチくんの口《くち》からきいたほうがいい。」

「…………」

「それに、ぼくはふとんの上《うえ》で幸《しあわ》せな死《し》をむかえたいんだ。馬《うま》に蹴《け》られて死《し》ぬつもりはないね。」

そういって本《ほん》に目《め》をもどした教授《きょうじゅ》は、どれだけ催促《さいそく》しても、謎解《なぞと》きしてくれなかった。

まったく！

そんなにケチだと、馬《うま》に蹴《け》られるまえに、わたしに蹴《け》られて死《し》んじゃうからね！

閉園時間《へいえんじかん》が過《す》ぎたオムラ・アミューズメント・パーク。

だれもいない遊園地《ゆうえんち》は、なんだか映画《えいが》のセットみたいによそよそしい。

観覧車《かんらんしゃ》もメリーゴーラウンドも、昼間《ひるま》にかぶっていたやさしい仮面《かめん》を脱《ぬ》ぎすてて、冷《つめ》たい機械《きかい》にかわっている。

お月《つき》さまは、ぶあつい雲《くも》のむこう。ところどころに設置《せっち》された水銀灯《すいぎんとう》と、避難経路《ひなんけいろ》をしめす緑《みどり》の誘導灯《ゆうどうとう》だけが、唯一《ゆいいつ》の明《あ》かりだ。

「こっちだよ。」

教授《きょうじゅ》が、わたしたちを先導《せんどう》してくれる。この暗《くら》い中《なか》を、黒《くろ》いサングラスをしたまま、よく歩《ある》けるものだ。

夜《よる》の教授《きょうじゅ》は、昼間《ひるま》の教授《きょうじゅ》とすこしちがう。まるで、闇《やみ》のエネルギーを吸収《きゅうしゅう》してるかのように元《げん》気《き》だ。

それは、真昼《まひる》の太陽《たいよう》の下《した》では生《い》きられない妖《あやかし》のよう。

ひょっとすると教授《きょうじゅ》は、まちがって人間《にんげん》に生《う》まれてしまった魔族《まぞく》なのかもしれない。

「ねえ、教授《きょうじゅ》。さっきから自信《じしん》たっぷりで歩《ある》いてるけど、ちゃんと見《み》えてるの？」

真衣《まい》がきいた。

うなずく教授《きょうじゅ》。

「ご心配《しんぱい》なく、真衣《まい》ちゃん。それに、ちゃんとにおいがしてるだろ。」

「におい？」

またうなずく教授《きょうじゅ》。

「そう。フランス料理《りょうり》のにおいがね。」

「………」

「このにおいにむかって歩《ある》けば、だいじょうぶ！」

ひょっとすると教授《きょうじゅ》は、まちがって人間《にんげん》に生《う》まれてしまったワンちゃんなのかもしれない……。


わたしたちは、ワンちゃんに先導《せんどう》されて中央《ちゅうおう》タワーの下《した》に着《つ》いた。

ホールにはいり、最上階《さいじょうかい》までエレベータに乗《の》る。

たったひとつ明《あ》かりがついたレストラン。ガラスの扉《とびら》をおすと、奥《おく》の席《せき》に一人《ひとり》の男《おとこ》がすわっていた。

わたしたちを見《み》ると、男《おとこ》の人《ひと》が立《た》ちあがった。

背《せ》は、教授《きょうじゅ》とおなじくらい高《たか》い。がっしりした体《からだ》。仮面《かめん》の奥《おく》からのぞく銀色《ぎんいろ》の瞳《ひとみ》。

「ビアンヴニュ。」

——伯爵《はくしゃく》だ。

……これって、満漢全席《まんかんぜんせき》？

テーブルに着《つ》いたわたしは、教授《きょうじゅ》にきく。

「フランス料理《りょうり》のフルコースって、食前酒《しょくぜんしゅ》にはじまって、順番《じゅんばん》に料理《りょうり》がでてくるのよね？」

うなずく教授《きょうじゅ》。その顔《かお》が、とても満足《まんぞく》げ。

いま、わたしたちの前《まえ》には、ところせましと料理《りょうり》の皿《さら》がならんでる。ポワソン（魚料理《さかなりょうり》）もヴィヤンド（肉料理《にくりょうり》）もデセール（デザート）も、あふれんばかりにならんでいる。

そして、テーブルのわきには、料理《りょうり》をのせたワゴンが三つ。

伯爵《はくしゃく》が、わたしたちを見《み》ていう。

「ウエイターだけでなく、すべての従業員《じゅうぎょういん》を帰《かえ》してしまったのでね。彼女《かのじょ》にのこってもらったのだが、ひとりでサーブしてもらうのもたいへんだから。」

手《て》でしめすほうに、ひっそりと立《た》っている婦人《ふじん》。年齢《ねんれい》は、六十歳《さい》くらいだろうか。シェフの衣《い》装《しょう》をまとっているが、白《しろ》いかっぽう着《ぎ》のほうがにあいそうだ。

「マナー違反《いはん》だが、最初《さいしょ》にすべての料理《りょうり》をださせてもらった。」

ここでウインク。

「もっとも、グラニテだけは、溶《と》けるといけないのであとから持《も》ってくるからね。」

わたしは、小声《こごえ》で美衣《みい》にきいた。

「グラニテってなに？　……グラタンのこと？」

「料理《りょうり》と料理《りょうり》のあいだにでてくる、口《くち》なおしの氷菓《ひょうか》のこと。」

ため息《いき》といっしょに、美衣《みい》が教《おし》えてくれた。

料理《りょうり》がたくさんならんでいて、教授《きょうじゅ》はとてもうれしそう。黒《くろ》サングラスの奥《おく》の目《め》が、さっきから光《ひか》りまくっている。

「ナイフとフォークでよかったかな？　なんなら、箸《はし》を用意《ようい》するが――。」

伯爵《はくしゃく》のことばに、フッと笑《わら》う教授《きょうじゅ》。

「ご心配《しんぱい》なく。ちゃんとマイ箸《はし》を用意《ようい》してますから。」

黒背広《くろせびろ》の内《うち》ポケットから、愛用《あいよう》の利休箸《りきゅうばし》をとりだす。吉野杉《よしのすぎ》をけずってつくられた逸品《いっぴん》だ。

伯爵《はくしゃく》が、わたしたちを見《み》る。

「きみたちも、ずいぶん大《おお》きくなったね。」

仮面《かめん》の奥《おく》の目《め》がやさしい。なんだか、親戚《しんせき》のおじさんと話《はな》してるみたいだ。

「しかし、ワインには、まだはやい。」

そういってだしてくれたのは、エビアンだった。

「乾杯《かんぱい》――!」

伯爵《はくしゃく》にいわれて、わたしたちはグラスを持《も》った。


しばらくは、カチャカチャという食器《しょっき》とナイフがふれる音《おと》だけがひびいた。(教授《きょうじゅ》のところからは、「がふがふ」とか「もぎゅもぎゅ」という音《おと》もひびいてたんだけど、それを書《か》くと雰囲気《ふんいき》がこわれるので、きこえなかったことにしておく。)

食事《しょくじ》がはじまってから、だれもなにもいわない。

わたしたちは、なにをいったらいいのかわからないので、だまって食事《しょくじ》をしている。

教授《きょうじゅ》は、話《はな》すことより食《た》べることのみに、口《くち》をつかっている。

だから、最初《さいしょ》に口《くち》をひらいたのは、伯爵《はくしゃく》だ。

「虹北学園《こうほくがくえん》に夢喰《ゆめく》いがでたという話《はなし》をきいてね。」

わたしはおどろいた。

どうして、伯爵《はくしゃく》はそのことを知《し》ってるんだろう?

そうきくと、苦笑《くしょう》する伯爵《はくしゃく》。

「怪人《かいじん》や怪盗《かいとう》が、ふだんなにをしているか知《し》ってるかい？　いろんなところにはりめぐらせた情報網《じょうほうもう》から、自分《じぶん》たちが動《うご》くにふさわしい情報《じょうほう》がないかさがしてるんだよ。」

そうなのか……。

だとすると、怪人《かいじん》や怪盗《かいとう》って、とてもまじめな人《ひと》じゃないとできないわ。

「わたしは、自分《じぶん》の犯罪《はんざい》に哲学《てつがく》と信念《しんねん》を持《も》っている。それだからこそ、わたしの犯罪《はんざい》は芸術《げいじゅつ》とよぶにふさわしいと思《おも》ってる。」

「わかりますよ。名探偵《めいたんてい》も哲学《てつがく》と信念《しんねん》を持《も》ってますからね。」

利休箸《りきゅうばし》とワイングラスを持《も》った教授《きょうじゅ》がいった。

わたしは、伯爵《はくしゃく》にきく。

「夢喰《ゆめく》いの話《はなし》は、伯爵《はくしゃく》の耳《みみ》にはいるほど、大《おお》きくなってるんですか。」

すると、伯爵《はくしゃく》は、首《くび》を横《よこ》にふった。その顔《かお》が、すこしさびしそう。

「いや、そんなに大《おお》きな話《はなし》にはなってない。注意《ちゅうい》してなかったら、見《み》すごしてしまいそうな情報《じょうほう》だった。——それだけに、気《き》になったのだがね。」

……どういうことだろう？

「わたしは、不思議《ふしぎ》なんだ。きみたち中学生《ちゅうがくせい》が、さわがないことがね。」

伯爵《はくしゃく》が、ワイングラスをおいた。

「夢喰《ゆめく》いがあらわれたのに、どうしてさわがないのだろう？」

そのすがたは、わたしたちにきいているようでもあり、自分《じぶん》に問《と》いかけているようにも見《み》えた。

「夢《ゆめ》をなくすことが、どれだけおそろしいことか、わからないのだろうか？」

そのことばが、槍《やり》のようにわたしの胸《むね》に刺《さ》さる。

夢《ゆめ》をなくすことのおそろしさ……。

わたしの夢《ゆめ》は、小説家《しょうせつか》になること。

もし、その夢《ゆめ》がなくなったら……。

たぶん、わたしはわたしでなくなるだろう。そんな気《き》がする。

「だいじょうぶですよ、伯爵《はくしゃく》。」

教授《きょうじゅ》が、両手《りょうて》で持《も》っていたスープ皿《ざら》をおいた。

「いまの子《こ》どもたちも、ちゃんと考《かんが》えてます。ただ、表《おもて》だってさわぐのが苦手《にがて》なだけなんですよ。」

そして、ナプキンで口《くち》のまわりについたスープをぬぐい、ワゴンのそばに立《た》っている老婦人《ろうふじん》を手《て》でしめした。

「それより、さっきから料理《りょうり》をサーブしてくださってる彼女《かのじょ》を、紹介《しょうかい》していただけませんか。」

わたしは、教授《きょうじゅ》が料理《りょうり》のお代《か》わりをたのみたいのだと思《おも》った。でも、つぎのことばをきいて、口《くち》の中《なか》の料理《りょうり》が飛《と》びだしそうなくらいおどろいた。

「O・スージー・ハウエンさん――いえ、夢見さんも、そろそろ舞台《ぶたい》に上《あ》がりたいと思《おも》ってるころですよ。」

わたしたち三姉妹《しまい》は、ことばもなく老婦人《ろうふじん》を見《み》つめている。

彼女《かのじょ》は、顔《かお》をかくすようにかぶっていた白《しろ》い帽子《ぼうし》をとると、わたしたちを正面《しょうめん》から見《み》た。

たしかに、この人《ひと》、見《み》たことがある。秋《あき》の芸術鑑賞会《げいじゅつかんしょうかい》でマジックを見《み》せてくれたO《オー》・スージー・ノウエンさんだ。(いや、ほかにも会《あ》ったことがあるような気《き》がするけど……気《き》のせい?)

ノウエンさんが、わたしたちに一礼《いちれい》する。まるで、いまからマジックショーをはじめますというかのように。

彼女《かのじょ》の口《くち》がひらいた。

「あなたたち、虹北学園《こうほくがくえん》の三年生《ねんせい》なんですね。」

わたしたちは、うなずいた。

「あの……昨年《さくねん》は、すてきなマジックショーを見《み》せていただき、ありがとうございました。」

姉妹《しまい》を代表《だいひょう》して、長女《ちょうじょ》のわたしがお礼《れい》をいった。

ノウエンさんが、ほほえむ。

「三年生《ねんせい》なら、もうすぐ卒業《そつぎょう》ですね。進路《しんろ》は、決《き》まってるんですか？」

元気《げんき》よく返事《へんじ》する真衣《まい》と美衣《みい》。

わたしは、首《くび》を横《よこ》にふる。

伯爵《はくしゃく》が、口《くち》をはさんだ。

「さて、夢水《ゆめみず》くん。きみは、どうして彼女《かのじょ》がシェフではなくマジシャン――O《オー》・スージー・ノウエンだと気《き》づいたのだね？」

教授《きょうじゅ》は、肉《にく》をナイフで切《き》るのにいそがしく、伯爵《はくしゃく》の質問《しつもん》をきいていない。

わたしは、ひじでつついて、教授《きょうじゅ》の顔《かお》を皿《さら》からあげさせた。

「ああ、失礼《しつれい》しました。えーっと……この肉料理《にくりょうり》の感想《かんそう》ですか？」

「なぜ、彼女《かのじょ》がO《オー》・スージー・ノウエン――いや、夢見《ゆめみ》だとわかったのかきいてるのだよ。」

すこしいらだった伯爵《はくしゃく》の口調《くちょう》。わたしは、その気持《きも》ちがよくわかる。

「ふぁんふぁんふぁふぁふぃふふぇふ（かんたんな推理《すいり》です）。」

ほおばった肉《にく》を、ゴキュンと飲《の》みこむ教授《きょうじゅ》。

「夢喰《ゆめく》いの騒動《そうどう》の発端《ほったん》は、いまから四十数年《すうねん》まえ。それが、最近《さいきん》になって動《うご》きだした。そのきっかけは、なんだったのか？」

席《せき》から立《た》ちあがる教授《きょうじゅ》。『名探偵《めいたんてい》の徘徊《はいかい》モード』にはいる。

「レーチくんが、開《あ》かずの教室《きょうしつ》を開《あ》けてしまったことか？――ちがいます。始業式《しぎょうしき》のとき、校《こう》長《ちょう》が『夢喰《ゆめく》い』のことばを口《くち》にしたことか？――ちがいます。きっかけは、秋《あき》の芸術鑑賞会《げいじゅつかんしょうかい》だったのです。」

歩《ある》きながら、推理《すいり》を口《くち》にする。

「四十数年《すうねん》まえ、夢見《ゆめみ》は開《あ》かずの教室《きょうしつ》から消《き》えました。まるで、マジシャンのように。その後《ご》、夢見《ゆめみ》は消《き》えた。そして、昨年《さくねん》の秋《あき》、芸術鑑賞会《げいじゅつかんしょうかい》に登場《とうじょう》したマジシャンのO《オー》・スージー・ノウエンさんは、校長先生《こうちょうせんせい》とつながりがある。夢見《ゆめみ》とO《オー》・スージー・ノウエンが同一人物《どういつじんぶつ》でないかと考《かんが》えるのは、むずかしいことではありません。」

教授《きょうじゅ》が、人《ひと》さし指《ゆび》をのばす。

「もう一度《いちど》、確認《かくにん》します。きっかけは、芸術鑑賞会だったのです。芸術鑑賞会《げいじゅつかんしょうかい》があったため、夢《ゆめ》喰《く》いは動《うご》きだしたのです。」

そのことばを、ノウエンさんも伯爵《はくしゃく》も、だまってきいている。

教授《きょうじゅ》がつづける。

「芸術鑑賞会《げいじゅつかんしょうかい》がおこなわれたのは、このオムラ・アミューズメント・パークです。そして今夜《こんや》、ぼくたちを招待《しょうたい》した伯爵《はくしゃく》は、夢《ゆめ》喰《く》いの話《はなし》をはじめた。伯爵《はくしゃく》も、この事件《じけん》に関係《かんけい》してると考《かんが》えるのは、自然《しぜん》です。」

うなずく伯爵《はくしゃく》。

「伯爵《はくしゃく》は、夢《ゆめ》喰《く》いの話《はなし》をみずからきりだし、亜衣《あい》ちゃんたちから情報《じょうほう》を得《え》ようとした。そして、その情報《じょうほう》をきかせるために、彼女《かのじょ》を同席《どうせき》させた。」

教授《きょうじゅ》が、わたしたちを見《み》た。

「あと、重要《じゅうよう》なことをひとつ。これらの料理《りょうり》をつくったのは、彼女《かのじょ》ではありません。それに彼女《かのじょ》はレストラン関係者《かんけいしゃ》でもありません。」

教授《きょうじゅ》が、テーブルの上《うえ》の皿《さら》を手《て》でしめす。

「そんな女性《じょせい》を、どうしてこの場《ば》に同席《どうせき》させているのか？　——事件関係者《じけんかんけいしゃ》だからです。」

席《せき》にもどる教授《きょうじゅ》。

「以上《いじょう》が、彼女《かのじょ》がO《オー》・スージー・ノウエンであり、夢見《ゆめみ》であることの証明《しょうめい》です。」

「なぜ、彼女《かのじょ》が料理《りょうり》をつくったのではないといえるのかね？」

伯爵《はくしゃく》がきいた。

教授《きょうじゅ》は、フッと笑《わら》いこたえる。

「料理《りょうり》をサーブしてくれるときに、彼女《かのじょ》から料理《りょうり》のにおいがしてこなかったからです。料理人《りょうりにん》ならしみこんでるはずの料理《りょうり》のにおいが——。」

口調《くちょう》はかっこいいのだが、いってる内容《ないよう》は、とても恥《は》ずかしい。

「それに、ぼくは、一度《いちど》彼女《かのじょ》と会《あ》っています。」

教授《きょうじゅ》が、ノウエンさんを見《み》る。

「虹斎寺《こうさいじ》で、お会《あ》いしましたね？」

ノウエンさんが、うなずく。

わたしは、それをきいて思《おも》いだした。レーチがお地蔵《じぞう》さまに手《て》をあわせたときにいた、老婦人《ろうふじん》。あれは、ノウエンさんだった。

「あらためて、ごあいさつさせていただきます。名探偵《めいたんてい》の夢水清志郎《ゆめみずきよしろう》です。」

教授《きょうじゅ》がさしだした右手《みぎて》を、ノウエンさんがにぎる。

「O《オー》・スージー・ノウエン。別名《べつめい》を、夢見《ゆめみ》といいます。本名《ほんみょう》は……日本《にっぽん》をでるまえに、すてました。いわなくてはいけませんか？」

ノウエンさんのことばに、教授《きょうじゅ》は首《くび》を横《よこ》にふる。

「かまいません。ぼくも、よく自分《じぶん》の名《な》まえを忘《わす》れますから。」

あまり自慢《じまん》できないことを披露《ひろう》する教授《きょうじゅ》。でも、その話《はな》し方《かた》には、本名《ほんみょう》をいわなくても、わかってますよという響《ひび》きが感《かん》じられた。

ノウエンさんが、わたしたちを見《み》る。

「わたしも、あなたたちとおなじ虹北学園《こうほくがくえん》の生徒《せいと》でした。女《おんな》だてらにイタズラ好《ず》きで、自分《じぶん》のことを『ぼく』とよび、土屋《つちや》くんたち悪《わる》ガキとよくイタズラしたものです。」

土屋《つちや》くん——土屋校長先生《つちやこうちょうせんせい》のことだ。

「わたしには、夢《ゆめ》がありました。手品師《てじなし》になる夢《ゆめ》です。親《おや》が手品師《てじなし》なわけでも、知《し》り合《あ》いに手品師《てじなし》がいるわけでもありません。ただ、手品《てじな》が好《す》きだったのです。不思議《ふしぎ》な手品《てじな》を見《み》せて、まわりがおどろいてくれるのが、とても楽《たの》しかったのです。でも——。」

ここですこし、ノウエンさんはことばを切《き》った。

「中三《ちゅう》の冬《ふゆ》、家《いえ》が差《さ》しおさえられました。父《ちち》は、友人《ゆうじん》の保証人《ほしょうにん》になっていたのですが、その友人《ゆうじん》が多額《たがく》の借金《しゃっきん》をしてにげたのです。」

「………」

「その友人《ゆうじん》は、最初《さいしょ》から父《ちち》をだますつもりでした。だまされたことがわかったとき、父《ちち》は、ただひとこと、『だまし方《かた》にセンスがねぇな。』と笑《わら》ってました。人《ひと》をうらむことを教《おし》えなかった父《ちち》には、いまも感謝《かんしゃ》しています。」

すごいお父《とう》さんだ……。

「わたしたち一家《いっか》はアメリカへいくことにしました。父《ちち》は、心機一転《しんきいってん》、知《し》らない土地《とち》でやり直《なお》そうと思《おも》ったのです。わたしは、高校《こうこう》へいくことをあきらめました。土屋《つちや》くんたちイタズラ仲間《なかま》といっしょにいることをあきらめました。日本《にっぽん》をすてることになりました。でも、手品師《てじなし》になる夢《ゆめ》は、すてることができませんでした。そんなわたしに、父《ちち》はいいました。『すてられないのが、ほんとうの夢《ゆめ》。すてられるのは、夢《ゆめ》ではなく憧《あこが》れ。』と――。」

「………」

すてられないのが、ほんとうの夢《ゆめ》……。

「こまったのは、友人《ゆうじん》になんというかです。当時《とうじ》、『家《いえ》が差《さ》しおさえられた。アメリカに夜逃《よに》げする。』ということは、死《し》んでもいえませんでした。そんなことをいったら、同情《どうじょう》の目《め》で見《み》られる、哀《あわ》れみのことばをかけられる――それがわかっていたからです。そうなったら、彼《かれ》らとは対《たい》等《とう》の友人《ゆうじん》ではなくなるように思《おも》えたのです。」

このことばに、わたしたちはうなずいていた。

大人《おとな》だったらへいきなことでも、中学生《ちゅうがくせい》のころには、ぜったいにたえられないことがある。そのひとつが、友《とも》だちから哀《あわ》れみの目《め》で見《み》られることだ。

「わたしは、夢喰《ゆめく》いという妖《あやかし》を考《かんが》えました。夢喰《ゆめく》いを封印《ふういん》してしまえば、アメリカで夢《ゆめ》をかなえることができる――男《おとこ》っぽくふるまっていても、夢見《ゆめみ》る乙女《おとめ》だったんですね。夢喰《ゆめく》いを空想《くうそう》することで、夜逃《よに》げするという現実《げんじつ》を忘《わす》れようとしてたのでしょう。」

「ああ、あなたに重要《じゅうよう》なことをいうのを忘《わす》れてました。」

教授《きょうじゅ》が、口《くち》をはさむ。

「校長先生《こうちょうせんせい》は、夢見《ゆめみ》がなんのために開《あ》かずの教室《きょうしつ》をつくったのかは、どうでもいいといってました。あの口調《くちょう》は、理由《りゆう》を知《し》ってる言《い》い方《かた》ですね。」

「…………」

「校長《こうちょう》が知《し》りたがってるのは、夢見《ゆめみ》が開《あ》かずの教室《きょうしつ》から脱出《だっしゅつ》した方法《ほうほう》。――それだけだといってました。」

「……そうですか。」

ほほえみながら、ノウエンさんがいった。

その笑顔《えがお》――モナリザよりも複雑《ふくざつ》だと思《おも》った。

なんていうんだろう……？　できのわるい息子《むすこ》をいとおしく思《おも》う母親《ははおや》のような……。その子《こ》が、思《おも》ったよりやさしくかしこかったのに気《き》づいたような……。

うーん、わかんない！　まだ十数年《すうねん》しか生《い》きてないわたしには、むずかしすぎるよ。

真衣《まい》が、ノウエンさんにきく。

「昔《むかし》、虹斎寺《こうさいじ》で御札《おふだ》を書《か》いてもらったのは、ノウエンさんですよね？」

うなずくノウエンさん。

「じゃあ、今年《ことし》の冬休《ふゆやす》みに虹斎寺《こうさいじ》で御札《おふだ》を書《か》いてもらったのは？」

「それは、わたしではありません。きっと、土屋《つちや》くん――あなたたちの校長先生《こうちょうせんせい》でしょう。」

やっぱりそうだったのか……。

ノウエンさんがつづける。

「去年《きょねん》の秋《あき》、日本《にっぽん》での公演《こうえん》が決《き》まりました。来日《らいにち》したわたしは、土屋《つちや》くんに連絡《れんらく》をしました。あのイタズラ者《もの》が、ほんとうに教師《きょうし》になってるのにはおどろきました。」

「校長先生《こうちょうせんせい》って、そんなにイタズラ者《もの》だったんですか？」

「ええ……まぁ、そこそこね。」

こまったような、ノウエンさんの口調《くちょう》。いまの土屋《つちや》校長《こうちょう》の立場《たちば》を考《かんが》えたら、あまり正直《しょうじき》にいうわけにもいかない――そんな配慮《はいりょ》が感《かん》じられた。

「土屋《つちや》くんから、わたしたちが過《す》ごした旧校舎《きゅうこうしゃ》がとりこわされることをききました。懐《なつ》かしくなったわたしは、生徒《せいと》がいなくなる冬休《ふゆやす》みにいってみました。わたしたちが学《まな》んだ教室《きょうしつ》――あの開《あ》かずの教室《きょうしつ》で、土屋《つちや》くんが御札《おふだ》をはっていました。なにをしているのかきくと、四十数年《すうねん》まえ、わたしがどうやって開《あ》かずの教室《きょうしつ》からぬけだしたかを考《かんが》えてるんだといいました。御札《おふだ》を自《じ》分《ぶん》で書《か》いたかは、ききませんでした。習字《しゅうじ》がへただったのは、知《し》ってましたからね。」

わたしは、ワクワクしてつぎのことばを待《ま》つ。いよいよ、開《あ》かずの教室《きょうしつ》から脱出《だっしゅつ》した方法《ほうほう》をきけるんだ。

でも――。

「けっきょくわからなかった土屋《つちや》くんは、『フン』と鼻《はな》を鳴《な》らして帰《かえ》りました。」

あれ……？　あれあれ？　脱出《だっしゅつ》した方法《ほうほう》は？

「しかし、三学期《がっき》の始業式《しぎょうしき》で『夢喰《ゆめく》い』のことばを口《くち》にするところを見《み》ると、まだまだ気《き》になってしかたないんでしょうね。」

イタズラっ子《こ》の顔《かお》で、勝《か》ちほこるノウエンさん。

わたしは、がまんできず手《て》をあげた。

「あの……それで、どうやって開《あ》かずの教室《きょうしつ》からぬけだしたんですか？」

「それは……。」

こまった顔《かお》になるノウエンさん。

「その方法《ほうほう》について、わたしの口《くち》からいうことはできません。なぜなら、わたしはマジックの師《し》匠《しょう》から、種明《たねあ》かしを厳禁《げんきん》とされています。勘弁《かんべん》してください。」

頭《あたま》をさげるノウエンさん。そんなふうにいわれたら、それ以上《いじょう》きけない。

教授《きょうじゅ》が、

「かまいませんよ。──それに、ぼくにはわかってますから。」

よゆうでいった。（そりゃ、教授《きょうじゅ》はわかってるからいいわよね！）

美衣《みい》がきく。

「夢見《ゆめみ》がノウエンさんだということはわかりました。じゃあ、いま、学校《がっこう》にあらわれてる夢喰《ゆめく》いは——？」

「…………」

「夢喰《ゆめく》いも、ノウエンさんなんですか？」

しばらく考《かんが》えてから、ノウエンさんはこたえた。

「夢喰《ゆめく》いは、わたしが想像《そうぞう》した妖《あやかし》だと思《おも》ってました。でも、夢喰《ゆめく》いは、存在《そんざい》します。」

「…………」

真剣《しんけん》なノウエンさんのことば。

わたしは、教授《きょうじゅ》を見《み》る。

教授《きょうじゅ》がうなずく。——ということは、ほんとうに夢喰《ゆめく》いはいるんだ……。

ノウエンさんの話《はなし》をきいていて、わたしは、夢喰《ゆめく》いの正体《しょうたい》もノウエンさんじゃないかって思《おも》った。でも、夢喰《ゆめく》いがべつにいるということは……。

考《かんが》えこむわたしに、ノウエンさんがいう。

「安心《あんしん》しなさい、お嬢《じょう》さん。わたしは、夢見《ゆめみ》。夢見《ゆめみ》が夢喰《ゆめく》いを封印《ふういん》し、みんなの夢《ゆめ》をまもります。」

マジシャンの瞳《ひとみ》が、わたしを見《み》つめる。

わたしは、催眠術《さいみんじゅつ》にでもかかったかのように、うなずいていた。同時《どうじ》に、夢喰《ゆめく》いに対《たい》して感《かん》じていた不安《ふあん》やおそれが、うそのように消《き》えていた。

教授《きょうじゅ》を見《み》ると、ノウエンさんの話《はなし》の途中《とちゅう》から、食事《しょくじ》の続《つづ》きにもどっている。

たいへんないきおいで、皿《さら》の上《うえ》の料理《りょうり》が消《き》えていく。まるで手品《てじな》のようだけど、手品《てじな》じゃないのよね。

そんな教授《きょうじゅ》を見《み》る伯爵《はくしゃく》。

「さて……名探偵《めいたんてい》。きみは、今回《こんかい》の事件《じけん》のどれくらいが見《み》えてるんだね？」

そして、唐突《とうとつ》にフッと笑《わら》った。

「なんだか、ずっとむかしに、おなじようなセリフをいったことがあるような気《き》がするよ。」

教授《きょうじゅ》は、ワインのはいったグラスを持《も》ちあげる。

「ほぼすべて——いまのぼくには、事件《じけん》のほぼすべてが、見《み》えています。」

つづいて、グラスをノウエンさんのほうへむけた。

サングラスの奥《おく》の目《め》が光《ひか》る。それは、食《た》べ物《もの》を前《まえ》にしたときとは、べつの光《ひかり》。

名探偵《めいたんてい》が、誇《ほこ》り高《たか》き犯罪《はんざい》パフォーマーを見《み》るときの光《ひかり》だ。

「あなたのつぎの行動《こうどう》は、読《よ》めています。ぼくが気《き》をつけなくてはいけないのは、解決《かいけつ》のタイミングだけです。」

つづいて、伯爵《はくしゃく》にいう。

「よくわからないのは、あなたの役割《やくわり》です。この事件《じけん》、あなたはなにをねらってるのですか？」

伯爵《はくしゃく》もワイングラスを持《も》ちあげた。

「秘密《ひみつ》だよ、名探偵《めいたんてい》。」

二つのグラスがかさなり、チンという音《おと》を立《た》てた。

しばらく、しずかな会話《かいわ》のもと、食事《しょくじ》がつづけられた。

わたしたちは、ノウエンさんから、マジックのおもしろい話《はなし》をたくさんきかせてもらった。会《かい》話《わ》の途中《とちゅう》に、ちょっとしたマジックをはさむノウエンさん。

彼女《かのじょ》の手《て》の上《うえ》で、スプーンとフォークが、まるで生《い》きてるかのようにダンスする。

伯爵《はくしゃく》も、グラスの中《なか》のワインを、一瞬《いっしゅん》でビールにかえたり、水《みず》にかえたり。マジックのうでは、すこしもおとろえてない。

教授《きょうじゅ》も負《ま》けてない。皿《さら》の料理《りょうり》をつぎつぎに空《から》にしていく。（あっと、これは手品《てじな》じゃなかった。）

最後《さいご》に、ノウエンさんが、ワゴンの上《うえ》の皿《さら》を一瞬《いっしゅん》で消《け》した。

わたしたちは、手《て》が痛《いた》くなるまで拍手《はくしゅ》する。

優雅《ゆうが》な礼《れい》をするノウエンさん。

伯爵《はくしゃく》がいった。

「それでは、今夜《こんや》はこれで閉幕《へいまく》としよう。」

「あっ、ちょっと待《ま》ってください！」

あわてて伯爵《はくしゃく》をとめる教授《きょうじゅ》。

その顔《かお》は、とても真剣《しんけん》だ。

「まだ、グラニテがテーブルにでてません。退場《たいじょう》するのは、グラニテをだしてからにしてください。」

いつのまにか、教授《きょうじゅ》の前《まえ》には空《から》の皿《さら》だけがのっている。ピカピカの皿《さら》は、まるでなめ尽《つ》くしたかのようだ。

伯爵《はくしゃく》が、パチンと指《ゆび》を鳴《な》らす。

ノウエンさんが、グラニテののったワゴンをおす。そして、わたしたちの前《まえ》に、グラニテをくばってくれた。

喜《よろこ》びの踊《おど》りを踊《おど》る教授《きょうじゅ》。

小《ちい》さなスプーンをわしづかみにした教授《きょうじゅ》に、伯爵《はくしゃく》はきいた。

「夢水《ゆめみず》くん、きみの人生《じんせい》は、幸《しあわ》せだったといえるかね？」

「はい。」

なんのためらいもなく、教授《きょうじゅ》がうなずいた。

教授《きょうじゅ》は、名探偵《めいたんてい》だ。いままでに、いくつもつらい事件《じけん》に遭《あ》ってきてるだろう。なのに、ためらわずに「幸《しあわ》せだ」とこたえられる教授《きょうじゅ》。

なんだか、かっこういいじゃない。

「それに、つらかったことは、できるだけ忘《わす》れるようにしてるんですよ。」

……前言撤回《ぜんげんてっかい》。

記憶力《きおくりょく》のない教授《きょうじゅ》は、つらかったことをすべて忘《わす》れてしまってるだけなんだ。

番外編《ばんがいへん》　レーチの文学的苦悩《ぶんがくてきくのう》Final《ファイナル》

ぼくは、黒電話《くろでんわ》を見《み》ている。

今日《きょう》は、合格発表《ごうかくはっぴょう》の日《ひ》。受《う》かっていたら、電話《でんわ》がかかってくる。

朝《あさ》は五時《じ》に目《め》がさめた。それからすぐ、パジャマも着替《きか》えずに、電話《でんわ》のところへきた。

玄関《げんかん》の階段《かいだん》わきにおかれている黒電話《くろでんわ》。ぼくは、階段《かいだん》にすわるとひざに顔《かお》をうずめた。

「おいおい、そんなかっこうでいたら、風邪《かぜ》ひくぜ。」

黒電話《くろでんわ》がそういってるようだ。

「だいじょうぶだって。」

ぼくは、息《いき》を吐《は》く。白《しろ》い。寒《さむ》いはずなんだけど、寒《さむ》くない。なんだか気力《きりょく》が充実《じゅうじつ》していて、いまなら真冬《まふゆ》の海《うみ》ででも泳《およ》げそうだ。

ぼくは、黒電話《くろでんわ》に話《はな》しかける。

「おまえとも、いろいろあったな……。」

するとと、黒電話《くろでんわ》はフッと笑《わら》ったようだ。まるで、子供《ガキ》のお守《も》りにはつかれたぜといってるように。

「なぁ……。ぼくは、強《つよ》くなったかな？」

「自分《じぶん》でもわからないことを、きくんじゃないよ。」

やれやれという感《かん》じの、黒電話《くろでんわ》の返事《へんじ》。それもそうだ。

ゆっくりと時間《じかん》が流《なが》れていく。

「おぼえてるか？」

黒電話《くろでんわ》が、きいてくる。

「おまえがまだ小《ちい》さかったとき、おれをオモチャにして、ずいぶん大騒《おおさわ》ぎになったんだぜ。」

「へぇ～。」

初耳《はつみみ》だ。

「まだ、一歳《さい》ちょっとくらいのころだ。つたい歩《ある》きしてきたおまえは、手《て》をのばして、ダイヤルをまわしはじめた。ジーコジーコとまわるダイヤルがおもしろかったんだろうな。しょっちゅう、おれのダイヤルをまわしていた。」

「ふ〜ん。」

「あるとき、おまえののばした手《て》が、受話器《じゅわき》をはずしてしまった。その状態《じょうたい》で、おまえはダイヤルをまわしたんだ。」

「受話器《じゅわき》がはずれてたら、電話《でんわ》がかかってしまうじゃないか？」

黒電話《くろでんわ》がうなずく。

「かかったよ。」

「どこに？」

「一一〇。」

「………」

「ぐうぜんとはいえ、おそろしいな。」

「それで、そのあとどうなったの？」

「ききたいか？」

「いや、いい。」

ぼくは、必死《ひっし》で記憶《きおく》の箱《はこ》をひっくり返《かえ》す。

かすかに……かすかにだが、黒電話《くろでんわ》に関《かん》して親《おや》からきつくおこられたおぼえがある。

——ひょっとして、ぼくが黒電話《くろでんわ》が苦手《にがて》なのは、このときの体験《たいけん》が精神的外傷《トラウマ》になってるのかもしれない。

黒電話《くろでんわ》が、なぐさめるようにいう。

「そのころにくらべたら、すこしはマシになったぜ。」

「それは、どうも。」

赤《あか》ん坊《ぼう》のころとくらべられてもな……。

それからも、黒電話《くろでんわ》は思《おも》い出話《でばなし》をしてくれた。

家《いえ》の電話番号《でんわばんごう》をおぼえるのに、苦労《くろう》したこと。緊急連絡網《きんきゅうれんらくもう》の電話《でんわ》で、まちがった連絡《れんらく》をまわしてしまったこと。いまでも、時報《じほう》と天気予報《てんきよほう》の番号《ばんごう》の区別《くべつ》がつかないこと。

「一一七が時報《じほう》だっけ？」

ぼくがきくと、

「電話帳《でんわちょう》で、調《しら》べな。」

という冷《つめ》たい返事《へんじ》が返《かえ》ってきた。

「そういや、女《おんな》の子《こ》から電話《でんわ》がかかってきたこともあったな。あれは、五年生《ねんせい》のときだっけ？」

「おぼえてない！」

とぼけたけど、じつは、はっきりおぼえていた。

「あのころのおまえは、まだ髪《かみ》も長《なが》くなかったし、野蛮人《やばんじん》というほどもひどくなかったしな。物《もの》好《ず》きな女《おんな》の子《こ》から電話《でんわ》がかかっても、不思議《ふしぎ》はないか。」

……えらいいわれようだ。

「でも、おまえの対応《たいおう》はひどかったな。『好《す》きです。』っていわれたら、速攻《そっこう》で『ごめん。』のひとことだもんな。」

「…………」

たしかに、黒電話《くろでんわ》のいうとおり。

でも、あのときはパニックをおこして、どうしたらいいのかわからなかったんだ。

「まぁ、はっきりこたえるのも、やさしさかもしれないがな。」

「……やっぱり、ぼくは子供《ガキ》なんだな。」

「それをみとめるのが、大人《おとな》への第一歩《だいいっぽ》さ。」

ハードボイルドの口調《くちょう》で、黒電話《くろでんわ》がいった。

家族《かぞく》は、パジャマすがたで階段《かいだん》にすわりこんでいるぼくを見《み》ても、なにもいわなかった。

そして、午前十時《ごぜんじ》をすこしまわったころ、電話《でんわ》が鳴《な》った。

ぼくは、ベルが二回鳴《かいな》ったところで、受話器《じゅわき》をとった。

「フェリシタシオン！（おめでとう！）」

受話器《じゅわき》の奥《おく》からきこえてきたフランス語《ご》。ぼくは、大《おお》きく息《いき》をすいこんでこたえる。

「めるしぃ（ありがとう）。」

それからは、早口《はやくち》のフランス語《ご》。あまり理解《りかい》できなかったが、どうやら入学手続《にゅうがくてつづ》きに関《かん》する書《しょ》類《るい》を郵送《ゆうそう》するっていってるみたいだ。

受話器《じゅわき》をおいたぼくに、黒電話《くろでんわ》がいう。

「おめでとう――っていうべきなんだろうな。」

「ありがとう。」

「それで、フランスへいくのか？」

「うん。」

ぼくは、はっきりこたえた。


フランスの高校《こうこう》を受験《じゅけん》しようと思《おも》ったとき、いちばん最初《さいしょ》に考《かんが》えたのは、亜衣《あい》のことだ。それまでのぼくは、なんとなく亜衣《あい》といっしょの高校《こうこう》へいこうかなって思《おも》っていた。

そのために、勉強《べんきょう》をがんばったりした。なんとか合格圏内《ごうかくけんない》にはいりこむこともできた。

でも……。

なんだかちがうような気《き》がしていた。的《まと》はずれな努力《どりょく》をしてるような気《き》がした。

亜衣《あい》といっしょの高校《こうこう》へいったら、楽《たの》しいだろう。

おなじクラスになるとはかぎらないけど、あいつは、また文芸部《ぶんげいぶ》にはいるだろう。たぶん、ぼくもはいるけど、やっぱり原稿《げんこう》は書《か》かない。いっしょの修学旅行《しゅうがくりょこう》。高校《こうこう》は二年生《ねんせい》のときにいくんだっけ？

バイトもしたいな。亜衣《あい》といっしょにバーガーショップでバイトできたら、時給《じきゅう》は半分《はんぶん》でもいいや。

高校《こうこう》を卒業《そつぎょう》するころには、ぼくの背《せ》ものびて、亜衣《あい》とならんで歩《ある》くのも気《き》にならなくなるだろう。

でも――でも、やっぱりちがうような気《き》がした。

ぼくは、フランスへいくことをえらんだ。

いまの段階《だんかい》で、それが正解《せいかい》だ。

ぼくは、夢水先生《ゆめみずせんせい》みたいになりたかった。どんな難事件《なんじけん》も、みんなが幸《しあわ》せになるように解決《かいけつ》する名探偵《めいたんてい》。でも、どうやったらなれるかわからない。

推理力《すいりりょく》が必要《ひつよう》なのはわかる。でも、それだけじゃダメだろう。

不可能犯罪《ふかのうはんざい》を目《め》にしても、

「かんたんな推理《すいり》だよ。」

と、へいぜんといいきれるだけの自信《じしん》と強《つよ》さを持《も》っていなけりゃいけないんだ。

どうやったら、そんな自信《じしん》を身《み》につけられるか？

そんなとき、新聞《しんぶん》で、フランスの高校《こうこう》が学生《がくせい》を募集《ぼしゅう》してる記事《きじ》を読《よ》んだ。試験《しけん》は、五分間《ふんかん》の面《めん》接試験《せつしけん》のみ。日本語《にほんご》ではなく、フランス語《ご》でおこなわれる面接試験《めんせつしけん》。

このとき、ぼくは考《かんが》えた。

ぼくは、フランス語《ご》をまったく知《し》らない。そんなぼくが、この試験《しけん》をうけたら……。

「合格《ごうかく》するわけないじゃない。」

みんなは、そういうだろう。でも、そういうみんなは、名探偵《めいたんてい》ではない。

名探偵《めいたんてい》なら、こういうはずだ。

「この世《よ》に不可能《ふかのう》なことは、なにもないのだよ。」

って——。

つまり、フランス語《ご》を知《し》らないぼくがこの試験《しけん》に合格《ごうかく》するということは、名探偵《めいたんてい》の素質《そしつ》があるということなんだ。——そう思《おも》った。

ぼくは、フランス語《ご》を話《はな》せる人《ひと》を見《み》つけて、一枚《まい》の紙《かみ》を見《み》せた。

「この紙《かみ》に書《か》いてある日本語《にほんご》を、フランス語《ご》にしてください。」

紙《かみ》には、「きみは、どうして髪《かみ》をのばしてるんだ？」という想定問題《そうていもんだい》に対《たい》する答《こた》えが書《か》いてある。

ぼくの長髪《ちょうはつ》を試験官《しけんかん》が見《み》たとき、まずきいてくることは、髪《かみ》をのばしている理由《りゆう》だろう。だったら、あらかじめ、その答《こた》えをフランス語《ご》で用意《ようい》しておけばいい。

ぼくは、訳《やく》してもらった答《こた》えをMP3《エムピースリー》プレイヤーに録音《ろくおん》し、ひたすらききつづけた。学校《がっこう》でも、授業中《じゅぎょうちゅう》以外《いがい》は、イヤホンを耳《みみ》に入《い》れていた。

そして、完璧《かんぺき》に五分間分《ふんかんぶん》のフランス語《ご》を暗記《あんき》することができた。

え？　もし、髪《かみ》をのばしてることに関《かん》する質問《しつもん》がなかったら？

そのときは、ぼくは名探偵《めいたんてい》としてえらばれていないということだ。

なにはともあれ、ぼくは合格《ごうかく》した。

「ほかのフランス語《ご》は知《し》らないんだろ？」

「うい！」

ほかに知《し》ってるのは、ぼんじゅぅる（おはよう）と、単語《たんご》がすこし。

ため息《いき》をついて、黒電話《くろでんわ》がいう。

「苦労《くろう》するぞ。」

「そんなこと、いわれなくてもわかってる。」

頼《たよ》りになるのは、自分《じぶん》の推理力《すいりりょく》だけ。もしぼくが、名探偵《めいたんてい》としての素質《そしつ》があるのなら、だいじょうぶなはずだ。

「で、どうするんだ？」

「むこうには学生寮《がくせいりょう》があるから、すむところは心配《しんぱい》ない。——だから、まずは荷造《にづく》りかな。」

「いや、そうじゃない。岩崎家《いわさきけ》の長女《ちょうじょ》のことだ。」

「ああ……。」

まったく、痛《いた》いところをついてくるやつだ。

「で、どうするんだ？」

黒電話《くろでんわ》が、もう一度《いちど》きいてきた。

「いまから、電話《でんわ》するよ。」

ぼくは、受話器《じゅわき》を持《も》つ。

ダイヤルをまわそうとすると、黒電話《くろでんわ》がいった。

「おれがまわしてやろうか？」

「いや、おれがやる。」

「――そうか。」

ダイヤルをまわす。電話番号《でんわばんごう》は、指《ゆび》がおぼえている。

「はい、岩崎《いわさき》です。」

この声《こえ》は、亜衣《あい》だ。

「レーチだけど、高校合格《こうこうごうかく》した。」

「へぇ～、おめでとう。でも、その長髪《ちょうはつ》で、よく合格《ごうかく》したね。」

あまりおどろいてない亜衣《あい》の声《こえ》。

「あれ？　――レーチから電話《でんわ》してくるって、はじめてだっけ？」

のんびりした感《かん》じでいってる。

でも、

「おれが合格《ごうかく》したの、フランスの高校《こうこう》なんだ。だから、フランスにいく。」

そういったら、

「…………」

しばらく、受話器《じゅわき》のむこうはしずかになった。

でも、つぎの瞬間《しゅんかん》――。

「えー！」

という大声《おおごえ》が、おれの耳《みみ》をつらぬく。おれは、あわてて受話器《じゅわき》を耳《みみ》からはなした。

「なんなのよ、フランスって！　いったい、どういうこと！　だいたい、あんた、フランス語《ご》なんて話《はな》せないじゃない！　なんで合格《ごうかく》できるのよ！」

――そういったような意《い》味《み》のことが、音割《おとわ》れしたスピーカーからこぼれるノイズのようにきこえる。

「わかった、わかった！　おまえがききたいことがいっぱいあるってことは、よぉーく、わかった。だから、いまから学校《がっこう》へこい。ちゃんと説明《せつめい》するから。」

それだけいって、おれは受話器《じゅわき》をおいた。

まだ、耳《みみ》がジンジンする。こりゃ、説明《せつめい》するの、たいへんだな。

「なんていえばいいかな？」

おれは、黒電話《くろでんわ》にきいた。

「……………」

黒電話《くろでんわ》は、なにもこたえない。

「おい？」

「……………」

おれは、手《て》をのばして黒電話《くろでんわ》をさわった。しかし、冷《つめ》たいプラスチックの感触《かんしょく》に、思《おも》わず手《て》をひっこめる。

「……………」

もう一度《いちど》手《て》をのばし、黒電話《くろでんわ》をなでる。

「……いままでありがとう。」

おれは、心《こころ》の底《そこ》からの感謝《かんしゃ》をこめて、黒電話《くろでんわ》に頭《あたま》をさげた。

18　質疑応答《しつぎおうとう》

人気《ひとけ》のない学校《がっこう》。

わたしは、時計台《とけいだい》のほうへむかった。

時計台《とけいだい》の下《した》におかれたベンチに、レーチはすわっていた。わたしを見《み》ると、かるく片手《かたて》をあげる。でも、わたしの顔《かお》を見《み》て、表情《ひょうじょう》をひきしめた。

だまって、レーチのとなりに腰《こし》をおろす。

しばらく、わたしたちはなにもいわずすわっていた。

一羽《わ》の鳥《とり》が、近《ちか》くの木《き》から飛《と》びたつ。

それを合図《あいず》に、わたしはポケットから紙《かみ》をだしてレーチに見《み》せた。

「なんだこれ？」

そうきいてくるレーチに、

「質問事項《しつもんじこう》。」

わたしは、そっけなくいう。

「こたえるまえに宣言《せんげん》してね。うそいつわりなく、真実《しんじつ》をこたえるって。」

「わかったよ。」

レーチが、右手《みぎて》を胸《むね》にあてた。そして、紙《かみ》の最初《さいしょ》に書《か》かれた部分《ぶぶん》を読《よ》む。

「**①どうして、フランスの高校《こうこう》に受《う》かったのか？　知性零《ちせいれい》のバカのくせに。**――この『知性零《ちせいれい》のバカのくせに。』ってのは、質問事項《しつもんじこう》っていえないだろ。」

文句《もんく》をいうレーチ。

「いいから、こたえて！」

わたしの剣幕《けんまく》に、長髪《ちょうはつ》をガシガシかくレーチ。

「この長髪《ちょうはつ》のおかげで、合格《ごうかく》できたんだ。」

そして、合格《ごうかく》したわけを話《はな》してくれた。

――なるほど。

面接試験《めんせつしけん》で、相手《あいて》が質問《しつもん》してくることが事前《じぜん》にわかっていたら、答《こた》えを準備《じゅんび》することができる。

レーチは、その質問《しつもん》を誘導《ゆうどう》したんだ。

だれだって、レーチの校則無視《こうそくむし》の長髪《ちょうはつ》を見《み》たら、「どうして髪《かみ》をのばしてるのか？」ってききたくなるもんね。

うん、なかなかかしこいじゃない。

「②**どうしてフランスなのか？**——これはかんたん。たまたま新聞《しんぶん》で見《み》た募集記事《ぼしゅうきじ》が、フランスの学校《がっこう》だったんだ。」

いや、やっぱりバカだ。自分《じぶん》の留学先《りゅうがくさき》を、たまたま見《み》た新聞記事《しんぶんきじ》でかんたんに決《き》めるか？

「どうしてアメリカにしなかったの？　英語《えいご》なら、いくら知性零《ちせいれい》のあんたでも、ある程度《ていど》はわかるでしょ。」

そうきくと、レーチは首《くび》を横《よこ》にふった。

「ああ、アメリカはダメ。だって、歌枕《かつらぎ》がいくだろ。せっかく外国《がいこく》へいくんだぜ。知《し》ってるやつに会《あ》いたくないじゃん。」

……あんた、アメリカがどれだけ広《ひろ》いか知《し》ってるの？　死《し》ぬまでいたとしても、ぐうぜん、歌《かっ》枕《らぎ》くんに会《あ》う確率《かくりつ》はゼロよ。

「つぎは、③**どうして海外留学《かいがいりゅうがく》するのか？**　——これは、話《はな》すと長《なが》くなるかな……。」

そう前置《まえお》きしてから、

「おれ、名探偵《めいたんてい》になろうと決《き》めたんだ。」

とレーチはいった。そして、あわててつけくわえる。

「子《こ》どもっぽいって笑《わら》うなよ。おれは真剣《しんけん》なんだから。」

笑《わら》うはずがない。真剣《しんけん》に語《かた》られる夢《ゆめ》を笑《わら》うほど、わたしはくさっちゃいない。

でも、つづいての話《はなし》は、なかなかわたしには理解《りかい》できないことばかりだった。どれだけ説明《せつめい》されても、「どうして？　どうして？」ときいてしまいそう。

だから、ききたい気持《きも》ちをがまんして、わたしはだまっていた。たぶん、何時間《なんじかん》かけて説明《せつめい》してもらっても、わたしには理解《りかい》できないこと……。それは、わたしが女《おんな》の子《こ》だから？

「それに、おれ、人間《にんげん》を見《み》たいんだ。」

さらに、わけのわからないことをいうレーチ。

「亜衣《あい》——おまえ、自分《じぶん》の近所《きんじょ》に、どんな人《ひと》がすんでるか知《し》ってるか？」

とうとつにきかれた。わたしの近所《きんじょ》……。

まっさきに思《おも》いつくのは、教授《きょうじゅ》だ。

レーチがつづける。

「おれの近所《きんじょ》って、子《こ》どもがいない家《いえ》って多《おお》くってさ。おれも姉《ねえ》ちゃんも、近所《きんじょ》の人《ひと》たちにずいぶんかわいがられたんだ。小《ちい》さいころ、おれが泣《な》いてると、みんな心配《しんぱい》してくれた。笑《わら》ってると、『なにか楽《たの》しいことがあったのか?』ってきいてきた。——おれにしたら、保護者《ほごしゃ》が何人《なんにん》もいるような状況《じょうきょう》だった。」

「………」

「フランスにも、そんなにやさしい人《ひと》がいるのか、見《み》てみたいんだ。そして、安心《あんしん》したいんだ。人間《にんげん》は、やさしい。国《くに》がちがってもことばがちがっても——基本的《きほんてき》に人間《にんげん》はやさしいって。」

なるほど……。

レーチは、知性《ちせい》が零《れい》の野蛮人《やばんじん》だけど、まっすぐな性格《せいかく》をしている。そのわけがわかったような気《き》がした。

基本的《きほんてき》に人間《にんげん》が好《す》きなんだ、レーチは。

うん……。あんた名探偵《めいたんてい》にむいてるよ。

レーチが、紙《かみ》に目《め》をもどす。

「最後《さいご》の質問《しつもん》か。④**ほんとうにフランスへいくのか?** ——この質問《しつもん》の答《こた》えもかんたんだ。答《こた》えは、『うぃ』。」

「そう……。」

わたしは、レーチから紙《かみ》をうばうと、ペンをだして書《か》きくわえる。

「なにしてるんだ？」

「追加質問《ついかしつもん》！」

レーチに紙《かみ》を見《み》せる。

追加質問《ついかしつもん》を読《よ》むレーチ。

「⑤わたしがとめても？　――……。」

レーチは、口《くち》をとざした。

一分《ぷん》――いや、二分《ふん》くらい考《かんが》えてから、こたえる。

「ああ。おれは、フランスへいく。たとえ、おまえがとめても。」

きっぱりといった。

「そう……。」

わたしは、レーチの手《て》から紙《かみ》をとると、ていねいにたたんでポケットにしまった。

そして、笑顔《えがお》でいう。

「ごめんね、レーチ。最後《さいご》に、おかしな質問《しつもん》しちゃって。」

「え……ああ。」

とまどってるレーチ。

「フランスいくの、卒業式《そつぎょうしき》おわってからでしょ。それまでに、送別会《そうべつかい》やろうよね。千秋《ちあき》や一ノ瀬《いちのせ》くんにも声《こえ》をかけてさ――。だから、だまって出発《しゅっぱつ》したら、ダメだよ。」

「ああ、わかってる。」

「じゃあね。」

わたしは、レーチに背《せ》をむける。

自分《じぶん》の夢《ゆめ》を熱《あつ》く語《かた》っていたレーチ。

名探偵《めいたんてい》になるために、フランスへいくんだといったレーチ。

その熱《あつ》く一途《いちず》な思《おも》い。

でも、追加質問《ついかしつもん》にこたえるときだけ、すこしレーチはまよった。すぐにはこたえなかった。

そんなレーチがだした答《こた》えだ。

よし、元気《げんき》にフランスでもどこへでも、いってしまえ！

19　夢喰《ゆめく》いは……

つぎの日《ひ》――。

レーチの合格《ごうかく》は、わたしが登校《とうこう》したときには、すでにひろまっていた。

フランスの高校《こうこう》から、虹北学園《こうほくがくえん》のほうにも連絡《れんらく》があったらしい。

「えー、フランス！」

「どうすんのよ、亜衣《あい》？」

学校《がっこう》で情報《じょうほう》を収集《しゅうしゅう》した真衣《まい》と美衣《みい》が、わたしにつめよる。

「……どうすんのよって、どうもしないけど。」

そうこたえると、二人《ふたり》はますますせまってくる。

「それで、いいの？」

わたしは、うなずく。

真衣《まい》と美衣《みい》は、ちょっとおどろいた顔《かお》をしたけど、それ以上《いじょう》なにもいわなかった。

教室《きょうしつ》へいくと、レーチが男子生徒《だんしせいと》にとりかこまれていた。

なんやかんやいわれてることばをまとめると、『レーチにフランスはにあわない。』のひとことになる。

「いいじゃねぇか！」

反論《はんろん》するレーチ。

まわりの男子《だんし》は、いろいろいってるけど、みんな目《め》が笑《わら》ってる。

「それで、何年《なんねん》いってるんだ？」

「日本《にっぽん》の高校《こうこう》とおなじ。三年《ねん》で卒業《そつぎょう》だ。」

レーチがこたえると、まわりの男子《だんし》が計算《けいさん》をはじめる。

「三年《ねん》たったら、すこしは背《せ》がのびてるかな？」

「まぁレーチのことだから、二回《かい》は落第《らくだい》するだろ。——ということは、日本《にっぽん》に帰《かえ》ってくるのは五年後《ねんご》か。」

「いや、四回《かい》は落第《らくだい》するんじゃないか。帰《かえ》ってくるのは、二十歳《はたち》ごろだな。」

「フッ、あまいな。」

ひとりの男子《だんし》が、ニヒルにほほえむ。

「おれは、フランスに着《つ》いたとたん、なにかヤバイことやって強制送還《きょうせいそうかん》になると思《おも》う。」

その意見《いけん》に、歓声《かんせい》と拍手《はくしゅ》がおこった。

「勝手《かって》なことばっかいうんじゃねぇ！」

レーチが吠《ほ》えるが、男子《だんし》は盛《も》りあがってる。

学級委員《がっきゅういいん》のハル兄《にい》が、みんなをまとめる。

「よし、だれの予想《よそう》があたるか賭《か》けよう。ぼくは、四年《ねん》で帰《かえ》ってくるに二百円《えん》！」

「半年以内《はんとしいない》に二百円《えん》！」

「やっぱり五年後《ねんご》だろ。二百円賭《えんか》ける！」

「一点買《いってんが》いは、素人《しろうと》のすることだな。おれは、五年後《ねんご》と六年後《ねんご》に百円《えん》ずつ。」

みんなが口々《くちぐち》にいう。

きいてると、三年後《ねんご》の帰国《きこく》に賭《か》けてる男子《だんし》はひとりもいなかった。

ハル兄《にい》は、レポート用紙《ようし》に賭《か》け金《きん》といつ帰《かえ》ってくるかをまとめていく。

つぎつぎあつまる小銭《こぜに》の山《やま》。

そして、あつまったお金《かね》とレポート用紙《ようし》をレーチにわたした。

「ほら、みんなの賭《か》け金《きん》だ。なくすなよ。そして、帰国《きこく》したらちゃんと配当金《はいとうきん》をわたすんだぞ。」

「………。」

レーチはわたされた小銭《こぜに》の山《やま》を見《み》る。なにもいえない。

ハル兄《にい》がダメ押《お》しする。

「まちがうなよ。これは餞別《せんべつ》じゃないんだからな。勝手《かって》につかうなよ。」

「もし、三年後《ねんご》に帰《かえ》ってきたら？」

レーチの質問《じつもん》に、肩《かた》をすくめるハル兄《にい》。

「そんときは、だれの予想《よそう》もあたらなかったことになるから、賭《か》け金《きん》はおまえのものだ。」

「よくわかった。」

レーチが、ニカッと笑《わら》う。

「意地《いじ》でも三年《ねん》で帰《かえ》ってきてやる！」

「期待《きたい》せずに待《ま》ってるぜ。」

ふーん……。

わたしは、男子《だんし》を見《み》ていて思《おも》った。

みんな、いろいろいってるけど、レーチが三年《ねん》で帰《かえ》ってくると思《おも》ってるんだ。

そのとき、ひとりの男子《だんし》がボソッといった。

「でも、レーチはいいよな。はっきりとやりたいことがあってさ。」

そのことばに、すこしだけ雰囲気《ふんいき》がザワリとする。

いったのは、花田清輝《はなだきよてる》くんだ。みんなからは、ハナキヨと呼《よ》ばれている。

「レーチだけじゃない。歌枕《かつらぎ》にしても、川口《かわぐち》にしても、みんな夢《ゆめ》があるんだろ。うらやましいよ。」

歌枕《かつらぎ》くんは、元《もと》まくら投《な》げ協会《きょうかい》の会長《かいちょう》。まくら投《な》げの技術《ぎじゅつ》は国内《こくない》ジュニアではトップクラス。

この春《はる》から、アメリカに留学《りゅうがく》することが決《き》まってる。

川口《かわぐち》くんは、探検家《たんけんか》になるのが夢《ゆめ》。卒業《そつぎょう》したら、国内《こくない》の遺跡巡《いせきめぐ》りをするそうだ。

「ハナキヨは、なにかやりたいことないのか？」

ハル兄《にい》がきいた。

しばらく考《かんが》えてから、ハナキヨがこたえる。

「ないな……。高校《こうこう》も推薦《すいせん》で受《う》かってるけど、入学《にゅうがく》してからもべつにやりたいことないな。」

「じゃあ、なにしに高校《こうこう》いくんだ？」

レーチがきいた。

「べつに……。みんながいくから、いくってのが正確《せいかく》だな。おれも、トックリみたいにやりたいことがあったら、高校《こうこう》へいかないいんだけどな。」

トックリこと徳居《とくい》くん。家《いえ》が宮大工《みやだいく》で、彼《かれ》も中学《ちゅうがく》を卒業《そつぎょう》したらすぐに宮大工《みやだいく》の修行《しゅぎょう》をはじめるそうだ。

「いいよな、家《いえ》の仕事《しごと》をつげるやつは。」

ハナキヨのことばに、トックリが、みんなの輪《わ》をはなれる。温厚《おんこう》なトックリはなにもいわないけど、ハナキヨにいいたいことがあるんだろうな。

場《ば》の雰囲気《ふんいき》がわるくなってきたのを感《かん》じたんだろう、ハル兄《にい》が口《くち》をひらく。

「なにもやりたいことがないって――まるで、夢喰《ゆめく》いに夢《ゆめ》を喰《く》われたみたいだな。」

冗談《じょうだん》めかした言《い》い方《かた》に、ハナキヨは笑《わら》わない。

「ちがうよ、ハル兄《にい》。おれは、最初《さいしょ》から夢《ゆめ》を持《も》ってなかった。だから、夢喰《ゆめく》いに夢《ゆめ》を喰《く》われたわけじゃない。」

「…………」

世界の
UMA

「だから、おれは夢喰《ゆめく》いがこわくない。」

ハナキヨが、まわりを見《み》まわす。

「そんなの、おれだけじゃないだろ。」

そのことばに、みんなは目《め》をそらす。

いや、歌枕《かつらぎ》くんだけはべつだ。ハナキヨにいう。

「夢《ゆめ》を持《も》つのがこわいのか？」

歌枕《かつらぎ》くんがいった。

「おれもこわかった。夢《ゆめ》がこわれたとき、おれはどうなるのか……。立《た》ちなおれるのか……。それを思《おも》うと、こわくてしかたなかった。でも、気《き》づいたんだ。うまくいえないけど、こわかったのは、自分《じぶん》が目一杯《めいっぱい》やってないからなんだって。なにも考《かんが》えられないくらい、一生懸命《いっしょうけんめい》やったら、こわい気持《きも》ちなんてどっかへいったよ。」

「……おれが、一生懸命《いっしょうけんめい》やってないってのか？」

ハナキヨが、暗《くら》い目《め》で歌枕《かつらぎ》くんを見《み》た。

なんだか、マズイ雰囲気《ふんいき》。

そのとき、明《あか》るい口調《くちょう》で川口《かわぐち》くんがいった。

「おお、ヤバイヤバイ。ケンカするのなら、外《そと》でやれよ。うるさいから。」

このことばで、ハナキヨが肩《かた》の力《ちから》を抜《ぬ》いた。

川口《かわぐち》くんがきく。

「なぁ。山《やま》で、身動《みうご》きとれないくらいヤバイ状況《じょうきょう》になった。そんなとき、おまえらはなにがほしい？」

みんなを見《み》まわす川口《かわぐち》くん。

わたしも考《かんが》える。

体温《たいおん》をさげないため、火《ひ》をおこす。それには、マッチやライターがいる。ううん。そのまえに、やっぱり食料《しょくりょう》……？　水《みず》……？

なにかの本《ほん》で読《よ》んだけど、食《た》べる物《もの》がなかったら三週間《しゅうかん》、水《みず》がなかったら三日《みっか》しかもたないそうだ。うん、だから答《こた》えは水《みず》だ！

川口《かわぐち》くんは、みんなのつぶやきをきいてから、首《くび》を横《よこ》にふった。

「おれの場合《ばあい》は、タコ焼《や》きだな。」

……はぁ？

それって、食料《しょくりょう》ってこと？

わけのわからないって顔《かお》をしてるわたしたちに、川口《かわぐち》くんが説明《せつめい》してくれる。

「おれは、タコ焼《や》きが好《す》きなんだ。二日《ふつか》に一度《いちど》は食《た》べてる。毎食《まいしょく》ぜんぶタコ焼《や》きでもいいくらい好《す》きだ。」

うっとりした目《め》で語《かた》る川口《かわぐち》くん。

「だけど、山《やま》にはいる二週間《しゅうかん》まえから、タコ焼《や》きを食《た》べないようにしてるんだ。すると、やばいときでも『こんなところで死《し》ねるか！　おれは、帰《かえ》ってタコ焼《や》きを食《く》うんだ！』って思《おも》えるだろ。」

「…………。」

「おれにとっては、タコ焼《や》きを食《く》うってことが夢《ゆめ》なんだろうな。いくら水《みず》や食料《しょくりょう》があっても、夢《ゆめ》がなかったら生《い》きのこるのはむずかしい。」

「…………。」

みんな、あきれてことばがないみたい。

おそるおそるって感《かん》じで、ひとりの女子《じょし》が手《て》をあげた。

「川口《かわぐち》くんは、タコ焼《や》きを食《た》べるために帰《かえ》ってくるの？」

「そうだよ。」

「だれか……だれか、好《す》きな人《ひと》に会《あ》いたいからとか、そんなことはないの？」

しばらく考《かんが》えて、川口《かわぐち》くんはいった。

「いまは、タコ焼《や》きがいちばんだな。」

その〝いまは〟の部分《ぶぶん》に、女《おんな》の子《こ》はホッとした顔《かお》になる。わたしも、なんだかホッとする。卒業《そつぎょう》したら、探検家《たんけんか》として旅立《たびだ》つ川口《かわぐち》くん。でも、どんな危険《きけん》にあってもぜったいに死《し》なないような気《き》がする。うん、だいじょうぶ。あぶなくなっても、タコ焼《や》き食《た》べに、みんなのところへ帰《かえ》ってくるよ。

「あー、もうグチャグチャとうるさいわね。」

問題集《もんだいしゅう》を見《み》ていたひとりの女子《じょし》が、椅子《いす》から立《た》ちあがる。

「わたしもハナキヨといっしょ、夢《ゆめ》なんかない。いまは、とにかく高校《こうこう》に合格《ごうかく》することしか考《かんが》えてない。夢《ゆめ》を見《み》つけるのは、それからよ。だから、しずかにしててよ！」

「はーい。」

すなおに川口《かわぐち》くんがいって、その場《ば》はおさまった。

昼休《ひるやす》み、教室《きょうしつ》の窓《まど》から校庭《こうてい》を見《み》ると、花壇《かだん》のわきに教授《きょうじゅ》が寝《ね》ころんでいた。

お日《ひ》さまを浴《あ》びてゴロゴロしてるすがたは、ひなたぼっこしてる黒猫《くろねこ》のようだ。

通《とお》りすぎる女子生徒《じょしせいと》が、サンドイッチや牛乳《ぎゅうにゅう》を、お供《そな》えしていく。わたしは、ときどきのら犬《いぬ》やのら猫《ねこ》が学校《がっこう》へ侵入《しんにゅう》してくるわけが、わかったような気《き》がした。

校庭《こうてい》にでて、教授《きょうじゅ》に声《こえ》をかける。

「教授《きょうじゅ》、なにやってんの？」

「事件《じけん》の調査《ちょうさ》だよ。」

そうこたえる教授《きょうじゅ》のまわりには、食《く》いちらかされたお供《そな》え物《もの》のざんがい。

「夢水《ゆめみず》さん、ゴミはちゃんとかたづけてくださいね。」

職員室《しょくいんしつ》から顔《かお》をだした先生《せんせい》が、教授《きょうじゅ》にむかってビシッという。

「は〜い。」

気《き》のぬけた返事《へんじ》をする教授《きょうじゅ》。

「返事《へんじ》は、みじかく『はい』！」

またおこられる教授《きょうじゅ》。

「はい！」

言《い》いなおしをした教授《きょうじゅ》は、おとなしくゴミ拾《ひろ》いをはじめた。

わたしは、ふたたび質問《しつもん》。

「なにやってんの？」

「ゴミ拾《ひろ》いだよ。」

「事件《じけん》の調査《ちょうさ》じゃなかったの？」

「それもやりながら、ゴミ拾《ひろ》いもしてるのさ。」

教授《きょうじゅ》が、腰《こし》をおろす。

わたしも、その横《よこ》にすわった。

ふりそそぐ太陽《たいよう》が、あたたかい。

寒《さむ》い寒《さむ》いと思《おも》ってたけど、確実《かくじつ》に春《はる》は近《ちか》づいてきている。

「こうして学校《がっこう》にいると、いろんな声《こえ》がきこえてくるね。」

ひとりごとのように、教授《きょうじゅ》がつぶやく。

「中学時代《ちゅうがくじだい》なんて、ずっとむかしのことだから忘《わす》れちゃったけど、みんなの話《はなし》をきいてると、楽《たの》しかったあのころがよみがえってくるね。」

わたしは、なまあたたかい目《め》で教授《きょうじゅ》の話《はなし》をきいている。教授《きょうじゅ》、一時間《じかん》まえのことも、よくおぼえてないいじゃない。

「さっき、一年《ねん》の女《おんな》の子《こ》がおにぎりをくれたんだ。そのとき、『おじさん、なにしてるの？』ってきかれたから、『事件《じけん》の調査《ちょうさ》をしてるんだよ。お兄《にい》さんは、名探偵《めいたんてい》だからね。』ってこたえた。すると女《おんな》の子《こ》は、目《め》をかがやかせていったよ。『すてき！　わたしも名探偵《めいたんてい》になりたいな。』って——。ぼくは、女《おんな》の子《こ》に夢《ゆめ》をあたえたのかな。」

さて、この教授《きょうじゅ》のことばは、ツッコミどころ満載《まんさい》だから、順番《じゅんばん》に見《み》ていこう。

まず、おにぎりをくれたってところ。これって、動物《どうぶつ》にえさをあげるのとおなじ感覚《かんかく》よね。そのうち、『えさをあたえないでください。』って立《た》て札《ふだ》が立《た》つかもしれないわ。

あと、〝おじさん〟っていわれて〝お兄《にい》さん〟っていいなおしてるところが哀《かな》しい。教授《きょうじゅ》も年齢《ねん》《れい》を気《き》にしてるのかな？（正確《せいかく》な歳《とし》を知《し》らないくせに。）

それから、女《おんな》の子《こ》は〝名探偵《めいたんてい》になりたい〟といったわけで、〝教授《きょうじゅ》みたいになりたい〟っていったわけじゃない。この点《てん》を教授《きょうじゅ》はかんちがいしている。

よし。分析《ぶんせき》をおえて、わたしは満足《まんぞく》だ。

教授《きょうじゅ》が、わたしを見《み》る。

「亜衣《あい》ちゃんは、小説家《しょうせつか》になりたいんだろ。」

とつぜんきかれて、わたしはとまどう。

「そうだけど。」

「いまでも？」

「……うん。」

わたしは、返事《へんじ》をするのに、すこし時間《じかん》がかかった。

いままでは、漠然《ばくぜん》とした夢《ゆめ》だった。小説家《しょうせつか》になるっていっても、心《こころ》のどこかで、なれっこないって思《おも》ったりもしていた。

でも――。

奇譚綺談社《きたんきだんしゃ》の最終選考《さいしゅうせんこう》にのこった。手《て》がとどかないと思《おも》っていた夢《ゆめ》が、現実味《げんじつみ》を帯《お》びてきた。

だから――。

わたしは、返事《へんじ》をするのにためらってしまった。

レーチが、うらやましい。なにもまよわず、夢《ゆめ》にむかってつきすすんでるレーチが……。

わたしは、教授《きょうじゅ》にきく。

「教授《きょうじゅ》は、小《ちい》さいころから名探偵《めいたんてい》になりたかったの？」

「え？」

質問《しつもん》の意味《いみ》が、理解《りかい》できないって顔《かお》をする教授《きょうじゅ》。

しばらく考《かんが》えてから、こたえる。

「その質問《しつもん》は、意味《いみ》がない。犬《いぬ》にむかって、『小《ちい》さいころから犬《いぬ》だった？』ってきくのとおなじだよ。」

「…………」

「ぼくは、名探偵《めいたんてい》の夢水清志郎《ゆめみずきよしろう》。生《う》まれたときから、名探偵《めいたんてい》だよ。」

……すごい自信《じしん》。

これだけ自信《じしん》をもって断言《だんげん》できる名探偵《めいたんてい》に、レーチはなれるのかな？

「教授《きょうじゅ》、知《し》ってた？　レーチ、名探偵《めいたんてい》になりたいんだって。」

「それは、いいことだ。――ぼくはときどき考《かんが》えるんだ。世界中《せかいじゅう》の人《ひと》が、みんな名探偵《めいたんてい》になったらいいのにって。そうしたら、みんな笑顔《えがお》で暮《く》らせる天国《てんごく》のような世界《せかい》になると思《おも》わないかい？」

教授《きょうじゅ》にいわれて、わたしは考《かんが》える。世界中《せかいじゅう》の人《ひと》が教授《きょうじゅ》やレーチみたいになったら……。

数時間《すうじかん》で世界《せかい》は破滅《はめつ》するわね。地獄《じごく》よ。

「でも、レーチくんみたいに、はっきりした夢《ゆめ》を持《も》ってる子《こ》のほうが、少数《しょうすう》なのかもしれないね。」

わたしは、教授《きょうじゅ》の顔《かお》を見《み》る。かくれて、ハナキヨのいったことをきいてたんだろうか。

ごろんと寝《ね》ころがる教授《きょうじゅ》。かがやく太陽《たいよう》をボンヤリ見《み》つめ、口《くち》をひらく。

「子《こ》どもが夢《ゆめ》を持《も》てないなんて、そんな哀《かな》しい社会《しゃかい》じゃダメだよね。子《こ》どもが夢《ゆめ》を持《も》てる社会《しゃかい》をつくる——それが、大人《おとな》の仕事《しごと》だよ。」

わたしは、教授《きょうじゅ》のことばを考《かんが》える。

まえに、だれかがいった。「夢《ゆめ》を持《も》ってがんばっても、こんな社会《しゃかい》じゃ、先《さき》が見《み》えてる。」

——って。

大人《おとな》は、なにもしないうちからあきらめるなっていうかもしれない。世《よ》の中《なか》のせいにするなって。でも、いいたくなる子《こ》どもの気持《きも》ちも考《かんが》えてほしい。

夢喰《ゆめく》い……。

いま、夢喰《ゆめく》いはおなかをすかせているんじゃないかな。

夢《ゆめ》を喰《く》おうにも、子《こ》どもたちが夢《ゆめ》を持《も》ってない。夢《ゆめ》を持《も》ってないから、夢喰《ゆめく》いをおそれない。

いやな世《よ》の中《なか》になったもんだ。——そんな夢喰《ゆめく》いのぐちがきこえてきそうな気《き》がする。

「ねぇ——。」

わたしは、教授《きょうじゅ》に話《はな》しかける。

「教授《きょうじゅ》の夢《ゆめ》は、なに？」

しばらく考《かんが》えてから、教授《きょうじゅ》はこたえた。

「たてだか横《よこ》だかわからないくらいのステーキを、腹《はら》いっぱい食《た》べることかな。ちなみに、さいころステーキのことじゃないからね。」

「さいころステーキだって、たてだか横《よこ》だかわからないじゃない。」

わたしがいうと、

「いや、ダメだ！」

こぶしをにぎりしめ、強《つよ》い口調《くちょう》で教授《きょうじゅ》がいった。

「……教授《きょうじゅ》の夢《ゆめ》、かなうといいね。」

まったく、あきれたもんだ。もっと名探偵《めいたんてい》らしいことをいうかと思《おも》ったのに……。

でも、教授《きょうじゅ》らしいといえば、教授《きょうじゅ》らしい。

そのとき、チャイムが鳴《な》った。

「さてと――。」

教授《きょうじゅ》が起《お》きあがる。

「ちょっと食《た》べすぎちゃったかな。保健室《ほけんしつ》へいって、胃薬《いぐすり》をもらってくるよ。」

びっくりすることをいう。

食《た》べすぎたから薬《くすり》って……そんな人間《にんげん》らしいことを、教授《きょうじゅ》がいうなんて。

「教授《きょうじゅ》、どっかわるいの？」

「だから、食《た》べすぎだっていってるだろ。だいじょうぶ。保健室《ほけんしつ》で休《やす》めば、すぐによくなるから。」

そういって、校舎内《こうしゃない》にはいっていく教授《きょうじゅ》。

わたしは、ぼうぜんとして見送《みおく》る。

けっきょく、わたしは五時間目《じかんめ》の授業《じゅぎょう》におくれてしまった。

ぼうぜんとしていたからじゃない。

教授《きょうじゅ》がちらかしたゴミを、かたづけなければならなかったからだ。

20　卒業生《そつぎょうせい》を送《おく》る会《かい》

ないしょだけど、わたしはレーチに腹巻《はらま》きを編《あ》んでいる。

わたしにとって、フランスのイメージは、秋《あき》か冬《ふゆ》。真夏《まなつ》の海《うみ》や太陽《たいよう》を連想《れんそう》することはない。

そんな寒《さむ》いところにいくんだから、毛糸《けいと》のマフラーを編《あ》んでやろうかと思《おも》ったんだけど、あの長髪《ちょうはつ》を首《くび》に巻《ま》けばマフラーはいらない。

それよりは、腹巻《はらま》きのほうが実用的《じつようてき》だ。

学校《がっこう》は、いちばんピリピリしてる時期《じき》。

私立《しりつ》の入試《にゅうし》が半分《はんぶん》ほどおわり、公立《こうりつ》の試験《しけん》がせまっている。

顔《かお》を見《み》てると、進路《しんろ》が決《き》まった人《ひと》と決《き》まってない人《ひと》が、はっきりわかる。

どことなく目元《めもと》によゆうがあるのが、決《き》まった人《ひと》。目《め》じりがつりあがってるのが、決《き》まってない人《ひと》。

わたし？　――これ以上《いじょう》はないってくらい、つりあがってるわよ！（でも、腹巻《はらま》きは編《あ》んでるけどね。）

今年《ことし》は、私立《しりつ》を不合格《ふごうかく》になる生徒《せいと》が、例年《れいねん》よりすこし多《おお》いという話《はなし》をきいた。

みんな、声《こえ》にださないけど、おなじことを考《かんが》えてる。

夢喰《ゆめく》いのせい……？

そんなとき、担任《たんにん》の木下先生《きのしたせんせい》が朝《あさ》のHR《ホームルーム》でいった。

「ざんねんな知《し》らせがある。」

そういう先生《せんせい》の顔《かお》が、つらそうだ。

「ユーリくんが、きのう転校《てんこう》した。」

このことばに、みんながすこしざわついた。

朝《あさ》から、彼女《かのじょ》の席《せき》が空《あ》いていたことは、みんな知《し》っていた。知《し》っていたけど、声《こえ》にださないでいた。

転校生《てんこうせい》にやさしくしたいという気持《きも》ち。彼女《かのじょ》に拒絶《きょぜつ》される気持《きも》ち。そして、夢喰《ゆめく》いとの関係《かんけい》をうたがう気持《きも》ち。

わたしのユーリに対《たい》する感情《かんじょう》は、複雑《ふくざつ》だ。

それは、わたしだけじゃない。

ぽつんとのこった彼女《かのじょ》の机《つくえ》と椅子《いす》。だれもすわってない椅子《いす》が、こんなにもさびしく見《み》えたのは、初《はじ》めてだ。

木下先生《きのしたせんせい》がいう。

「自分《じぶん》が、情《なさ》けなくてな。たいした教師《きょうし》じゃないのはわかってたけど、ユーリくんに対《たい》して、もうすこしなにかできたんじゃないかと思《おも》うと……。」

先生《せんせい》は、ユーリのマンションに何度《なんど》も家庭訪問《かていほうもん》したそうだ。日本語《にほんご》のわからない彼女《かのじょ》の両親《りょうしん》に、辞書《じしょ》を片手《かたて》に一生懸命話《いっしょうけんめいはなし》をした。

「みんなも、中学《ちゅうがく》を卒業《そつぎょう》する歳《とし》だからわかるだろうが、自分《じぶん》ががんばっても、相手《あいて》につうじないときはある。だけど、つうじないからといって、がんばることをやめたらダメだと思《おも》う。今回《こんかい》、先生《せんせい》はユーリくんへのがんばりがたりなかったと考《かんが》えている。だから、こんどユーリくんのような生徒《せいと》とであったら、またがんばることにするよ。」

そして、わたしたちを見《み》まわした。

「これからの人生《じんせい》、きみたちもよく似《に》た経験《けいけん》をするだろう。そんなときは、先生《せんせい》の話《はなし》を思《おも》いだしてほしい。」

わたしたちは、うなずいた。

先生《せんせい》が、気《き》をとりなおすように、笑《わら》った。

「さて、明日《あした》は卒業生《そつぎょうせい》を送《おく》る会《かい》だ。在校生《ざいこうせい》が、みんなのために、長《なが》い時間《じかん》をかけて準備《じゅんび》してくれた企画《きかく》だ。——参考書《さんこうしょ》や問題集《もんだいしゅう》を持《も》ちこむんじゃないぞ。」

先生《せんせい》のことばに、内職《ないしょく》をしていた何人《なんにん》かが、あわてて机《つくえ》の中《なか》に本《ほん》をしまう。

ため息《いき》をつく先生《せんせい》。

「よゆうがないってのもわかるけどな……。年《とし》とったら、わかるぞ。内職《ないしょく》なんかしないで、卒業《そつぎょう》生《せい》を送《おく》る会《かい》を楽《たの》しんでおけばよかったって。」

注意《ちゅうい》してる先生《せんせい》の目《め》は、やさしい。

「明日《あした》は、いろんなことを忘《わす》れて、在校生《ざいこうせい》が用意《ようい》してくれた卒業生《そつぎょうせい》を送《おく》る会《かい》を楽《たの》しんでほしい。それが、卒業生《そつぎょうせい》——みんなの務《つと》めだと思《おも》う。」

わたしたちは、だまってうなずいた。

「でも、どうして、この時期《じき》にするんだろうね？」

昼休《ひるやす》み、わたしはレーチにきいた。

「三年生《ねんせい》の進路《しんろ》がみんな決《き》まったときにやったら、もっと気楽《きらく》に楽《たの》しめるのに。」

「公立《こうりつ》の発表《はっぴょう》が、卒業式《そつぎょうしき》の二日《ふつか》くらいまえだろ。それを待《ま》ってると、在校生《ざいこうせい》のほうも進級《しんきゅう》の準備《じゅんび》なんかに影響《えいきょう》があるんだろ。それに、息抜《いきぬ》きの意味《いみ》をこめて、この時期《じき》にやったほうが三年生《ねんせい》にもメリットがあるさ。」

レーチが、目《め》じりに指《ゆび》をあてて押《お》し上《あ》げる。

「キツネみたいな目《め》をしたやつが、多《おお》すぎるぜ。」

わたしは、顔《かお》をそむけて、目元《めもと》のマッサージ。

視界《しかい》に、ユーリの机《つくえ》と椅子《いす》がはいる。

わたしは、ユーリについて、なにもいわない。レーチも、ふれようとしない。


卒業生《そつぎょうせい》を送《おく》る会当日《かいとうじつ》――。

街《まち》は、白《しろ》い雪《ゆき》につつまれた。

「これが、今年最後《ことしさいご》の雪《ゆき》になるだろうな……。」

すこしさびしそうに、レーチがつぶやいた。口《くち》ずさむのは、わたしのお母《かあ》さんがよく歌《うた》ってる、懐《なつ》かしいメロディ。

午前中《ごぜんちゅう》の授業《じゅぎょう》がおわって、午後《ごご》から体育館《たいいくかん》で卒業生《そつぎょうせい》を送《おく》る会《かい》。

わたしたち三年生《ねんせい》は、教室《きょうしつ》で待機《たいき》。在校生《ざいこうせい》がよびにきてくれるのを待《ま》つ。

「でも、入場《にゅうじょう》のとき、ほんとうにやるのか？」

だれかがつぶやいた。

「やるだろ。三年生《ねんせい》だけへの極秘指令《ごくひしれい》だし、今日《きょう》まで練習《れんしゅう》もしてきたし。」

だれかがこたえた。

「だけどさ、こんなバカげたこと、だれが考《かんが》えたんだろうな？」

これには、だれもこたえない。

心《こころ》あたりのあるわたしは、レーチを見《み》る。レーチは、頭《あたま》の後《うし》ろで手《て》を組《く》んで、そしらぬ顔《かお》をしている。

「三年生《ねんせい》、準備《じゅんび》をお願《ねが》いします。五分後《ふんご》に入場《にゅうじょう》です。」

二年生《ねんせい》がよびにきた。

よし、いくか！

体育館前《たいいくかんまえ》でクラスごとに待機《たいき》する三年生《ねんせい》。

扉《とびら》のむこうから、

「三年生《ねんせい》の入場《にゅうじょう》です。拍手《はくしゅ》でむかえましょう。」

という司会《しかい》の声《こえ》がきこえた。

扉《とびら》がひらいた。一組《くみ》から、順《じゅん》に入場《にゅうじょう》。

BGM《ビージーエム》が、かかる。

「わー！」

という歓声《かんせい》と爆笑《ばくしょう》。

かかってた曲《きょく》は、『水戸黄門《みとこうもん》』のテーマ曲《きょく》『あゝ人生《じんせい》に涙《なみだ》あり』だ。これは、在校生《ざいこうせい》が用意《ようい》したものではない。一組《くみ》が準備《じゅんび》したものだ。

そして、一組《くみ》の生徒《せいと》は、黄門《こうもん》さまや、助《すけ》さん格《かく》さんのコスプレをしている。

つづいて、二組《くみ》の入場《にゅうじょう》。

二組《くみ》が用意《ようい》した入場曲《にゅうじょうきょく》は、『となりのトトロ』の『さんぽ』。とうぜん、生徒《せいと》はトトロやまっくろクロスケのかぶり物《もの》をしている。

「さぁ、いこうか。」

ハル兄《にい》がいった。わたしたち四組《くみ》の入場《にゅうじょう》の番《ばん》だ。

用意《ようい》したのは、『三百六十五歩《ほ》のマーチ』。衣装《いしょう》は、演歌調《えんかちょう》の和服《わふく》。（といっても、金紙《きんがみ》や銀紙《ぎんがみ》をはった浴衣《ゆかた》だけどね。）歌詞《かし》の「三歩進《ぽすす》んで二歩《ほ》さがる」のところで、じっさいに二歩《ほ》さがる。

舞台下《ぶたいした》の演台《えんだい》から、司会《しかい》の人《ひと》が、

「四組《くみ》、はやく入場《にゅうじょう》してください。」

笑《わら》いながらつっこんでくれたので、さらに笑《わら》いがひろがった。

「すごくバカらしいことをしてるような気《き》がするんだけど……。」

三歩進《ぽすす》んで二歩《ほ》さがりながら、わたしはレーチにいった。

「これでいいんじゃやね？　一方的《いっぽうてき》に送《おく》られるのは、おれたちの学年《がくねん》ににあわないだろ。いっしょになって盛《も》りあがらないとな。」

楽《たの》しそうに、レーチがこたえた。

教職員席《きょうしょくいんせき》を見《み》ると、校長代理《こうちょうだいり》のプレートの前《まえ》に、教授《きょうじゅ》がすわっていた。（すっかり学校関係者《がっこうかんけいしゃ》になっている。）

わたしが席《せき》に着《つ》くと、教授《きょうじゅ》がカサカサとやってきた。

「ねぇ、亜衣《あい》ちゃん。お菓子《かし》や飲《の》み物《もの》は、いつごろでるのかな？」

ゴキブリの質問《しつもん》を、笑《わら》って無視《むし》する。

三年生《ねんせい》の入場《にゅうじょう》がおわり、卒業生《そつぎょうせい》を送《おく》る会《かい》がはじまった。

体育館《たいいくかん》の壁《かべ》には、さまざまな行事《ぎょうじ》やクラブでの写真《しゃしん》が、はられている。

舞台上《ぶたいじょう》には、大《おお》きなパネル。『でていけ！　先輩《せんぱい》たち』の文字《もじ》を、わたしたち一人一人《ひとりひとり》の似顔《にがお》絵《え》がかこんでいる。

演《だ》し物《もの》は、クラス単位《たんい》やクラブ・同好会単位《どうこうかいたんい》でおこなわれる。

思《おも》い出《で》をふりかえる寸劇《すんげき》やコント。

クイズは、三年生《ねんせい》の小《ちい》さかったときの写真《しゃしん》を見《み》て、だれだかあてるというもの。柔道部《じゅうどうぶ》の大男《おおおとこ》——斉藤《さいとう》くんが幼稚園《ようちえん》のときの写真《しゃしん》は、だれもあてることができなかった。（だって、園服《えんぷく》を着《き》て泣《な》いてる小《ちい》さな男《おとこ》の子《こ》が、あのゴッツイ斉藤《さいとう》くんだと思《おも》うはずがないじゃない。）

そのあとは、映画研究会《えいがけんきゅうかい》が編集《へんしゅう》したドキュメンタリーフィルム『千九十五日《にち》の奇跡《きせき》』の上映《じょうえい》。

「どうだ、レーチ。おれたちの後輩《こうはい》が撮《と》ったフィルムは。」

映画研究会《えいがけんきゅうかい》の元会長《もとかいちょう》——岡田《おかだ》くんが、レーチにいった。

「フン。」

くやしさをごまかすため、鼻《はな》を鳴《な》らすレーチ。たしかに、それ以外《いがい》に反応《はんのう》できないほど、いい映画《えいが》だった。

吹奏楽部《すいそうがくぶ》の演奏《えんそう》には、先生《せんせい》たちも参加《さんか》した。

合間《あいま》にはいる、卒業生《そつぎょうせい》へのメッセージ。

転任《てんにん》や退職《たいしょく》された先生《せんせい》たちからは、ビデオレターがとどいていた。わたしたちが一年生《ねんせい》のときに担任《たんにん》してくれた前川先生《まえがわせんせい》のレターに、思《おも》わず涙《なみだ》がでそうになる。退職《たいしょく》されても、お元気《げんき》そうで安心《あんしん》した。

三年生《ねんせい》一人一人《ひとりひとり》に、小《ちい》さなアルバムがプレゼントされた。表紙《ひょうし》には、一人一人《ひとりひとり》の似顔絵《にがおえ》。なかには、卒業祝《そつぎょういわ》いのメッセージと、たくさんの写真《しゃしん》。

プログラムも順調《じゅんちょう》に進《すす》み、卒業生《そつぎょうせい》を送《おく》る会実行委員会《かいじっこういいんかい》の沙和《さわ》さんと未来《みく》さんが、在校生《ざいこうせい》を代表《だいひょう》してあいさつ。

最後《さいご》に段田生徒会長《だんだせいとかいちょう》から、お礼《れい》のことば。

そのとき、

「おかしいな。」

レーチがつぶやいた。

わたしは、首《くび》を横《よこ》にひねる。

「なにがおかしいのよ？」

「この、卒業生《そつぎょうせい》を送《おく》る会《かい》だ。」

みょうなことをいうやつだ。

この送《おく》る会《かい》のどこが、おかしいのよ？　わたしは、とっても笑《わら》ったし、とっても感動《かんどう》したし、とってもうれしかったわ。

そういうと、

「いや、おれも感動《かんどう》したよ。よくこれだけの会《かい》を企画運営《きかくうんえい》してくれたと思《おも》う。でも、これじゃあ、ふつうの『卒業生《そつぎょうせい》を送《おく》る会《かい》』だ。」

「ふつうじゃダメなの？」

わたしがきくと、レーチが大《おお》きくうなずいた。

「そのとおり。送《おく》る会《かい》の実行委員会《じっこういいんかい》に、あいつが関係《かんけい》してる以上《いじょう》な。」

ああ、そうだった……。

段田会長《だんだかいちょう》の、お礼《れい》のことばがおわった。

これで、すべてのプログラムが終了《しゅうりょう》した。

しかし——。

司会《しかい》がいう。

「それでは、サプライズ企画《きかく》にうつります。」

このことばを、体育館《たいいくかん》にいる人《ひと》は全員《ぜんいん》しずかな気持《きも》ちできいた。

「どうぞ。」

司会《しかい》の人《ひと》が、舞台《ぶたい》を指《ゆび》さす。

舞台《ぶたい》そでからあらわれたのは、二年生《ねんせい》の片桐《かたぎり》くんだ。たぶんいま、彼《かれ》の頭《あたま》の中《なか》ではダース・ベイダーのテーマ曲《きょく》が鳴《な》りひびいていることだろう。

「みなさん、小生《しょうせい》が登場《とうじょう》しておどろきましたか？」

マイクを持《も》った片桐《かたぎり》くん。ちなみに、だれもおどろいてない。

「しかし、おどろくひつようはありません。」

だから、だれもおどろいてないってば。

「なぜなら小生《しょうせい》は、卒業生《そつぎょうせい》を送《おく》る会実行《かいじっこう》委員会《いいんかい》の影《かげ》の実行《じっこう》委員長《いいんちょう》だったからです！」

ここで、片桐《かたぎり》くんはことばを切《き》った。「えーっ！」という反応《はんのう》を待《ま》ってるのだが、みんなは無《む》反応《はんのう》。（だって、周知《しゅうち》の事実《じじつ》だったもん。）

片桐《かたぎり》くんは、反応《はんのう》がないことに心《こころ》が折《お》れそうになったけど、せきばらいをひとつして立《た》ちなおる。

「ここまでの送《おく》る会《かい》は楽《たの》しんでいただけたでしょうか？」

その問《と》いかけに、三年生《ねんせい》のなかから、

「おー、最高《さいこう》だった！」

「感動《かんどう》したわ！」

「よかったぞ！」

という声《こえ》があがる。

みんなの気持《きも》ちは、共通《きょうつう》してる。

だから、いいたいことは、ただひとつ。よけいなことをして、この感動《かんどう》をぶち壊《こわ》さないでくれ！　――これだ。

なのに、

「しかし、このようなありきたりの送《おく》る会《かい》で、先輩方《せんぱいがた》を送《おく》りだすのは、数々《かずかず》の伝説《でんせつ》をのこしてきた先輩方《せんぱいがた》に失礼《しつれい》というものです。」

片桐《かたぎり》くんが、人《ひと》さし指《ゆび》をのばし、わたしたち三年生《ねんせい》をビシッと指《ゆび》さす。

「ここからが、ほんとうの送《おく》る会《かい》です！」

——そういや、先代《せんだい》の片桐文芸部長《かたぎりぶんげいぶちょう》も、雰囲気《ふんいき》を読《よ》まない人《ひと》だったな……。

わたしは、懐《なつ》かしく思《おも》いだした。


舞台《ぶたい》そででは、沙和《さわ》と未来《みく》が、無表情《むひょうじょう》で片桐《かたぎり》を見《み》ている。

「未来《みく》——きみは、このあと、なにがおきるか知《し》ってるか？」

「ううん。沙和《さわ》は？」

だまって首《くび》を横《よこ》にふる沙和《さわ》。

未来《みく》がいう。

「わたし、片桐《かたぎり》くんが、何度《なんど》も携帯電話《けいたいでんわ》で話《はなし》をしてたのは知《し》ってるの。これからのことは、その電話《でんわ》の相手《あいて》と計画《けいかく》したみたい。」

「そうか……。」

沙和《さわ》は考《かんが》える。

自分《じぶん》と未来《みく》で計画《けいかく》し運営《うんえい》した送《おく》る会《かい》は、とてもうまく進《すす》んだと思《おも》う。そして、ここからのサプライズ企画《きかく》に、自分《じぶん》たちは関与《かんよ》していない。

ということは、自分《じぶん》たちの仕事《しごと》はおわったのだ。

沙和《さわ》は、結論《けつろん》をだした。

これからなにがおころうが、自分《じぶん》たちには関係《かんけい》ない。

沙和《さわ》は、大《おお》きくうなずいた。そして、未来《みく》の手《て》をとっていう。

「ご苦労《くろう》だったな、未来《みく》。われわれの仕事《しごと》はおわった。ここからは、ひとりの在校生《ざいこうせい》としてサプライズ企画《きかく》を楽《たの》しませてもらおう。――もっとも……。」

沙和《さわ》の眉《まゆ》が、かすかに動《うご》いた。

「楽《たの》しめたらの話《はなし》だが……。」

「ええ。」

未来《みく》が、天真爛漫《てんしんらんまん》な笑顔《えがお》を沙和《さわ》にむけた。


片桐《かたぎり》くんが、指《ゆび》をパチンと鳴《な》らした。

『すたっふ』と白文字《しろもじ》で書《か》かれた黒頭巾《くろずきん》の生徒《せいと》が、わやわやと数人《すうにん》でてくる。

あっというまに、舞台《ぶたい》に巨大《きょだい》スクリーンが設置《せっち》された。

また、片桐《かたぎり》くんが指《ゆび》を鳴《な》らす。

体育館《たいいくかん》に暗幕《あんまく》がひかれ、電気《でんき》が消《け》された。

プロジェクターからスクリーンにうつしだされた映像《えいぞう》を見《み》て、ざわめきがおきる。

「お気《き》づきになりましたか？」

みんなの反応《はんのう》があったので、片桐《かたぎり》くんはうれしそうだ。

「そう、いま、うつしだされている映像《えいぞう》は、旧校舎《きゅうこうしゃ》の三階《がい》——開《あ》かずの教室《きょうしつ》のものです。」

ざわめきがいっそう大《おお》きくなる。

映像《えいぞう》は、廊下《ろうか》からななめに教室《きょうしつ》を撮《と》ったもの。

奥《おく》に教室《きょうしつ》の後《うし》ろの戸《と》、手前《てまえ》に前《まえ》の戸《と》がうつっている。魚眼《ぎょがん》レンズをつかってるのか、映像《えいぞう》がふくらんで見《み》える。

わたしたちのざわめきは、おさまらない。

——どうして開《あ》かずの教室《きょうしつ》をうつしているのか？

——いったい、片桐《かたぎり》くんはなにをしようとしているのか？

そんな思《おも》いが、さざ波《なみ》のように、体育館《たいいくかん》を走《はし》る。

そして、ざわめきをしずめようとするかのようにきこえてくる音楽《おんがく》。ヴァイオリン・ソナタ。

これ、夢喰《ゆめく》いがあらわれたときにきいた音楽《おんがく》だ……。

わたしは、ハンカチをだしてひたいの汗《あせ》をふいた。

体育館《たいいくかん》は、こんなに寒《さむ》いのに、わたしはどうして汗《あせ》をかいてるんだろう？

そのとき、固定《こてい》カメラが動《うご》いた。だれかがカメラを三脚《さんきゃく》からはずしたみたいだ。

え？　……でも、だれがはずしたの？

わたしの疑問《ぎもん》に、レーチがこたえる。

「『すたっふ』のひとりじゃないか？」

その答《こた》え、なっとくしづらい。

だって、いま、学校中《がっこうじゅう》の人間《にんげん》が体育館《たいいくかん》にあつまってるのよ。そして、送《おく》る会《かい》がはじまってから、体育館《たいいくかん》の扉《とびら》はしめられたままだ。だれも、外《そと》へでていない。

つまり、旧校舎《きゅうこうしゃ》にはだれもいないはずなんだ。

「ということは、あれはだれなんだ？」

レーチのつぶやきに、わたしはこたえられない。

「これ、ほんとうにリアルタイムの映像《えいぞう》なのかしら？」

わたしは、小声《こごえ》でレーチにきいた。

うなずくレーチ。

「まちがいないだろうな。さっき、ヘリコプターが飛《と》んできただろ。そのとき、ちゃんとスピーカーからもヘリコプターの音《おと》がした。カメラが、リアルタイムの映像《えいぞう》を流《なが》してる証拠《しょうこ》だ。」

そうか……。ざんねん。もし録画《ろくが》なら、いろいろトリックをしかけることができるのに。

カメラは、ゆれながら教室《きょうしつ》の中《なか》にはいっていく。

その映像《えいぞう》にかぶせるように、片桐《かたぎり》くんがいう。

「三学期《がっき》にはいってから、わが学園《がくえん》は夢喰《ゆめく》いにふりまわされました。夢喰《ゆめく》いがいるかいないか、そんなことを、いま、論《ろん》じる気《き》はありません。ただ、開《あ》かずの教室《きょうしつ》の封印《ふういん》が解《と》けたために、夢喰《ゆめく》いがあらわれたと考《かんが》えるのなら、やることはかんたんです。」

片桐《かたぎり》くんが、ニヤリと笑《わら》った。

「もう一度《いちど》、開《あ》かずの教室《きょうしつ》に夢喰《ゆめく》いを封印《ふういん》します。」

カメラは、開《あ》かずの教室《きょうしつ》の中《なか》をうつす。

後《うし》ろの戸《と》——御札《おふだ》ではりつけられている。

壁《かべ》や天井《てんじょう》をうつす。

壁《かべ》に、染《し》みのように点在《てんざい》する御札《おふだ》。

天井《てんじょう》には、御札《おふだ》が直線的《ちょくせんてき》に何列《なんれつ》もはられている。

そして、一つ一つの窓《まど》をうつしていく。暗幕《あんまく》はあけられ、どの窓《まど》も、鍵《かぎ》がかけられている。

やがて、カメラは教室《きょうしつ》から廊下《ろうか》にでると、もとの位置《いち》に固定《こてい》された。

「おい、影《かげ》のカマキリ実行委員長《じっこういいんちょう》！」

レーチが、壇上《だんじょう》の片桐《かたぎり》くんにいう。

「だれが、夢喰《ゆめく》いを封印《ふういん》するんだ？」

「ぼくは、影《かげ》のカマキリ実行委員長《じっこういいんちょう》ではなく、影《かげ》の片桐実行委員長《かたぎりじっこういいんちょう》ですが、おこたえしましょう。」

片桐《かたぎり》くんが、銀縁眼鏡《ぎんぶちめがね》の位置《いち》を指《ゆび》でなおした。

「じつは、よく知《し》らないのです。」

「……あきれた。」

舞台《ぶたい》そでできいていた未来《みく》は、ため息《いき》をつく。

しかし、沙和《さわ》の反応《はんのう》はちがった。

「わたしは、こわい……。」

その口調《くちょう》は真剣《しんけん》だ。

「性格《せいかく》にいろいろ問題点《もんだいてん》は数多《かずおお》くあるが、あの男《おとこ》は、責任感《せきにんかん》のあるほうだ。それが、よく知《し》らない人間《にんげん》に封印《ふういん》をたくすなんて……。」

沙和《さわ》のほほを、冷《つめ》たい汗《あせ》が流《なが》れる。

「よほど、麗一《れいいち》さんに〝ぎゃふん〟といわせたいのだろうな。」

そういわれて、未来《みく》も、片桐《かたぎり》の思《おも》いの強《つよ》さを理解《りかい》した。

沙和《さわ》が、つぶやく。

「ほんとうに悪魔《あくま》と契約《けいやく》したのか、影《かげ》の実行委員長《じっこういいんちょう》?」


撮影《さつえい》していた人物《じんぶつ》は、カメラを廊下《ろうか》に固定《こてい》すると、教室《きょうしつ》にむかう。

カメラに、後《うし》ろ姿《すがた》がうつる。

みんなが、「あっ!」と声《こえ》をあげた。

女子生徒《じょしせいと》の制服《せいふく》。でも、それ以上《いじょう》に、特徴《とくちょう》のある金色《きんいろ》の髪《かみ》。

ふりかえった顔《かお》。ミルクのように白《しろ》い肌《はだ》と、青《あお》い目《め》。

「ユーリ……。」

彼女《かのじょ》は教室《きょうしつ》にはいると、戸《と》をしめた。

「おい、カマキリ！　おまえ、ユーリになにをさせる気《き》だ！」

三年生《ねんせい》のなかから、壇上《だんじょう》の片桐《かたぎり》くんを非難《ひなん》する声《こえ》があがる。

「いや……それは……。」

うろたえる片桐《かたぎり》くん。

「小生《しょうせい》も、彼女《かのじょ》が封印《ふういん》するとは知《し》らなくて……。」

しどろもどろにこたえる片桐《かたぎり》くん。

わたしたちは、まるで瞬間接着剤《しゅんかんせっちゃくざい》で固定《こてい》されたかのように、スクリーンから目《め》がはなせない。

そのとき、スピーカーからノイズの多《おお》いクラッシック曲《きょく》がきこえてきた。

「なんだ、この琴《こと》の音《ね》は？」

レーチがいう。

「いや、これはヴァイオリンの音色《ねいろ》だけど。」

訂正《ていせい》するわたしに、レーチがきいてくる。

「琴《こと》とかヴァイオリンとか、どうでもいいんだ。問題《もんだい》は、あの曲《きょく》をだれが再生《さいせい》したかってことだ。ユーリ以外《いがい》にも、旧校舎《きゅうこうしゃ》にだれかいるのか……？」

わたしは、こたえられない。

スクリーンには、とじられた戸《と》がうつったまま。

ヴァイオリンの音《おと》は大《おお》きくなり小《ちい》さくなり、高《たか》くなり低《ひく》くなり、わたしたちの気持《きも》ちをザワザワとかきみだす。

そして、ヴァイオリンの音《おと》がスッと消《き》えたとき、ボイスチェンジャーをとおしたような声《こえ》がきこえた。

「ワレハ夢見《ゆめみ》……。」

夢見《ゆめみ》!

いま、声《こえ》は夢見《ゆめみ》と名《な》のった。

「ワガ名《な》ニオイテ、『夢喰《ゆめく》イ』ヲ封印《ふういん》スル。ミンナノ夢《ゆめ》ヲマモルタメ、夢喰《ゆめく》イヲ封印《ふういん》スル。」

そしてスピーカーは沈黙《ちんもく》した。

わたしたちは、身動《みうご》きもできず、夢見《ゆめみ》の声《こえ》をきいていた。

その呪縛《じゅばく》を解《と》いたのは、校長《こうちょう》がたおした椅子《いす》の音《おと》だった。

「夢見《ゆめみ》……。」

スクリーンを見《み》つめる校長《こうちょう》が、つぶやいた。

わたしたちは思《おも》いだす。校長《こうちょう》が過去《かこ》に話《はな》してくれた夢見《ゆめみ》の話《はなし》を――。

あのとき、夢見《ゆめみ》はとざされた教室《きょうしつ》から消《き》えた。

ということは、このままではユーリが……。

レーチの行動《こうどう》ははやかった。

体育館《たいいくかん》を飛《と》びだすと、旧校舎《きゅうこうしゃ》へむかって走《はし》る。

わたしも、その後《あと》を追《お》う。いや、わたしだけじゃない。

三年生《ねんせい》の多《おお》くの者《もの》が、体育館《たいいくかん》をでると旧校舎《きゅうこうしゃ》へ走《はし》った。


ふりしきる雪《ゆき》で、視界《しかい》がわるい。

灰色《はいいろ》の画用紙《がようし》に、写真《しゃしん》をはりつけたような風景《ふうけい》。

雪《ゆき》に足《あし》をとられながら、わたしたちは走《はし》った。

旧校舎《きゅうこうしゃ》の昇降口《しょうこうぐち》には、中《なか》から机《つくえ》や椅子《いす》がつまれ、ひらかないようになっていた。

レーチは、なんのためらいもなく、昇降口《しょうこうぐち》の扉《とびら》をこわしはじめる。

「ちょっとレーチ、そんなことしていいの？」

わたしのことばに、

「気《き》にすんな！　どうせ、春休《はるやす》みにこわすんだ。」

扉《とびら》を蹴《け》りまくるレーチ。

「でも、歴史的建造物《れきしてきけんぞうぶつ》だよ。もっと、敬意《けいい》を持《も》ってたいせつにこわさないと——。」

「そんなよゆうはない！」

レーチが断言《だんげん》した。

いつのまにか、男連中《おとこれんちゅう》が扉《とびら》をこわすのに参加《さんか》している。

レーチが、後《うし》ろにいたハル兄《にい》にいう。

「あとからくる連中《れんちゅう》は、中《なか》へ入《い》れず旧校舎《きゅうこうしゃ》の外《そと》で待《ま》たせてくれ。」

「どうして？」

「勘《かん》だよ。ユーリが、おれたちにまぎれて旧校舎《きゅうこうしゃ》からにげるような気《き》がするんだ。」

そういいのこして、レーチが階段《かいだん》へ走《はし》る。わたしも、数人《すうにん》の男子《だんし》といっしょに、三階《がい》へかけのぼる。

開《あ》かずの教室《きょうしつ》の前《まえ》にかけつけたレーチは、戸《と》をガタガタゆすった。

「おい、ユーリ！　オープン・ザ・セサミ！」

それは、レーチの知《し》ってる数《かず》すくない英語《えいご》なのだろう。

ほんとうは笑《わら》う場面《ばめん》かもしれないが、いまの緊迫《きんぱく》した雰囲気《ふんいき》では笑《わら》えない。

「みんな、手伝《てつだ》え！」

レーチが声《こえ》をかけ、みんなが戸《と》をこわそうとしたとき、

「ダメだよ、レーチくん。」

のんびりした声《こえ》。これは、教授《きょうじゅ》。

みんなは、教授《きょうじゅ》の緊迫感《きんぱくかん》のない声《こえ》に、冷静《れいせい》さをとりもどす。

教授《きょうじゅ》が、みんなをかきわけるようにして戸口《とぐち》に立《た》つ。戸《と》に手《て》をかけて、開《あ》かないことを確認《かくにん》する。

レーチが、教授《きょうじゅ》につめよった。

「どうして開《あ》けたらダメなんですか！」

ぎゃくに、教授《きょうじゅ》がきいた。

「ユーリくんは、なんのために、この教室《きょうしつ》へ入《はい》ったんだい？」

「それは……夢喰《ゆめく》いを封印《ふういん》するため……。」

レーチの答《こた》えをきいて、教授《きょうじゅ》はうなずく。

「そのとおり。いま、この戸《と》を開《あ》けてしまえば、封印《ふういん》は解《と》かれる。ユーリくんがやったことは、むだになってしまう。」

「…………」

レーチは、まよっている。

教授《きょうじゅ》のいうことが正《ただ》しいのはわかる。

しかし、ユーリが心配《しんぱい》な気持《きも》ちは消《き》えない。

そこへ、土屋校長先生《つちやこうちょうせんせい》を先頭《せんとう》に先生《せんせい》たちがやってきた。

「ユーリくんは？」

だれも、こたえられない。だまって、とざされた戸《と》を見《み》つめている。

木下先生《きのしたせんせい》が、戸《と》をノックする。

「ユーリくん、担任《たんにん》の木下《きのした》だ。中《なか》にいるのなら、ここを開《あ》けなさい！」

しずかに語《かた》りかける木下先生《きのしたせんせい》。でも、日本語《にほんご》で話《はな》してるところを見《み》ると、内心《ないしん》はうろたえてるんだろうな。

教授《きょうじゅ》が、木下先生《きのしたせんせい》の左手《ひだりて》をとる。その手首《てくび》に巻《ま》かれたうで時計《どけい》を見《み》ていった。

「彼女《かのじょ》が中《なか》にはいって三十分《ぷん》が過《す》ぎました。おそらく、もう彼女《かのじょ》は中《なか》にいないでしょう。」

わたしたちは、旧校舎《きゅうこうしゃ》の外《そと》にでる。

「ユーリは、でてきてないよ。昇降口《しょうこうぐち》だけじゃなく、みんなで建物《たてもの》をとりかこむようにしてたんだけど、どこからもでてきてない。」

ハル兄《にい》が、報告《ほうこく》してくれた。

三階《がい》の窓《まど》にむかって、長《なが》いハシゴをかける。雪《ゆき》がチラチラとふるなか、木下先生《きのしたせんせい》が、全員《ぜんいん》を代表《だいひょう》してハシゴをのぼった。窓《まど》から、開《あ》かずの教室《きょうしつ》の中《なか》を見《み》る。

「ユーリくんは……いません！　そうじ用具入《ようぐい》れの扉《とびら》は開《あ》いてます。中《なか》に、ユーリくんはいません。窓《まど》の下《した》には——。」

木下先生《きのしたせんせい》が、窓《まど》の下《した》をのぞきこむように、ガラスに顔《かお》をおしつける。

「窓《まど》の下《した》にもいません。——ユーリくんは、教室《きょうしつ》のどこにもいません！」

そう報告《ほうこく》した木下先生《きのしたせんせい》が、「あっ！」と声《こえ》をあげた。

「どうしたんだ、木下先生《きのしたせんせい》？」

校長先生《こうちょうせんせい》がきいた。

「黒板《こくばん》に文字《もじ》が書《か》かれてます。直線《ちょくせん》だけで書《か》いたような、へたな字《じ》です。」

「なんと書《か》いてあるのかね？」

木下先生《きのしたせんせい》が、首《くび》を横《よこ》にしたりして、字《じ》を読《よ》む。

「……『夢喰《ゆめく》い』です。」

こうして、夢喰《ゆめく》いを封印《ふういん》した教室《きょうしつ》から、ユーリは消《き》えた。

21　名探偵《めいたんてい》との約束《やくそく》、あと餞別《せんべつ》

ハシゴをおりてきた木下先生《きのしたせんせい》を、わたしたちはとりかこむ。

「先生《せんせい》、ユーリは？」

木下先生《きのしたせんせい》は、首《くび》を横《よこ》にふった。そして、校長先生《こうちょうせんせい》にいう。

「はやく、警察《けいさつ》に連絡《れんらく》を――。」

「いや……そのひつようはない。」

校長先生《こうちょうせんせい》のことばに、木下先生《きのしたせんせい》はおどろいた。

「でも、転校《てんこう》したとはいえ、わが校《こう》の生徒《せいと》が消《き》えたんですよ？」

木下先生《きのしたせんせい》がいっても、校長先生《こうちょうせんせい》はうなずかない。

「どうしてなにもしないんですか？　問題《もんだい》は、ユーリくんが消《き》えたことだけでおさまりません。生徒《せいと》は、不安《ふあん》に思《おも》っています。こんな状況《じょうきょう》では、卒業式《そつぎょうしき》ができません。」

そのとき、

「ぼくも、校長先生《こうちょうせんせい》の意見《いけん》に賛成《さんせい》ですね。警察《けいさつ》に連絡《れんらく》するひつようはありません。」

教授《きょうじゅ》の声《こえ》がした。

みんなの中《なか》で、頭《あたま》ひとつ背《せ》が高《たか》い教授《きょうじゅ》。視線《しせん》が、教授《きょうじゅ》にあつまる。

「ユーリくんは、だいじょうぶです。それは、名探偵《めいたんてい》のぼくが保証《ほしょう》します。」

断言《だんげん》した。

不思議《ふしぎ》だ。記憶力《きおくりょく》もなく社会生活不適応者《しゃかいせいかつふてきおうしゃ》の教授《きょうじゅ》。なのに、教授《きょうじゅ》が保証《ほしょう》するといったことばを、わたしは信用《しんよう》することができた。

いや、それは、わたしだけじゃない。その場《ば》にいた全員《ぜんいん》が、名探偵《めいたんてい》のことばを信《しん》じていた。

教授《きょうじゅ》が、のんびりした声《こえ》でいう。

「でも、このままだまってるのも水《みず》くさいですね。今回《こんかい》、出番《でばん》がすくないから、連絡《れんらく》してあげましょうか。」

胸《むね》ポケットから警視総監《けいしそうかん》の名刺《めいし》をだす。そして、携帯電話《けいたいでんわ》をかりるといった。

「どうも、名探偵《めいたんてい》の夢水清志郎《ゆめみずきよしろう》です。すみませんが、あのウインクのへたな警部《けいぶ》さんと上等《じょうとう》の背《せ》広《びろ》を着《き》てる刑事《けいじ》さんを、虹北学園《こうほくがくえん》の旧校舎《きゅうこうしゃ》によこしてください。よろしくお願《ねが》いします。」

これでつうじるってことは、上越警部《じょうえつけいぶ》と岩清水刑事《いわしみずけいじ》は、ウインクのへたな警部《けいぶ》と上等《じょうとう》の背広《せびろ》を着《き》てる刑事《けいじ》という風《ふう》に、警視総監《けいしそうかん》に認識《にんしき》されているのか……。

あの二人《ふたり》の出世《しゅっせ》はないような気《き》がした。

「調《しら》べたんだがな——。」

旧校舎《きゅうこうしゃ》にきた上越警部《じょうえつけいぶ》は、とても不機嫌《ふきげん》な声《こえ》で教授《きょうじゅ》にいう。

「百合《ゆり》・ローストンが両親《りょうしん》とすんでいたマンションは、きのうのうちに解約《かいやく》され荷物《にもつ》もはこびだされていた。」

きのうのうち……？

「マンション管理人《かんりにん》の話《はなし》では、解約《かいやく》にあたり、なんのトラブルもなかったそうです。つまり、単《たん》なる引《ひ》っ越《こ》しだと考《かんが》えられます。」

警部《けいぶ》の後《うし》ろで報告《ほうこく》する岩清水刑事《いわしみずけいじ》の口調《くちょう》に、緊迫感《きんぱくかん》はない。

「彼女《かのじょ》が開《あ》かずの教室《きょうしつ》から消《き》えたのは、転校《てんこう》のあいさつがわりのパフォーマンスだったんじゃないかな。」

上越警部《じょうえつけいぶ》が、警察手帳《けいさつてちょう》をとじる。

「ただの引《ひ》っ越《こ》しや夜逃《よに》げなら、犯罪性《はんざいせい》がない限《かぎ》り、これ以上警察《いじょうけいさつ》は手《て》をだせない。民事不介入《みんじふかいにゅう》が原則《げんそく》だからな。」

「お疲《つか》れさまでした、上越警部《じょうえつけいぶ》に岩清水刑事《いわしみずけいじ》。」ビシッと敬礼《けいれい》する教授《きょうじゅ》。その顔《かお》には、「二人《ふたり》とも出番《でばん》があってよかったですね。」と書《か》かれている。

上越警部《じょうえつけいぶ》と岩清水刑事《いわしみずけいじ》は、ゲッソリした顔《かお》。

土屋校長《つちやこうちょう》が、二人《ふたり》にきく。

「それで、密室状態《みっしつじょうたい》の教室《きょうしつ》から、ユーリくんはどうやって消《き》えたのですか？」

この質問《しつもん》に、二人《ふたり》は遠《とお》い目《め》になる。

「……いや、警察《けいさつ》は民事不介入《みんじふかいにゅう》だから。」

上越警部《じょうえつけいぶ》のことばを翻訳《ほんやく》すると、「わからん。」という意味《いみ》だ。

開《あ》かずの教室《きょうしつ》に、ユーリはいなかった。

ハル兄《にい》の報告《ほうこく》で、旧校舎《きゅうこうしゃ》からユーリがでてこなかったのは確認《かくにん》できている。

ということは、まだユーリは旧校舎《きゅうこうしゃ》の中《なか》にいることになる。そう考《かんが》えて、三年生《ねんせい》が手分《てわ》けして旧校舎《きゅうこうしゃ》の中《なか》をさがしたんだけど、見《み》つからなかった。

「ほんとうにユーリはだいじょうぶなの？」

わたしは、教授《きょうじゅ》にきいた。

「だいじょうぶだよ。」

そして、わたしだけじゃなく、みんなにいいきかせるように説明《せつめい》してくれた。

「四十数年《すうねん》まえにも、おなじように夢見《ゆめみ》が夢喰《ゆめく》いを封印《ふういん》した。夢見《ゆめみ》は、開《あ》かずの教室《きょうしつ》から消《き》えたけど、だいじょうぶだった。今回《こんかい》、ユーリくんが夢見《ゆめみ》として夢喰《ゆめく》いを封印《ふういん》した。ユーリくんは消《き》えたけど、なにも心配《しんぱい》することはない。」

「………………」

「いま、みんなが忘《わす》れちゃいけないのは、夢喰《ゆめく》いが封印《ふういん》されたということだよ。」

レーチが、口《くち》をはさむ。

「夢水先生《ゆめみずせんせい》は、ユーリが消《き》えた方法《ほうほう》を知《し》ってるんですよね？」

そのことばに、教授《きょうじゅ》は哀《かな》しそうにひたいをおさえた。

「いまの言《い》い方《かた》は、疑問形《ぎもんけい》だよね……。さびしいな。第一助手《だいいちじょしゅ》に、うたがわれるなんて……。」

そして、『名探偵《めいたんてい》　夢水清志郎《ゆめみずきよしろう》』と書《か》かれた名刺《めいし》をレーチにわたした。

「確認《かくにん》するけど、ぼくは名探偵《めいたんてい》の夢水清志郎《ゆめみずきよしろう》。それくらいの謎《なぞ》は、解《と》けてあたりまえなんだよ。」

「だったら、教《おし》えてください。」

「ダメだよ、レーチくん。」

教授《きょうじゅ》が、指《ゆび》をチッチッチとふる。

「名探偵《めいたんてい》は、謎《なぞ》を解《と》いてあたりまえ。むずかしいのは、謎《なぞ》を解《と》くことじゃない。いつ、どのように謎解《なぞと》きするかということだよ。」

そして、教授《きょうじゅ》はほほえんだ。

「きみも名探偵《めいたんてい》になるのなら、おぼえておきなさい。」

そういわれると、レーチはだまりこむしかなかった。

夢喰《ゆめく》いは、封印《ふういん》された。――その教授《きょうじゅ》のことばで、学園《がくえん》に平穏《へいおん》がもどってきた。

ユーリの行方《ゆくえ》は、あいかわらずわからない。

「民事不介入《みんじふかいにゅう》」といってた上越警部《じょうえつけいぶ》と岩清水刑事《いわしみずけいじ》は、上層部《うえ》にはないしょで、ユーリの捜索《そうさく》をつづけてくれてるみたい。

「夢水先生《ゆめみずせんせい》が、ユーリが消《き》えた方法《ほうほう》を教《おし》えてくれなかったわけ——いまなら、わかるような気《き》がするな。」

しばらくしてから、レーチがいった。

「ユーリが消《き》えたのは、あいつに不思議《ふしぎ》な夢見《ゆめみ》の能力《ちから》があるから。だから、夢喰《ゆめく》いを封印《ふういん》することができた。——そう思《おも》えるだろ。もし、ユーリの消《き》えたトリックがわかったら、なんかガッカリするじゃないか。夢喰《ゆめく》いを封印《ふういん》したってのも、うそっぽくなる。」

なるほど……。

「だから、おれも考《かんが》えるのをやめた。夢喰《ゆめく》いも封印《ふういん》されたし、卒業《そつぎょう》までの平和《へいわ》な時間《じかん》を楽《たの》しむわ。」

大《おお》きくのびをするレーチ。

そして、わたしの手元《てもと》を見《み》てきいてきた。

「で、なにを編《あ》んでるんだ？　マフラーにしちゃ、みじかいな。」

わたしは、首《くび》を横《よこ》にふってこたえる。

「腹巻《はらま》きよ。もうちょっとで、完成《かんせい》だからね。よろこびなさい、あんたへの餞別《せんべつ》なんだから。」

「餞別《せんべつ》……。」

レーチが、複雑《ふくざつ》な顔《かお》をする。なにか不満《ふまん》でもあるんだろうか？

「ハートマークとか、ついてないのか？」

なんでそんなもんをつけなきゃいけないのよ！

「ポケットをつけといてあげるから、感謝《かんしゃ》してね。」

「……腹巻《はらま》きにポケットって、どうやってつかうんだ？」

それをきいたわたしは、指《ゆび》をチッチッチとふる。

「認識《にんしき》があまいわね。ポケットついてると、べんりなのよ。カイロも入《い》れられるし、お財布《さいふ》だって入《い》れられるわ。」

「つまり、腹巻《はらま》きつけて外出《がいしゅつ》しろってことか……。」

微妙《びみょう》な顔《かお》のレーチに、わたしは完成《かんせい》した腹巻《はらま》きをわたした。

よし、夢喰《ゆめく》いも封印《ふういん》されたし、腹巻《はらま》きも完成《かんせい》した。

公立《こうりつ》の受験《じゅけん》まで、のこりわずか！

集中<ruby>しゅうちゅう</ruby>するぞ！

22　新人賞《しんじんしょう》の行方《ゆくえ》etc《エトセトラ》

さて、これも書《か》いておかないといけないわね。

最終選考《さいしゅうせんこう》までいった奇譚綺談社新人賞《きたんきだんしゃしんじんしょう》。

わたしは、みごと落選《らくせん》しました。

ああ〜。

でもまぁ、ホッとしてるのも事実《じじつ》だけどね。

落選《らくせん》の電話《でんわ》は、わたしの家《いえ》にかかってきた。校長先生《こうちょうせんせい》が、連絡先《れんらくさき》を奇譚綺談社《きたんきだんしゃ》に教《おし》えてあったからだ。

「今回《こんかい》は、ざんねんですが落選《らくせん》です。」

「そうですか。」

わたしは、冷静《れいせい》に電話《でんわ》の声《こえ》をきいていた。

哀《かな》しいとかざんねんという気持《きも》ちはなかった。とうぜん、涙《なみだ》なんかでない。

「だいじょうぶですか？」

電話《でんわ》のむこうの声《こえ》が、やさしくきいてくる。

「はい。」

わたしは、ふつうにこたえた。

「それは、よかった。」

電話《でんわ》の人《ひと》は、奇譚綺談社第一出版部《きたんきだんしゃだいいちしゅっぱんぶ》の部長《ぶちょう》さんだった。

部長《ぶちょう》さんは、

「選考《せんこう》の中身《なかみ》を応募者《おうぼしゃ》にくわしく伝《つた》えることはないのですが、あなたにはいったほうがよさそうだ。」

そう前置《まえお》きしてから話《はな》しはじめた。

「あなたの作品《さくひん》は、ずいぶんもめたんですよ。選考委員《せんこういいん》の半分《はんぶん》は、賞《しょう》をあたえてもいいというし、のこり半分《はんぶん》は、賞《しょう》には値《あたい》しないという。」

「…………」

「賞《しょう》をあたえてもいいという意見《いけん》には、中学《ちゅうがく》三年生《ねんせい》にしては、よく書《か》けているというものが多《おお》かったです。将来性《しょうらいせい》があるという意見《いけん》も——。また、中学生《ちゅうがくせい》に賞《しょう》をあたえたら話題性《わだいせい》があるという意見《いけん》も、一部《いちぶ》の委員《いいん》からでました。」

それをきいて、はじめておしかったなという気持《きも》ちがでてきた。

そこまでの意見《いけん》がでてたのなら、賞《しょう》をくれたらよかったのに……。

「最終的《さいしゅうてき》に、わたしが岩崎《いわさき》さんの落選《らくせん》を決定《けってい》しました。」

そうか。わたしが落《お》ちたのは、この部長《ぶちょう》さんのせいか。

「落選《らくせん》の理由《りゆう》を説明《せつめい》します。」

お医者《いしゃ》さんのような口調《くちょう》で、部長《ぶちょう》さんは話《はな》しはじめた。

「たしかに、中学生《ちゅうがくせい》としてはよく書《か》けています。しかし、それはあくまでも中学生《ちゅうがくせい》レベルです。奇譚綺談社《きたんきだんしゃ》の新人賞《しんじんしょう》は、年齢不問《ねんれいふもん》の賞《しょう》です。中学生《ちゅうがくせい》レベルの作品《さくひん》が受賞《じゅしょう》できる賞《しょう》ではありません。」

それは、自分《じぶん》たちの仕事《しごと》にプライドを持《も》っている人《ひと》の言《い》い方《かた》。

「将来性《しょうらいせい》があるという意見《いけん》に、わたしもうなずきます。その将来性《しょうらいせい》をつぶさないためにも、今回《こんかい》は賞《しょう》をあたえないという決断《けつだん》をしました。」

え？　……どういうことだろう。

「岩崎《いわさき》さんの夢《ゆめ》は、プロになることですよね？」

そうきかれた。

わたしはしぜんに、

「はい。」

とこたえていた。

この部長《ぶちょう》さん相手《あいて》に、てれることも、ためらうこともない——そう思《おも》った。

わたしは、プロの小説家《しょうせつか》になりたい。

「なら、あなたを落選《らくせん》させたことは、正解《せいかい》です。」

電話《でんわ》のむこうで、部長《ぶちょう》さんが笑《わら》ってるようだ。

「もし、あなたが高校生作家《こうこうせいさっか》としてデビューしたら、その話題性《わだいせい》で一時的《いちじてき》にさわがれるでしょう。しかし、あくまでも一時的《いちじてき》です。さわがれるのは、あなたの作品《さくひん》の中身《なかみ》ではありません。」

「…………」

「いまから十年後《ねんご》——いや、一年後《ねんご》、岩崎亜衣《いわさきあい》という小説家《しょうせつか》の名《な》まえをおぼえてる人《ひと》は、だれもいないでしょう。」

「…………」

「どうせなら、息《いき》の長《なが》い作家《さっか》になってほしいじゃないですか。」

〝息《いき》の長《なが》い作家《さっか》になってほしい〟──部長《ぶちょう》さんのことばが、胸《むね》にひびく。

「高校《こうこう》で、たくさん勉強《べんきょう》してください。たくさん人《ひと》と話《はな》してください。たくさん本《ほん》を読《よ》んでください。むだな時間《じかん》はありません。いろんなものが、あなたの感性《かんせい》をみがいてくれます。」

「…………」

「まようこともあるでしょう。作家《さっか》になりたい気持《きも》ちがゆらぐときもあると思《おも》います。それでも、あなたは書《か》きつづけると思《おも》いますよ。」

「…………」

「作家《さっか》になりたいとか賞《しょう》をとりたいとか、そんなことを超《こ》えたところで、あなたは物語《ものがたり》を書《か》きたいのでしょ？」

部長《ぶちょう》さんにいわれて気《き》づいた。

わたしの根《ね》っこ──わたしは、小説《しょうせつ》を書《か》くのが好《す》き。

作家《さっか》になりたいから書《か》いてるんじゃない。賞《しょう》をとりたいから書《か》いてるんじゃない。書《か》くのが好《す》きだから、書《か》いてるんだ。だから、やめられない。書《か》くことを、あきらめることはできない。

「あなたのなっとくできるものが書《か》けたら、見《み》せてください。」

「……はい。」

そうこたえるわたしのほほを、涙《なみだ》がつたう。

うれしかったから。

新人賞《しんじんしょう》がどうのこうのいってるんじゃない。わたしが書《か》いた物語《ものがたり》を、ここまで真剣《しんけん》に読《よ》み、これからも書《か》きなさいとはげましてくれる人《ひと》がいる。それがうれしかったんだ。

電話《でんわ》がきれてからも、わたしはしばらく受話器《じゅわき》を見《み》つめていた。

わたしは、プロになりたい。ぜったいになるんだ。

わたしは、プロになる！


さて——。

わたしの夢《ゆめ》は、夢喰《ゆめく》いに喰《く》われたのか？　落選《らくせん》したのは、夢喰《ゆめく》いのせいか？

とんでもない！

わたしの夢《ゆめ》は、小説《しょうせつ》を書《か》きつづけること。その夢《ゆめ》は、わたしか、わたしの愛《あい》する人《ひと》しか喰《く》うことはできない！　見《み》ず知《し》らずの夢喰《ゆめく》いに喰《く》われるほど、わたしの夢《ゆめ》はヤワじゃない。

だから、わたしは夢喰《ゆめく》いなんかこわくない！

洋館《ようかん》へいって、教授《きょうじゅ》に落選《らくせん》の報告《ほうこく》。

「落選《らくせん》って……なんの？」

……こういう人《ひと》には、報告《ほうこく》しなくてもいいんじゃないかと思《おも》えてきた。

原稿《げんこう》の打《う》ち合《あ》わせにきていた伊藤《いとう》さんは、とてもざんねんがってくれた。

「ほんまにガッカリやわ。受賞《じゅしょう》のお祝《いわ》いやったらドンチャン騒《さわ》ぎできるけど、落選《らくせん》やったら、あんまさわがれへんやん。」

……どうも、落選《らくせん》のことより、ドンチャン騒《さわ》ぎができなかったことをざんねんがってるみたい。それに、〝あんまさわがれへん〟ってことは、すこしはさわぐってことよね。

「しゃあないわ。でも、亜衣《あい》ちゃんの受験《じゅけん》がおわったら、盛大《せいだい》に落選《らくせん》ざんねんパーティをやったげるからね。」

「……それは、どうも。」

盛大《せいだい》な落選記念《らくせんきねん》パーティ——あまり、うれしくない。

「それに、高校《こうこう》の不合格《ふごうかく》がかさなったら、もっと派手《はで》なパーチィになるね。」

横《よこ》から教授《きょうじゅ》が口《くち》をはさむ。まったく、うれしくない。（どうして、合格《ごうかく》じゃなくて不合格《ふごうかく》をかさねるのよ！）

卒業《そつぎょう》がせまってきた。でも、まだ、多《おお》くの謎《なぞ》がのこっている。

夢見《ゆめみ》は、どうやって開《あ》かずの教室《きょうしつ》から脱出《だっしゅつ》したのか？　夢喰《ゆめく》いの呪《のろ》い。わたしもふくめて、多《おお》くの夢喰《ゆめく》いの目撃談《もくげきだん》。ほんとうに夢喰《ゆめく》いはいたのか……？

わたしには、わからない。

そして、おそらくそれらすべてにこたえられる存在《そんざい》――教授《きょうじゅ》は、わたしたちをニコニコした顔《かお》で見《み》ているだけ。

謎解《なぞと》きしてくれってお願《ねが》いしても……むりだろうな。

それでは、いろいろ悩《なや》むまえに、とりあえず受験《じゅけん》をかたづけておきますか。

23　受験《じゆけん》の行方《ゆくえ》etc《エトセトラ》

さて、受験《じゆけん》がおわりました。

で、ぶじに合格《ごうかく》しました。

V《ブイ》サイン！

わたしは、自分《じぶん》にことばをかける。

「お疲《つか》れさまでした。」

試験《しけん》がおわったら、あれもやろうこれもやろうと、いっぱい考《かんが》えていた。

読《よ》むのをがまんしていた大長編推理小説《だいちょうへんすいりしょうせつ》。買《か》ったけど、パッケージをあけてないDVD《ディーブイディー》。そして、書《か》こうと構想《こうそう》を練《ね》っていた小説《しょうせつ》。

合格《ごうかく》するまで——。そう思《おも》って、たくさんのことを封印《ふういん》してきた。

その封印《ふういん》を解《と》くときが、やってきた。
でも……。
いまは、眠《ねむ》ろう。
明日《あした》の朝《あさ》まで、なにもかも忘《わす》れて眠《ねむ》ろう。
そして、起《お》きたら顔《かお》を洗《あら》うんだ。
顔《かお》を洗《あら》ってから、考《かんが》える。
虹北学園《こうほくがくえん》へかようのは、あと三日《みっか》——。
その三日間《みっかかん》を、どう過《す》ごすか。
後悔《こうかい》しないように、考《かんが》えよう。

24　卒業式《そつぎょうしき》

卒業式《そつぎょうしき》の朝《あさ》――。

わたしは、虹北学園《こうほくがくえん》の制服《せいふく》を着《き》た。

明日《あした》から、この服《ふく》を着《き》ることはない。

「最後《さいご》だね。」

わたしがいうと、真衣《まい》も美衣《みい》もおなじ想《おも》いだったのだろう。こくんと、うなずいた。

羽衣母《ういかあ》さんが、わたしたちの制服姿《せいふくすがた》を見《み》て、ほほえむ。

「不思議《ふしぎ》ね。こんなに苦労《くろう》してきたのに、なんだかすこしさびしいのよ。あんなに、はやく大《おお》きくなってほしいと思《おも》ってたのに……へんね。」

羽衣母《ういかあ》さんの目《め》に、かすかに涙《なみだ》がうかんでいる。

「ありがとう。こんなに大《おお》きくなってくれて。」

わたしたちを、抱《だ》きしめた。

……お礼《れい》をいうのはこっちだよ、羽衣母《ういかあ》さん。


玄関《げんかん》をでる。

わたしたち三人《にん》がおなじ道《みち》を歩《ある》くのも、今日《きょう》まで。

春《はる》からは、ちがう高校《こうこう》への道《みち》をいく。

「もう、寝坊《ねぼう》する亜衣《あい》を待《ま》たなくてもいいのね。」

「走《はし》って学校《がっこう》へいこうとする真衣《まい》を、とめなくてもいいのよ。」

「これからは、塀《へい》の猫《ねこ》に見《み》とれてる美衣《みい》を、ほうっておけるのね。」

顔《かお》を見合《みあ》わせるわたしたち。

「いきますか!」

わたしたちの声《こえ》がそろった。


教室《きょうしつ》にいくと、半分《はんぶん》くらいの生徒《せいと》が、すでに登校《とうこう》していた。

きのう一日《いちにち》かけてみがきあげた教室《きょうしつ》。この一年《ねん》、とてもお世話《せわ》になりました。

掲示物《けいじぶつ》をはがし、ロッカーを空《から》にして雑巾《ぞうきん》がけ。

春《はる》、三年生《ねんせい》になった不安《ふあん》。

夏《なつ》、あつくてたまらなかったこと。

秋《あき》、学園祭《がくえんさい》の準備《じゅんび》でちらかしまくった教室《きょうしつ》。

冬《ふゆ》、卒業《そつぎょう》までの日程表《にっていひょう》がはられた。

——いろんな思《おも》い出《で》が、ぞうきんを動《うご》かすたびによみがえった。

いま、黒板《こくばん》には、在校生《ざいこうせい》からのメッセージが色《いろ》とりどりのチョークで書《か》かれている。

『卒業《そつぎょう》おめでとうございます。』

その字《じ》には、わたしたちの卒業《そつぎょう》を祝《いわ》う気持《きも》ちと、春《はる》から、この教室《きょうしつ》をつかわせてもらいますという気持《きも》ちがこめられている。

うん、あとはまかせた。

クラスのみんなは、いつもよりハイテンション。

もうハンカチを目《め》にあてている子《こ》もいる。

レーチはというと、長髪《ちょうはつ》はあいかわらずだけど、今日《きょう》は制服《せいふく》のボタンをちゃんととめている。

とてもきゅうくつそう。

「ボタン、はずさないの？」

「卒業式《そつぎょうしき》だからな。おれだって、ちゃんとしたかっこうで卒業《そつぎょう》したいという思《おも》いがある。」

わたしは、そのことばを考《かんが》える。考《かんが》えてから、きいた。

「だったら、どうして髪《かみ》は長《なが》いままなの？」

「ちゃんと、ゴムでしばってあるだろ。」

レーチが、黄色《きいろ》い髪《かみ》ゴムでとめた長髪《ちょうはつ》を見《み》せてくる。

人《ひと》には、それぞれの価値観《かちかん》がある――わたしは、それを学《まな》んだ。

今日《きょう》は、チャイムも鳴《な》らない。

校庭《こうてい》を見《み》ると、在校生《ざいこうせい》がいそがしそうに最後《さいご》の準備《じゅんび》をしている。

校庭《こうてい》を竹《たけ》ぼうきではいてる子《こ》。

プランターを、体育館《たいいくかん》の入《い》り口《ぐち》にならべてる子《こ》。

――わたしたちも、去年《きょねん》やったなぁ。

担任《たんにん》の木下先生《きのしたせんせい》がはいってきた。いつものつかれた背広《せびろ》じゃない。礼服《れいふく》に、白《しろ》いネクタイだ。

「みんな、いるか？　遅刻《ちこく》してるやつは？」

わたしたちを見《み》て、早口《はやくち》でいう。

「トイレはいっとけよ！　あと、水《みず》は飲《の》むな。先生《せんせい》なんか、きのうの昼《ひる》からなにも口《くち》にしてないんだからな！」

……それって、やりすぎのような気《き》もする。

「とにかく、最高《さいこう》の式《しき》にしよう！　子々孫々《ししそんそん》まで語《かた》りつがれるような、立派《りっぱ》な卒業式《そつぎょうしき》に！」

……それって、大《おお》げさ。

先生《せんせい》がガチガチに緊張《きんちょう》してるぶん、わたしたちはリラックスできた。

でも――。

「あと五分《ふん》で入場《にゅうじょう》か。」

うで時計《どけい》を見《み》た先生《せんせい》がいった。

とたんに、わたしたちの間《あいだ》に緊張感《きんちょうかん》が走《はし》る。


体育館《たいいくかん》から、ビバルディの『四季《しき》』がきこえてくる。

いよいよ入場《にゅうじょう》だ。

「みんな、これは卒業式《そつぎょうしき》だからな。送《おく》る会《かい》とまちがえて、三歩進《ぽすす》んで二歩《ほ》さがるなよ！」

レーチがいうけど、そんなミスをするのは、あんたぐらいだ。

体育館《たいいくかん》の扉《とびら》がひらく。わたしたちは、保護者席《ほごしゃせき》の間《あいだ》をとおって席《せき》にむかう。

キョロキョロしないようにいわれてるんだけど、わたしたち三姉妹《しまい》にはむり。だって……だって、今日《きょう》は羽衣母《ういかあ》さんといっしょに、一太郎父《いちたろうとう》さんも出席《しゅっせき》してるんだもん！　一太郎父《いちたろうとう》さんが学校行事《がっこうぎょうじ》にきてくれるなんて、小学校《しょうがっこう》の入学式以来《にゅうがくしきいらい》よ！

そして、わたしは見《み》つけた。

保護者席《ほごしゃせき》の最前列《さいぜんれつ》。羽衣母《ういかあ》さんのとなりに、むずかしい顔《かお》をしてすわっている一太郎父《いちたろうとう》さん。

いつも世界中《せかいじゅう》を走《はし》りまわってる商社《しょうしゃ》マンの一太郎父《いちたろうとう》さんは、ジッとすわってることに慣《な》れてない。そのため、ストレスいっぱいの顔《かお》でまわりをにらみつけている。

ごめんね。

でも、きてくれてありがとう。

全員《ぜんいん》が席《せき》に着《つ》き、『四季《しき》』がフェードアウト。

教頭先生《きょうとうせんせい》が、開式《かいしき》の辞《じ》をいう。

こうして、卒業式《そつぎょうしき》がはじまった。

えーっと……。

ステージにのぼり、校長先生《こうちょうせんせい》から卒業証書《そつぎょうしょうしょ》をもらったことは、よくおぼえてない。記憶《きおく》をさぐっても、白《しろ》いもやがかかってるみたい。

練習《れんしゅう》のときとはちがい、とっても緊張《きんちょう》した。

とにかく、右手《みぎて》と右足《みぎあし》が同時《どうじ》にでないようには、気《き》をつけた。

記憶《きおく》がはっきりしてきたのは、土屋校長先生《つちやこうちょうせんせい》の長《なが》い話《はなし》がおわったころ。

緊張《きんちょう》も解《と》けて、よゆうもできた。

教頭先生《きょうとうせんせい》がいう。

「来賓祝辞《らいひんしゅくじ》。」

ふう、ようやくここまできた。もうすこしのがまんと辛抱《しんぼう》。

数人《すうにん》のたいくつな話《はなし》をきけば、おわりは見《み》えてくる。

来賓席《らいひんせき》には、教育委員会《きょういくいいんかい》や役所《やくしょ》のえらい人《ひと》、議員《ぎいん》さんたちがすわってる。はっきりいって、初《はじ》めて会《あ》った人《ひと》ばかりだし、これからも会《あ》うことはないだろうって人《ひと》ばかり。

あれ？　なかにひとり、見覚《みおぼ》えのある女《おんな》の人《ひと》が……。だれだったかな？

六十歳《さい》くらいの小柄《こがら》な婦人《ふじん》。あれ、O《オー》・スージー・ノウエンさんじゃない！　ノウエンさんも、出席《しゅっせき》してくれたの！　ひょっとして、来賓祝辞《らいひんしゅくじ》をするとか……。

そんなことを考《かん》えてたら、教頭先生《きょうとうせんせい》がいった。

「夢水清志郎校長先生代理、お願いします。」

わたしは、声《こえ》がでないよう、とっさに口《くち》を手《て》でおさえる。

えー！

おさえた手《て》の下《した》で、さけんだ。

いま、〝夢水《ゆめみず》〟っていったよね。教授《きょうじゅ》が祝辞《しゅくじ》するの？ ——ノウエンさんの祝辞《しゅくじ》より、ビックリ。

みんなも、声《こえ》にこそださないが、おどろいている。

そんななか、舞台《ぶたい》のそでから、いつもの黒背広姿《くろせびろすがた》の教授《きょうじゅ》があらわれた。いや、礼服《れいふく》なのかな？

(考《かんが》えてみたら、黒い背広《せびろ》って冠婚葬祭全般《かんこんそうさいぜんぱん》につかえてべんりよね。)

教授《きょうじゅ》は、演台《えんだい》の前《まえ》に立《た》って一礼《いちれい》。

マイクに頭《あたま》をぶつけるというお約束《やくそく》。わたしたちは、足《あし》をつねって笑《わら》うのをがまんする。

「どうも、名探偵兼校長代理《めいたんていけんこうちょうだいり》の夢水《ゆめみず》です。」

わけのわからない肩書《かたがき》で、自己紹介《じこしょうかい》する教授《きょうじゅ》。

いったい、どんな祝辞《しゅくじ》をするつもりなんだろう……？　不安《ふあん》だ。

「卒業生《そつぎょうせい》のみなさんとの思《おも》い出《で》は、いっしょにいった修学旅行《しゅうがくりょこう》です。」

おお、わりとオーソドックスなはじめかたじゃないの。

「やさしいみんなは、ぼくにたくさんの食《た》べ物《もの》をくれましたね。」

みんながザワッとした。だれもあげたおぼえがない。勝手《かって》に食《く》ってってたんじゃねぇか！　おかげで腹《はら》がへってたいへんだったんだぞ！　——ざわめきが、そういっている。

「では、校長代理《こうちょうだいり》の思《おも》い出話《でばなし》はここまで。」

あっさり思《おも》い出話《でばなし》を打《う》ち切《き》る教授《きょうじゅ》。まぁ、教授《きょうじゅ》の記憶力《きおくりょく》で、修学旅行《しゅうがくりょこう》にいったことをおぼえてただけでも上出来《じょうでき》だ。

「ここからは、名探偵《めいたんてい》としての話《はなし》。この三学期《がっき》、みなさんをさわがせていた夢喰《ゆめく》いの謎解《なぞと》きをしましょう。」

「！」

祝辞《しゅくじ》じゃなくって、謎解《なぞと》き？　つづいて、ビックリするようなことをいった。

「夢喰《ゆめく》いは、このなかに、い、い、います。」

25　謎解《なぞと》き

わたしは、おどろいている。

「犯人《はんにん》は、このなかにいる！」——探偵《たんてい》が、みんなを前《まえ》にしていう定番《ていばん》のセリフだ。

でも、いままで教授《きょうじゅ》は、このことばをあまりつかってない。

以前《いぜん》、どうしてつかわないのかきいたことがある。すると、羽衣母《ういかあ》さんからもらったシュークリームを食《た》べながら、教授《きょうじゅ》はこたえた。

「みんなの前《まえ》で犯人《はんにん》を名指《なざ》しするなんて、美《うつく》しくないじゃないか。あれは、被害者《ひがいしゃ》のことも犯人《はんにん》のことも、考《かんが》えてない行為《こうい》だよ。探偵《たんてい》の自己満足《じこまんぞく》に過《す》ぎない。」

なるほど……。

「名探偵《めいたんてい》なら、もっと美《うつく》しく事件《じけん》を解決《かいけつ》しないとね。」

クリームで口元《くちもと》と手《て》をベタベタにしながらいう教授《きょうじゅ》。

名探偵《めいたんてい》としてはかっこいいのかもしれないが、成人男性《せいじんだんせい》としては最低《さいてい》だ。

そんな教授《きょうじゅ》が、

「夢喰《ゆめく》いは、このなかにいます。」

なんていうなんて……。


「さて——。」

教授《きょうじゅ》の口《くち》がひらいた。

「最初《さいしょ》に、この映像《えいぞう》を見《み》ていただきましょう。」

教授《きょうじゅ》が、指《ゆび》をパチンと鳴《な》らした。

木下先生《きのしたせんせい》が、舞台《ぶたい》に巨大《きょだい》スクリーンを用意《ようい》する。ほかの先生《せんせい》たちが暗幕《あんまく》をしめ、プロジェクターの電源《でんげん》を入《い》れた。この連携《れんけい》——先生《せんせい》たちとは、すっかり打《う》ち合《あ》わせができてるみたい。

スクリーンに、開《あ》かずの教室《きょうしつ》がうつる。卒業生《そつぎょうせい》を送《おく》る会《かい》のときに見《み》たのと、おなじ映像《えいぞう》だ。

「この開《あ》かずの教室《きょうしつ》には、夢喰《ゆめく》いが封印《ふういん》されています。いまから、名探偵夢水清志郎《めいたんていゆめみずきよしろう》の名《な》において、封印《ふういん》を解《と》きます。そして、謎解《なぞと》きをすることによって、夢喰《ゆめく》いを封印《ふういん》ではなく、消滅《しょうめつ》させます。」

夢喰《ゆめく》いを消滅《しょうめつ》させる……教授《きょうじゅ》のことばに、体育館《たいいくかん》がざわついた。

スクリーンの映像《えいぞう》が動《うご》いた。だれかが、三脚《さんきゃく》からカメラをはずしたんだ。

あれ？　だれがカメラをはずしたんだろう？

カメラは、戸《と》の前《まえ》に移動《いどう》。

カッターを持《も》った手《て》がうつる。その刃《は》が、戸《と》のすきまにさしこまれ、御札《おふだ》を切《き》り裂《さ》いていく。

戸《と》が開《あ》けられ、カメラは、教室《きょうしつ》の中《なか》にはいっていく。

ガランとした教室《きょうしつ》。黒板《こくばん》には、『夢喰《ゆめく》い』の文字《もじ》。

黒板消《こくばんけ》しを持《も》った手《て》がうつり、『夢喰《ゆめく》い』の文字《もじ》を消《け》していく。

廊下《ろうか》から三脚《さんきゃく》が持《も》ちこまれ、教室《きょうしつ》の中《なか》にカメラが設置《せっち》された。

「まず、夢見《ゆめみ》がとざされた教室《きょうしつ》から、どうやって脱出《だっしゅつ》したかをお話《はな》ししましょう。」

つづいて、カメラを設置《せっち》した人物《じんぶつ》がうつる。

金色《きんいろ》の髪《かみ》――ユーリ！

いま、開《あ》かずの教室《きょうしつ》にユーリがいる。

みんなの間《あいだ》に、ホッとした空気《くうき》が流《なが》れる。

教授《きょうじゅ》のことばは信用《しんよう》してたけど、生《い》きて動《うご》いてるユーリを見《み》ると、やっぱり安心《あんしん》する。

あけっぱなしのそうじ用具入《ようぐい》れから長《なが》いモップをだすユーリ。

モップなんて、なににつかう気《き》なの……？

ユーリは、モップを持《も》った手《て》をのばし、天井《てんじょう》にはってある御札《おふだ》をはがした。

直線状《ちょくせんじょう》にはられた御札《おふだ》が、ロープのようにたれさがる。

御札《おふだ》のはしは、天井板《てんじょういた》と天井板《てんじょういた》の間《あいだ》で固定《こてい》されている。

モップをかたづけたユーリは、御札《おふだ》を持《も》つと、縄《なわ》のぼりするようにのぼりはじめた。

そして、天井近《てんじょうちか》くまでのぼると、片手《かたて》をのばし、天井板《てんじょういた》を一枚《まい》ずらした。

両手《りょうて》で体《からだ》を持《も》ちあげ、天井裏《てんじょううら》に消《き》えるユーリ。

たれさがっていた御札《おふだ》が、スルスルと天井裏《てんじょううら》に消《き》える。

そして、天井板《てんじょういた》がもとにもどされた。

「天井裏《てんじょううら》を移動《いどう》して、となりの教室《きょうしつ》へむかいます。そこは、天井近《てんじょうちか》くまで机《つくえ》や荷物《にもつ》がつまれているので、床《ゆか》に降《お》りるのはかんたんです。」

……なるほど。きいてみれば、とてもかんたんであたりまえな方法《ほうほう》。

そういえば、教授《きょうじゅ》がいっていた。

密室《みっしつ》をつくるのはかんたんだ。むずかしいのは、密室《みっしつ》をつくる理由《りゆう》。

夢見《ゆめみ》は、どうして開《あ》かずの教室《きょうしつ》をつくったのか……。

プロジェクターの電源《でんげん》が切《き》られ、ステージから巨大《きょだい》スクリーンが消《き》える。

暗幕《あんまく》があけられると、春《はる》のあたたかい日《ひ》ざしが、体育館《たいいくかん》にふりそそいできた。

「いまから四十数年《すうねん》まえのことになります。」

教授《きょうじゅ》が、謎解《なぞと》きをつづける。

「春休《はるやす》みの夜《よる》、四人《にん》の卒業生《そつぎょうせい》が、旧校舎《きゅうこうしゃ》にあつまりました。夢見《ゆめみ》に招待《しょうたい》されたのです。そしていまいった方法《ほうほう》で、夢喰《ゆめく》いを封印《ふういん》しました。校長先生《こうちょうせんせい》、どうやって開《あ》かずの教室《きょうしつ》をつくったか——これで、おわかりいただけましたか？」

校長先生《こうちょうせんせい》が、教授《きょうじゅ》にきかれて、うなずく。

教授《きょうじゅ》が来賓席《らいひんせき》を見《み》て、

「それでは、どうして夢見《ゆめみ》が消《き》えなければならなかったのか——その理由《りゆう》を、直接《ちょくせつ》、夢見《ゆめみ》にこたえてもらいましょう。」

教授《きょうじゅ》が来賓席《らいひんせき》を見《み》ていった。

「夢見《ゆめみ》さん、壇上《だんじょう》へどうぞ。」

教授《きょうじゅ》のことばに、ノウエンさんが立《た》ちあがり、教授《きょうじゅ》の横《よこ》に立《た》つ。

「みなさん、おひさしぶり。」

おひさしぶり――そのことばに、みんながザワザワする。芸術鑑賞会《げいじゅつかんしょうかい》でマジックを演《えん》じてくれたノウエンさんだってことに、気《き》づかないみたい。

教授《きょうじゅ》が、ノウエンさんを手《て》でしめす。

「あらためて、ご紹介《しょうかい》しましょう。夢見《ゆめみ》こと、いまはアメリカでご活躍《かつやく》されるマジシャン――O《オー》・スージー・ノウエンさんです。」

ノウエンさんは一礼《いちれい》すると、わたしたちがオムラ・アミューズメント・パークできかせてもらった話《はなし》――夜逃《よに》げしなければならなかった話《はなし》をした。

友《とも》だちだからこそ、いえないことがある。そういうノウエンさんのことばに、特《とく》に男子連中《だんしれんちゅう》がうなずいていた。

校長先生《こうちょうせんせい》が、口《くち》をはさむ。

「おまえがいなくなった理由《りゆう》は、なんとなく想像《そうぞう》できた。想像《そうぞう》できたが、追及《ついきゅう》はしなかった。友《ゆう》人《じん》として、なにもできないのがわかってたからな。おまえがなにもいわずに消《き》えたのなら、それなりの理由《りゆう》があるってことも、わかった。おれたちは、おまえがだまっていた理由《りゆう》を尊重《そんちょう》した。」

その口調《くちょう》は、中学生《ちゅうがくせい》にもどったみたいだ。

「ありがとう、土屋《つちや》。」

ノウエンさんの言《い》い方《かた》も、昔《むかし》にもどってる。土屋校長《つちやこうちょう》がくやしそうにいう。

「だが、おまえが開《あ》かずの教室《きょうしつ》から消《き》えた方法《ほうほう》だけがわからなかった……。」

「とうぜんだ。あのマジックは、なにがなんでも手品師《てじなし》になるという、わたしの決意《けつい》をあらわしたもの。夢喰《ゆめく》いの設定《せってい》を考《かんが》えたり、御札《おふだ》を用意《ようい》したり、たいへんだったんだ。そうかんたんに解《と》かれたらこまる。」

校長先生《こうちょうせんせい》が、負《ま》け惜《お》しみをいう。

「まぁ、さっきの夢水校長代理《ゆめみずこうちょうだいり》の話《はなし》でわかったから、もういいがな。」

「頭《あたま》をさげて、『教《おし》えてください』といえば教《おし》えてやってもよかったのに――。」

「うそをいうな。むかし、ひとつでも手品《てじな》の種明《たねあ》かしをしてくれたことがあったか?」

そういわれて、肩《かた》をすくめるノウエンさん。フンと鼻《はな》を鳴《な》らす校長先生《こうちょうせんせい》。

ニヤニヤして、ノウエンさんがつづける。

「だから、旧校舎《きゅうこうしゃ》がこわされるまえに、自分《じぶん》で方法《ほうほう》を見《み》つけようとしたんだろ。冬休《ふゆやす》み、旧校舎《きゅうこうしゃ》へいったら、おまえが御札《おふだ》をはっていて、ビックリしたよ。」

ノウエンさんが、視線《しせん》をわたしたちにもどして、つづける。

「わたしは、土屋《つちや》がいなくなった教室《きょうしつ》で、百合《ゆり》に開《あ》かずの教室《きょうしつ》から脱出《だっしゅつ》する方法《ほうほう》を教《おし》えました。」

〝百合《ゆり》〟という名《な》まえがでて、みんながちょっとざわついた。

百合《ゆり》って、ユーリのことよね。ノウエンさん、ユーリとどういう関係《かんけい》なの？

「彼女《かのじょ》は、わたしの孫《まご》です。日本語《にほんご》の読《よ》み書《か》きは苦手《にがて》ですが、きくのと話《はな》すのは上手《じょうず》にできます。それに、年齢《ねんれい》は三年生《ねんせい》とおなじですが、飛《ス》び《キ》級《ッ》制《プ》度をつかってすでに高校《こうこう》は卒業《そつぎょう》しています。」

高校卒業《こうこうそつぎょう》！

ユーリ、わたしたちより三年《ねん》もはやく進《すす》んでるの……。

教授《きょうじゅ》が、口《くち》をはさむ。

「スキップができたら進級《しんきゅう》できるって、アメリカっていい国《くに》ですね。」

教授《きょうじゅ》の頭《あたま》の中《なか》では、園服《えんぷく》を着《き》た子《こ》どもたちが、楽《たの》しそうにスキップしてるんだろうな。

根本的《こんぽんてき》にまちがってる教授《きょうじゅ》に、あとで説明《せつめい》するのはたいへんだ。

ノウエンさんがつづける。

「旧校舎《きゅうこうしゃ》の外《そと》では、カマキリくんとも知《し》りあいました。」

「片桐《かたぎり》です。」

というかすかな声《こえ》が、在校生《ざいこうせい》の席《せき》からきこえた。

「彼《かれ》は、卒業生《そつぎょうせい》を送《おく》る会《かい》で三年生《ねんせい》をおどろかせることに暗《くら》い情熱《じょうねつ》をかけていました。わたしは、彼《かれ》の陰湿《いんしつ》な情熱《じょうねつ》をたすけることにしました。」

片桐《かたぎり》くん、えらいいわれようだ。

「彼《かれ》に、学校《がっこう》で夢喰《ゆめく》いのうわさを流《なが》してもらうようにたのみました。じゅうぶんうわさがひろがったころ、夢喰《ゆめく》いの封印《ふういん》を解《と》き、卒業生《そつぎょうせい》を送《おく》る会《かい》で封印《ふういん》する予定《よてい》でした。」

ここで、ノウエンさんは、目《め》をとじて首《くび》を横《よこ》にふった。

「ところが、最初《さいしょ》から予定《よてい》がくるいました。夢喰《ゆめく》いのうわさがひろがるまえに、開《あ》かずの教室《きょうしつ》の封印《ふういん》を、だれかが解《と》いてしまったのです。」

わたしは、レーチを見《み》る。

だれのことだろう？　という顔《かお》をしてるレーチ。

「おまけに、うわさのわるい面《めん》もでてきたのを、ユーリの話《はなし》から知《し》りました。わるい面《めん》というのは、夢喰《ゆめく》いに呪《のろ》われたとか、じっさいに夢喰《ゆめく》いを見《み》たという生徒《せいと》がでてきたことです。」

「うそじゃない。ほんとうに、おれは夢喰《ゆめく》いの呪《のろ》いで、写真《しゃしん》のパネルを見《み》ることができなかったんだ。」

卒業生《そつぎょうせい》の席《せき》から、秀志《ひでし》くんがいった。そういえば、夢喰《ゆめく》いにであったという話《はなし》もあった。

「こういう話《はなし》をきいたことがあります。」

教授《きょうじゅ》が、口《くち》をはさむ。

「会社員《かいしゃいん》のA《エー》さんは、まかされた仕事《しごと》はコツコツとがんばるタイプです。責任感《せきにんかん》も強《つよ》い。酒《さけ》を飲《の》んでも、上司《じょうし》の悪口《わるくち》をいわない人《ひと》です。そんなA《エー》さんが、あるとき、右《みぎ》をむいたまま首《くび》がもとにもどらなくなったのです。眠《ねむ》ってるときやリラックスしたときなどはもどってるのですが、朝起《あさお》きて歯磨《はみが》きしてるときなどに、首《くび》がまがってしまうのです。――この原因《げんいん》がわかりますか？」

「………。」

だれもこたえられない。教授《きょうじゅ》がいう。

「じつは、A《エー》さんの左側《ひだりがわ》に、彼《かれ》がきらってる部長《ぶちょう》の席《せき》があったのです。A《エー》さん自身《じしん》は、それほど部長《ぶちょう》をきらってるとは思《おも》ってなかったのですが、心《こころ》の底《そこ》では、『大嫌《だいきら》いな部長《ぶちょう》を見《み》たくない！』と思《おも》っていたのです。その気持《きも》ちがストレスになり、首《くび》が右側《みぎがわ》にまがって、左側《ひだりがわ》にいる部長《ぶちょう》をさけていたのです。」

そんなことがあるんだ……。

「もし、A《エー》さんが、酒《さけ》を飲《の》んで部長《ぶちょう》の悪口《わるくち》をいうようなタイプなら、こんなこともおこらなかったのですけどね。けっきょく、A《エー》さんは部長《ぶちょう》をきらいだという気持《きも》ちをみとめて、首《くび》はなおっていきました。」

教授《きょうじゅ》が、秀志《ひでし》くんのほうを見《み》ていう。

「あなたがパネルを見《み》ることができなかったのは、ふだんあなたの左側《ひだりがわ》に、なにかプレッシャーをあたえるものがあるんじゃないですか？」

「………。」

しばらく考《かんが》えて、秀志《ひでし》くんが頭《あたま》をさげた。

「ありがとうございます。もう、だいじょうぶです。」

そのスッキリした声《こえ》をきいて、わたしたちもホッとした。

──いや、まだホッとしてる場合《ばあい》じゃない。

夢見《ゆめみ》とであったって話《はなし》は、いまの教授《きょうじゅ》の謎解《なぞと》きでは説明《せつめい》できない。

「では、すこし時期《じき》がはやいけど、怪談話《かいだんばなし》をひとつ──。」

教授《きょうじゅ》が、声《こえ》を低《ひく》くする。

「ある雨《あめ》の日《ひ》の深夜《しんや》のことでした。病院《びょういん》に、交通事故《こうつうじこ》にあった少年《しょうねん》がはこびこまれました。なんとか手術《しゅじゅつ》で一命《いちめい》をとりとめました。しかし、今夜《こんや》が峠《とうげ》――看護師《かんごし》たちは、その少年《しょうねん》を四階《かい》の病室《びょうしつ》にはこびこみました。そして、処置《しょち》をおこなうために、二人《ふたり》の看護師《かんごし》が、部屋《へや》にのこりました。」

わたしは、背筋《せすじ》がゾクゾクする。

それは、寒《さむ》さのためじゃない。

「とつぜん、ひとりの看護師《かんごし》が、悲鳴《ひめい》をあげて窓《まど》を指《ゆび》さしました。もうひとりの看護師《かんごし》が窓《まど》の方《ほう》を見《み》ると、窓《まど》の外《そと》に、ニコニコ笑《わら》った少年《しょうねん》がうかんでいるのです。二人《ふたり》の看護師《かんごし》は、ベッドを見《み》ました。そこには、瀕死《ひんし》の状態《じょうたい》で意識《いしき》もない少年《しょうねん》が寝《ね》ています。なのに、窓《まど》の外《そと》には少年《しょうねん》がいる……。恐怖《きょうふ》でかたまってしまった二人《ふたり》に、窓《まど》の外《そと》の少年《しょうねん》は『さよなら。』というかのように手《て》をふって、フッと消《き》えました。」

……なんだか、だんだん腹《はら》が立《た》ってきた。どうして、卒業式《そつぎょうしき》にこわい話《はなし》をきかされなきゃいけないの？

「同時《どうじ》に、ベッドの上《うえ》の少年《しょうねん》の様態《ようだい》が急変《きゅうへん》しました。お医者《いしゃ》さんがかけつけたのですが、少年《しょうねん》は、そのまま亡《な》くなってしまいました。」

教授《きょうじゅ》の話《はなし》がおわった。

わたしたちは、長《なが》いため息《いき》をつく。

「ところが、これは怪談《かいだん》にはならないのです。」

え？

「二人《ふたり》の看護師《かんごし》が窓《まど》の外《そと》に少年《しょうねん》のすがたを見《み》たとき、三人目《にんめ》の看護師《かんごし》がはいってきたのですが、彼女《かのじょ》には少年《しょうねん》のすがたが見《み》えなかったのです。」

……えーっと、それってどういうこと？

「二人《ふたり》の看護師《かんごし》が見《み》たのは、一種《いっしゅ》の『感覚遮断《かんかくしゃだん》』状態《じょうたい》におかれた人間《にんげん》が見《み》る幻《まぼろし》だったのです。」

幻《まぼろし》……。

「雨《あめ》の夜《よる》、看護師《かんごし》というハードな仕事《しごと》にくわえて夜勤《やきん》、おそいくる睡魔《すいま》、そして手術《しゅじゅつ》がおわったあとの解放感《かいほうかん》、瀕死《ひんし》の少年《しょうねん》につきそっている緊張感《きんちょうかん》――。看護師《かんごし》が催眠状態《さいみんじょうたい》におちいりやすい条件《じょうけん》はそろっていました。そして、二人《ふたり》の看護師《かんごし》は集団幻覚《しゅうだんげんかく》を見《み》たのです。」

教授《きょうじゅ》が、わたしたちを見《み》まわす。

「夢喰《ゆめく》いとであったといっていた生徒《せいと》は、部活《ぶかつ》や受験勉強《じゅけんべんきょう》でつかれてる生徒《せいと》でしょう。」

そのとき、在校生《ざいこうせい》の席《せき》から声《こえ》があがった。

「わたしは、旧校舎《きゅうこうしゃ》のところで、夢喰《ゆめく》いが宙《ちゅう》に浮《う》いているのを見《み》ました。あのとき、わたしはつかれても緊張《きんちょう》してもいませんでした。会《あ》いたくない人《ひと》に会《あ》うのはいやだと思《おも》ってましたが――。わたしが見《み》た夢喰《ゆめく》いは、夢水校長先生代理《ゆめみずこうちょうせんせいだいり》の話《はなし》では、説明《せつめい》できません。」

この声《こえ》は、二年生《ねんせい》の沙和《さわ》さんだ。そういえば、夢喰《ゆめく》いを最初《さいしょ》に目撃《もくげき》したのは、彼女《かのじょ》と未来《みく》さんだ。それに、わたしとレーチも夢喰《ゆめく》いを見《み》ている。あれも、教授《きょうじゅ》の話《はなし》では説明《せつめい》できない。

すると、ノウエンさんが頭《あたま》をさげた。

「あれは、幻覚《げんかく》ではありません。わたしがつくった夢喰《ゆめく》いです。」

え、ノウエンさんがつくったの？　でも、どうして……？　夢見《ゆめみ》って、夢喰《ゆめく》いを封印《ふういん》するのが仕事《しごと》じゃなかったの？　夢喰《ゆめく》いを見《み》せるなんて、やってることが矛盾《むじゅん》してるような気《き》がする。

そんな疑問《ぎもん》にこたえるかのように、ノウエンさんが口《くち》をひらいた。

「夢喰《ゆめく》いにであったとか呪《のろ》いの話《はなし》をきいて、何人《なんにん》かの生徒《せいと》が心《こころ》の中《なか》に夢喰《ゆめく》いをつくってしまったことを知《し》りました。この状態《じょうたい》で夢喰《ゆめく》いを封印《ふういん》しても、心《こころ》の中《なか》の夢喰《ゆめく》いは消《き》えません。」

わたしは、ノウエンさんのことばの意味《いみ》を考《かんが》える。

「膿《うみ》をだすには、患部《かんぶ》を切《き》るという痛《いた》みをともないます。」

キッパリとノウエンさんがいった。そのきびしい表情《ひょうじょう》。

「みなさんの心《こころ》の中《なか》に生《う》まれた夢喰《ゆめく》いは、小《ちい》さなけがのようなものかもしれません。でもほうっておくと、さらに悪化《あっか》したり、なおらなかったりします。いまは『夢喰《ゆめく》いなんか信《しん》じない。』と思《おも》ってても、将来《しょうらい》、夢《ゆめ》をあきらめそうになったとき、夢喰《ゆめく》いのせいにしてにげるかもしれません。頭《あたま》でわかっててもダメなんです。夢喰《ゆめく》いが封印《ふういん》されたと心《こころ》の底《そこ》から感《かん》じなくては——。そのため、作《つく》り物《もの》の夢喰《ゆめく》いを見《み》せ、夢喰《ゆめく》いの存在《そんざい》を知《し》ってもらうことにしました。小《ちい》さなけがを、いったん大《おお》きなけがにして、『いま、なおさなければいけない。』と思《おも》ってもらったのです。そして、それを教室《きょうしつ》に封印《ふういん》することで、心《こころ》の底《そこ》から夢喰《ゆめく》いは封印《ふういん》されたと感《かん》じるようにしたのです。」

ノウエンさんが、笑顔《えがお》になる。

「痛《いた》みをともなう手段《しゅだん》でしたが、いま、みなさんのけがはなおっています。」

なるほど……。

わたしは、夢喰《ゆめく》いみたいな妖話《あやかしばなし》を信《しん》じるほうじゃない。

でも夢喰《ゆめく》いを目《め》で見《み》たり、ユーリが開《あ》かずの教室《きょうしつ》に封印《ふういん》するのを見《み》て、たしかに夢喰《ゆめく》いは封印《ふういん》されたと思《おも》った。

それは、わたしだけじゃないはずだ。

でも、じっさいに夢喰《ゆめく》いを宙《ちゅう》に浮《う》かせたり、壁《かべ》に出現《しゅつげん》させたりなんて、できるの？

ノウエンさんが、沙和《さわ》さんを見《み》る。

「わたしは、手品《てじな》の師匠《ししょう》から、種《たね》を明《あ》かすことを禁《きん》じられています。ここからは、夢水《ゆめみず》さんに話《はな》してもらうことにします。」

ノウエンさんが後《うし》ろにさがり、教授《きょうじゅ》が前《まえ》にでた。

沙和《さわ》さんにきく。

「あなたが宙《ちゅう》に浮《う》く夢喰《ゆめく》いを見《み》たとき、なにか不思議《ふしぎ》に思《おも》いませんでしたか？」

「不思議《ふしぎ》？」

考《かんが》えこむ沙和《さわ》さん。

未来《みく》さんが、手《て》をあげた。

「わたし、夢喰《ゆめく》いが逆《さか》さになってるのが不思議《ふしぎ》だった。」

ああ、いわれてみれば不思議《ふしぎ》だ。

そのあと、開《あ》かずの教室《きょうしつ》で目撃《もくげき》された夢喰《ゆめく》いは、逆《さか》さになってない。

どうして、沙和《さわ》さんたちが見《み》た夢喰《ゆめく》いだけが逆《さか》さになっていたのか……。

「それを考《かんが》えると、謎《なぞ》が解《と》けるんです。」

教授《きょうじゅ》が、舞台《ぶたい》そでから移動式黒板《いどうしきこくばん》をころがしてくる。

「みなさんは、どうして物《もの》が見《み》えるかごぞんじですか？」

なんだか、むずかしげなことをいいはじめた。

「光《ひかり》が物体《ぶったい》にあたると、いろいろな方向《ほうこう》へ反射《はんしゃ》されます。このとき、物体《ぶったい》の表面《ひょうめん》を構成《こうせい》している分子《ぶんし》によって、特定《とくてい》の波長《はちょう》の光《ひかり》だけが、いろいろな方向《ほうこう》へ反射《はんしゃ》されます。」

教授《きょうじゅ》が、黒板《こくばん》にかんたんな人《ひと》の絵《え》を描《か》いた。

絵《え》に描《か》いた人《ひと》を指《ゆび》さし、話《はなし》をつづける。

「この人《ひと》にあたった光《ひかり》は、いろんな方向《ほうこう》に反射《はんしゃ》されます。でも——。」

教授《きょうじゅ》が、人《ひと》の横《よこ》に箱《はこ》の絵《え》を描《か》く。

そして、人《ひと》に近《ちか》い箱《はこ》の面《めん》に小《ちい》さな点《てん》を打《う》った。

「ここに小《ちい》さな穴《あな》をあけると、箱《はこ》の内側《うちがわ》には、穴《あな》をとおることができた、一つの方向《ほうこう》の光《ひかり》しかとどきません。そして、その光《ひかり》は、箱《はこ》の奥《おく》の面《めん》に像《ぞう》をむすびます。」(図参照《ずさんしょう》)

教授《きょうじゅ》が、絵《え》を描《か》きくわえる。

「このとき奥《おく》の面《めん》には、一八〇度反転《どはんてん》した像《ぞう》がうつります。この仕組《しく》みを応用《おうよう》したのが、ピンホールカメラです。」

なるほど。わたしは、小学生《しょうがくせい》のときに読《よ》んだ科《か》学雑誌《がくざっし》を思《おも》いだす。

「この箱《はこ》が、開《あ》かずの教室《きょうしつ》になります。窓《まど》には、暗幕《あんまく》をひき、その暗幕《あんまく》に小《ちい》さな穴《あな》をあけます。窓《まど》の外《そと》の木《き》には、夢喰《ゆめく》いの人形《にんぎょう》が、逆《さか》さにつってあります。坂《さか》をのぼってきた車《くるま》のヘッドライトが、夢喰《ゆめく》いをてらすと――。」

教室《きょうしつ》の壁《かべ》に、夢喰《ゆめく》いの像《ぞう》がうかぶ。

車《くるま》がとおりすぎると、夢喰《ゆめく》いは消《き》える。

「これが、夢喰《ゆめく》いが出現《しゅつげん》したトリックです。」

教授《きょうじゅ》が、沙和《さわ》さんたちのほうを見《み》る。

「あなたたちが見《み》た逆《さか》さの夢喰《ゆめく》いは、開《あ》かずの教《きょう》室《しつ》に夢喰《ゆめく》いを出現《しゅつげん》させる準備途中《じゅんびとちゅう》だったのですよ。」

「『悪魔《あくま》のトリル』がきこえたのは？」

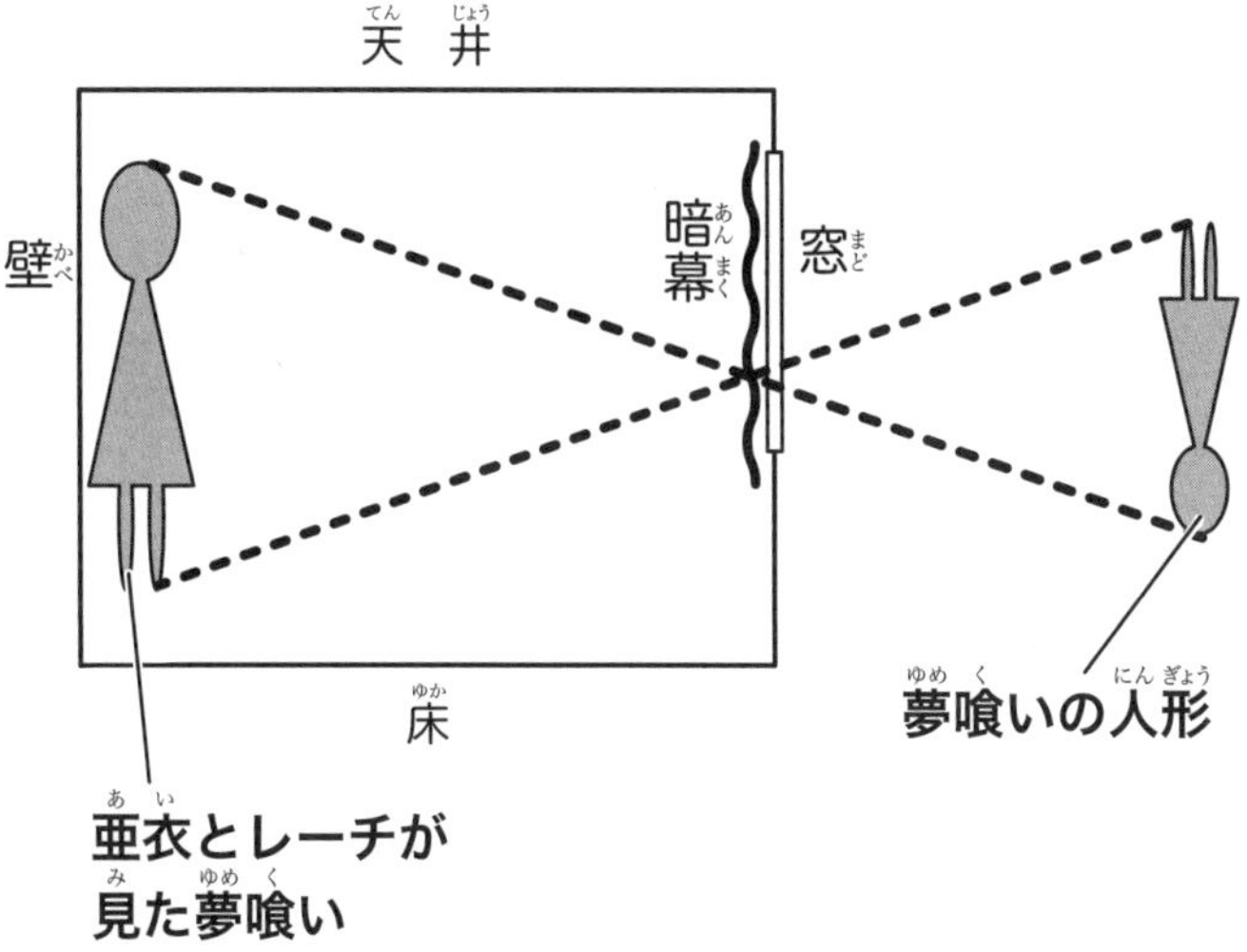

未来《みく》さんのつぶやきに、教授《きょうじゅ》がこたえる。

「ノウエンさんは、夢喰《ゆめく》いの人形《にんぎょう》をつりあげるのに、クレーンをつかったのです。いまの建設機《けんせつき》械《かい》は、しずかに動《うご》くように設計《せっけい》されてますが、それでも音《おと》はします。その音《おと》をごまかすのと、不《ぶ》気味《きみ》な雰囲気《ふんいき》をつくりだすために、『悪魔《あくま》のトリル』をかけたのです。」

そうですね？　というように、教授《きょうじゅ》がノウエンさんを見《み》た。

うなずくノウエンさん。

そして、おしそうにいった。

「どうせ夢喰《ゆめく》いを見《み》せるのならと、ほんとうは、もっと派手《はで》なマジックを考《かんが》えてたんですよ。なにせ、この街《まち》には、わたし以上《いじょう》のパフォーマーが二人《ふたり》もいますからね。二人《ふたり》とも、わたしの話《はなし》をきいて、協力《きょうりょく》してくれるといってましたし。」

二人《ふたり》のパフォーマー……？

一人《ひとり》は伯爵《はくしゃく》にちがいない。でも、もう一人《ひとり》はだれなんだろう……？

そんなことを考《かんが》えていたら、舞台《ぶたい》そでからユーリがでてきて、ノウエンさんの横《よこ》に立《た》った。

ノウエンさんがつづける。

「わたしは、ユーリと協力《きょうりょく》して、卒業生《そつぎょうせい》を送《おく》る会《かい》で夢喰《ゆめく》いを封印《ふういん》しました。」

……ということは、『悪魔《あくま》のトリル』をかけたり、『ワレハ夢見《ゆめみ》。』と名《な》のったのは、ノウエンさんだったのか。

「夢見《ゆめみ》の名《な》において夢喰《ゆめく》いを封印《ふういん》することで、みなさんの心《こころ》の中《なか》の夢喰《ゆめく》いを消《け》すことができました。」

とくいげにほほえむノウエンさん。

わたしの頭《あたま》の中《なか》に、『自画自賛《じがじさん》』ということばがうかぶ。

ノウエンさんが考《かんが》えてるほど、わたしたちは安心《あんしん》できなかったんですけど……。

でもまぁ、いいか。

途中経過《とちゅうけいか》はともかく、夢喰《ゆめく》いは消《き》えたみたいだし……。

ノウエンさんがユーリを見《み》てから、一歩《ぽ》さがった。

ユーリがマイクの前《まえ》に立《た》つと、話《はな》しはじめる。

「わたし、去年《きょねん》の秋《あき》に日本《にっぽん》にきました。日本《にっぽん》は、大好《だいす》きです。だから、日本語《にほんご》を話《はな》したりきいたりできるよう勉強《べんきょう》しました。年《とし》が明《あ》けて、日本《にっぽん》の中学校《ちゅうがっこう》にいくのを楽《たの》しみにしてました。アメリカの友人《ゆうじん》は『ユーリ』といいますが、『百合《ゆり》』という名《な》まえも大好《だいす》きです。」

ユーリの、流暢《りゅうちょう》な日本語《にほんご》。明《あか》るかった表情《ひょうじょう》が、くもる。

「でも、すぐに、がっかりしました。」

えっ？　……どうして？

「おなじ年頃《としごろ》の子《こ》たちが、未来《みらい》のことをなにも考《かんが》えてない。そのときだけ楽《たの》しければいい。ヘラヘラ笑《わら》ってる子《こ》たちを見《み》て、ガッカリしました。夢《ゆめ》を持《も》ってない、夢《ゆめ》を語《かた》れない子《こ》たちに、さびしくなりました。そして、こんな子《こ》たちしかいない日本《にっぽん》を好《す》きだった自分《じぶん》にガッカリしました。」

……耳《みみ》が痛《いた》い。

「おばあちゃんからきいていた日本《にっぽん》のイメージ。まちがってました。わたしの好《す》きな日本《にっぽん》は、ありませんでした。だから、わたしは百合《ゆり》ではなくユーリで過《す》ごそうとしました。」

教室《きょうしつ》で、ほおづえをつき、窓《まど》の外《そと》を見《み》ていたユーリ。

「みんなは、わたしが日本語《にほんご》を知《し》らないと思《おも》ってます。わたしは、きいてないふりで、みんなの話《はなし》をきいてました。そして、わかりました。」

ここまでいって、ユーリはすこしことばを切《き》った。そして、とびきりの笑顔《えがお》でつづけた。

「みんなの、たわいないおしゃべり。だれかが合格《ごうかく》したらいっしょによろこび、落《お》ちこんでたら気遣《きづか》う。――そんな〝ふつう〟が、とってもいいなって……。毎日《まいにち》、自分《じぶん》が幸《しあわ》せで、それがまわりを幸《しあわ》せにして……。ほんとうに、それがいいなって……。うーん……。」

ユーリは、ことばをさがす。そして、頭《あたま》をさげた。

「ごめんなさい。日本語《にほんご》で、どういったらいいのかわかりません。——ううん、英語《えいご》でも、いいにくいと思《おも》います。」

かまわないよ、ユーリ。わたしたちは、ユーリの気持《きも》ちを受《う》けとったから。

「だから、最後《さいご》にこのことばを。——楽《たの》しかったです。ありがとう。」

いつも窓《まど》のむこうに顔《かお》をむけていたユーリ。ひょっとして、笑顔《えがお》を見《み》られたくなかったから……？

ああ、おしかった！　ユーリの笑顔《えがお》を、みんなといっしょに教室《きょうしつ》で見《み》たかった。

「まだ若《わか》い百合《ゆり》には見《み》えてないことを、ひとつだけいわせてください。」

ノウエンさんが口《くち》をはさむ。

「毎日《まいにち》をふつうに幸《しあわ》せに生《い》きるというのは、どんな夢《ゆめ》をかなえるより、ほんとうにむずかしい究《きゅう》極《きょく》の夢《ゆめ》なのかもしれないって。」

ふつうに幸《しあわ》せに——。それが、究極《きゅうきょく》の夢《ゆめ》……。

また、ノウエンさんが頭《あたま》をさげた。

「年寄《としよ》りのおせっかいを、ゆるしてください。」

そして、ノウエンさんとユーリが、舞台《ぶたい》から降《お》りた。

壇上《だんじょう》には、教授《きょうじゅ》だけ。

「ありがとうございました。」

ノウエンさんとユーリにむかって、一礼《いちれい》する。

そして、わたしたちにむかっていう。

「では、つづいて、夢喰《ゆめく》いの正体《しょうたい》を——。」

え?

いまの話《はなし》をきいて、ノウエンさんやユーリが夢見《ゆめみ》であり、夢喰《ゆめく》いの正体《しょうたい》だと思《おも》っていた。

そういえば、オムラ・アミューズメント・パークで会《あ》ったとき、ノウエンさんは、はっきり自《じ》分《ぶん》は夢喰《ゆめく》いではないといっていた。

じゃあ、夢喰《ゆめく》いって……。

「最初《さいしょ》にいいましたが、夢喰《ゆめく》いは、このなかにいます。」

黒《くろ》サングラスをかけた教授《きょうじゅ》が、わたしたちを見《み》まわす。

みんなの視線《しせん》が、教授《きょうじゅ》にあつまる。

教授《きょうじゅ》の口《くち》がひらいた。

「さて——。」

26　夢喰《ゆめく》いの正体《しょうたい》は……

教授《きょうじゅ》の長《なが》い指《ゆび》が、わたしたちをさす。

その指《ゆび》は、一か所《しょ》にとまらない。

そして、教授《きょうじゅ》がいった。

「夢喰《ゆめく》いの正体《しょうたい》は、あなたたちです。」

あなたたちって――わたしたちのこと？

教授《きょうじゅ》がつづける。

「いまの世《よ》の中《なか》、夢《ゆめ》を持《も》ちにくい時代《じだい》だといわれてます。でも、ほんとうにそうでしょうか？」

「…………」

「夢喰《ゆめく》いは、夢《ゆめ》を喰《く》う妖《あやかし》です。夢喰《ゆめく》いは、時代《じだい》でも社会《しゃかい》でもありません。もし、あなたの夢《ゆめ》が喰《く》われたら、それは、夢喰《ゆめく》いになったあなたが自分《じぶん》で夢《ゆめ》を食《た》べただけのことです。」

教授《きょうじゅ》のことばは、きびしい。

「しかし同時《どうじ》に、あなたたちは、夢喰《ゆめく》いを封印《ふういん》する夢見《ゆめみ》になることもできます。」

教授《きょうじゅ》が、ほほえむ。

「えらぶのは、あなたたちです。」

うん、わかった。

わたしは、教授《きょうじゅ》のことばをうけとめる。いや、わたしだけじゃない。

この三学期《がっき》、夢《ゆめ》について考《かんが》えたわたしたち三年生《ねんせい》は、教授《きょうじゅ》のことばをしっかりうけとめた。

あれ？

教授《きょうじゅ》の謎解《なぞと》き――いや、校長先生代理《こうちょうせんせいだいり》の祝辞《しゅくじ》がおわった。

わたしは、まだひっかかってることがあるのに気《き》づいた。

卒業式《そつぎょうしき》の場《ば》で質問《しつもん》したらマズイのかもしれないけど、いま、きかないと機会《きかい》がなくなる。

わたしは手《て》をあげた。

「教授《きょうじゅ》――じゃなくて、夢水校長先生代理《ゆめみずこうちょうせんせいだいり》。質問《しつもん》があります。卒業生《そつぎょうせい》を送《おく》る会《かい》のとき、ユーリも天井裏《てんじょううら》をとおって開《あ》かずの教室《きょうしつ》から脱出《だっしゅつ》したんですよね？」

「そうですよ。」

「旧校舎《きゅうこうしゃ》にはノウエンさんもいましたよね？」

「そのとおり。」

「でも、あのとき、旧校舎《きゅうこうしゃ》のまわりには多《おお》くの生徒《せいと》がいました。そして、だれも旧校舎《きゅうこうしゃ》からでてこなかったといってます。開《あ》かずの教室《きょうしつ》をでたユーリとノウエンさんは、どこへいったんですか？」

「ああ、そのことですか――。」

そういって、教授《きょうじゅ》が黒背広《くろせびろ》のポケットをゴソゴソさぐる。

なにやってるんだろう？

「あった、あった！　これだ」

ポケットから、数個《すうこ》のボールをだす教授《きょうじゅ》。そのボールを、床《ゆか》や壁《かべ》にたたきつけた。

ぼわん！

破裂《はれつ》したボールから、七色《なないろ》の煙《けむり》が吹《ふ》きだす。

「わー！」

体育館《たいいくかん》に、悲鳴《ひめい》がひびきわたる。その悲鳴《ひめい》を打《う》ち消《け》すかのように、

「わははははははは！」

教授《きょうじゅ》の高笑《たかわら》いがきこえた。その声《こえ》をきいて、わたしは、小《ちい》さいころに読《よ》んだ探偵小説《たんていしょうせつ》を思《おも》いだす。

警察《けいさつ》に包囲《ほうい》された怪人《かいじん》が、高笑《たかわら》いをのこして消《き》えるんだ。――って、教授《きょうじゅ》は、怪人《かいじん》じゃなくて名探偵《めいたんてい》でしょ！

わたしたちは、煙《けむり》にいぶりだされるように、体育館《たいいくかん》をでた。

「あっ、あれ！」

だれかが、空《そら》を指《ゆび》さす。

校庭《こうてい》から見《み》えるうそみたいに青《あお》い空《そら》。そこに、黒《くろ》い気球《ききゅう》がうかんでいる。

「わははははははは！」

気球《ききゅう》から、きこえる教授《きょうじゅ》の高笑《たかわら》い。

なるほど。ユーリとノウエンさんは、伯爵《はくしゃく》の気球《ききゅう》をつかって、屋根《やね》から脱出《だっしゅつ》したわけね。

あの日《ひ》は雪《ゆき》がふっていて、視界《しかい》がわるかった。それに、旧校舎《きゅうこうしゃ》にかけつけたわたしたちは、昇降口《しょうこうぐち》のバリケードを突破《とっぱ》するのに夢中《むちゅう》で、空《そら》なんか見《み》てなかった。

気球《ききゅう》から舞《ま》うピンク色《いろ》の小片《しょうへん》。わたしは、手《て》のひらに舞《ま》いおりたものを見《み》る――桜《さくら》の花《はな》びら。

このオプションは、伯爵《はくしゃく》のはからいだろう。

「わはははははははは！　諸君《しょくん》、また会《あ》おう！」

だんだん小《ちい》さくなる気球《ききゅう》から、教授《きょうじゅ》の声《こえ》がきこえた。

ぼうぜんと立《た》ちすくむわたしたちの背後《はいご》で、

「えーっと……。」

卒業式《そつぎょうしき》の進行《しんこう》をしなければいけない教頭先生《きょうとうせんせい》が、こまっている。こんな来賓祝辞《らいひんしゅくじ》、前代未聞《ぜんだいみもん》だから、どうすればいいのかわからないのだろう。

気《き》をとりなおした教頭先生《きょうとうせんせい》が、口《くち》をひらく。

「卒業生《そつぎょうせい》、起立《きりつ》！」

……いや、わたしたち、もう全員《ぜんいん》立《た》ってますけど。

「礼《れい》！」

小《ちい》さくなっていく気球《ききゅう》にむかって、わたしたちはバラバラと頭《あたま》をさげた。

27 謝恩会《しゃおんかい》と青春《せいしゅん》

卒業式《そつぎょうしき》がおわって、わたしたちは教室《きょうしつ》にもどった。

「みんな、おつかれさまだったな。」

だらしなくネクタイをゆるめた木下先生《きのしたせんせい》が、いう。

「さて、最後《さいご》のHR《ホームルーム》だが――。」

ここまでいって、頭《あたま》をガシガシかく。

「なんだか、てれくさいな。」

いや、先生《せんせい》。こんなときなんだから、もうすこしかっこつけてよ。

「ほんとうなら、なにか立派《りっぱ》なことをいって巣立《すだ》ちの餞《はなむけ》にしなきゃいけないんだろうけど、先《せん》生《せい》が立派《りっぱ》なことをいえないのは、みんなも知《し》ってるだろ?」

みんな、うなずきかけて、あわてて首《くび》を横《よこ》にふる。

一年生《ねんせい》のころなら、なにも気《き》にせず、うなずいていたところだ。うん、わたしたちは大人《おとな》になった。

先生《せんせい》は、苦笑《にがわら》いしながらいう。

「だから、先生《せんせい》の好《す》きなことばを紹介《しょうかい》しておわりにするよ。高杉晋作《たかすぎしんさく》という人《ひと》のことばなんだけどな。」

高杉晋作《たかすぎしんさく》――歴史《れきし》で習《なら》った。尊王倒幕《そんのうとうばく》の志士《しし》だ。

「この人《ひと》の辞世《じせい》の句《く》といわれているのが、『おもしろき　こともなき世《よ》を　おもしろく』というものだ。そして、晋作《しんさく》を看病《かんびょう》していた野村望東尼《のむらぼうとうに》という人《ひと》が、『すみなすものは心《こころ》なりけり』とつけたといわれている。」

おもしろき　こともなき世《よ》を　おもしろく

すみなすものは心《こころ》なりけり

「先生《せんせい》、どんな意味《いみ》ですか？」

だれかが手《て》をあげてきいた。

木下先生《きのしたせんせい》は、ニヤリと笑《わら》った。

「意味《いみ》は、自分《じぶん》たちで調《しら》べなさい。――最後《さいご》の宿題《しゅくだい》だ。」

一斉《いっせい》にあがる「えー！」という不満《ふまん》の声《こえ》。

「宿題《しゅくだい》の提出期限《ていしゅつきげん》は、こんど会《あ》うときまで。再提出《さいていしゅつ》くらわないように、がんばれよ。」

そういって、先生《せんせい》は、しばらくわたしたちを見《み》つめた。

わたしたちも、だまって先生《せんせい》のことばを待《ま》つ。

「元気《げんき》で――。」

先生《せんせい》がほほえんだ。

わたしたちは、しぜんと頭《あたま》をさげる。

この一年間《ねんかん》、ほんとうにありがとうございました。

しかし、しみじみしてるひまはない。

このあとは、体育館《たいいくかん》にもどって謝恩会《しゃおんかい》だ。

そう。けっきょく、謝恩会《しゃおんかい》の会場《かいじょう》は体育館《たいいくかん》をつかわせてもらうことになった。卒業式《そつぎょうしき》のかたづけを手伝《てつだ》うという条件《じょうけん》がついてるけど――。

「卒業生《そつぎょうせい》に、会場《かいじょう》のかたづけをさせるというのは、いかがなものかと思《おも》うのですが？」

実行委員長《じっこういいんちょう》のレーチが学校側《がっこうがわ》と交渉《こうしょう》したのだが、むりだった。

在校生《ざいこうせい》といっしょに、ならべられたパイプ椅子《いす》をかたづける。

そのあと、かんたんな会場作《かいじょうづく》りをして、謝恩会《しゃおんかい》の開始《かいし》。けっきょく、在校生《ざいこうせい》もそのまま体育館《たいいくかん》にのこっている。

先生《せんせい》たち一人一人《ひとりひとり》に感謝状《かんしゃじょう》をわたす。あと、全員《ぜんいん》で書《か》いたメッセージカードの束《たば》。

つづいて、各《かく》クラスからの演《だ》し物《もの》。わたしたちは、木下先生《きのしたせんせい》の授業風景《じゅぎょうふうけい》を寸劇《すんげき》で再現《さいげん》した。

「おい、ちょっと待《ま》て！　先生《せんせい》は、そんなみょうな授業《じゅぎょう》はしてないぞ！」

見《み》ていた木下先生《きのしたせんせい》が文句《もんく》をいうけど、していたんですよ先生《せんせい》、フフフ。

お菓子《かし》や飲《の》み物《もの》、先生《せんせい》たちにわたす記念品《きねんひん》を買《か》うお金《かね》は、三年生全員《ねんせいぜんいん》からひとり千円《えん》ずつあつめた。

このお金《かね》をかせぐために、わたしはひさしぶりに古本屋《ふるほんや》の虹北堂《こうほくどう》で店番《みせばん》させてもらった。（閑《かん》古鳥《こどり》が鳴《な》いてる虹北堂《こうほくどう》は、受験勉強《じゅけんべんきょう》しながら店番《みせばん》するには最適《さいてき》のお店《みせ》。）

「おいこら、一年《ねん》と二年《ねん》！　おまえらに食《く》わすための菓子《かし》じゃないんだからな！　遠慮《えんりょ》しろよ！」

レーチが、下級生《かきゅうせい》をきびしい顔《かお》でにらむ。もっとも、暗《くら》い目《め》をしてヤケ食《ぐ》いしてる片桐《かたぎり》くんには、さすがになにもいえなかったみたい。

きちんとプログラムはつくってあった。すべての演目《えんもく》がおわったら、閉会《へいかい》のことばでおわるはずだったのだが、なんだかそんな雰囲気《ふんいき》じゃない。

プログラムになかったノウエンさんのマジックショーがはじまる。

ユーリが、男《おとこ》の子《こ》にかこまれてる。日本語《にほんご》で語《かた》りかけてくる男《おとこ》の子《こ》たちを、

「ごめんね。わたし、つきあってる人《ひと》いるから。」

流暢《りゅうちょう》な日本語《にほんご》でいって、写真《しゃしん》を見《み》せる。背《せ》が高《たか》く白《しろ》い歯《は》のかがやくアメリカンボーイを見《み》て、涙《なみだ》を流《なが》すジャパニーズボーイ。

一ノ瀬《いちのせ》くんは美衣《みい》のそばからはなれようとしないし、卒業生《そつぎょうせい》も在校生《ざいこうせい》も先生《せんせい》たちも、まだまだ別《わか》れたくないって雰囲気《ふんいき》。

いったい、いつおわったらいいの?

実行委員長《じっこういいんちょう》のレーチと相談《そうだん》しようとしたんだけど、見《み》あたらない。

「レーチ、どこにいったか知《し》らない?」

わたしは、近《ちか》くにいる男子《だんし》にきいた。

「学生服《がくせいふく》のボタンをほしがる下級生《かきゅうせい》の女《おんな》の子《こ》に、追《お》いかけられてたぜ。」

不思議《ふしぎ》だ。なんで、あいつのボタンをほしがるの？

「ああ、レーチなら、さっきこっそりでてったぜ。」

ほかの男子《だんし》が教《おし》えてくれた。


大《おお》イチョウの下《した》――レーチが、ジュン爺《じい》をまくらにして眠《ねむ》ってる。

ボタンがひとつもついてないから、学生服《がくせいふく》の前《まえ》は全開《ぜんかい》だ。わたしが編《あ》んだ腹巻《はらま》きが見《み》える。

「こんなところで寝《ね》てると、風邪《かぜ》ひくよ。」

わたしのことばに、レーチは大《おお》きくのびをした。

まくらから解放《かいほう》されたジュン爺《じい》が、校庭《こうてい》のほうへ歩《ある》いていく。

「やっぱり、ジュン爺《じい》はまくらに最適《さいてき》だ。フランスへつれていこうかな。」

気楽《きらく》なことをいってる。

そして、わたしにむかって手《て》をだす。

なに？

「ネックレス――だせよ。」

「え？」

「おれがつくった五十円玉《えんだま》のネックレスだよ。――してるんだろ？」

「…………」

わたしは、制服《せいふく》の下《した》につけていたネックレスをはずし、レーチにわたした。

五十円玉《えんだま》がぶら下《さ》がった銀《ぎん》のくさり――一年《ねん》の秋《あき》、レーチがつくってくれたものだ。

「どうして、今日《きょう》ネックレスしてるって思《おも》ったの？」

「なんとなく。」

そうこたえて、レーチはポケットから学生服《がくせいふく》のボタンをだした。

「どうしたの、それ？」

わたしがきくと、

「第《だい》二ボタンだけは、かくしといたんだ。とられるとこまるからな。」

そういって、銀《ぎん》のくさりにつける。

五十円玉《えんだま》とボタンがふれて、チャリと音《おと》を立《た》てた。

「……なにこれ？」

ネックレスを返《かえ》してくれたレーチにきく。

「いいだろ。」

胸《むね》をはるレーチ。

わたしは、フランスにいった三年間《ねんかん》で、このセンスがみがかれることを願《ねが》う。

風《かぜ》が、大《おお》イチョウの枝《えだ》をゆらす。

もう、冬《ふゆ》の寒《さむ》さを感《かん》じない。あたたかい——あたたかい春《はる》の風《かぜ》だ。

わたしは、ここにきた用件《ようけん》を思《おも》いだす。

「レーチ、謝恩会《しゃおんかい》なんだけど——。」

「おまえ、ラーメン好《す》きか？」

わたしのことばをさえぎるレーチ。

「は？」

とつぜん、へんなことをきかれて、わたしの思考回路《しこうかいろ》は一時的《いちじてき》に機能停止《きのうていし》。

えーっと……。

よくわからないまま、わたしはこたえる。

「好《す》きだけど。」

「十年《ねん》たっても、好《す》きか？」

「たぶん……好《す》きだと思《おも》う。っていうか、きらいになる理由《りゆう》がないわ。」

「だろ。おれもそうだ。」

ますます、レーチのいってることがわからない。

「おれは、ラーメンが好《す》きだ。毎日《まいにち》食《た》べてもいいくらい好《す》きだ。三年《ねん》たっても、十年《ねん》たっても──死《し》ぬまで好《す》きだ。それとおなじで、おれは死《し》ぬまで亜衣《あい》が好《す》きだよ。」

「…………」

なんかいま、あっさり「好《す》き」っていわれた。

えーっと……こんなにあっさりいわれてもいいの?

とまどってるわたしにかまわず、レーチがつづける。

「フランスにいってるあいだ、おまえがおれのことを忘《わす》れても、おれよりいい男《おとこ》があらわれても、おれは、ラーメン──じゃない、おまえが好《す》きだ。その気持《きも》ちは、死《し》ぬまでかわらない。」

そして、わたしを見《み》てニッコリ笑《わら》う。

「論理的《ろんりてき》だろ?」

……レーチ《こいつ》は、バカだ。

まったく、このバカは……。

わたしは、ため息《いき》まじりにいう。

「あんたの気持《きも》ちがかわらなくても、わたし自身《じしん》がかわるかもしれないじゃない。三年《ねん》たったわたしを見《み》て、『もう、こんな女《おんな》きらいだ！』——そんなふうになるかもしれないのよ。なのに、かるく『死《し》ぬまで気持《きも》ちがかわらない。』なんて、いっていいの？」

すると、レーチは、大《おお》きくうなずいた。

「醤油《しょうゆ》ラーメンが塩《しお》ラーメンになっても、みそラーメンが豚骨《とんこつ》ラーメンになっても、ラーメンってことにかわりない。——いつまでたっても、亜衣《あい》は亜衣《あい》だよ。」

……わたしは、なんだか自分《じぶん》が中華《ちゅうか》どんぶりに入《い》れられてるような気《き》がした。

あー、まったく！

わたしだって、女《おんな》の子《こ》。

男《おとこ》の子《こ》から告白《こくはく》されるシーンを、何度《なんど》も夢見《ゆめみ》てきた。

なのに、どうしてラーメン屋《や》さんのお品書《しなが》きを見《み》てるような気持《きも》ちにならなきゃいけないのよ！

せめて、もうすこしロマンチックのかけらがほしい！

そのとき、わたしの気持《きも》ちがつうじたのか、レーチが口《くち》をひらいた。

「ああ、ひとついいわすれてた。」

え、なに！　――わたしは、期待《きたい》をこめた目《め》でレーチを見《み》る。

「おれ、冷《ひ》やし中華《ちゅうか》も好《す》きだからな。」

「………。」

わたしは、悲《かな》しいやらくやしいやら情《なさ》けないやらで、なにがなんだかわからなくなった。

そして、そんな気持《きも》ちをすべてこめていった。

「レーチのバカ！」

「そのセリフも、ききなれちまった。」

苦笑《にがわら》いするレーチ。

「長髪《ちょうはつ》の野蛮人《やばんじん》！　知性《ちせい》ゼロのケンカ好《ず》き！　短足《たんそく》のチビ！」

「どれもこれも、ききなれてる。」

「ん～！」

ことばにつまったわたしの頭《あたま》をひきよせるレーチ。

え？

わたしの頭《あたま》とレーチの頭《あたま》の位置関係《いちかんけい》。いま、わたしの頭《あたま》は、レーチの首《くび》の高《たか》さにある。いつのまに、レーチのほうが高《たか》くなったの？

……でも、やつの足下《あしもと》を見《み》てなっとく。一生懸命背《いっしょうけんめいせ》のびしてる。

まったく……まったく、この長髪《ちょうはつ》の野蛮人《やばんじん》は……。

わたしはいった。

「むりしなくていいからね。」

「ああ。」

しばらく、わたしはレーチの肩《かた》に顔《かお》をうずめていた。

レーチがいう。

「手紙書《てがみか》くから。」

「それは……むりしてほしい。」

「一か月《げつ》に一通《つう》。」

「一週間《しゅうかん》に一通《つう》!」

返事《へんじ》が返《かえ》ってくるのに、一分《ぷん》ほどかかった。

「わかった。努力《どりょく》する。」

「うん。待《ま》ってる。」

わたしは、レーチの学生服《がくせいふく》に涙《なみだ》をすいとらせる。(あと、鼻水《はなみず》もすこし。)

こうして、わたしたちは、たくさんの思《おも》い出《で》がつまった虹北学園《こうほくがくえん》を卒業《そつぎょう》した。

おまけ　卒業式《そつぎょうしき》がおわって

教室《きょうしつ》にのこった男子生徒《だんしせいと》二人《ふたり》。

すこしまえまでにぎやかだった校舎《こうしゃ》も、いまはしずまりかえっている。

二人《ふたり》は、教室《きょうしつ》を見《み》まわす。

壁《かべ》には、掲示物《けいじぶつ》をはがした跡《あと》。

黒板《こくばん》には後輩《こうはい》たちからの『卒業《そつぎょう》おめでとう』のメッセージ。

「…………」

「…………」

「……卒業式《そつぎょうしき》だけどさ。」

「なに？」

「いや、おわったなと思《おも》ってさ。」

「そうだな。」

しばらく、二人《ふたり》はだまっていた。

「……卒業式《そつぎょうしき》だけどさ。」

「なに？」

「なにもなかったな。」

「そんなもんさ。」

しばらくの沈黙《ちんもく》。

いま、二人《ふたり》が感《かん》じてるのは、さびしさではない。

期待《きたい》はずれの気持《きも》ち。

ひとりが、相手《あいて》の学生服《がくせいふく》を見《み》ていう。

「おまえも、第《だい》二ボタンついたままだな。」

「まぁな。」

つづいて胸《むね》ポケットにはいってるサインペンを見《み》ていう。

「それ、寄《よ》せ書《が》き用《よう》だろ？」

「ああ。」

サインペンは、買《か》ったときのまま――まだ、ビニールの袋《ふくろ》にはいっている。

「せめて、包装《ほうそう》の袋《ふくろ》からだしておけよ。」

「どうして?」

「……哀《かな》しいじゃないか。」

「……そうだな。」

いわれたほうは、サインペンをビニール袋《ぶくろ》からだした。

袋《ふくろ》をゴミ箱《ばこ》にすてようとして、ゴミ箱《ばこ》が、きれいに空《から》になってることに気《き》づく。

「………。」

ビニール袋《ぶくろ》を、学生服《がくせいふく》のポケットに入《い》れる。

そのとき、教室《きょうしつ》に近《ちか》づいてくる足音《あしおと》に、二人《ふたり》は気《き》づいた。

教室《きょうしつ》の戸《と》をあけて、女《おんな》の先生《せんせい》が中《なか》をのぞく。

「あら、きみたち。まだ、いたの?」

「先生《せんせい》!」

「よっぽど、なごりおしいのね。」

二人《ふたり》を見《み》て、先生《せんせい》がウンウンうなずく。

「先生《せんせい》！」

かけよろうとする二人《ふたり》。しかし、つぎの先生《せんせい》のことばで、その動《うご》きがとまった。

「でも、教室《きょうしつ》の戸《と》じまりをしないといけないから、すみやかに帰《かえ》ってね。じゃあ！」

去《さ》っていく先生《せんせい》の足音《あしおと》。

二人《ふたり》は、その足音《あしおと》がきこえなくなるまで、なにもできなかった。

「………………」

「………………」

「帰《かえ》るか……。」

「そうだな。」

「おれ、本屋《ほんや》によってくけど、おまえどうする？」

「ああ。つきあうわ。」

「いこうか。」

教室《きょうしつ》からでる二人《ふたり》。

廊下《ろうか》を去《さ》っていく足音《あしおと》が、小《ちい》さくなっていく。

ENDING《エンディング》

三月《がつ》三十一日《にち》――。

わたしたちが高校《こうこう》で着《き》る制服《せいふく》がとどいた。箱《はこ》から服《ふく》をだしたら、やることはひとつ。

ファッションショーよ！

美衣《みい》の制服《せいふく》は、ダブルのジャケットにスカート。胸《むね》の部分《ぶぶん》にはエンブレム。色《いろ》はチャコールグレーで、おちついた感《かん》じがする。（でも、美衣《みい》が着《き》ると〝のんびり〟って感《かん》じになるのは、なぜ？）

真衣《まい》の制服《せいふく》は、三人《にん》の中《なか》ではもっとも派手《はで》。ジャケットの白《しろ》いふちどりがアクセントになっている。真衣《まい》は、「かわいいけど、走《はし》りにくいな……。」と不満顔《ふまんがお》。（制服《せいふく》で、短距離走《たんきょりそう》をするんじゃない！）

わたしの制服《せいふく》が、いちばんオーソドックスかな。胸元《むなもと》には、緑《みどり》のスカーフ。蝶《ちょう》リボンでもいいんだけど、入学式《にゅうがくしき》や卒業式《そつぎょうしき》は、スカーフじゃないといけないんだって。

玄関先《げんかんさき》で、三人《にん》そろって記念写真《きねんしゃしん》。卒業式《そつぎょうしき》のときに、おなじような写真《しゃしん》を撮《と》ったんだけど、はるか昔《むかし》のような気《き》がする。

「ねぇ、教授《きょうじゅ》にも制服《せいふく》を見《み》せてあげようよ。」

そういや、明日《あした》は教授《きょうじゅ》の誕生日《たんじょうび》だ。（わたしたちが勝手《かって》に決《き》めた誕生日《たんじょうび》だけどね。）ついでに、プレゼントはなにがいいかきいておこう。

「教授《きょうじゅ》より、レーチに見《み》せたかったんじゃない？」

わたしの顔《かお》をのぞきこんでくる美衣《みい》を、無視《むし》。

「写《しゃ》メで送《おく》ったらいいじゃん。」

自分《じぶん》に携帯電話《けいたいでんわ》をむけて、写真《しゃしん》を撮《と》ってる真衣《まい》がいった。その写真《しゃしん》、だれに送《おく》るのかは、あえてきかないでおこう。

「よろしければ、ぼくが撮《と》りますけど。」

いつの間《ま》にかあらわれた一ノ瀬《いちのせ》くんがいった。そのことばは、わたしにむけていったんだけど、手《て》にしたカメラのレンズは美衣《みい》にむいている。

ポーズをとりながら、美衣《みい》がきいた。

「一ノ瀬《いちのせ》くん、写真撮《しゃしんと》りにきてくれたの？」

「やだなぁ。ランニングの途中《とちゅう》に決《き》まってるじゃないですか。」

わたしは、一ノ瀬《いちのせ》くんのすがたを見《み》る。デジタル一眼《いちがん》レフと三脚《さんきゃく》を持《も》ってランニングする人《ひと》は、あまりいないんじゃないだろうか……。

「では、ぼくはこれで！」

シュタッと右手《みぎて》をあげ、一ノ瀬《いちのせ》くんが走《はし》りさる。どうやら、カメラのメディアがいっぱいになったようだ。

「さわやかなんだかキモイんだか、よくわからないね。」

真衣《まい》の一ノ瀬《いちのせ》くんに関《かん》する感想《かんそう》は、じつに的確《てきかく》だと思《おも》う。


「教授《きょうじゅ》、いるー？」

玄関《げんかん》をあけ、洋館《ようかん》の中《なか》にむかってきく。返事《へんじ》はないけど、かまわない。どうせ、ソファーで昼寝《ひるね》してるんだろう。

「あれ？」

ズカズカあがりこんだわたしたちが見《み》たのは、空《から》っぽのソファーだった。

「教授《きょうじゅ》、どこいったんだろう？」

本《ほん》であふれた部屋《へや》。壁《かべ》ぎわの本棚《ほんだな》にはいりきらなかった本《ほん》が、床《ゆか》に山《やま》づみされている。

そして、だれもすわってないソファーが二つ。

この三年間《ねんかん》、見《み》なれた部屋《へや》だ。

なのに、教授《きょうじゅ》がいないというだけで、映画《えいが》のセットみたいに現実感《げんじつかん》がない部屋《へや》に見《み》える。

「どうせ、いつものコンビニか本屋《ほんや》さんでしょ。帰《かえ》ってくるまで待《ま》ってようよ。」

そういって、真衣《まい》がソファーにドンとすわる。

わたしと美衣《みい》もすわったんだけど、なんだかおちつかない。

あれ？　そういや、教授《きょうじゅ》を最後《さいご》に見《み》たのっていつだっけ？

わたしは、記憶《きおく》の箱《はこ》をひっくり返《かえ》す。

ひょっとして、最後《さいご》に見《み》たのは、卒業式《そつぎょうしき》の日《ひ》？

「……教授《きょうじゅ》、はやく帰《かえ》ってこないかな。」

美衣《みい》がいったとき、とつぜん、壁《かべ》ぎわにつまれた本《ほん》の山《やま》がいくつもくずれた。

「きゃっ！」

小《ち》さな悲鳴《ひめい》をあげ、わたしたちはくずれた本《ほん》を見《み》る。

地震《じしん》じゃない。なのに、本《ほん》の山《やま》がくずれるなんて……。

たしかに、本《ほん》は不安定《ふあんてい》につまれている。でも、しぜんにくずれるなんて考《かんが》えられない。

まるで、透明人間《とうめいにんげん》が、おもしろ半分《はんぶん》に本《ほん》の山《やま》をくずしてるみたい。

「ねぇ……。旧校舎《きゅうこうしゃ》でのテレビロケが、怪奇現象《かいきげんしょう》で中止《ちゅうし》になったの知《し》ってる？」

真衣《まい》が、部屋《へや》の中《なか》を見《み》まわしながらいう。

「あのときも、花《か》びんが勝手《かって》に割《わ》れたり、だれも弾《ひ》いてないのにピアノが鳴《な》ったんだって。」

うん、わかった。だから、もうだまっててほしい。（それ以上《いじょう》いったら、こわくなるじゃない！）

そのとき、美衣《みい》が、本《ほん》の山《やま》を指《ゆび》さして悲鳴《ひめい》をあげた。小《ち》さなネズミが、ちょこんとすわってる。このネズミ——洋館《ようかん》にすみつく、ジェリーくんだ。

わたしの全身《ぜんしん》から、いっきに力《ちから》がぬけた。

「なんだ……。本《ほん》の山《やま》をくずしたのは、ジェリーくんだったんだ。」

ジェリーくんは、わたしと目《め》が合《あ》うと「ごめんね。」というように小首《こくび》をかしげて、部屋《へや》をでていった。

そして、わたしの頭《あたま》に、ある考《かんが》えがうかんだ。それは、数年《すうねん》まえにテレビスタッフをおそった怪奇現象《かいきげんしょう》の謎解《なぞと》き。

「ねぇ、もし旧校舎《きゅうこうしゃ》の花《か》びんの中《なか》にネズミがはいっていたら……。」

テレビスタッフにおどろいたネズミが、あわてて花《か》びんからでようとして、花《か》びんをたおす。ピアノの鍵盤《けんばん》の上《うえ》をネズミが走《はし》っても、ネズミは小《ちい》さくてすばやいから、テレビスタッフは気《き》づかない。

怪奇現象《かいきげんしょう》の正体《しょうたい》は、ネズミだったんだ。

わたしの謎解《なぞと》きを、真衣《まい》と美衣《みい》は感心《かんしん》してきいてくれた。

教授《きょうじゅ》がいなくても謎解《なぞと》きできるなんて、わたしも成長《せいちょう》したものだ。

「それにしても、教授《きょうじゅ》なかなか帰《かえ》ってこないね。」

本《ほん》の山《やま》をなおしながら、美衣《みい》がいった。

わたしは、テーブルの上《うえ》に一枚《まい》の写真《しゃしん》を見《み》つける。

島《しま》の写真《しゃしん》。

海《うみ》の上《うえ》から撮《と》ったのだろう。水平線《すいへいせん》のむこうに横《よこ》たわる島《しま》。そして、おおいかぶさっている灰《はい》色《いろ》の雲《くも》。

写真《しゃしん》を裏返《うらがえ》すと、ものすごくへたな『神隠島《かみかくしま》』の文字《もじ》。これ、教授《きょうじゅ》の字《じ》だ。

「そういや、まえにいってたよね。神隠島《かみかくしま》でおきた事件《じけん》を解決《かいけつ》したって。」

わたしの肩越《かたご》しに写真《しゃしん》を見《み》て、真衣《まい》がいった。

反対《はんたい》の肩越《かたご》しに、美衣《みい》も写真《しゃしん》を見《み》る。

「教授《きょうじゅ》、ひょっとして神隠島《かみかくしま》へいっちゃったのかな……？」

泣《な》きそうな声《こえ》で、美衣《みい》がいった。

「ひょっとして、もう帰《かえ》ってこないのかな……。」

わたしは、その頭《あたま》に手《て》をのせる。

「美衣《みい》、教授《きょうじゅ》の職業《しょくぎょう》がなにか、知《し》ってるでしょ？」

うなずく美衣《みい》。

「うん、名探偵《めいたんてい》。」

そのとおり。

以前《いぜん》のわたしなら、教授《きょうじゅ》がどこかへいってしまったのではないかと不安《ふあん》に思《おも》っただろう。でも、いまのわたしには、はっきりいえることがある。

教授《きょうじゅ》は名探偵《めいたんてい》だってこと。

「名探偵《めいたんてい》は、みんなが幸《しあわ》せになるように事件《じけん》を解決《かいけつ》するのよ。わたしたち三人《にん》が悲《かな》しむようなことを、名探偵《めいたんてい》はぜったいにしない。」

「………」

「だから、教授《きょうじゅ》は、どこへもいかない。神隠島《かみかくしま》へいったとしても、それは事件《じけん》を解決《かいけつ》するため。みんなが幸《しあわ》せになるように事件《じけん》を解決《かいけつ》したら、かならず、この洋館《ようかん》へ帰《かえ》ってくる。それが、名探《めいたん》偵《てい》夢水清志郎《ゆめみずきよしろう》なのよ。」

わたしのことばに、真衣《まい》と美衣《みい》がうなずく。

「だから、わたしたちは安心《あんしん》して待《ま》ってようよ。」

「そうね。それに、明日《あした》は教授《きょうじゅ》の誕生日《たんじょうび》。いまのうちに飾《かざ》りつけして、教授《きょうじゅ》をビックリさせようよ。」

真衣《まい》が元気《げんき》にいった。

「わたし、ケーキ焼《や》かなきゃ。教授用《きょうじゅよう》の、とびきり大《おお》きいの！」

笑顔《えがお》の美衣《みい》。

わたしは、二人《ふたり》にきく。

「プレゼントは、どうしよう？」

「美人女子高生《びじんじょしこうせい》が三人《にん》も誕生日《たんじょうび》を祝《いわ》ってくれるのよ。その上《うえ》、プレゼントまで用意《ようい》したら、もったいないオバケがでるわ。」

なるほど。真衣《まい》のいうとおりだ。

そのとき、洋館《ようかん》のドアがひらいた。

わたしたち三人《にん》は、声《こえ》をそろえていった。

「おかえりなさい！」

〈Ｆｉｎ〉

あとがき

どうも、はやみねかおるです。

ようやくシリーズ最終巻《さいしゅうかん》『卒業《そつぎょう》　～開《あ》かずの教室《きょうしつ》を開《あ》けるとき～』を書《か》きあげることができました。ホッと一息《ひといき》です。

☆

第《だい》一作《さく》の『そして五人《にん》がいなくなる』が一九九四年《ねん》で三十歳《さい》のとき。本作《ほんさく》が二〇〇九年《ねん》で、四十五歳《さい》。計算《けいさん》すると、約《やく》十五年《ねん》も夢水《ゆめみず》シリーズを書《か》いていたことになります。（人生《じんせい》の三分《ぶん》の一！）

十歳《さい》で教授《きょうじゅ》たちに出逢《であ》った子《こ》は、もう二十五歳《さい》ですか……。ほんとうに長《なが》いあいだ、おつきあいありがとうございました。え？　途中《とちゅう》で読《よ》むのをやめてるかもしれないじゃないかって？

……そんな哀《かな》しいことは考《かんが》えないようにします。

☆

夢水清志郎《ゆめみずきよしろう》は、ぼくが二十歳《はたち》のときに、夢《ゆめ》の中《なか》にあらわれました。二十歳《はたち》のときといえば、四畳半《じょうはん》の下宿《げしゅく》で、その日《ひ》の食《た》べ物《もの》をどうやって確保《かくほ》するか悩《なや》んでいたころです。

「ぼくは名探偵《めいたんてい》だよ。」

はじめて会《あ》ったときから、自分《じぶん》を名探偵《めいたんてい》といいきる自信家《じしんか》で、黒《くろ》の背広《せびろ》に黒《くろ》のサングラス。記《き》憶力《おくりょく》がなく、自分《じぶん》の誕生日《たんじょうび》も忘《わす》れてるから、年齢《ねんれい》もわからない。

あれからぼくは歳《とし》をとって、ずいぶんかわりました。（さすがに、食糧確保《しょくりょうかくほ》で悩《なや》むことはなくなりました。）よくもわるくも、歳《とし》をとりました。

でも、教授《きょうじゅ》はすこしもかわってません。うらやましいです。

先日《せんじつ》、推理小説誌《すいりしょうせつし》『メフィスト』に載《の》せるため、教授《きょうじゅ》がいちばんはじめに解決《かいけつ》した『午前零時《ごぜんれいじ》のシンデレラ』を読《よ》みかえしたのですが、ほんとうにいまのままですね。

亜衣《あい》ちゃんたちが虹北学園《こうほくがくえん》を卒業《そつぎょう》し、高校生《こうこうせい》になっても、教授《きょうじゅ》はいまのまま、ゴロゴロしつづけるんでしょうね。

☆

しかし、シリーズを長《なが》くつづけると、登場人物《とうじょうじんぶつ》が増《ふ》えるものですね。最初《さいしょ》は、教授《きょうじゅ》と亜衣《あい》ちゃんたちだけだったのに、レーチや警察関係《けいさつかんけい》、虹北学園《こうほくがくえん》の生徒《せいと》たちに、〝某《ぼう》〟怪盗《かいとう》を生業《なりわい》にする者《もの》たち。

今回《こんかい》は、ようやく一太郎《いちたろう》父《とう》さんにも登場《とうじょう》していただきました。また、ほかのシリーズからも飛《と》び入《い》り参加《さんか》した方《かた》もいますが、あえてだれとは紹介《しょうかい》しません。

各《かく》キャラクターが、これからも幸《しあわ》せな人生《じんせい》を送《おく》ってくれることを祈《いの》ってます。

☆

物語《ものがたり》の中《なか》では三年《ねん》しかたってませんが、現実《げんじつ》には十五年《ねん》の月日《つきひ》が流《なが》れています。虹北学園文芸部《こうほくがくえんぶんげいぶ》が、その後《ご》、どうなったかをすこしだけ書《か》かせていただきます。

文芸部《ぶんげいぶ》は、亜衣《あい》ちゃんたちが卒業《そつぎょう》してから数年後《すうねんご》に消滅《しょうめつ》します。原因《げんいん》は、部員不足《ぶいんぶそく》です。

そんなとき、三姉妹《しまい》の従姉妹《いとこ》にあたる岩崎《いわさき》マインちゃんが虹北学園《こうほくがくえん》に入学《にゅうがく》します。文芸部《ぶんげいぶ》には

いろうと思《おも》っていたマインちゃんは、文芸部復活《ぶんげいぶふっかつ》のために仲間《なかま》を集《あつ》めます。

そういう物語《ものがたり》を、講談社《こうだんしゃ》一〇〇周年記念出版《しゅうねんきねんしゅっぱん》の一冊《さつ》として書《か》かせていただきました。

構想《こうそう》四年《ねん》、執筆《しっぴつ》三週間《しゅうかん》。『復活《ふっかつ》！　虹北学園文芸部《こうほくがくえんぶんげいぶ》』という題名《だいめい》です。

文芸部《ぶんげいぶ》という文化系《ぶんかけい》クラブを舞台《ぶたい》にした、スポコン（スポーツ根性物《こんじょうもの》）ではなく、ブンコン（文化系根性物《ぶんかけいこんじょうもの》）物語《ものがたり》です。

よろしければ、読《よ》んでやってください。

☆

この本《ほん》を書《か》くにあたって、夢《ゆめ》についていろいろ考《かんが》えました。

「あきらめなかったら、夢《ゆめ》はかなう。」——よくきく言葉《ことば》です。

ぼくが小学校教師《しょうがっこうきょうし》をつづけていて、子《こ》どもから、「先生《せんせい》、あきらめなかったらほんとうに夢《ゆめ》はかなうの？」ときかれたら、なんと答《こた》えていたでしょう？

おそらく、「すぐには答《こた》えられないので、いっしょに考《かんが》えよう。」というでしょう。ただ、一つだけはっきりいえるのは、大人《おとな》として、子《こ》どもが夢《ゆめ》について考《かんが》えられるような世《よ》の中《なか》にしたいということです。

というわけで、いろいろ考《かんが》えたことを本書《ほんしょ》には書《か》かせていただきました。これを読《よ》んで、あなたも夢《ゆめ》について考《かんが》えてくれたらうれしいです。

☆

あと、シリーズ終了《しゅうりょう》を記念《きねん》して、この本《ほん》にある、、、仕掛けをしました。それは、本編《ほんぺん》の内容《ないよう》とはまったく関係《かんけい》ない仕掛《しか》けなので、どうでもいいといえばいいんですけどね。高《たか》い本《ほん》を買《か》っていただいたお礼《れい》ということで、気《き》がむいた方《かた》は、どんな仕掛《しか》けか見《み》つけてください。答《こた》えは、どのページをひらいても、目《め》の前《まえ》にあります。

ヒントは〝ゲラチェックで、ものすごく苦労《くろう》した。もうやりたくない。いまは、疲労《ひろう》している〟です。（森定《もりさだ》さん、ご協力感謝《きょうりょくかんしゃ》します！）

☆

最後《さいご》になりましたが、感謝《かんしゃ》の言葉《ことば》を――。

歴代《れきだい》の担当編集者《たんとうへんしゅうしゃ》さま。長田《ながた》さん、阿部《あべ》さん、稲村《いなむら》さん、森定《もりさだ》さん、水町《みずまち》さん。ほんとうに、お世話《せわ》になりました。何度《なんど》、はやみねをすてたくなったかしれませんが、子《こ》どもたちのためにがまんしてくださったみなさんは、プロの編集《へんしゅう》さんです。ありがとうございました。

校正《こうせい》の茅野《かやの》さんと北村《きたむら》さん。今回《こんかい》は、シリーズ全体《ぜんたい》の整合性《せいごうせい》までチェックしてくださり、ありがとうございました。作者《さくしゃ》がすっかり忘《わす》れてることまでおぼえてる茅野《かやの》さんと北村《きたむら》さんは、ほんとうにすごいです。

そして、元児童第二出版部長《もとじどうだいしゅっぱんぶちょう》の渡辺《わたなべ》さん。渡辺《わたなべ》さんが「青《あお》い鳥文庫《とりぶんこ》で書《か》いてみないか。」といってくださった夢水清志郎《ゆめみずきよしろう》の物語《ものがたり》。おかげさまで、十五年《ねん》も書《か》くことができました。ほんとうにありがとうございました。

村田四郎先生《むらたしろうせんせい》。長《なが》いあいだ、イラストを描《か》いていただきありがとうございました。

えぬえけい先生《せんせい》と箸井地図先生《はしいちずせんせい》には、マンガにしていただきました。おかげで、たくさんの子《こ》どもたちが、夢水清志郎《ゆめみずきよしろう》を知《し》ってくれるようになりました。

店長《てんちょう》さんこと、中村《なかむら》〈燃《も》える一介《いっかい》の書店人《しょてんじん》〉巧《たくみ》さん。「最終作《さいしゅうさく》は、『三姉妹連続殺人事件《しまいれんぞくさつじんじけん》!』――これしかない! ぜひ、書《か》きなさい!」といわれてたのですが、期待《きたい》をうらぎってしまいました。

ごめんなさい。また、本作《ほんさく》へのアドバイスも、いつもどおりありがとうございました。HP《ホームページ》『はやみねかおるの拡《ひろ》がるプラレールの世界《せかい》』管理人《かんりにん》の、のん吉《きち》さん。子《こ》どもたちに真剣《しんけん》にむきあうことの大切《たいせつ》さ難《むずか》しさ、そして喜《よろこ》びを教《おし》えていただいています。すみませんが、これからもよろしくお願《ねが》いします。

奥《おく》さんと、琢人《たくと》と彩人《さいと》へ。シリーズが一つ減《へ》り、すこし余裕《よゆう》ができるはずです。たぶんできるはずです。できるんじゃないかな？　ま、ちょと覚悟《かくご》はしておけ。——というわけで、あまり期《き》待《たい》できませんが、できるだけ余裕《よゆう》をつくりますので、そのときはどっかへ遊《あそ》びにいきましょう。

そして、夢水清志郎《ゆめみずきよしろう》と三姉妹《しまい》の物語《ものがたり》を楽《たの》しんでくださった読者《どくしゃ》のみなさま。ありがとうございました。みんなが楽《たの》しんでくれたので、ぼくも楽《たの》しんで書《か》くことができました。

いつか、教授《きょうじゅ》たちと会《あ》うようなことがあったら——そのときは、また遊《あそ》んでやってください。

☆

それでは、また別《べつ》の物語《ものがたり》でお目《め》にかかりましょう。

それまで、お元気《げんき》で。

では！

Good Night, And Have A Nice Dream.《グッドナイトアンドハブアナイスドリーム》

究《ウルトラ》　読了認定証《どくりょうにんていしょう》

あなたは、この長《なが》い長《なが》い物語《ものがたり》を、
みごと最後《さいご》まで読《よ》みとおしました。
その読書力《どくしょりょく》と根性《こんじょう》があれば、
どんな長編小説《ちょうへんしょうせつ》もだいじょうぶ！

あなたのすばらしい読書力《どくしょりょく》をたたえ、
読了《どくりょう》したことをここに認定《にんてい》し、
表彰《ひょうしょう》します。これからも、
たくさん本《ほん》を読《よ》んでください。

年《ねん》　月《がつ》　日《にち》　読了《どくりょう》

はやみねかおる

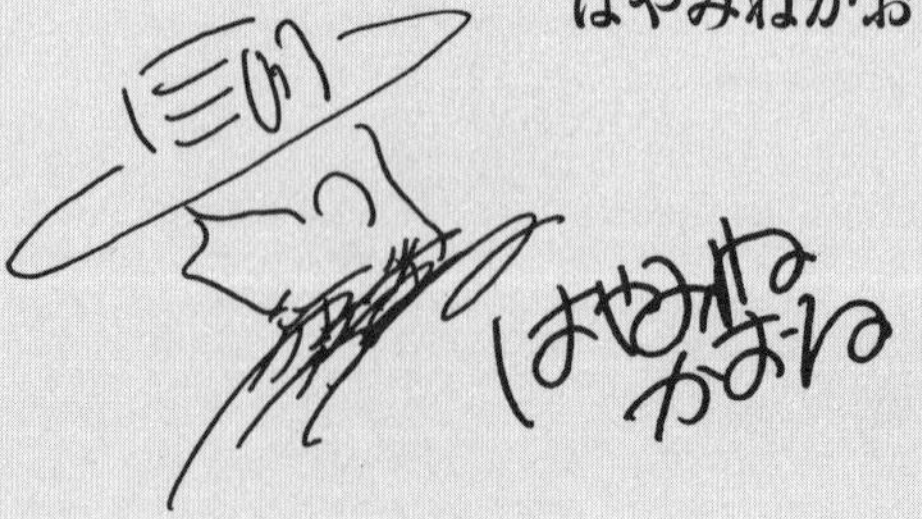

◆ 名探偵夢水清志郎事件《めいたんていゆめみずきよしろうじけん》ノート　シリーズ完結記念《かんけつきねん》

“迷《めい》”探偵《たんてい》クイズ！

第《だい》1巻刊行《かんかんこう》から15年《ねん》の時《とき》を経《へ》て、夢水《ゆめみず》シリーズついに完結《かんけつ》！　いままで応援《おうえん》どうもありがとう！　これまでのシリーズ既刊《きかん》から、クイズを出題《しゅつだい》します。あなたの夢水《ゆめみず》ファン度《ど》をはかるこの「“迷《めい》”探偵《たんてい》クイズ」に、何問正解《なんもんせいかい》できるか、挑戦《ちょうせん》してみよう！

①『そして五人《にん》がいなくなる』

Q．オムラ・アミューズメント・パークの中《なか》にあるミラーハウスの迷路《めいろ》を、最短時間《さいたんじかん》ででた人《ひと》の記録《きろく》は何分何秒《なんぷんなんびょう》？

②『亡霊《ゴースト》は夜歩《よるある》く』

Q．学園祭《がくえんさい》で亜衣《あい》のクラスは純喫茶《じゅんきっさ》をしました。さて、そのお店《みせ》の名前《なまえ》は？

③『消《き》える総生島《そうせいじま》』

Q．亜衣《あい》が年賀状《ねんがじょう》をわけていると、レーチからも届《とど》いていました。さて、レーチの年賀状《ねんがじょう》にはなんと書《か》かれていた？

④『魔女《まじょ》の隠《かく》れ里《ざと》』

Q．『セ・シーマ』の伊藤《いとう》さんが魔女《まじょ》に飲《の》まされたものとはいったいなに？

⑤『踊《おど》る夜光怪人《やこうかいじん》』

Q．レーチは亜衣《あい》を夏祭《なつまつ》りに誘《さそ》うために、電話《でんわ》の前《まえ》で何時間《なんじかん》たたかった？

⑥『機巧館《からくりやかた》のかぞえ唄《うた》』

Q．推理作家《すいりさっか》の平井龍太郎《ひらいりゅうたろう》が書《か》いた最後《さいご》の作品《さくひん》のタイトルは？

外伝《がいでん》1『ギヤマン壺《つぼ》の謎《なぞ》』

Q．教授《きょうじゅ》の長屋《ながや》の障子戸《しょうじど》には、なんという文字《もじ》が書《か》かれていたでしょうか？

外伝《がいでん》2『徳利長屋《とっくりながや》の怪《かい》』

Q．清志郎左右衛門《きよしろうざえもん》が以前《いぜん》におさむらいさんから一つだけ教《おし》えてもらった、アメリカのことばは？

⑦『人形《にんぎょう》は笑《わら》わない』

Q．人形《にんぎょう》の塔《とう》にある寧人《ねいと》の作業場《さぎょうば》の壁《かべ》の色《いろ》は、なに色《いろ》だったでしょうか？

⑧『「ミステリーの館《やかた》」へ、ようこそ』

Q．マジシャンが観客《かんきゃく》からほしいことばは、ただ一つ——。それは？

⑨『あやかし修学旅行《しゅうがくりょこう》　―鵺《ぬえ》のなく夜《よ》―』

Q．修学旅行《しゅうがくりょこう》で泊《と》まった星降《ほしふ》り荘《そう》。亜衣《あい》が泊《と》まった部屋《へや》の番号《ばんごう》は？

⑩『笛吹《ふえふ》き男《おとこ》とサクセス塾《じゅく》の秘密《ひみつ》』

Q．教授《きょうじゅ》は「月食《げっしょく》」のことを、なにと勘《かん》ちがいしたでしょうか？

⑪『ハワイ幽霊城《ゆうれいじょう》の謎《なぞ》』

Q．穴《あな》に落《お》ちて遭難《そうなん》した亜衣《あい》とレーチを見《み》つけて、一番最初《いちばんさいしょ》に声《こえ》をかけてくれた人《ひと》はだれ？

＊正解《せいかい》は、つぎのページ！

◇ 名探偵《めいたんてい》夢水清志郎《ゆめみずきよしろう》事件《じけん》ノート　シリーズ完結《かんけつ》記念《きねん》

“迷《めい》”探偵《たんてい》クイズ！ 解答編《かいとうへん》

①『そして五人《にん》がいなくなる』

A．20分《ぷん》31秒《びょう》。

②『亡霊《ゴースト》は夜歩《よるある》く』

A．VACATION《バケーション》。

③『消《き》える総生島《そうせいじま》』

A．めでたい！

④『魔女《まじょ》の隠《かく》れ里《ざと》』

A．塩入《しおい》りコーヒー。

⑤『踊《おど》る夜光怪人《やこうかいじん》』

A．４時間《じかん》。

⑥『機巧館《からくりやかた》のかぞえ唄《うた》』

A．『夢《ゆめ》の中《なか》の失楽《しつらく》』。

外伝《がいでん》[1]『ギヤマン壺《つぼ》の謎《なぞ》』

A．大《おお》きなまるに「夢《ゆめ》」の文字《もじ》。

外伝《がいでん》[2]『徳利長屋《とっくりながや》の怪《かい》』

A．『あらぶゆ』。

⑦『人形《にんぎょう》は笑《わら》わない』

A．青色《あおいろ》。

⑧『「ミステリーの館《やかた》」へ、ようこそ』

A．「だまされた……。」

⑨『あやかし修学旅行《しゅうがくりょこう》　鵺《ぬえ》のなく夜《よ》』

A．４階《かい》の４０４号室《ごうしつ》。

⑩『笛吹《ふえふ》き男《おとこ》とサクセス塾《じゅく》の秘密《ひみつ》』

A．月見《つきみ》うどんを食《た》べること。

⑪『ハワイ幽霊城《ゆうれいじょう》の謎《なぞ》』

A．ポーリーヌさん。（そしてその正体《しょうたい》は……。）

● 何問解《なんもんと》けたかな？

0～3問《もん》　……　まだまだ読《よ》みがあまい！　ヒントを見落《みお》とさない眼力《がんりき》を身《み》につけよう！

4～6問《もん》　……　名探偵《めいたんてい》の道《みち》は先《さき》が長《なが》いぞ。あせらず、事件《じけん》のすみずみまで目《め》を通《とお》そう！

7～9問《もん》　……　名探偵《めいたんてい》の素質《そしつ》あり。おごらずに、推理力《すいりりょく》をみがいていこう。

10～12問《もん》　……　将来有望《しょうらいゆうぼう》な名探偵《めいたんてい》だ！　教授《きょうじゅ》とならぶ日《ひ》も近《ちか》い？

全問正解《ぜんもんせいかい》！　……　「名探偵《めいたんてい》」の名刺《めいし》と表札《ひょうさつ》を準備《じゅんび》しよう。

極《ダブルウルトラ》

シリーズ読破認定証《どくはにんていしょう》

あなたは、全《ぜん》14巻《かん》という壮大《そうだい》な「夢水清志《ゆめみずきよし》郎事件《ろうじけん》ノート」シリーズを、みごと全巻制覇《ぜんかんせいは》しました。あなたの読書力《どくしょりょく》と、夢水《ゆめみず》シリーズを愛《あい》するファン魂《だましい》には、ただただ脱帽《だつぼう》です。

あなたの長年《ながねん》の応援《おうえん》に感謝《かんしゃ》の意《い》を表《ひょう》し、シリーズを読破《どくは》されたことをここに認定《にんてい》し、表彰《ひょうしょう》します。
これからも、たくさん本《ほん》を読《よ》んでください。

年《ねん》　月《がつ》　日《にち》　読破《どくは》
はやみねかおる

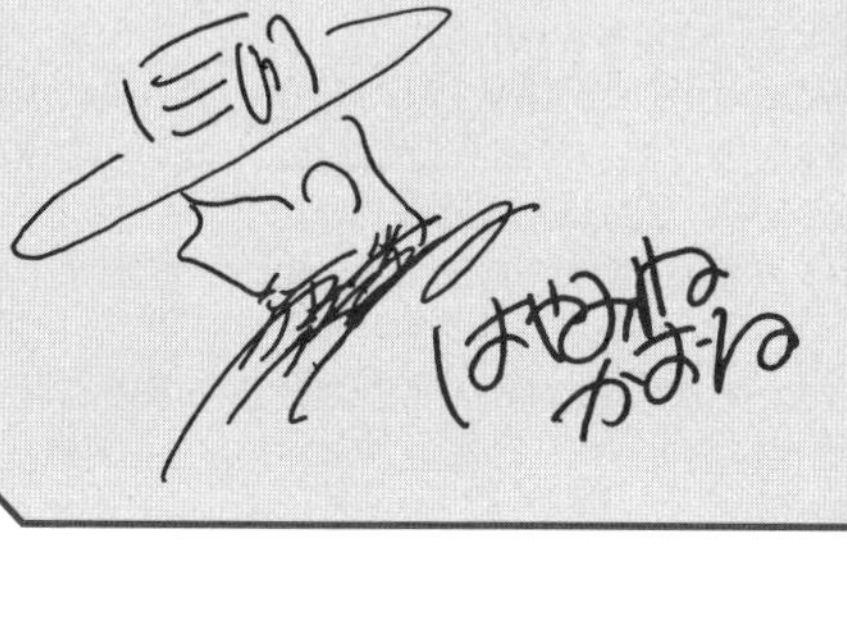

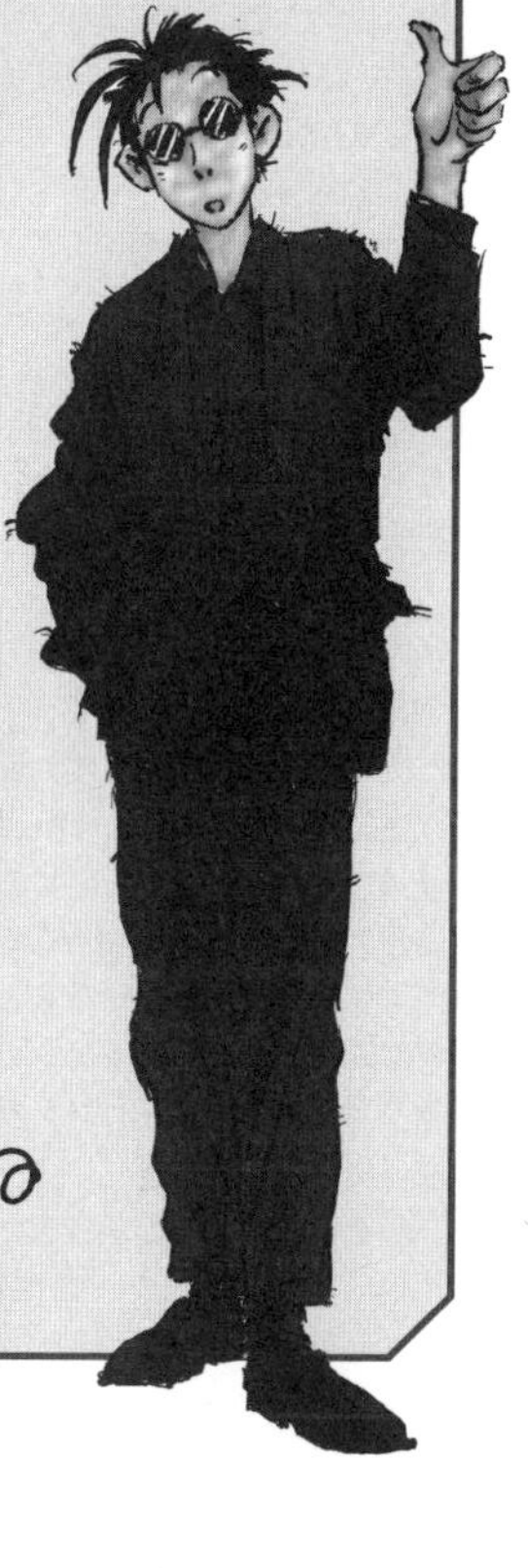

【はやみねかおる　作品リスト】2010年12月現在

◆ 講談社 わくわくライブラリー

『怪盗道化師《ピエロ》』1990年4月刊（品切れ）

『バイバイ スクール　学校の七不思議事件』1991年7月刊（品切れ）

『オタカラウォーズ　迷路の町のＵＦＯ事件』1993年3月刊（品切れ）

◆ 講談社 青い鳥文庫

『バイバイ スクール　学校の七不思議事件』1996年2月刊

『怪盗道化師《ピエロ》』2002年4月刊

『オタカラウォーズ　迷路の町のＵＦＯ事件』2006年2月刊

『少年名探偵WHO《フー》　―透明人間事件―』2008年7月刊

＜名探偵夢水清志郎事件ノートシリーズ＞

『そして五人がいなくなる』1994年2月刊

『亡霊《ゴースト》は夜歩く』1994年12月刊

『消える総生島』1995年9月刊

『魔女の隠れ里』1996年10月刊

『踊る夜光怪人』1997年7月刊

『機巧館《からくりやかた》のかぞえ唄』1998年6月刊

『ギヤマン壺の謎』1999年7月刊

『徳利長《とっくりなが》屋《や》の怪』1999年11月刊

『人形は笑わない』2001年8月刊

『「ミステリーの館」へ、ようこそ』2002年8月刊

『あやかし修学旅行　―鵺《ぬえ》のなく夜―』2003年7月刊

『笛吹き男とサクセス塾の秘密』2004年12月刊

『ハワイ幽霊城の謎』2006年9月刊

『卒業 ～開かずの教室を開けるとき～』2009年3月刊

＜怪盗クイーンシリーズ＞

『怪盗クイーンはサーカスがお好き』2002年3月刊

『怪盗クイーンの優雅な休暇《バカンス》』2003年4月刊

『怪盗クイーンと魔窟王の対決』2004年5月刊

『怪盗クイーン、仮面舞踏会にて ―ピラミッドキャップの謎　前編―』2008年2月刊

『怪盗クイーンに月の砂漠を　―ピラミッドキャップの謎　後編―』2008年5月刊

＜名探偵夢水清志郎＆怪盗クイーンの華麗なる大冒険＞

『オリエント急行とパンドラの匣《ケース》』2005年7月刊

◆ 青い鳥文庫　短編集

「怪盗クイーンからの予告状」（『いつも心に好奇心《ミステリー》！』収録）2000年9月刊

「出逢い＋1《プラスワン》」（『おもしろい話が読みたい！ 白虎編《びゃっこへん》』収録）2005年7月刊

「少年名探偵WHO《フー》 ―魔神降臨事件―」（『あなたに贈る物語《ストーリー》』収録）2006年11月刊

「怪盗クイーン外伝　初楼《ういろう》 ―前史《ぜんし》―」（『おもしろい話が読みたい！ ワンダー編』収録）2010年6月刊

◆ 青い鳥　おもしろランド

『夢水清志郎に挑戦！　名探偵ものしりクイズ』2007 年 3 月刊

『夢水清志郎に挑戦！　超《ハイパー》名探偵ものしりクイズ』2008 年 3 月刊

『夢水清志郎に挑戦！　極《ウルトラ》名探偵ものしりクイズ』2009 年 7 月刊

◆ 講談社文庫

『そして五人《にん》がいなくなる』2006 年 7 月刊 ,『亡霊《ゴースト》は夜歩く』2007 年 1 月刊

『消える総生島』2007 年 7 月刊 ,『魔女の隠れ里』2008 年 1 月刊

『踊る夜光怪人』2008 年 7 月刊 ,『機巧館《からくりやかた》のかぞえ唄』2009 年 1 月刊

『ギヤマン壺の謎』2009 年 7 月刊,『徳利長屋《とっくりながや》の怪』2010 年 1 月刊

『赤い夢の迷宮』2010 年 5 月刊

◇ なかよしＫＣＤＸ

『名探偵夢水清志郎事件ノート』①〜⑩ 2004 年 12 月刊 〜（漫画／えぬえけい）

◇ 講談社 BOX

『名探偵夢水清志郎事件ノート そして五人がいなくなる』2008 年 1 月刊（漫画／箸井地図《はしいちず》）

『少年名探偵 虹北恭助の冒険　高校編』2008 年 4 月刊（漫画／やまさきもへじ）

◆ 講談社 YA! ENTERTAINMENT

『都会《まち》のトム＆ソーヤ ①』2003 年 10 月刊

『都会のトム＆ソーヤ ② 乱《らん》！ RUN《ラン》！ ラン！』2004 年 7 月刊

『都会のトム＆ソーヤ ③ いつになったら作戦《ミッション》終了？』2005 年 4 月刊

『都会のトム＆ソーヤ ④ 四重奏《カルテット》』2006 年 4 月刊

『都会のトム＆ソーヤ ⑤ IN《イン》 堺戸《VADE》』（上・下）2007 年 7 月刊

『都会のトム＆ソーヤ ⑥ ぼくの家へおいで』2008 年 9 月刊

『都会のトム＆ソーヤ ⑦ 怪人は夢に舞う＜理論編＞』2009 年 11 月刊

『都会のトム＆ソーヤ ⑧ 怪人は夢に舞う＜実践編＞』2010 年 9 月刊

『都会のトム＆ソーヤ完全ガイド』2009 年 4 月刊

「打順未定、ポジションは駄菓子屋前」（『YA! アンソロジー 友情リアル』収録）2009 年 9 月刊

◆ 講談社ノベルス

「少年名探偵 虹北恭助《こうほくきょうすけ》の冒険」シリーズ　2000 年 7 月刊〜

『赤い夢の迷宮』（作／勇嶺薫《はやみねかおる》）2007 年 5 月刊

『ぼくと未来屋の夏』2010 年 7 月刊

◇ マガジンＺ ＫＣＤＸ

『少年名探偵 虹北恭助の冒険　高校編』2003 年 9 月刊（漫画／やまさきもへじ）

◆ 講談社ミステリーランド

『ぼくと未来屋の夏』2003 年 10 月刊

◇ シリウスＫＣ

『ぼくと未来屋の夏』①〜②　2006 年 1 月刊〜 2006 年 7 月刊（漫画／武本糸会《たけもといとえ》）

◆ 単行本

『ぼくらの先生！』2008 年 10 月刊，『恐竜がくれた夏休み』2009 年 5 月刊

『復活！ 虹北学園文芸部』2009 年 7 月刊

『帰天城《かえりそらじょう》の謎　—TRICK《トリック》 青春編—』2010 年 5 月刊

＊著者紹介

はやみね かおる

1964年，三重県に生まれる。三重大学教育学部を卒業後，小学校の教師となり，クラスの本ぎらいの子どもたちを夢中にさせる本をさがすうちに，みずから書きはじめる。「怪盗道化師《ピエロ》」で第30回講談社児童文学新人賞に入選。〈名探偵夢水清志郎事件ノート〉〈怪盗クイーン〉〈YA! ENTERTAINMENT「都会《まち》のトム＆ソーヤ」〉〈少年名探偵虹北恭助の冒険〉などのシリーズのほか，「バイバイ　スクール」「ぼくと未来屋の夏」（以上すべて講談社）などの作品がある。

＊画家紹介

村田四郎《むらたしろう》

山口県に生まれる。ドイツやフランスでアニメーションの作画監督を務め，帰国後も日独合作TVアニメーションのオリジナルキャラクター作りなど，アニメーターとして活躍。その後，本のさし絵なども手がけている。さし絵の仕事には〈名探偵夢水清志郎事件ノート〉シリーズ，〈タイムスリップ探偵団〉シリーズ（以上講談社）のほか，「ひみつの花園」「ママがエリコでエリコがママで」「未完成ライラック」（以上岩崎書店）などがある。

メールアドレス

math5071pkes@mtf.biglobe.ne.jp

講談社 青い鳥文庫　174-23

卒業《そつぎょう》～開《あ》かずの教室《きょうしつ》を開《あ》けるとき～

――名探偵夢水清志郎事件ノート――

はやみね かおる

2009年3月15日　第1刷発行
2011年2月1日　第4刷発行

（定価はカバーに表示してあります。）

発行者　鈴木　哲

発行所　株式会社講談社

東京都文京区音羽2-12-21　郵便番号112-8001

電話　出版部（03）5395-3536
販売部（03）5395-3625
業務部（03）5395-3615

N.D.C.913　524p　18cm

装　丁　久住和代

協　力　戸井原和巳

印　刷　図書印刷株式会社

製　本　図書印刷株式会社

本文データ制作　講談社プリプレス管理部

ISBN978-4-06-285078-0

（落丁本・乱丁本は，購入書店名を明記のうえ，講談社業務部あてにお送りください。送料小社負担にておとりかえします。）

■この本についてのお問い合わせは，講談社児童局「青い鳥文庫」係にご連絡ください。

おもしろい話がいっぱい！

パスワードシリーズ

パスワードは、ひ・み・つ　松原秀行
パスワードのおくりもの　松原秀行
パスワードに気をつけて　松原秀行
パスワード謎旅行　松原秀行
パスワードとホームズ4世　松原秀行
続・パスワードとホームズ4世　松原秀行
パスワード「謎《パズル》」ブック　松原秀行
パスワードvs.紅カモメ　松原秀行
パスワードで恋をして　松原秀行
パスワード龍《ドラゴン》伝説　松原秀行
パスワード魔法都市　松原秀行
パスワード春夏秋冬(上)(下)　松原秀行
魔法都市外伝 パスワード幽霊ツアー　松原秀行
パスワード地下鉄ゲーム　松原秀行
パスワード四百年パズル「謎《パズル》」ブック2　松原秀行
パスワード菩薩崎決戦　松原秀行
パスワード風浜クエスト　松原秀行
パスワード忍びの里 卒業旅行編　松原秀行
パスワード怪盗ダルジュロス伝　松原秀行
パスワード悪魔の石　松原秀行
パスワードダイヤモンド作戦！　松原秀行
パスワード恐竜パニック　松原秀行
パスワード　悪の華　松原秀行
パスワード　ドードー鳥の罠《わな》　松原秀行
オレンジ・シティに風ななつ　松原秀行

名探偵夢水清志郎シリーズ

そして五人がいなくなる　はやみねかおる
亡霊《ゴースト》は夜歩く　はやみねかおる
消える総生島　はやみねかおる
魔女の隠れ里　はやみねかおる
踊る夜光怪人　はやみねかおる
機巧館《からくりやかた》のかぞえ唄　はやみねかおる
ギヤマン壺の謎　はやみねかおる
徳利長屋の怪　はやみねかおる
人形は笑わない　はやみねかおる
「ミステリーの館」へ、ようこそ　はやみねかおる
あやかし修学旅行　鵺《ぬえ》のなく夜　はやみねかおる
笛吹き男とサクセス塾の秘密　はやみねかおる
オリエント急行とパンドラの匣《ケース》　はやみねかおる
ハワイ幽霊城の謎　はやみねかおる
卒業　開かずの教室を開けるとき　はやみねかおる

怪盗クイーンシリーズ

怪盗クイーンはサーカスがお好き　はやみねかおる
怪盗クイーンの優雅な休暇《バカンス》　はやみねかおる
怪盗クイーンと魔窟王《まくつおう》の対決　はやみねかおる
怪盗クイーン、仮面舞踏会にて　はやみねかおる
怪盗クイーンに月の砂漠を　はやみねかおる

怪盗道化師《ピエロ》　はやみねかおる
バイバイ スクール　はやみねかおる
オタカラウォーズ　はやみねかおる
少年名探偵WHO《フー》 透明人間事件　はやみねかおる

講談社　青い鳥文庫

タイムスリップ探偵団シリーズ

坊っちゃんは名探偵！　楠木誠一郎
ご隠居さまは名探偵！　楠木誠一郎
お局さまは名探偵！　楠木誠一郎
うつけ者は名探偵！　楠木誠一郎
陰陽師は名探偵！　楠木誠一郎
大泥棒は名探偵！　楠木誠一郎
女王さまは名探偵！　楠木誠一郎
牛若丸は名探偵！　楠木誠一郎
坂本龍馬は名探偵!!　楠木誠一郎
平賀源内は名探偵!!　楠木誠一郎
聖徳太子は名探偵!!　楠木誠一郎
新選組は名探偵!!　楠木誠一郎
豊臣秀吉は名探偵!!　楠木誠一郎
清少納言は名探偵!!　楠木誠一郎
福沢諭吉は名探偵!!　楠木誠一郎
一休さんは名探偵!!　楠木誠一郎
安倍晴明は名探偵!!　楠木誠一郎
宮沢賢治は名探偵!!　楠木誠一郎
宮本武蔵は名探偵!!　楠木誠一郎

ステップファザー・ステップ　宮部みゆき
今夜は眠れない　宮部みゆき
この子だれの子　宮部みゆき
かまいたち　宮部みゆき
マサの留守番　宮部みゆき

事件かいけつ！　マジすか？コンビ　西川つかさ

マジカルストーン シリーズ

マジカルストーンを探せ！　月の降る島　関田　涙
怪盗ヴォックスの挑戦状　関田　涙
夢泥棒と黄金伝説　関田　涙

亡霊島の地下迷宮　関田　涙
ジャングルドームを脱出せよ！　関田　涙
炎の龍と最後の秘密　関田　涙
幻霧城への道　関田　涙
名探偵　宵《よ》宮《みや》月《つき》乃《の》　5つの事件　関田　涙
名探偵　宵宮月乃　5つの謎　関田　涙
名探偵　宵宮月乃　トモダチゲーム　関田　涙

怪盗パピヨン (1)　関田　涙

七時間目の怪談授業　藤野恵美
七時間目の占い入門　藤野恵美
七時間目のUFO研究　藤野恵美
お嬢様探偵ありすと少年執事ゆきとの事件簿　藤野恵美

「講談社《こうだんしゃ》 青《あお》い鳥《とり》文庫《ぶんこ》」刊行《かんこう》のことば

太陽《たいよう》と水《みず》と土《つち》のめぐみをうけて、葉《は》をしげらせ、花《はな》をさかせ、実《み》をむすんでいる森《もり》。小《こ》鳥《とり》や、けものや、こん虫《ちゅう》たちが、春《はる》・夏《なつ》・秋《あき》・冬《ふゆ》の生活《せいかつ》のリズムに合《あ》わせてくらしている森《もり》。森《もり》には、かぎりない自然《しぜん》の力《ちから》と、いのちのかがやきがあります。

本《ほん》の世界《せかい》も森《もり》と同《おな》じです。そこには、人間《にんげん》の理想《りそう》や知恵《ちえ》、夢《ゆめ》や楽《たの》しさがいっぱいつまっています。

本《ほん》の森《もり》をおとずれると、チルチルとミチルが「青《あお》い鳥《とり》」を追《お》い求《もと》めた旅《たび》で、さまざまな体験《たいけん》を得《え》たように、みなさんも思《おも》いがけないすばらしい世界《せかい》にめぐりあえて、心《こころ》をゆたかにするにちがいありません。

「講談社《こうだんしゃ》 青《あお》い鳥《とり》文庫《ぶんこ》」は、七十年《ねん》の歴史《れきし》を持《も》つ講談社《こうだんしゃ》が、一人《ひとり》でも多《おお》くの人《ひと》のために、すぐれた作品《さくひん》をよりすぐり、安《やす》い定価《ていか》でおおくりする本《ほん》の森《もり》です。その一さつ一さつが、みなさんにとって、青《あお》い鳥《とり》であることをいのって出版《しゅっぱん》していきます。この森《もり》が美《うつく》しいみどりの葉《は》をしげらせ、あざやかな花《はな》を開《ひら》き、明日《あす》をになうみなさんの心《こころ》のふるさととして、大《おお》きく育《そだ》つよう、応援《おうえん》を願《ねが》っています。

昭和《しょうわ》五十五年《ねん》十一月《がつ》

講談社